El rostro de la maldad

El rostro de la maldad

(Me encontrarás donde se pierden mis recuerdos)

Julián Sánchez

Rocaeditorial

© 2012, Julián Sánchez

Primera edición: abril de 2012

© de esta edición: Roca Editorial de Libros, S. L.
Av. Marquès de l'Argentera, 17, pral.
08003 Barcelona
info@rocaeditorial.com
www.rocaeditorial.com

Impreso por Rodesa
Villatuerta (Navarra)

ISBN: 978-84-9918-399-2
Depósito legal: B-6.391-2012
Código IBIC: FF

Para M. M.,
por acompañarme en mis sueños
y velar durante mis ausencias.

PRIMERA PARTE

El atentado

1

Señal de llamada. Una mano activa el control de recepción: «Cruz Roja, dígame», contesta con cansada amabilidad el telefonista del servicio de ambulancias en la central de Sabadell. Son las 18.15. Andreu Gibernau, voluntario de la Cruz Roja, está a punto de finalizar su turno tras una tarde tranquila, sin apenas incidentes. Todo eso cambia en apenas diez segundos. Se le acelera el corazón y se le desorbitan los ojos cuando escucha una voz deformada por un filtro: «Atención: les comunicamos que dentro de cuarenta y cinco minutos hará explosión un coche bomba en el edificio de los Grandes Almacenes, en Barcelona».

Gibernau se queda unos segundos completamente inmóvil mientras un escalofrío recorre su cuerpo. Lleva trabajando en este servicio voluntario cerca de tres años y es la primera vez que le toca recibir una llamada semejante. Por fin reacciona, siguiendo el protocolo: recuperación de la grabación digital de la llamada y reenvío informático al 112, teléfono de urgencias. Suenan tres tonos. Antes de que se oiga el cuarto, el auricular se activa y se escucha una agradable voz femenina.

—Emergencias, dígame.

—Le llamo desde la Cruz Roja de Sabadell, acabo de recibir un aviso de bomba. Dicen que han colocado un artefacto dispuesto para estallar dentro de cuarenta y cinco minutos en el edificio de los Grandes Almacenes, en Barcelona.

—¿Ha preparado la grabación?

—Sí, lo he hecho.

—Espere un segundo…, correcto, vuélquela ahora.

Andreu acciona la tecla correspondiente y el comunicado vuela por la web en dirección al ordenador del 112. Un sonoro *bip* confirma la recepción.

—¿Ha llegado bien? —Andreu sabe que es así, que el archivo ha llegado a su destino, pero debe comprobarlo: la importancia del comunicado se está abriendo paso entre sus todavía atontadas y estupefactas neuronas, «tiene» que saber que él ha cumplido con su parte.

—Sí, no se preocupe. Gracias por su colaboración. Buenas tardes.

Ana Mas, telefonista del 112, no ha perdido el tiempo. Mientras mantenía la conversación con Gibernau ya estaba activando en el ordenador el programa de atentado terrorista que la comunica directamente con la policía catalana, los Mossos d'Esquadra, y con el Departamento de Interior de la Generalitat de Catalunya. Se trata de una llamada de prioridad que debe ser atendida al cabo de menos de diez segundos: de nuevo tres tonos, un protocolo parecido al de todos los servicios de emergencia mundiales. Y el teléfono, en efecto, es descolgado.

—Esta es una comunicación desde el centro de emergencias 112; recibida amenaza de bomba; adjunto la grabación correspondiente.

—Recibida nota, recibiendo correo. Envío completado. Gracias.

El sargento Albert se incorpora de su asiento. Ocupa un despacho en la central de emergencias de la policía. No tiene que moverse más de quince metros, a un despacho contiguo, donde su superior, el capitán Mozos, está trabajando con datos estadísticos.

—Capitán, una alerta del 112. Un posible coche bomba.

El capitán levanta la cabeza y observa a su subordinado.

—¿Confirmado?

—Sí. Dos llamadas diferentes y uso de un filtro para deformar la voz.

—Tenía que pasar en nuestro turno. ¿Objetivo?

—Grandes Almacenes, Barcelona.

—¿Plazo?

—Siete de la tarde. Faltan cuarenta y un minutos.

—¡Qué dices!

El plazo deja boquiabierto al capitán Mozos. Menos de una hora. Aunque conoce perfectamente el día y la hora en la que se encuentra no puede evitar observar el calendario: viernes, 29 de febrero de 2008, día bisiesto que maldice interiormente.

—Hijos de puta... ¡Activa el protocolo de emergencia! ¡Contacta y confirma con el Ministerio del Interior en Madrid y ejecuta la doble línea para la Generalitat! Yo me encargo de avisar a Gobernación. ¡Ponte las pilas y avísame de las recepciones de información!

El capitán Mozos jadea mientras marca el teléfono que le comunicará con el consejero de Interior, al que solo puede acceder de manera directa a través de un número especial codificado para casos semejantes. Un viernes, piensa mientras se establece el tono. Víspera de fin de semana. Lleva lloviendo cuatro días en Cataluña. Grandes Almacenes de Barcelona, ocho pisos; en el noveno, terraza con cafetería y restaurante; varias plantas de aparcamiento por debajo del nivel del suelo. Cuarenta y un minutos. Puede haber más de mil personas en un día cualquiera a media mañana, pero con lluvia y en víspera de festivo seguro que habrá muchos más. ¿Cuatro mil personas? ¿Quizá cinco mil? Es perfectamente posible.

El consejero de Interior contesta y Mozos le informa. Se produce un silencio entre ambos. No hace falta ser un especialista para saber que en un lugar como este, por excelentes que sean sus protocolos de seguridad, con tan escaso margen de tiempo, será difícil evacuar a todo el mundo.

Y mientras, en el piso menos dos del aparcamiento, un monovolumen negro robado apenas seis horas antes espera el momento de convertirse en una incontenible fuente de destrucción.

13

18.11, menos treinta y cuatro minutos para la explosión. La señal de emergencia ha sido transmitida a los diferentes departamentos encargados de la seguridad, salvamento y rescate de Barcelona: protección civil, policía urbana, policía autonómica, bomberos, servicios de emergencias, hospitales. Y, por encima de todo, al propio Departamento de Seguridad de los Grandes Almacenes, situado en la planta tercera. Ha sido el Departamento de Interior de la Generalitat quien le ha dado la noticia a Miquel Feliu, jefe de Seguridad.

Es un hombre veterano y válido, algo grueso; conserva una espesa melena ya grisácea y lleva cerca de cinco años sin fumar. Ahora, sin darse cuenta, se lleva la mano al bolsillo donde durante tanto tiempo guardó el paquete de tabaco. En sus más de quince años de servicio nunca había imaginado que pudiera verse envuelto en una situación semejante. Conoce el protocolo: «CATÁSTROFE URBANA O ATENTADO TERRORISTA». El enunciado es claro. Pero solo tienen treinta y cuatro minutos, no, ahora treinta y tres, para evacuar todo el edificio. ¿Podrá manejar semejante problema?

¡Debe hacerlo! Miles de personas dependen de él. Cuelga el aparato y activa el programa informático adecuado. Todo su equipo de Seguridad sabe qué hacer y dónde hacerlo.

El programa accede a todos los móviles de las personas involucradas en la evacuación. El mensaje que reciben es elocuente: «ESTO NO ES UN SIMULACRO. EL EDIFICIO DEBE SER DESALOJADO DE MANERA INMEDIATA. APLIQUEN EL PROTOCOLO CORRESPONDIENTE». Nunca, en toda su historia, desde 1935, se

14

habían visto en una situación semejante. Algunos de los receptores del mensaje dudan: son muchos, más de la mitad, los que necesitan comprobar que la orden es realmente cierta. Así se pierden varios minutos y la centralita de Seguridad se ve colapsada.

18.19, menos veintiséis para la explosión. La mayoría de los trabajadores del centro, incluido el personal de Seguridad de paisano, los «correos», se están colocando en los puntos clave para la evacuación, escaleras peatonales y mecánicas, así como ascensores. Estos últimos son bloqueados para la evacuación de personas mayores o minusválidos.

Los vendedores se sitúan en sus respectivos lugares para colaborar en el desalojo. Algunos utilizan el teléfono móvil. En el centro hay parejas que trabajan en distintas plantas y necesitan saber que de momento todo va bien.

Transcurridos diez minutos desde el inicio del programa, en los altavoces de todos los pisos se escucha una voz masculina: «Por razones de seguridad tengan la bondad de abandonar el edificio. No se trata de una emergencia inmediata. Sigan las instrucciones del personal situado en las diferentes escaleras del centro y mantengan la calma».

La mayoría del público actúa con tranquilidad, con coherencia, se deja conducir hacia las escaleras mecánicas. Algunos preguntan, quieren saber qué ocurre. La respuesta es invariablemente la misma: «Se trata de una evacuación prudencial, no se preocupen, continúen avanzando».

Por desgracia, hay demasiado público, y este se acumula junto a las escaleras. La presencia de los empleados contiene a la multitud y la encauza con cierto orden.

Al principio todo va bien, pero, como no podía ser de otra manera, el caos acaba por aparecer. En la planta cuarta alguien escucha la conversación de uno de los vendedores por el teléfono móvil.

—¡Es una bomba! —grita el hombre—. ¡Lo ha dicho aquel vendedor!

Se oye entonces un grito femenino, un cuerpo cae al suelo, algunos intentan levantarlo mientras otros comienzan a correr hacia la escalera, ya repleta, donde se forma una masa humana que se empuja y grita y llora: la pugna por huir

15

ha comenzado. Ha llegado el momento en que la multitud deja de ser la suma de personas individuales para convertirse en una masa furibunda que solo piensa en sí misma. Huir y vivir. Sea como sea.

Así llega el caos.

18.20. La Guardia Urbana ha establecido un perímetro de seguridad que cierra el tráfico en el entorno del edificio. Son cientos las personas que están abandonándolo por todas sus puertas, pero ello no impide que algunos policías accedan al interior para colaborar en la localización y desactivación del artefacto. En la tercera planta, el inspector y artificiero Alejandro Martín intenta llegar junto al jefe de Seguridad, Miquel Feliu. No estaba de servicio pero paseaba muy cerca, por el barrio Gótico. Tras escuchar el mensaje de emergencia se ofreció para coordinar a los suyos desde el interior. Tuvo suerte y pudo utilizar los ascensores antes de que se desatara el pánico.

El inspector Martín cruza la planta. Algunas personas, desesperadas, corren sin rumbo buscando otra salida. Martín las ignora, excepto a una niña de unos siete años, sentada bajo un extintor. Ha perdido un zapato y está sola, llorando desconsolada. La toma en brazos. La niña se resiste un poco pero acaba por aceptar sus palabras cálidas: una cancioncilla parece calmarla. Martín alcanza la zona de seguridad, entra con la cría en el área restringida. Un vigilante de seguridad intenta detenerlo; el cuerpo de la pequeña oculta su identificación. Martín sostiene a la pequeña con una mano y extrae de entre ambos cuerpos la cadena con la placa. Le franquean el paso. Martín les deja a la cría.

—Soy el inspector Martín, artificiero. Necesito hablar con el jefe de Seguridad —dice al primero de los correos allí presente.

El hombre señala la sala de control, donde varios hombres

17

trabajan alrededor de treinta pantallas de televisión que monitorizan todas las plantas simultáneamente.

—Es el de en medio, el del pelo cano.

Martín se abre paso entre los hombres del equipo de Seguridad, exhibe la placa en la mano izquierda para mostrar su identidad aunque nadie parece reparar en su presencia. Llega junto al grupo: Feliu da indicaciones, modifica la posición de sus hombres, pese al creciente caos que se ha adueñado de la multitud persiste en su empeño y es muy posible que esto salve vidas. Martín realiza una primera evaluación, parece un hombre competente.

—Soy el inspector Martín, artificiero. —Su voz resuena potente, por encima de las apresuradas conversaciones del grupo. Se produce un silencio colectivo que rompe Feliu.

—López, siga coordinando la evacuación. Inspector Martín, tengo la información que necesita, acompáñeme. ¿Cómo es que no va de uniforme?

—No estaba de servicio, la emergencia me sorprendió aquí cerca.

—Sea bienvenido, toda ayuda es importante.

Caminan hacia una mesa situada en un despacho contiguo. Desde tres monitores situados en una esquina de la mesa se puede acceder a cualquiera de las ciento veinte cámaras esparcidas por el edificio.

Rodean la mesa y Feliu acciona el teclado. La primera imagen muestra la entrada en el aparcamiento de un monovolumen de color oscuro conducido por un hombre melenudo y con barba acompañado por una mujer con un pañuelo en la cabeza y grandes gafas de sol; la segunda, el vehículo estacionado en la plaza 206.

—Creemos que se trata de este. Nos han confirmado que no hay denuncia por robo, pero parece muy sobrecargado, no hay otro vehículo en el aparcamiento con la suspensión tan baja.

—¿Qué es eso que se ve en la parte trasera? —pregunta Martín señalando una aglomeración de objetos situados en el maletero.

—Aparentemente, regalos. Paquetes envueltos con papel de colores y adornados con lazos. Una excelente forma de disimular, cubrir los explosivos con ellos y dejarlos a la vista. Nadie hubiera sospechado de ello, al no dejar la bandeja al descubierto y exhibir la carga así.

—¿No hay otro vehículo cargado con un peso semejante?

—No hemos localizado ningún otro. Hay aparcados trescientos doce vehículos entre las cuatro plantas. Los demás no despiertan sospechas.

—¿Tiene *zoom* la cámara?

—Sí, aunque el ángulo será algo forzado.

—Acérquelo hasta la parte trasera y deme un primer plano de las ruedas.

La cámara centra la imagen. Resulta extraño que los terroristas lo hayan dejado con la parte trasera a la vista, si lo hubieran aparcado al revés sería más difícil localizarlo. Durante unos segundos, Martín duda. Tan a la vista... ¿Un señuelo? ¿Una trampa? ¿Quizá no sea un coche bomba, quizá sea un simple coche cargado de regalos? La cámara se acerca a la rueda izquierda. Martín contempla el eje de la suspensión: está inusitadamente bajo. Cargará, por lo menos, cuatrocientos kilos. ¡Según sea la composición del explosivo podría bastar para volar medio edificio!

19

$\mathcal{M}$artín acciona el móvil. Ha mantenido la llamada en espera desde que contactó con su central para no perder la línea, pues en tal caos todas las líneas estarán sobrecargadas. Retoma la comunicación con su compañero Lluís Pla. Este, junto con un segundo equipo a cargo del inspector Ernest Piqué, y con la supervisión del comisario de los artificieros, Pedro Garrido, están esperando sus instrucciones junto a la entrada del aparcamiento.

—Lluís, lo tenemos. Planta menos dos, plaza 206, un monovolumen negro. ¿Están despejadas las rampas, Feliu?

—Sí, lo están.

—Martín, soy Garrido, tengo el teléfono de Pla.

—Jefe, pueden bajar, las rampas están despejadas. Feliu, ¿situación respecto a la rampa?

—Saliendo de la rampa a la derecha, línea recta, unos cuarenta metros. Tenemos a un hombre en cada rampa para controlar los accesos y mantenerlos libres. Él los conducirá si lo recogen.

—Dele la orden a su hombre. ¡Jefe, abajo, al final de la rampa tienes a uno de la casa, te conducirá hasta el vehículo! Feliu, ¿hay cobertura de móvil en la menos dos?

—Con interferencias, la señal es débil en la menos uno y casi inexistente en la menos dos.

—Su hombre tendrá un *walkie*. —Feliu asiente—. Consígame uno y libere la frecuencia de comunicación. Después, despeje todos los sótanos a excepción de ese hombre; podríamos necesitarlo.

Feliu se levanta y va hacia la sala central. La situación en la planta segunda es de total colapso. Los clientes de las plantas superiores han convergido allí hasta convertirla en un cuello de botella. Todos los esfuerzos de Feliu pasan por intentar descongestionarla. A esta hora habrán abandonado el centro unas dos mil personas. Puede que sigan dentro más de tres mil.

El vehículo de transporte de los artificieros entra en la planta menos dos y estaciona a unos diez metros de la rampa. El correo les ha entregado su *walkie*. A continuación, lo han despedido hacia el exterior. Lluís y sus cuatro hombres bajan del transporte. A una orden de su superior abren la compuerta trasera y extraen las armaduras y los escudos de protección.

—No hay tiempo para utilizar el robot. Intervención directa. Borràs, ven conmigo. Los demás, atentos al equipo y mis órdenes.

Lluís Pla y Borràs se dirigen hacia el monovolumen.

—Joder, jefe, este coche está cargado hasta los topes.

—Eso parece.

Los artificieros se sitúan junto al portón trasero del monovolumen. Dos linternas los ayudan a examinar la cubierta que camufla los explosivos. Siguen por el portón trasero, deslizan un halo luminoso por el cristal. A continuación Borràs se introduce entre ambos automóviles, junto a las puertas, e ilumina el borde interior del cristal.

—¿Libre?

—No veo ningún cebo en la ventanilla.

Un chasquido de dedos atrae la atención del resto de los compañeros.

—Procedimiento de intervención dos. Accederemos por la ventanilla trasera.

El resto del equipo se aproxima, cargado con varios maletines. No se molestan en traer las armaduras: si el vehículo estalla, ni las armaduras de plomo y kevlar conseguirían salvar sus vidas.

Abren los maletines y uno de los artificieros acude con una lámpara con batería montada sobre un brazo extensible, que sitúa tras el portón. Lluís empuña una sierra circular; con esta herramienta comienza a abrir un hueco desde el que acceder al maletero sin abrir el portón. Los terroristas podrían haber co-

21

nectado el explosivo a la cerradura y su apertura provocaría la explosión. El sonido de la sierra desplazándose sobre el cristal es un zumbido ligero. Lluís traza con mano sabia un rectángulo de gran tamaño. Borràs sostiene dos ventosas para evitar que, una vez completado el recorrido de la sierra, el cristal caiga hacia el interior del monovolumen.

—¿Tiempo? —reclama Lluís mientras Borràs retira el cristal.

—Menos trece.

—¡Muy justo, jefe; muy justo! —apunta una tercera voz junto a la lámpara.

—Aún hay tiempo, por lo menos hasta menos cinco. Palau, Gullí, despejad los paquetes, con delicadeza. Álex, ¿me escuchas? ¿Cómo va la evacuación?

—¡Mal! Debe de haber más de mil personas entre las plantas dos y cuatro. Se han formado montoneras en todas las escaleras, cunde el pánico y todas las salidas están colapsadas. ¿Cómo vas ahí?

—¿No me ves desde la cámara de seguridad?

—Más o menos. Sí.

—Vamos demasiado justos.

—¡Venga, venga, sigue!

—¡Maletero despejado, explosivo al descubierto!

—Jefe, Álex: veo tres barriles azules de unos ciento cincuenta litros cada uno, probablemente con cloratita. El dispositivo está conectado al portón trasero. Los barriles parecen conectados en serie y también parecen tener un dispositivo de ignición individual, creo que fulminato de mercurio. Y esta arcilla situada a ambos lados es RDX. ¡Estos cabrones han cebado la cloratita con C-1!

—¿Y el temporizador? —pregunta Martín.

—No lo veo.

—La cámara recibe la imagen con bastantes interferencias, no tengo una imagen clara. —Es Garrido quien habla desde el exterior, en el control de la furgoneta de la segunda unidad—. ¿Está el C-1 conectado entre sí o de manera independiente a cada barril?

—Veamos… El cordón detonante parece llegar a todos los barriles. Deja que sitúe mejor la cámara, ¿llegas a verlo ahora?

—Algo mejor, quédate quieto unos segundos, así. No metas mano por ahí, de momento. ¿Y el iniciador principal?

—No lo sé. Jefe, no veo el jodido aparato por ningún lado. O quizá... ¡Sí, ahí! Está junto al asiento trasero derecho. ¡Borràs, usad la sierra y abrid las ventanillas laterales! ¡Primero la derecha!

Incluso antes de que su inspector haya acabado la frase, Borràs ya está en ello. No han pasado más de treinta segundos cuando retiran ambos cristales.

—¿Tiempo?

—Menos diez, jefe. ¡Vamos contra reloj!

—Lo sé, lo sé. Borràs, ilumina desde la luneta trasera. Protección pectoral sobre el cristal lateral. Bien. Palau, ponte detrás para equilibrarme si es preciso.

Lluís introduce su cuerpo por la ventanilla lateral. Es estrecha, así que pasa primero los brazos y luego la cabeza y los hombros, apoyando las piernas en el coche contiguo. Con el pecho sobre la carrocería, su visión cae directamente sobre el reloj destinado a activar todo el mecanismo de ignición. Con enorme cuidado sus manos acarician un cuerpo metálico que emite una pequeña luz rojiza. Es un reloj digital tipo sobremesa que está apoyado con el frontal hacia la carrocería, de manera que el tiempo queda oculto, por eso no podía verse hasta este momento. Gira el reloj hacia arriba, no desea moverlo más de lo necesario. Ahora puede ver el tiempo restante. Y el reloj no marca menos diez.

Solo quedan tres minutos cincuenta y cuatro segundos para que la cuenta atrás finalice.

23

5

—¡*J*efe!

—¡Evacuad!

—Quizá todavía podamos...

—¡Fuera de ahí! ¡Rápido!

—Álex, ¿sigue el edificio lleno de gente?

—Joder, Lluís, ¡está igual que hace treinta segundos, saca a tu gente de ahí!

—¡Jefe, tenemos que intentarlo! ¡Si esto estalla, arriba será una masacre!

—Inspector Pla, esto es una orden directa: salga de ahí con los suyos. El mecanismo de ignición es demasiado complejo. ¡Muévase! ¡Salve la vida de sus hombres! ¡Tienen el tiempo justo para salir al exterior!

Lluís Pla duda. Su deber es arriesgar para salvar las vidas de otros, quizá pudiera localizar el cable detonador y así detener el iniciador. Tiene que haber una solución, observa desde la ventanilla el amasijo de cables de colores, se decide y da una orden concreta.

—Borràs, saque de aquí al equipo. Yo me quedo.

—Inspector Pla, le he dado una orden directa. ¡Coja a sus hombres y salga de ahí!

—¡Lluís! ¡Joder, sal de ahí!

—Lo siento, Álex. Jefe, me quedo. Lo voy a intentar.

—¡No me hagas bajar a buscarte!

—Martín, ¡ni se le ocurra! —El inspector Garrido detiene el arrebato de su otro inspector—. Bastante tengo con un hombre en la zona de ignición. El inspector Pla ha tomado su deci-

24

sión. Además, usted no tendría tiempo de llegar a la menos dos antes del final de la cuenta atrás. Sirva de apoyo y proporcione una segunda opinión.

—Lluís…

El inspector sostiene la mirada de su segundo. Está cargada de tantos sentimientos que estos acaban por desbordarle. Han sido muchos los años de trabajo en equipo, miles de horas de formación, de viajes, de estudio… Borràs aprieta los puños, contiene las lágrimas, da media vuelta y con un sencillo gesto señala el camión. Montan Gullí y Palau. Con un rechinar de neumáticos se alejan por la rampa.

—Maldita sea, Pla; maldita sea.

—Ayúdeme, jefe. Nadie sabe más sobre la combinación de altos y bajos explosivos que usted.

—Bien. —El tono de voz de Garrido ha cambiado. No hay tiempo para recriminaciones; no comparte la decisión de Pla pero la comprende; quizás él, en otra época, hubiera hecho lo mismo—. Enfoque las conexiones del reloj. Mantenga la imagen estable. Describa lo que ve para que el inspector Martín pueda visualizar este presunto iniciador y dar su opinión.

25

Pla introduce el cuerpo por la ventanilla y recoge suavemente el reloj digital. Quedan dos minutos cincuenta y cinco segundos. Le da la vuelta y entonces detiene el movimiento de su cabeza para fijar bien la imagen.

—Bien, escuchad: del rectángulo que forma la base del reloj surgen seis cables diferentes. Uno de ellos, el clásico de alimentación, se pierde por debajo de los asientos traseros, probablemente en dirección hacia la batería del motor. Los otros cinco son de varios colores y van hacia diferentes lugares. Uno rojo va hacia el portón trasero, es el que localizó Borràs en su primera exploración.

—¿Dónde conecta el rojo?

—Hace un puente con los verdes.

—Siga.

—Los verdes van hacia el C-1. Los otros dos, azules, van hacia los barriles; uno va por la parte delantera; otro, por la parte trasera.

—Bien. Ilumine y observe el cable azul delantero. Dígame qué ve.

—En cada barril parece haber un iniciador, un «primer», situado como tapón físico, cable azul. Pero las conexiones están parcialmente cubiertas por cinta aislante y no quedan a la vista.

—Deténgase. No tenemos tiempo y es demasiado complicado. Vuelva al reloj. Separe la carcasa. Intentaremos detener el mecanismo de ignición en lugar de cortar las conexiones intermedias.

—Bien.

Pla apoya suavemente el reloj sobre su parte delantera y fuerza, también con suavidad, la carcasa. Acaba por ceder con un chasquido que le hiela el corazón. El miedo, hasta el momento bajo control, se le ha disparado con este movimiento banal. El interior del reloj muestra una complicada combinación de cables entrecruzados.

—Un despertador... La imagen es defectuosa, Pla; tengo interferencias. Pero tengo cierta idea sobre lo que debemos buscar. ¿No recuerdan aquel curso sobre altos explosivos de la OTAN, en Bruselas? ¡Localice un mecanismo de vibración!

—¿En un despertador de sobremesa? Cuesta ver algo en medio de este berenjenal... ¡Pero sí! Aquí está, ¿ve ahora la imagen?

—Mejor. ¿Quizá son los cables verdes los que van hasta los polos negativo y positivo?

—Sí. Aquí están, pelados, es cobre unifibrilar. Están soldados a los polos. Con finura. ¿Álex?

—Esos hijos de puta son buenos. Así no pierden tensión al transmitir la energía. Es casi seguro que el iniciador es este mecanismo de vibración. ¿No hay otro cable que se conecte al maldito mecanismo de vibración?

—No, no lo parece. No. Solo el rojo, que hace el puente a unos cuatro centímetros. ¿Qué opina usted, Martín?

—Jefe, eso es demasiado sencillo. Podría ser un cebo.

—Es cierto, es cierto. ¿Tiempo?

—Uno veinticinco.

—Lluís, los azules pueden ser los detonadores. Dime dónde se conectan.

—Van directos al mecanismo del reloj.

—Creo que voy comprendiendo el sistema. Es un doble paralelo. La ignición la establece el reloj al llegar a cero, creará una corriente de 1,7 voltios que accederá hasta el vibrador, y al activarse este será el que cierre el circuito y provoque la explosión. ¿Martín?

—Demasiado fácil, jefe.

— ¿Tiempo?

—¡Cincuenta y cinco!

—Sí, es cierto. Demasiado fácil. ¡Compruebe el lado interno de los barriles! ¡Podría haber algo más!

Pla introduce el cuerpo hasta la cintura, la linterna de xenón indaga rompiendo la oscuridad, se deslizan los segundos, que proporcionan un peso físico a su paso. Nunca el tiempo fue tan tangible, es una melaza que amortigua las voces, los gestos, la vida misma; Pla acaba por encontrar lo que buscan.

—Jefe, junto al cable de alimentación, cubierto por un cordón detonante, creo que de pentrita, veo otro rojo que se pierde bajo los barriles.

—¿Rojo?

—Sí.

—Sí... Pero... ¡Pueden ser pistas falsas! ¿Podría ser el rojo?

—¡Tiene que ser el rojo que viene de la batería, Lluís, córtalo!

—¿Seguro? ¡No lo veo claro! ¡Yo apostaría por el azul!

—¡Joder, jefe, tampoco yo estoy seguro!

—Tiempo, Pla.

—¡Quince!

—¡Decida ya!

—¡Voy a cortar el azul!

Lluís jadea ante la terrible presión que nubla su vista: es una decisión de vida o muerte. Con el cuerpo colgando sobre la ventanilla, sus sudorosas manos sostienen la pequeña cizalla con el cable rojo justo en su mitad. No hay tiempo para nada más.

—¡Lluís! ¡No!

La voz de su gran amigo Álex lo acompaña en su camino hacia la gloria. Cierra los ojos, apenas alcanza a tragar una saliva que se le queda en la garganta. La cizalla hace su trabajo.

Y un suave clic se deja oír después del corte.

6

*E*n la primera fracción de segundo la corriente eléctrica fluye directa hacia el C-1 situado a los lados y bajo los barriles. A continuación, el cordón detonante se activa y llega a los barriles de cloratita. La descarga eléctrica libera una enorme cantidad de gas que proporciona un efecto de bomba sónica. Es la explosión que podrá escucharse en toda el área metropolitana de Barcelona, diez kilómetros en derredor, pese a producirse en un sótano a diez metros bajo tierra.

El C-1 detona, pero los cuatrocientos cincuenta kilos de cloratita se inflaman formando una bola de fuego que se expande y crea un muro de fuego que se adosa a todo el espacio libre. Una serpiente de fuego asciende por todos y cada uno de los espacios del edificio, escaleras, ascensores, sistema de ventilación, las rampas del garaje. Su ímpetu es irrefrenable, un ariete de fuego que arrasa con todo lo que encuentra en su camino.

Los dos mil quinientos grados que alcanza esta bola de fuego hubieran bastado para incendiar el edificio, pero a eso hay que sumar la detonación de los cuarenta kilos de C1. La fuerza rompedora del explosivo plástico es tal que la planta menos dos se viene literalmente abajo, incluidos los pilares de sustentación del edificio.

Durante unos diez segundos, mientras el fuego se expande por doquier, la superestructura del edificio es capaz de resistir las tensiones que la están desequilibrando. Diez segundos, no más: la repentina desaparición de ocho columnas de sustentación de la menos dos y el enorme daño sufrido por las demás provocan que el sector entero situado sobre la zona de ignición se hunda por completo. Esa parte del edificio se desmorona sobre la masa de fuego y levanta una nube de polvo que contribuirá a apagarlo parcialmente. Con el primer boom sónico del C-1 saltan los cristales exteriores de los nueve pisos del edificio. También los cristales de los edificios cercanos se convierten en infinitos fragmentos: los marcos de las puertas y ventanas se desencajan; son muchas las personas que caen al suelo producto del impulso de la deflagración.

Justo tras la rotura de los cristales vuela a lo lejos buena parte del revestimiento que recubre el edificio: las placas de cemento que lo envuelven son proyectadas a más de treinta metros de distancia y dejan a la vista el forro original de hormigón.

En esos diez segundos previos al derrumbe parcial del edificio, el fuego se expande y cubre por completo las plantas menos dos y menos uno, y la planta baja, repleta de clientes que intentaban huir desesperadamente. Causa centenares de muertos. Bloquea la salida al exterior del resto del público atrapado en los pisos superiores. Además, las canalizaciones de acondicionamiento de aire se convierten en un camino por donde el fuego avanza a enorme velocidad, y las nueve plantas del edificio se ven atravesadas por regueros de llamas que lo incendian todo a su paso.

Una lengua de fuego surge por la boca del aparcamiento impactando en el edificio de la Sud América, situado frente a los grandes almacenes, e incendia parte de las plantas baja y primera. Además, todo el arbolado cercano queda calcinado.

Vuelan por los aires miles de artículos: papel, ropa, mobiliario. También caen algunos cuerpos. La nube de polvo del derrumbe se eleva y no tarda en oscurecer el interior y el entorno del edificio.

Son las 18.52. El día es el 29. El mes es febrero. A esta hora, la luz del sol prácticamente ha desaparecido. La red eléctrica también se ha visto afectada y, durante más de ocho minutos, tras unas iniciales fluctuaciones, desaparece. Todo el entorno del edificio solo queda iluminado por los cegadores regueros de un fuego maldito que se expande por doquier. Y en el edificio, centenares de personas quedan atrapadas, sin salida.

Álex lo sabe incluso antes de sentir la poderosa vibración del C-1 que arroja al suelo a todos aquellos que estaban de pie. Chorros de llamas surgen por los conductos de ventilación y repelen las tapas de protección como si fueran de papel. Quienes tienen la mala suerte de quedar en su camino reciben tal llamarada y se ven envueltos en un fuego pegajoso que les corroe la piel hasta dejar los huesos al descubierto.

En la sala de control, donde todos los cristales y las pantallas han reventado, varios hombres se debaten en el suelo entre los cortes provocados por los cristales, mientras que otros corren envueltos entre las llamas.

Algunos correos toman los extintores de la sala y los emplean sobre sus compañeros, pero, de repente, se detienen contemplando incrédulos la nube de polvo que atraviesa los restos del cristal y los arroja de nuevo al suelo. Es como un golpe físico que les roba el aliento. Quedan a ciegas por completo, salvo gracias a algunos círculos de luz allí donde el fuego ha prendido.

Álex se pregunta cuánto tiempo habrá pasado desde que cayó al suelo. Se palpa la cabeza, hay sangre en ella, sobre el occipital derecho, y tiene los ojos irritados. El polvo todavía oscurece el ambiente, pero la visibilidad es mayor; seguro que han pasado varios minutos, imposible determinar cuántos. Cuando logra enfocar su mirada, contempla el peor escenario que ha visto en su vida.

Intenta avanzar hacia el centro de la planta, tropieza y está a punto de caer; es un cuerpo que yace en el suelo. Se arrodilla

EL ROSTRO DE LA MALDAD

sobre él, le toma la muñeca: no tiene pulso. Vuelve a levantarse, gana a trompicones la puerta de acceso. Un pensamiento recurrente asola su conciencia: ¿dónde estará aquella princesita que lloraba sobre su hombro?

Retrocede tambaleándose y llega a sus oídos el sonido del caos. Percibe una vibración en su cintura, se trata de su *walkie*.

—¡Martín! ¡Martín! ¡Conteste, Martín!

—Jefe...

—¡Por fin! ¿Dónde se encuentra? ¿Cuál es la situación? ¡Conteste!

—Planta tercera, cerca del centro de seguridad, pero no sé muy bien en qué dirección. La planta está repleta de polvo en suspensión y humo, y no logro orientarme.

—Bien, escuche. Necesitamos su ayuda. Los bomberos están intentando apagar el incendio de las plantas baja y primera antes de que se propague hacia los pisos superiores. Desde el exterior se ven focos en todas las plantas, pero son de menor importancia que los mencionados. No tenemos contacto con nadie del interior, excepto con usted. Las líneas de móviles están colapsadas, y todas las fijas han saltado por los aires. Necesitamos que sea nuestros ojos y oídos en el interior del edificio. ¿Está herido?

—No, no; creo que no. Algún rasguño, nada importante.

—Martín, muchas vidas dependen de las decisiones que tomemos en los próximos minutos. ¡Necesitamos saber qué pasa ahí dentro! ¿Está preparado?

—¡Le oigo muy lejos, hable más alto!

—¡Martín, estoy gritando! Es su oído. Recuerde, la explosión.

—Sí, sí, ya entiendo, jefe; ya está, dígame cómo puedo ayudar.

—Intente localizar alguna escalera que le lleve a la planta dos e infórmeme sobre lo que vea. Después diríjase al interior del edificio, las tres fachadas están, más o menos, controladas. Es de la que da al interior de la manzana de la que no sabemos nada. ¿Podrá hacerlo?

—Sí, aunque cada vez hay más focos de fuego en esta planta.

—¿Hay heridos?

31

—Sí, muchos; algunos correos están ayudándolos. También veo algunos muertos. ¡Ahí veo una escalera!

—Diríjalos a la quinta planta, los bomberos están clavando allí una grúa móvil para la evacuación.

Álex camina hacia la escalera, suben algunos heridos, salen por entre una cortina de humo cada vez más espesa. Se asoma a la escalera y una vaharada de calor impacta contra su rostro. El fuego debe de estar expandiéndose. Cuando llega a la planta dos el espectáculo es desolador.

—¡Jefe! El suelo está repleto de cuerpos. La planta está en buena parte en llamas. Hay demasiado humo, tengo que regresar a la tercera.

—¡Suba rápido! Recuerde, todos aquellos que puedan valerse deben ascender a la quinta planta. Los bomberos van a utilizar helicópteros antiincendios para intentar atajar el fuego, arrojarán gran cantidad de agua desde el tejado.

Álex emprende el camino de regreso cuando el humo le produce una tos ronca y sostenida. Vomita en un rincón; quizá no sea a causa del humo, sino de la tensión. Aunque el humo aquí también es abundante, lo es menos que en la planta inferior. Álex se desplaza siguiendo la pared situada junto a la escalera, y entonces la magnitud del desastre cae sobre su desprotegida conciencia.

La pared se ha desvanecido. Rodeado por el humo, su pie derecho tienta el vacío. A sus pies se abre un enorme boquete por el que ha desaparecido el treinta por ciento del edificio.

32

—¡*J*efe! ¿Me escucha? ¡La parte trasera del edificio ha volado! ¡Jefe!

—Sí, le oigo. Describa qué ve.

—Mucho humo, llamas en la parte inferior, parece que por debajo del nivel del suelo. La explosión ha debido afectar a los cimientos; creo que el perímetro del derrumbe es, por lo menos, de unos cuarenta metros de diámetro.

En ese momento una segunda explosión surge con fuerza arrolladora del cráter: una de las conducciones de gas ha acabado por ceder. Álex es proyectado hacia atrás mientras un nuevo chorro de llamas surge alcanzando una altura superior a los cincuenta metros y riega con llamas todo aquello que queda a su alcance. Todas aquellas partes del edificio que aún aguantaban, inestables, debilitadas, pendiendo de un hilo de cemento o de hormigón, caen sobre el cráter.

—¡Martín! ¿Qué sucede? ¡Conteste!

—Una nueva explosión, creo que es gas, habrá afectado a las conducciones subterráneas. ¡Corten el suministro de inmediato!

—Me pongo a ello. ¡Suba hacia la quinta planta! Y recuerde, intente evacuar al mayor número posible de civiles.

Álex regresa hacia el interior del edificio. Consigue detener a algunos de los muchos que avanzan sin rumbo, exhibe la placa imponiendo su autoridad: «Arriba, aléjense del incendio, vayan al quinto piso». De una boca antiincendios mana la suficiente agua para improvisar un filtro con un pañuelo.

Localiza a algunos correos que están ayudando a heridos y los informa sobre la situación.

—¿Tenéis una frecuencia prioritaria donde localizar a Palau?

—Sí, la veinte; es el canal de órdenes.

—Arriba, subid, alejaos del incendio, corred la voz, es una orden de los bomberos. —Después utiliza el *walkie*—. Atención, Palau, atención; soy el inspector Martín, el artificiero, ¿me escucha?

—Martín, le escucho. ¿Dónde está?

—Aquí, en la tercera. Escuche, Palau, dé orden a sus hombres para que conduzcan a los supervivientes al quinto piso. Las plantas inferiores a la segunda están en llamas. Y la parte del edificio que da al interior de la manzana se ha derrumbado.

—¿Cómo sabe todo eso?

—¡He visto el derrumbe con mis propios ojos! Y recuerde el *walkie*, canal 23, mi jefe está fuera, en la unidad de control, nos estamos pasando información.

—¿No podrán pararlo?

—No creo. Van a utilizar helicópteros para verter agua sobre el edificio. Solo están logrando evacuar a civiles desde la quinta planta. Los bomberos han clavado una escalera allí. ¡Dé la orden de evacuación!

—Bien, lo haré, pero escuche, tenemos a decenas de heridos en la planta tercera, no podemos dejarlos ahí, o las llamas acabarán por alcanzarlos.

—¿Sigue en el puesto de control?

—Sí.

—Me reuniré con usted dentro de un minuto.

Álex llega al control. Feliu está en la zona de cámaras, más de la mitad están apagadas.

—Feliu, dígame cómo ve las cosas.

—¿Que cómo veo…? He perdido a la mitad de mis hombres. Estaban intentando ayudar en la evacuación de la planta baja y la primera cuando sucedió la explosión. La explosión inicial habrá matado a centenares de personas. Casi todas las cámaras del centro han dejado de funcionar; solo tengo imágenes de una parte de la cuarta, quinta y sexta plantas, y la red ha saltado de la séptima hacia arriba. Y el servicio contra incendios está completamente anulado, la explosión ha debido de cortar el suministro de agua. Esto es un verdadero desastre.

—¿Sabe algo de la planta segunda?

—Sí, me queda un hombre allí. Estaba intentando evacuar a un grupo de unas diez personas, pero la parte central de la planta está en llamas y no consiguen acceder a esta zona. ¡Están atrapados!

—Palau, deme un segundo; avisaré al control exterior. Jefe, ¿me escucha?

—Aquí Garrido; sí, Martín, le escucho.

—He llegado al control de la planta tercera. Tenemos un grupo de personas atrapadas en la segunda, junto con uno de los correos, en el lado sur.

—Comprendido, paso nota para que intenten concentrar sus esfuerzos en esa zona. Martín, estoy en el centro de control de emergencias, el responsable de los bomberos confirma que se ponen a ello, buen trabajo.

—Feliu, dígame: ¿no tienen esas personas posibilidad de ascender a la tercera planta por algún otro lado?

—Las dos escaleras más cercanas se han derrumbado y la parte central de la planta está en llamas. No lo creo.

—¡Piense, Feliu; tiene que haber otra opción! Por mucho que se esfuercen los bomberos será difícil que logren detener el fuego en esa zona.

—¡No lo sé!

—¡Venga! ¡Exprímase el cerebro! ¡Solo el arquitecto puede conocer el edificio mejor que usted! Un jefe de seguridad tiene la obligación de conocerlo como la palma de la mano. ¡Busque una salida para esa gente!

—Yo... ¡Sí! ¡Quizás haya una opción!

—¿Cuál?

—Existe una columna de comunicación entre todas las plantas que se corresponden a una época en la que los artículos comprados mediante el sistema de carta de compra eran remitidos directamente al sótano menos uno, a un departamento donde se centralizaban las oficinas de este sistema.

—Pero, ¡si esa central estaba en el menos uno, esas columnas estará también repletas de fuego! ¡Es inviable!

—Puede que no. El sistema se cegó porque era demasiado brusco para dejar caer según qué artículos, así que los vendedores pasaron a llevar en mano los productos hasta la menos dos.

El acceso a la columna se selló con cemento. Es posible que haya resistido las llamas, podría ser una posible vía de evacuación.

—¿Y las bocas de los pisos no se cegaron de idéntico modo?

—No. Las cubrieron con placas de aluminio.

—Está bien. Entonces, ¿queda en esa zona?

—¡Están justo allí; mi correo los alejó del fuego y los refugió en un departamento, un almacén donde precisamente está esa columna!

—Entonces podríamos intentar llegar hasta la columna en este piso y evacuarlos desde ahí.

—¡Sí!

Feliu utiliza el *walkie* por el canal de órdenes, necesita a uno de los suyos, dispersos por toda la planta:

—Atención, aquí Feliu. Necesito a un correo que se encuentre cerca de la central de seguridad.

No pasan más de veinte segundos cuando aparece un correo. No habla, mira a Feliu esperando órdenes.

—Llopis, queda bajo la jurisdicción del inspector Martín. Acompáñelo hasta el ala sur; muéstrele la columna de comunicación que está fuera de servicio, en el almacén de marcas de caballero.

—Bien. Necesitaremos herramientas, algo con que abatir la entrada a la columna, también alguna cuerda.

—Fuera estamos usando algunas maromas de la sección de deportes, seguro que consigo alguna dentro de un par de minutos —interviene Llopis activando el *walkie* y haciendo que su petición llegue a todos sus compañeros—. En cuanto a herramienta, ¿le sirve eso? —Señala un hacha depositada en una hornacina, junto a una inútil manguera.

El correo la agarra con la mano y la lanza para que Álex la recoja al vuelo.

—Gracias. Servirá.

—Martín, recuerde, canal 20; manténgame informado. No tenemos mucho tiempo, quizá dentro de unos diez minutos el fuego los alcance —contesta Feliu antes de volver a prestar atención a las cámaras y al *walkie*.

—¿Vamos? —pregunta Llopis.

—Un segundo, debo informar a mi jefe, en el exterior. ¿Jefe?

—Sí, Martín.

—Jefe, escuche, salgo con un correo para intentar ayudar a ese grupo de la segunda planta. ¿Cómo van las cosas?

—Van más mal que bien. Dijo usted en la segunda, ¿cierto?

—Sí.

—Martín, los bomberos la dan por perdida y recomiendan una evacuación inmediata de la tres. No tienen apenas tiempo. Piénselo. Demasiado riesgo.

—Son diez personas atrapadas en un almacén. Y hay una posible vía de escape por entre las paredes.

—Haga lo que deba hacer. He mandado al equipo de Piqué por el acceso de la quinta, están colaborando con los bomberos. Intentarán ayudarle, si es posible.

—Gracias, jefe.

—Cuídense —se despide Feliu.

—Claro.

Los dos hombres abandonan el puesto de control. Un oscuro instinto hace que Álex se detenga y levante una mano en señal de despedida. Feliu le contesta de igual modo. El polvo y el humo ocultan en parte su figura, lo que le confiere un aspecto misterioso; ellos no lo saben, pero está será la última vez en que se vean con vida.

37

9

—*B*ien, sígame —explica Llopis—. Intentaremos llegar atravesando la planta por la fachada que da a la plaza.

Avanzan unos treinta metros. Al llegar a la esquina, con el forro del edificio desaparecido, las cristaleras reventadas y las cortinas convertidas en jirones, Álex contempla el panorama que se le ofrece en el exterior. Es la primera vez que lo ve: desde arriba, en una plaza parcialmente a oscuras, ya que la red eléctrica solo se ha restablecido en parte, el edificio vomita humo por doquier, y entre este alcanza a ver las luces de emergencia de los coches de policía, bomberos, ambulancias. Es un verdadero desastre, y ellos están justo en su centro. Se pregunta si lograrán salir con vida.

Y entonces, en la pared del edificio de la Sud América, situado justo frente a ellos, iluminado por las llamas, alcanza a leer una frase que el destino parece haberles enviado: «La fe fortalece, la esperanza vivifica».

Resulta increíble que alguien decidiera colocar ese mensaje de esperanza a la altura del sexto piso del edificio de la Sud América. Durante un par de segundos permanece inmóvil contemplando esa leyenda, parece como si la hubieran inscrito para él. Es entonces cuando comprende que lo lograrán, que su destino no puede ser morir en ese infierno. Siguen avanzando hasta llegar al lado opuesto.

—¿Cómo es que no hay nadie por aquí?

—Las escaleras de este lado se hundieron.

—¿Es ese almacén?

—Sí.

Llopis manipula el pomo, pero no cede; está cerrado. Ambos hombres se miran. Álex alza el hacha y con un fuerte golpe desmonta la cerradura. Entran. El correo utiliza una linterna, la luz del fuego no llega al interior de este almacén. Se trata de un habitáculo de unos tres metros de ancho por cinco de largo, repleto de alargados percheros con los que poder transportar prendas. Llopis los saca al exterior. Después, una vez despejado el espacio, penetran hasta el fondo del habitáculo.

—Mire, esta es la antigua columna de comunicación.

Parece tratarse de un pared normal y corriente, de esas protegidas con cubiertas de prefabricado. A media altura se ve una chapa metálica.

—Páseme el hacha.

—Espere un segundo. Déjeme sitio.

Álex coloca la palma de la mano sobre la chapa, está caliente pero no ardiendo. Tampoco parece que haya rastro de humo en las junturas de la chapa. Estos detalles son importantes: si la columna estuviera repleta de un fuego latente, la entrada brusca de oxígeno produciría una deflagración que ocuparía todo el almacén y mataría en el acto a ambos hombres.

Álex se retira un par de metros. Llopis desencaja la pieza. Con el segundo hachazo atraviesa el panel y, al retirar el hacha, lo arrastra consigo. Surge una vaharada de aire caliente. La temperatura es elevada, más de cincuenta grados.

Álex se asoma y contempla un pozo profundo con anchura suficiente para poder moverse en su interior. Abajo, a la altura del primer piso, y más abajo aún, en correspondencia con la planta baja, dos focos de luz penetran en la columna. El fuego ya se ha colado en los respectivos almacenes de esos pisos, más pronto que tarde cederán las chapas y cuando lo hagan el fuego ascenderá con fuerza ante el efecto chimenea que supone esa columna. Álex estudia la chapa, centímetro y medio de aluminio. Su punto de fusión es bajo, 660 grados. Es un metal muy maleable sometido a altas temperaturas. Si el fuego penetra en la columna cuando estén allí... Apenas tienen tiempo. ¿Arriesgar dos vidas por diez? Es justo. Lo intentarán.

39

10

—*L*lopis, necesitamos un lugar donde fijar la cuerda. Tendremos que izar a algunos de los atrapados, y a pulso no podremos con todos. Además, necesitaremos tener las manos libres para ayudarlos.

Ambos miran en derredor buscando dónde hacerlo.

—¡Los percheros! Las barras están diseñadas para cargar abrigos; si las cruzamos sobre la puerta de entrada, podremos anudar allí la cuerda. ¡Resistirán, seguro!

—Bien, Llopis. ¡Vamos!

En el exterior del almacén vuelcan dos de los largos percheros y los colocan frente a la puerta. Sobre ambas barras Álex realiza un as de guía trenzando, además, dos lazos a diferentes alturas, donde cree que, aproximadamente, colgará la cuerda frente al almacén del piso inferior.

—Llopis, voy a bajar.

—¿Por qué tú?

—Porque yo sé más sobre el fuego que tú, y tú sabes más sobre el edificio que yo. Si no pudiera subir, podrías conducir a los que llegaran a esta planta con mayor facilidad que yo. ¿Comprendido?

—Bien. ¿Y el hacha?

—Cuando esté a la altura de la chapa me la pasas por el hueco, te asomas y yo alargo el brazo.

Álex desciende. Lo hace rápido, llega hasta la altura de la chapa. Apoya la espalda contra la pared; los pies, abiertos, a ambos lados de la chapa, así tiene las manos libres, pero el calor supera la frágil barrera de la camisa; se quemará la espalda hasta el límite de lo soportable si no se da prisa.

—¡El hacha!

Se la alarga Llopis. Alex golpea la chapa con toda la fuerza posible. Por fin, esta cede. Deja caer el hacha, cae rebotando en las paredes. Se asoman cabezas por el hueco: están desordenados; necesitan dirección, quizá también autoridad.

—¡Dejen paso!

Gana la ventana con los pies y se desliza al interior del almacén. Su espalda roza el marco y una esquirla de aluminio traza un recorrido sangriento en su carne, aterriza entre un grupo desorientado con un gruñido de dolor que hace retroceder a los allí reunidos.

—Soy el inspector Martín. Vamos a evacuarles hacia la planta tercera a través de ese hueco.

Incredulidad, miedo, esperanza, todas estas emociones y otras más se dibujan en sus rostros.

—¿Quién de ustedes es el correo?

—Yo —contesta uno de los que permanece más tranquilo.

—¿Su nombre?

—Sallarés.

—Usted me ayudará. Arriba está otro correo, Llopis; él nos ayudará a izar a quienes no puedan hacerlo solos.

Álex mira a las personas allí reunidas: una madre con un chaval de doce años, una pareja de cincuentones, una pareja de novios (la chavala llora apoyada en el hombro de su chico), un anciano con sus buenos setenta años, un hombre de unos treinta y cinco alto y de complexión fuerte y mirada extraviada, una chavala joven, de unos dieciséis, y Sallarés, el correo.

—Vamos a ello, primero usted —señala al anciano.

—¿Por qué él? —grita el hombre fuerte—. ¿Por qué no yo?

—Mientras lo dice avanza hacia el hueco, una masa de músculos difícil de parar; pesará sus buenos noventa kilos.

Álex coloca una mano, suavemente, sobre su pecho, un movimiento sencillo, repleto de calma. ¿Bastará?

—Me estoy jugando la vida para salvarles y yo saldré el último de aquí. Espere su turno, no nos haga perder tiempo.

—¡Y una mierda!

Sallarés, que se ha situado detrás del hombre, lo agarra por los hombros, pero con un sencillo movimiento la gran fuerza del hombre prevalece y arroja el cuerpo del correo contra la pared. Los otros se apartan, asustados ante este estallido de violencia cuando la salvación parecía cercana. Con un rugido de triunfo, seguro de sus propias fuerzas, se lanza contra Álex.

Actúa con tres rápidos movimientos para ponerlo en su lugar. Las puntas de los dedos a los ojos, las falangetas impactan sobre ambas órbitas. La pierna de apoyo de Álex retrocede, se afirma y, con su otra pierna, golpea las del hombre lanzándolo sin control hacia delante. Después, con ambas manos sobre la espalda, lo impulsa hacia la pared, donde el impacto lo hace caer sin sentido al suelo.

—Sigamos, en orden. Señor, venga por aquí. Le ayudaré.

La respuesta del anciano le sorprende por completo.

—No. Que salgan antes los más jóvenes. Déjeme al final, se lo pido por favor. Se merecen esta oportunidad, aún tienen mucho tiempo por delante.

Esto es un hombre. No hay edad, solo valores. La mirada de Álex refleja infinito respeto ante esta dura decisión, repleta de sabiduría.

—Está bien. Primero el chaval.

El adolescente se acerca; su madre lloriquea revoloteando cerca de él, no sabe si reír o llorar, saca la cuerda del hueco y señala el lazo.

—Atentos todos, observen cómo vamos a hacerlo. Es sencillo. Se sentarán en ese borde, pondrán un pie en el lazo, se agarrarán a la cuerda y luego mi compañero situado arriba los izará. Sigan en todo momento sus instrucciones. ¿Han comprendido?

Todos asienten.

—Vamos a ello. ¿Tu nombre?

—Marc.

—¿Podrás hacerlo?

—Sí. —Mira a su madre al decirlo.

—Vamos a ello. Con calma, pero con rapidez. —Asoma la cabeza por el hueco después de decir esto—. ¡Llopis, te mando al primero!

Marc es joven, ágil, y quiere salvarse. Pesa poco, esto hace que su ascenso sea rápido. Después de él, la adolescente de

42

dieciséis, está muy nerviosa pero consigue controlarse. Luego, los novios. Después, la madre, que está histérica y no colabora. Después, los cincuentones y el anciano. Sallarés, el correo, intenta que se vaya antes Álex, pero el inspector se mantiene firme.

—Dije que sería el último y cumpliré mi palabra.

—¿Y este tipo?

—Le pondré un lazo por debajo de los sobacos. Escucha, Llopis estará muy cansado, izar a toda esta gente habrá sido agotador. Cuando estés arriba subidlo entre todos, recordad que, estando sin sentido no podrá ayudaros, os costará manipular el cuerpo para introducirlo en el almacén.

—¿Y tú? —Sallarés señala la puerta, la temperatura está aumentando exponencialmente, no tardará en ceder.

—Daos prisa.

Una frase breve, pero elocuente. Sallarés asiente, se introduce en el hueco, desaparece de la vista. La cuerda no tarda en volver a caer. Álex realiza un rápido nudo bajo los sobacos y que afirma en la entrepierna, y empuja el cuerpo hacia el hueco.

Espera con calma que vuelva la cuerda. Contempla la puerta, parte de la chapa se está derritiendo, cederá en poquísimo tiempo. ¿Ha llegado la hora de su muerte? Sentado junto al hueco examina sus acciones y llega a una conclusión: sí ha valido la pena. Una vida a cambio de diez es una transacción justa. Siempre hay uno que sabe, puede y debe sacrificarse. Una explosión se deja sentir en el exterior del almacén, la puerta es casi arrancada de sus goznes y entran lenguas de fuego hacia el interior. Álex se encoge intentado evitar las primeras llamaradas; un sonido metálico llega desde el hueco, es la cuerda que cuelga, golpea las paredes del hueco oscilando tontamente, a la espera de un rescate ya improbable.

43

11

*U*n infierno de fuego ocupa el almacén del segundo piso. Las llamas, como impulsadas por la fuerza de un gigante, han empujado la puerta hacia el interior y han chocado contra el hueco que da acceso a la columna. Esta circunstancia afortunada da a Álex un margen de esperanza. Ha saltado al oír el sonido de la cuerda al chocar con las paredes de la columna intentando atraparla al vuelo, pero la luz es escasa y no ha logrado asirla en un primer intento. Choca y rebota con las paredes. Según cae siente deslizarse la cuerda sobre su cuerpo, tan cerca la tiene que se le escapa; si no logra agarrarla, caerá hasta la menos uno. Una mala caída, lo más probable es que se rompa las piernas, pero esto no es lo más importante, ya que la temperatura abajo rondará los cien grados y no quedará oxígeno. Su muerte será rápida.

Por fortuna logra cazar la cuerda con su mano derecha; el impulso le hace chocar de nuevo con la pared. Aguanta el dolor apretando los dientes y es ahora la mano izquierda la que también la sujeta, justo a tiempo.

Está a la altura del acceso a la segunda planta. Se siente agotado para plantearse trepar cuando, de repente, empieza a ascender: son las manos unidas de diez personas subiéndolo con toda la fuerza de sus músculos. Vuela hacia arriba cuando la puerta cede por fin, y las llamas se vuelcan en el interior de la columna. Rebotan sobre la pared y se expanden por doquier, varias manos agarran a Álex y le introducen en el almacén de la tercera. Su cuerpo aterriza con brusquedad y, aunque tiene fuego prendido en los pantalones, consiguen apagarlo. Le han salvado, han retribuido su deuda.

Sin aliento, siente que lo incorporan; mira a ambos lados; son Llopis y Sallarés quienes lo sacuden, palmotean sus mejillas, lo espabilan. Por fin reacciona.

—¡Ha faltado poco! Venga salgamos de aquí antes de que el fuego penetre también en este almacén. He hablado con Feliu y ya han abandonado la planta tercera.

Las escaleras del lado norte son la única vía de escape. Llegan a la planta cuarta donde sí hay algunos bomberos y policías. Cuando asoman por la escalera los bomberos contemplan al grupo con estupefacción: se acercan, ayudan a las personas que componen el grupo, hay quien llora porque ahora sí se ve a salvo. Llopis habla con uno de los bomberos y un policía. Señalan a Álex y el policía se le acerca.

—Señor, soy el cabo Singlà. Me alegra verlo, le dábamos por perdido. ¿Se encuentra bien?

—Sí, estoy bien.

—Podemos evacuarlos por la quinta planta, tenemos dos escaleras y una grúa móvil preparadas para ello, en la parte inferior del edificio no parece haber supervivientes. Estamos intentando repasar las plantas superiores para localizar a posibles heridos. Los bomberos han contenido el fuego; creen que podrán pararlo unos veinte minutos, poco más.

—¿Está condenado el edificio?

—Sí, la estructura está muy dañada. Solo tenemos asegurada la zona del ala norte, el edificio entero es un castillo con cimientos de barro. ¿Sabe que buena parte del ala interior se ha derruido? —Álex lo mira sorprendido. ¿Cómo explicarle que fue precisamente él quien dio el primer aviso al exterior sobre esta trágica circunstancia?—. Algunos de sus compañeros artificieros están en el lado sur analizando la estructura.

—¿Tienen alguna chaqueta reflectante de sobra?

—Pero ¿va a ir allí? Está herido, deberíamos evacuarlo.

—Cabo, solo son unas quemaduras; todos tenemos que intentar ayudar en la medida de nuestras posibilidades.

—¿Quemaduras? No me refería a eso, tiene un par de buenas heridas en la cabeza y en la espalda, habrá perdido bastante sangre.

Es cierto, había olvidado el corte de la espalda, buena parte de los pantalones está empapada de un color rojizo.

45

—Deme su reflectante.

El cabo se la tiende, se la pone por encima de sus ropas. Llopis se le acerca, el resto del grupo ya ha ascendido hacia la quinta planta.

—Martín, no pensará seguir aquí dentro; ya ha hecho su parte.

—Todavía puedo ayudar. La gente de mi equipo está allá delante.

—Cuídese —dice el correo tendiéndole la mano.

—Lo haré —le contesta Álex estrechándosela.

12

19.28. Grandes Almacenes, planta cuarta. Han pasado treinta y seis minutos desde la explosión. El inspector Alejandro Martín avanza por entre los restos en dirección hacia sus compañeros artificieros.

Tose, con frecuencia. Lleva ya demasiado rato sin protección en esa atmósfera malsana. Quizá debería haber hecho caso al cabo; se siente cansado, como si le hubieran drenado las fuerzas; es la tensión, que va cobrando su peaje.

Sí, podría haber abandonado el edificio, pero el recuerdo de su amigo Lluís Pla es un acicate que le empuja a continuar. Ignora el cansancio y se desplaza con la esperanza de encontrar al equipo de Lluís. Borràs y compañía son un grupo con el que se lleva realmente bien, en cambio no ocurre lo mismo con los hombres de Piqué.

La jubilación del comisario Garrido está muy cercana y los tres inspectores parten con posibilidades dispares. El teórico gran favorito por antigüedad debería ser Piqué, que lleva toda la vida en el servicio de artificieros, casi desde su creación, y se dice que goza de la protección de un alto cargo. Pero los jóvenes, en especial Álex, le han comido el terreno y, para todos los expertos en el tema, desde los hombres de a pie hasta los políticos que están por encima, va a ser Álex el que herede el puesto. Que Álex, con muchos menos años de servicio en la Unidad de Artificieros, sea mejor valorado resulta muy difícil de tragar para Piqué y su equipo.

No tarda en llegar a la zona derruida. Al otro lado del boquete alcanza a ver a varias personas, rodea el hueco con prudencia. Son tres bomberos, dos miembros del SEM y dos artificieros. Están evacuando a un herido. Llega junto a ellos, todos lo observan.

—¿Martín? —aventura uno de los artificieros. Se trata de Benito, el más joven del equipo A, un hombre todavía sin malear por los conflictos internos del grupo.

—¿Tan mal aspecto tengo que cuesta reconocerme?

—Desde luego no pareces venir de una fiesta —añade el otro, Asensio, sin la menor simpatía.

—Os lo contaré más tarde. Decidme qué hacéis aquí.

—Estábamos repasando el estado de la estructura. Nos preocupa que puedan ceder otras partes del piso. Íbamos hacia la pared medianera cuando encontramos a este hombre debajo de un mostrador, tuvimos que quedarnos con él hasta la llegada de las gentes del SEM.

—¿Cómo están las cosas más abajo?

—Mal. El número de víctimas será muy alto, la deflagración alcanzó de lleno a todos los que estaban abandonando el edificio en la planta baja, la uno y la dos. No es fácil estimar el número, pero hablamos, quizá, de entre ochocientas y mil personas, puede que más. Ahora mismo damos por perdidas todas las plantas por debajo de la tercera, esta incluida. Y la cuarta deberemos evacuarla en menos de diez minutos, pues los bomberos apenas pueden controlar el fuego.

—Tan mal…

—Sí. Esto va a ser muy duro. Y vamos contra reloj. La zona de evacuación de la quinta planta puede verse comprometida.

—¿Dónde está Piqué?

—Se ha adelantado con Camps a ver el estado del ala sur. Creemos que está bastante más afectada de lo que parece. Es posible que el edificio contiguo esté manteniendo toda esa zona: debemos comprobarlo cuanto antes, si la pared medianera no se sostuviera…

Álex aventura una imagen: un hombre empujando una pared; si esta cede de repente, el empuje del hombre, al no tener qué lo sostenga, implicará su caída hacia delante. Algo similar puede ocurrirle al edificio. Se trata de una verificación fundamental. Álex, experto en estos temas, piensa que también él tiene mucho que decir al respecto.

—¿Fueron por allí?

Asensio no contesta, se limita a asentir.

—Pasadme un *walkie*. Perdí el mío.

Tras un instante de duda es Benito quien le lanza su aparato. Álex lo recoge y emprende camino hacia el ala sur. ¿Por qué reacciona así? Piqué ha asistido a los mismos cursos sobre tensión y torsión de estructuras, resistencia y teoría de grietas que él mismo, y su experiencia es la mayor de toda la Unidad de Artificieros, si exceptuamos al comisario Garrido. No debería desconfiar del criterio de Piqué. Pero quiere tomar parte en esa importante decisión. No hay nada personal en este asunto. O al menos eso quiere creer mientras avanza entre el humo.

13

—Jefe, aquí Martín, conteste; repito; jefe, aquí Martín, conteste.

—Inspector Martín, pensaba que le habíamos perdido. Llevo un buen rato llamándole por el canal 23, ¿se encuentra bien?

—Algún rasguño. Perdí el *walkie* durante el rescate de los atrapados en la tercera.

—¿Consiguieron sacarlos de allí?

—Sí, aunque escapamos por bien poco.

—Me alegra mucho escuchar que sigue de una pieza, Martín; bastante tengo hoy con lo sucedido.

—Jefe, voy a acercarme a la medianera sur. Allí deben de estar Piqué y Camps.

—Están evaluando la seguridad del edificio, pero ¿no cree que debería abandonarlo, no ha hecho ya bastante?

—No, jefe, me siento bien; seguro que aquí puedo ayudar.

—Los localizará en el canal 16. Manténgame informado.

Álex llega a la fachada de la plaza, percibe inquieto el calor que emana de la planta inferior; la tercera debe de estar ardiendo por los cuatro costados. Una bola de fuego estalla tras él, a unos treinta metros, en la zona de las escaleras mecánicas.

Por fin llega al lugar donde se encuentran sus compañeros. Los dos artificieros están junto a la pared que comparten ambos edificios, a la altura de la calle Fontanella. Tres grandes y profundas grietas corren en paralelo a lo largo de la pared, vienen desde abajo y se proyectan hacia arriba en un ángulo de unos cincuenta grados. Una de ellas, la central, tiene más de un metro de ancho en muchos puntos de su recorrido. La tensión ha provocado la caída de parte del revestimiento, han saltado las placas que cubren la pared de obra y es justo allí donde están los dos artificieros.

Si en Benito encontró cierta simpatía y en Asensio una velada hostilidad, en Piqué no se oculta una ironía hiriente y malintencionada. Es alto, de rasgos regulares, mandíbula afilada, cuerpo fornido, da sensación de potencia, pero existe en él una característica definitoria: se le nota la sensación de suficiencia; le faltan, a partes iguales, piedad y comprensión. El otro hombre, Camps, guarda silencio. Es un tipo discreto y taciturno, y siempre apoya a los suyos.

—Tienes mala pinta, Martín.

—Ya. Pero peor pinta parecen tener esas grietas. —Álex señala la pared.

—De eso ya nos estamos ocupando nosotros. ¿O es que ya te has cansado de ir haciendo el héroe por las plantas inferiores?

—No me toques los huevos, Piqué. El único héroe del día ha sido Lluís.

—¿Un héroe? Las personas verdaderamente inteligentes saben cuándo deben retirarse. Lo que hizo fue una estupidez.

—¿Sabes qué estoy pensando, Piqué?

—No, compañero; no lo sé.

—Me da la sensación de que habrá quien se alegre de lo que le pasó al inspector Pla.

—Cuidado, inspector Martín; cuidado. Hay un límite que no se puede traspasar y estás peligrosamente cerca de hacerlo. No habrá nadie que pueda asegurar haberme escuchado decir una barbaridad semejante.

Ambos hombres están cara a cara, apenas separados sus rostros por cuarenta centímetros. La tensión entre ambos viene de muy lejos; hoy, rodeados por el desastre, parece poder salir a la luz con facilidad. Respiran, los dos; recuperan la calma; no es el momento, tienen trabajo que hacer, sus problemas tendrán que esperar. Sin embargo, es difícil llegado a un punto concreto volver atrás. Camps interviene en el momento adecuado.

—¿Qué te parecen las grietas, Martín?

51

Las miradas de ambos inspectores se posan en el habitualmente silencioso Camps. Álex es consciente de la salida honrosa que supone esta pregunta. Camina hacia la pared, analiza la grieta, inserta la mano en el interior, sigue su recorrido y se fija especialmente en las zonas libres del revestimiento, allí donde se puede ver la pared medianera.

—De abajo, claro, no sabemos nada. ¿Y de arriba?

—La grieta continúa, e incluso se va ensanchando.

Camps contesta a las preguntas. Aunque Piqué se ha acercado, se mantiene en silencio.

—¿Cuántos centímetros?

—Llega al metro y medio en la planta séptima.

—¿Afectó el fuego a los pisos bajos del edificio contiguo?

—Sí. La planta baja se incendió por completo, también afectó muy seriamente al primer piso.

—¿Cómo penetró el fuego en el edificio, por expansión natural de las llamas o lo hizo a causa de la explosión?

—Parte del suelo de la planta baja cedió tras la explosión, las llamas penetraron directamente desde el aparcamiento.

—¿Qué opinas, Martín? —interviene Piqué.

—Si cede un piso más, la pared de la medianera de esta parte de la estructura en la que estamos también puede venirse abajo. Si me decís que la grieta aumenta su tamaño según asciende, la cosa parece clara.

—¿Eso crees?

—Preguntas mucho pero dices poco. ¿Tú que opinas?

—Hay un importante daño estructural, pero creo que puede aguantar bastante más de lo que parece. Unas veinte horas mínimo, puede incluso que no cayera si lograran controlar el fuego. En cualquier caso, tiempo suficiente para continuar con las labores de evacuación.

—¡Te equivocas! ¡Hay demasiados daños! Los cimientos estarán tremendamente afectados por la explosión primaria y, si el fuego continúa ascendiendo, y decís todos que lo hará, las plantas irán cayendo una tras otra si la medianera se ve privada de la tensión superficial que viene de este edificio. ¡Esto no tiene solución, se debe evacuar el edificio por completo y de inmediato!

Piqué lo observa fijamente según habla. Acciona el *walkie*, contacta con Garrido. Su voz suena con calculada parsimonia.

—Jefe, aquí Piqué. Ya hemos realizado la revisión de la pared medianera desde la planta octava a la cuarta. Nuestro pronóstico es que aguantará.

—¡No! —Alex activa su *walkie* para conversar con Garrido—. ¡Jefe, aquí Martín! ¡Estoy junto a la medianera, Piqué está equivocado! ¡La amplitud de las grietas ascendentes revela un incremento proporcional a los daños habidos!

—Martín…

—¡Jefe! ¡Piqué está equivocado!

—Martín, mantenga la calma; debemos tener en cuenta el juicio del inspector Piqué. Él ha evaluado los daños en los pisos superiores, cosa que usted no ha hecho. Retrocedan hasta el nuevo puesto de coordinación de la quinta planta.

La sonrisa de Piqué se amplía según escucha las palabras del inspector Garrido, pues es consciente de haber ganado este enfrentamiento. Álex intenta encontrar el modo de retomar el tema, y es entonces cuando ocurre.

El suelo parece arquearse, la planta entera tiembla. El piso de la planta cuarta inicia su caída hacia la planta inferior. Los cuerpos de los tres artificieros caen: tumbados, desde el suelo, contemplan boquiabiertos cómo el suelo se va derrumbado desde el centro de la planta hasta cerca de su posición. Una nueva nube de polvo sobreviene al derrumbe. La ven venir, cargada con cenizas y rescoldos en suspensión y apenas tienen tiempo para cerrar los ojos. Pasan unos segundos envueltos en la oscuridad, intentando contener la respiración, no tragar ese polvo envenenado que los rodea. Es entonces cuando llega una brutal oleada de calor, la caída del piso de la planta cuarta no ha bastado para apagar las llamas de la tercera, que, por puro milagro, todavía no se ha derrumbado.

—¿Camps? ¿Piqué?

Álex se levanta. Está apoyado en la pared medianera. El humo se va despejando, ahora pueden analizar la situación. Tienen unos treinta metros cuadrados de suelo a su alrededor, más allá toda la planta parece haber desaparecido y no se divisa una salida aparente.

53

14

—¡*L*lama al jefe, mi *walkie* no funciona! ¡Necesitaremos ayuda para poder salir de aquí!

—Jefe, aquí Piqué. El piso de la planta cuarta ha cedido, parece que no tenemos salida. Estamos atrapados junto a la pared medianera del lado sur.

—Aquí Garrido. Entendido. Mando una unidad de rescate. Benito y Asensio están cerca. Intenten evaluar cualquier posible vía de escape.

El mensaje se ha cursado satisfactoriamente; si puede haber ayuda, esta vendrá.

—No tenemos mucho tiempo. Si no salimos de aquí, acabaremos achicharrados —dice Camps, el primero en describir la situación.

—Es cierto. Pero ¿qué podemos hacer? —pregunta Álex.

—¡Por allí! Fijaos: el piso se mantiene en un margen de unos dos o tres metros de anchura junto a la pared. Llega hasta la fachada y más allá quedan pequeños islotes de suelo donde el hormigón de las columnas externas de sustentación lo mantiene.

—No hay gran distancia entre unas y otras. ¡Podríamos pasar! Pero el fuego es muy intenso, ese es el verdadero problema. Jefe, aquí Piqué.

—Aquí Garrido, diga.

—En la fachada de Fontanella quedan pequeñas zonas sin derrumbarse, restos del piso de la planta adosados a la fachada original. Podríamos avanzar sobre ellos y así alcanzar el ala norte, pero hay demasiado fuego. Necesitamos que los bomberos concentren sus esfuerzos en esa zona.

—Denme un minuto.

Piqué, desde el centro de control, da las órdenes precisas. No tarda en volar una importante cantidad de agua hacia la zona indicada, lo que hace que el fuego disminuya lo suficiente para que el paso pueda intentarse. Piqué toma el mando, en esta situación está siendo él quien lleva la voz cantante.

—Jefe, vamos a intentarlo.

—Bien. Escuchen: estoy justo bajo su posición. No tienen mucho tiempo. Los bomberos me dicen que el derrumbe de la planta cuarta afectará a las inferiores. Deben de estar muy debilitadas y al recibir ese peso acabarán por venirse abajo. Caerán una tras otra y todo el fuego retenido en esas plantas inferiores ascenderá con un «efecto horno» que arrasará todo lo que encuentre en su camino. La evacuación del edificio es inmediata.

—Está bien, vamos allá.

Avanzan sobre los pequeños espacios adosados a las tiras de hormigón que conforman la estructura externa del edificio, recorriendo así más de la mitad del camino. Piqué y Álex van justos de fuerzas, pero Camps parece tocado y tienen que ayudarle. Ya han superado el chaflán de la plaza cuando Camps cae de rodillas.

—No puedo seguir…

En un tono lastimero revela su agotamiento, pero ni Álex ni mucho menos Piqué piensan abandonarlo. Lo levantan, lo sacuden. Piqué limpia su rostro con parte del agua embalsada en un rincón de la isleta mientras se preguntan cuánto quedará para alcanzar la relativa seguridad del ala norte.

—¡Martín, tenemos que sacarlo de aquí sea como sea!

—No podemos avanzar si no nos presta ayuda, es demasiado peso muerto para sujetarlo a pulso. Dejémosle aquí y vayamos en busca de ayuda.

—No dejaré a uno de mis hombres atrás, ¿lo harías tú con uno de los tuyos?

—Yo me quedaría con él, tú podrías ir en busca del equipo.

—No pensaba que fueras de los que se rinden.

Álex respira hondo. En realidad comparte la opinión de Piqué, pero se siente tan cansado…

—Está bien. Lo intentaremos.

—Bien. Y ahora… —Activa el *walkie*—. Asensio, Benito, aquí Piqué, contestad.

—Jefe, estamos avanzando junto a la fachada hasta la zona derruida de la plaza. No podemos estar lejos.

—Camps está herido, no perdáis tiempo, ¿estamos? Tú, Martín, espera aquí; yo iré al siguiente dintel. Cuando me haya afianzado, me pasas a Camps.

Álex asiente, la mayor parte del esfuerzo correrá a cargo de quien deba tirar del cuerpo del semiinconsciente artificiero. Piqué gana la posición y tiende las manos hacia la isleta. Camps colabora como puede. Álex jadea, está sin aliento. Camps parece completamente grogui. Solo Piqué mantiene las fuerzas. El *walkie* vibra, reclama la atención de Piqué.

—Aquí Asensio.

—Dime.

—No podemos alcanzar la sección de la fachada en la que os encontráis. Parte del piso ha cedido en esta zona. Los bomberos van a traer material para intentar salvar esa distancia. Será cosa de unos minutos.

—Entendido.

Piqué, desolado, mira a su alrededor. Unos minutos pueden ser mucho tiempo. Al fondo, entre el humo, ve como cede una de la primeras isletas por las que pasaron no hace apenas nada. Esta imagen ominosa refleja un futuro cierto del que tienen que huir cuanto antes.

—¡Martín, en marcha! ¡Hay que salir de aquí!

Ante la insistencia de Piqué, Martín se incorpora. El cansancio se refleja en su rostro: es el maldito humo que respiran, siente la garganta áspera como un estropajo.

—Vamos.

Es todo lo que logra decir. Piqué asiente maldiciendo en su interior la falta de fuerzas de Álex. Levantan el cuerpo de Camps y se desliza hacia el siguiente dintel, lo alcanza. Álex afianza las piernas e impulsa el cuerpo del herido hacia delante. El peso está a punto de desequilibrarlo. ¡Asensio pesa como un demonio! Siente que Piqué ya lo tiene, el peso muerto abandona sus brazos. Jadea; mareado, se apoya en el hormigón.

—¡Venga! ¡Martín! ¡Te necesito aquí!

Sí, tiene que seguir. Adelante. Mejor hacerlo sin pensar, solo por inercia ante la voz de mando. Ojalá pudiera descansar un rato, solo un momento, cerrar los ojos...

—¡Martín! ¡Arriba! —Hay alarma en su voz, más que reproche—. Escucha, cabronazo; no vas a rendirte ahora, tenemos que sacar de aquí a mi hombre y yo solo no puedo. ¡Solo queda un puto dintel por pasar, el piso firme está ahí delante! ¡Maldita sea! ¡Ponte en pie!

Abre los ojos, le están sacudiendo los hombros, siente que su cabeza oscila de aquí para allá. ¿Tan pocas fuerzas le quedan que su cuello no logra sostenerle? Ahora sí, ¿qué ve tan cerca de su rostro? Ya entiende, es Piqué; está tan cerca que le queda fuera de foco.

—¡Vamos!

Arriba de nuevo. Pone toda su alma en el empeño, nadie podrá decir que no lo ha intentado. Agarra el cuerpo de Camps. Piqué está en el siguiente dintel. Si antes le costó, ahora no puede, caerán ambos al vacío..., pero no, Piqué se lleva a Camps. Álex siente que, al desaparecer el peso, pierde apoyo. Recupera parcialmente el sentido, abre los ojos, ve que Piqué ha llegado al piso pero apenas ha podido afirmarse sobre él. El peso de Camps es demasiado en esa posición y no lo tiene bien sujeto. Asensio se le escapa, se escurre hacia el fuego. Álex salta y, con sus últimas fuerzas, agarra el cuerpo de Camps: golpea la superficie del piso con la cintura, lanza un brazo hacia delante, pero el peso de Camps le arrastra, le vence, sus uñas arañan el suelo con tanta fuerza que una de ellas salta rota, pero nada de esto detiene la caída.

¿Va a morir?

No puede más. Todo le da igual. Cierra los ojos. Pero no cae. Algo le sostiene. Con una mirada espasmódica logra ver a Piqué. Se ha recuperado a tiempo, les tiene agarrados con sus brazos. Está sentado sobre su trasero. Sus pies hacen palanca sobre el mallazo.

Oye voces. Ve unas sombras correr hacia ellos. Los reconoce. Se trata de sus compañeros Asensio y Benito, por este orden, que corren junto al borde del piso. Una idea absurda atraviesa su pensamiento, ¡cuánto han tardado! Pero ahora los van a salvar, no estarán ni a cinco metros, no ha llegado su hora, ¡va a vivir!

57

Y entonces la mano que le sostiene se abre y pasa a sostener a Camps. Se le desorbitan los ojos, se le abre la boca. Es la misma imagen de la sorpresa. Ve con todo detalle cómo se cruzan las miradas del inspector Piqué y la del artificiero Asensio, y ve cómo este último se frena una décima de segundo. Benito choca con su espalda y ambos se detienen. Solo esa mísera fracción de tiempo, una décima es menos que nada, dura menos que pensar en ella; es la brisa de un aleteo, es una cuerda vocal vibrando, es el lejano recuerdo de un primer beso. Y Álex cae, se hunde en una gigantesca flor de fuego que se abre para recibirle mientras los rostros de los tres hombres le dicen adiós, cada uno con una expresión diferente, el odio, la indiferencia, la sorpresa, y ve muy de soslayo cómo llegan los bomberos, corriendo, al fondo, a lo lejos...

Un impacto.

Dolor.

Y silencio.

Sí, debe de ser la hora de morir. Qué pena hacerlo tan pronto. Y qué pena hacerlo de esta manera.

SEGUNDA PARTE

Recuerdos robados

*A*bro los ojos. Estoy solo. Tumbado, permanezco tranquilo mirando al techo, ensimismado con los reflejos metálicos que bailan sobre la pintura. Veo mal. Me cuesta comprender lo que veo porque todo parece fuera de lugar, como si le faltara una parte. Desecho este problema y me esfuerzo en observar. Unas finas cortinas no pueden impedir el avance de los rayos solares que atraviesan sin esfuerzo la tela. Observo los reflejos y esto me proporciona un entretenimiento inesperado en el que me recreo con satisfacción infantil. Pasa un largo rato, no sé decir ni pensar cuánto: las joyas de luz me ofrecen un diminuto arcoíris allí donde jamás hubiera debido encontrarlo.

De repente, tal y como llegó, desaparece. La luz del sol deja atrás el rectángulo de la ventana. Observo sus postreros rayos desvanecerse en la esquina superior derecha del marco. Se me humedecen los ojos y, sumido en una inexplicable vergüenza, deseo detener las lágrimas que se derraman con naturalidad sobre mis mejillas.

Al principio es un llanto suave. Después se incrementa la sensación de pena y me siento perdido en ella. Me siento extraño e indefenso, no quiero llorar así, pero parece haberse roto una barrera, deseo detener esta situación enjugándome las lágrimas.

No lo consigo. Algo retiene mis brazos. Intento mover la cabeza, me cuesta un verdadero esfuerzo inclinar la barbilla sobre el pecho. Contemplo entonces una especie de correa de cuero que me sujeta la cintura y los antebrazos, que me impide elevarlos. Dejo caer la cabeza en la almohada, este pequeño esfuerzo me ha agotado. Me resulta extraño; me vienen a la mente imágenes de mucha actividad física, carreras, deporte. Ahora, en cambio, apenas consigo erguir la cabeza sin experimentar un cansancio cruel.

Cierro los ojos y descanso. Cuando de nuevo los abro, la luz solar se ha extinguido. En el techo está encendida una lámpara pequeña, una suave luz artificial se derrama sobre la estancia; entonces comprendo que he dormido mucho tiempo.

Con nuevos bríos busco otros elementos de referencia. Ladeo la cabeza y observo un tubo de plástico transparente por el que desciende líquido hacia mi brazo derecho. «Alimentación parenteral.» Estas palabras iluminan mi pensamiento, aunque no comprendo qué quieren decir en realidad. Observo deslizarse las gotas una a una, paso así largo rato. Las cuento al principio, acabo por perderme más allá de la doscientos quince. Luego, vuelta a empezar. No es aburrido. Tiene su gracia ver las perlas de líquido desplazarse por el tubo de plástico, caer hacia la vía. ¿La vía? Un nuevo interrogante me asalta. Sé que tengo puesta una, pero no sé qué es. Esto ya me ha sucedido antes, sí; es la segunda vez que vienen a mi mente unas palabras, un concepto, y no sé, en realidad, de qué se trata.

¿Por qué me sucede esto? Estoy en una cama, en efecto. Y estoy atado. Siento angustia, se desata con libertad en mi interior, y recuerdo algo, sí; recuerdo a un hombre tumbado en una cama llorando, y recuerdo que intentaba secarse las lágrimas y que no podía conseguirlo porque estaba atado, y recuerdo que el sol brillaba en las paredes, y que tenía instalado un gotero en una vía. ¡Ese hombre era yo! ¿Cuándo ha sucedido esto? Me concentro en el recuerdo, pugno denodadamente por ubicarlo. Comprendo que lo que estoy haciendo es algo inusitado, que los recuerdos son algo natural, que acuden a las personas como si tal cosa, que nadie sufre para situarlos. Y este recuerdo concreto se me está escurriendo, se me va de la mente, es como el aceite que resbala por el cristal, avanza lento pero no se puede detener, y así lo pierdo definitivamente…

Mis miembros, atados, se mueven entre convulsiones: da igual que no tenga fuerzas, aparecen de la nada. Según la pena crece, va asomando una nueva sensación: el dolor. Un dolor agudo, no solo físico. Y ahora llega otra más, la rabia, y las dos se funden y surge una armonía entre ambas. En la tabla rasa que es mi cerebro se mezclan vagas ideas, palabras sueltas, conceptos que resultan ajenos a mí.

Y entonces mis cuerdas vocales comienzan a funcionar.

Antes solo pude exhalar unos gemidos, ahora una voz huraña nace en mi garganta, lo hace con ímpetu. Es un farfullar incomprensible, quisiera poder gritar mi rabia y mi decepción. No hay lugar ahora para ideas, solo para emociones; llevado por estas, rujo con fuerza; sale de mis entrañas un grito desproporcionado en el que va todo mi dolor. Veo como aparecen personas; en sus rostros se aprecia el miedo, la sorpresa, incluso el asco, y sigo y sigo rugiendo. Manipulan objetos en torno a mí y siento un sopor que me aniquila, y la conciencia se desvanece lentamente mientras una última idea se marca con fuerza en mi maltrecha memoria, la única real, la única cierta...

¡No sé quién soy!

63

*U*na voz me rodea. No puedo explicarlo de otra manera. Mis ojos están cerrados, me resulta imposible abrirlos, y esa voz parece llegar a mis dos oídos de forma simultánea, como si me susurraran exactamente las mismas palabras y al mismo tiempo dos personas diferentes.

No. Se trata de la misma voz; su timbre es inconfundible, así que debo de ser yo el que escucho mal. La voz posee un timbre límpido, como el tañido de una campana ligera y cantarina. ¿Qué intenta decir? Sigo el hilo de esa voz hasta que la resonancia se reduce lo suficiente para que entienda algunas palabras.

—¿Puede oírme?

¿Qué querrá decir? No comprendo el significado de esta expresión. La repite varias veces, parece querer asegurarse de que verdaderamente la escucho: «Puede oírme, puede oírme, puede oírme…». Creo que debo decir algo, elijo una palabra al azar.

—Yo…

En voz muy baja; si hace un momento, o puede que antaño, grité, ahora busco un tono adecuado, pero sé que apenas es audible. Yo. Es un pronombre. Designa a uno mismo. Solo se utiliza en primera persona, es la primera persona de estos pensamientos erráticos que estoy viviendo, es la primera persona de quien es. Y yo ¿soy?

—Doctor Andreu, ¿se ha fijado, ha oído?

Una nueva voz; si la primera era un tañido, esta es un sonoro golpe metálico.

—Silencio, Ana; sí, lo he oído. Chis. Escúcheme. Usted ha hablado. Repita lo que ha dicho.

¿Qué quiere? ¿Que repita qué?

—No entiendo...

Esta vez mi voz es algo más fuerte, parece que no consigo controlar los sonidos que emito.

—Creo que me oye. —Ese mensaje no parece ir dirigido a mí. La voz deriva hacia otro lugar, en concreto hacia el triángulo sonoro—. Voy a realizarle una pequeña prueba, no se asuste.

Me siento inquieto, pero no digo nada. A mi alrededor crepita ¿ropa?, se deslizan ¿metales?, me acaricia ¿la lengua de un animal? Me están tocando. Son dedos, están sobre mi rostro. A continuación me abren los párpados; veo, al fondo, la habitación, y colgados sobre mi cara dos enormes masas redondeadas de perfiles móviles.

Y entonces llega la luz.

Mi pupila recibe el impacto de un rayo que la atraviesa. Resulta molesto e intento mover la cabeza. No lo consigo, algo la retiene. La luz insiste; horada en mi interior, me atraviesa de parte a parte; gruño como un animal amordazado.

Por fin, la luz desaparece.

—Pupila reactiva, tamaño adecuado.

La campana suena de nuevo. Le hace los coros el triángulo.

—Doctor, no lo entiendo. Estoy repasando el historial y el paciente sufrió un traumatismo craneoencefálico gravísimo. El escáner mostró un importante hematoma cerebral. Pero, pese a su buena respuesta a la medicación, ¡no se recuperó del coma!

—Ana, conozco bien su historial. Pero no olvide un factor poco frecuente en estos casos y que lo modifica por completo. Las dermoabrasiones afectaron a un cuarenta por ciento de su cuerpo en diferentes grados. Fue un milagro que sobreviviera a las infecciones posteriores. En cualquier caso, esta repentina mejoría constituye una excelente noticia. Tenemos que evaluar su nivel de coma.

—¿Qué evolución cabe esperar?

—Difícil asegurarlo. En circunstancias ideales debería haber dejado la UCI al mes del atentado, y el hospital al cabo de tres o cuatro meses. A partir de ahí, rehabilitación. Y al cabo de un año habría llegado al máximo nivel de mejora posible.

—Con secuelas, claro.

—Sí. Trastornos del sueño. Déficit de atención. Amnesia de fijación. Alteraciones del carácter, impulsividad. Agresividad. Posibles déficits en el funcionamiento ejecutivo. Aunque ya conoce la regla no escrita de la neurología: cada paciente es un mundo aparte dentro de una norma general.

Una pausa. Las palabras, que se deslizaban en armonía, desaparecen hasta silenciarse. Percibo cierta inquietud, pero no emana de mí, viene desde fuera.

—Perdone, doctor, ¿no nos estará escuchando?

Silencio. El triángulo ha lanzado un interrogante esencial. La campana no tañe, noto una espera contemplativa.

—Sí, nos escucha. Reaccionó al estímulo auditivo. Pero en su estado actual es altamente improbable que pueda valorar nuestra conversación, si es eso lo que le preocupa. Quédese tranquila. Y tome nota: vamos a convocar una sesión clínica multidisciplinar mañana a las nueve en la sala de reuniones de Neurología para afrontar la rehabilitación del paciente. Contacte con los departamentos de Fisioterapia y Logopedia. También, claro está, con Oftalmología. Y localice al doctor Joaquín Esteve: es el jefe de servicio del departamento de Psiquiatría del hospital del Mar y, desde hace años, el responsable en esta área de la policía. Nadie los conoce mejor que él. De los otros departamentos no tengo interés especial en que asistan unos u otros, pero quiero a Esteve en el equipo a toda costa. ¿Tomó nota de todo?

—Sí.

—Este caso es un reto complejo, Ana, en el que no podemos fracasar. Tenemos que dar lo mejor de nosotros mismos para conseguir que este hombre salga adelante. La sociedad entera le debe mucho. Vamos a reorganizar parte de la agenda para dedicarle una atención especial.

Apenas he comprendido lo que han dicho. Se van, estoy solo. Y puedo repetir sus palabras como si las estuvieran diciendo en este preciso instante. Ni un punto ni una coma fuera de lugar. Es extraño. Parece que hay en mi cerebro espacio en blanco donde poder registrar todo lo nuevo.

Pero sí he captado una idea: me espera un futuro extraño, del que nada sé, y acaso del que nada quisiera saber. ¿Sería mejor haber continuado con los ojos cerrados y la mente ausente?

17

*H*oy es un nuevo día. No conozco el paso del tiempo, excepto por la exactitud con la que suceden a mi alrededor inesperados acontecimientos. Una persona se acerca a mi cama, y esta se eleva, de manera que mi cuerpo ya no reposa tumbado. Después comienza a alimentarme. Me llama la atención el tono de su voz, tranquilo, pero también algo artificioso, como si encubriera otros sentimientos. Los sabores de aquello que ingiero, sin ser novedosos, resultan extrañamente deseados. Acabo el desayuno con el deseo de seguir comiendo. Mi gesto debe reflejar esa ansia.

—Qué buena señal, pero estese tranquilo, le aseguro que va a poder comer cuatro veces al día, ¡como mínimo! —Luego se despide y desaparece.

Espero un rato y me entretengo observando la habitación. Centro mi atención en un detalle que me perturba singularmente: las cosas siguen sin corresponderse con la esencia de lo que deberían ser. Veo una ventana. Veo una lámpara. Veo una pared. Pero no logro detener mi atención sobre ellas. Si enfoco la atención sobre la lámpara, durante un primer vistazo todo está bien, pero después la lámpara parece moverse. No es exactamente esto. Es más bien que la lámpara se estira, como si se proyectara hacia atrás.

Me pasa lo mismo con los demás objetos. Mire lo que mire, la sensación de alejamiento se reproduce y, cansado, acabo por cerrar los ojos. ¿Será un problema visual?

Otra voz. Es diferente a las anteriores, un arrastrar de piedras, con pinceladas ocasionales de sonoridad. Me habla.

—Buenos días. Aunque ya nos conocemos, pues llevo trabajando con usted cerca de ocho meses, me presentaré. Me llamo Rafa. Soy su fisioterapeuta.

No comprendo lo que dice. ¿Trabajar juntos? ¿Ocho meses?

—Mi trabajo, hasta ahora, ha consistido en manipular su cuerpo para evitar que se agarrotara por falta de uso. Cada día lo he movilizado en diferentes posturas para evitar esos bloqueos que surgen ante la falta de ejercicio. Hoy, en principio, realizaremos una pequeña tabla de gimnasia muy sencilla. ¿Me ha comprendido?

No mucho. Pero asiento. Me apetece agradarle. Esta persona me transmite confianza, cercanía, calidez. Me abandono en sus manos. Siento que se deslizan sobre mi cuerpo, se centran en mis brazos. Curiosamente percibo movilidad en los miembros, pero no siento con claridad el contacto de sus dedos, solo noto el paso de mil patitas de araña.

—¿Le hago daño?

—No.

Ante mi respuesta continúa su trabajo. Codos, hombros, cadera, rodillas, tobillos, pasa por todos aquellos lugares donde existen articulaciones. En casi todos los casos la sensación es similar, algo untuoso y amargo se apodera de mi cuerpo y, pese a mi deseo por sentirme bien en manos de Rafa, no lo consigo.

—Buen trabajo. Ahora mueva la cabeza de derecha a izquierda.

Lo hago. Me cuesta, pero lo hago.

—Bien. Ahora, levante el brazo derecho hasta que note una resistencia. —Eso me cuesta un gran esfuerzo, pero muevo el brazo como me dice—. Hágalo ahora con el brazo izquierdo.

—Aún me cuesta más. De hecho, me duele. Y mucho. Exhalo un gemido y lo dejo caer.

—Ahora, las piernas; primero la derecha, luego la izquierda.

Nuevos esfuerzos, magros resultados.

—Bueno, no está mal. ¿Se siente cansado?

¿Qué si me siento cansado? No tengo fuerzas ni para abrir la boca, así que me limito a asentir.

—Es normal. Tenga en cuenta que lleva mucho tiempo sin

moverse por su propia voluntad. Ha perdido mucha masa muscular. ¿Ha sentido dolor?

Asiento de nuevo.

—Tampoco debe preocuparse por eso. Su cuerpo, que es sabio, le avisa sobre esos movimientos que ya había olvidado. Ahora, descanse. Nos veremos más tarde.

—Espere.

—Dígame.

Elevo las manos al hablar, apenas unos centímetros sobre el colchón.

—¿Tengo que llevar esto?

—De momento, sí. Serán los médicos los que digan cuándo podemos retirar esos vendajes. Y ahora discúlpeme, debo irme.

Más tarde: otra comida, esta mucho más sabrosa, un líquido caliente que bebo con fruición, delicioso. La persona que me la da no habla, un escueto «hola» y un breve «adiós» es todo lo que me otorga. Es una mujer. Ahora caigo en que existen hombres y mujeres, no sé cómo no me he dado cuenta antes. No es el olor ni la configuración física, ya que casi no la he visto; tiene que haber sido la voz. Vuelta a dormir.

Otras voces me despiertan. Dejo los ojos cerrados. Realizan preguntas, me cuesta comprender algunas de ellas. Tengo la sensación de que me están examinando. Su presencia me deja indiferente. Pero cuando se van, regresa Rafa. Nuevos ejercicios. Como pronosticó antes, me duele al realizarlos, pero su constante elogio me provoca un orgullo infantil al que me acojo gustoso.

Para acabar, otra comida. Esta es fresca, delicada, muy agradable. Y luego me duermo. La comida anterior fue una recompensa, pero este descanso es un premio. No hay sueños que lo turben. Imagino que, como no sé nada excepto aquello que estoy viviendo, no tengo nada que reflejar o proyectar en ellos. Mejor así.

Este ha sido el esquema de mi primer día. Y este será el esquema de mi vida presente e inmediata.

18

*E*l ciclo de días repetidos se prolonga desde hace tiempo. ¿Cuánto? Ni idea. Poco a poco estoy recuperando, sobre todo, conocimientos: es evidente que sabía mucho sobre medicina, quizá fuera un doctor como estos que me atienden con tanta deferencia. El sentimiento de grupo puede explicar el esmero con el que me tratan, aunque siempre detecto por debajo del respeto otro sentimiento que no logro descifrar. Percibo algo interior que debe avergonzarlos, y eso es común a todos excepto a uno de ellos, el doctor con voz de campana. Andreu es su apellido. Cuando se dirige a mí noto una total sinceridad, absoluta entrega; no detecto ese sentimiento oculto. En manos de un hombre semejante pondría mi vida en juego, sin ninguna duda. Y posiblemente sea eso lo que esté sucediendo.

En cuanto al tiempo, ha desaparecido como realidad; solo sigue existiendo como concepto. Recuerdo que el tiempo era antes muy importante para mí, y que yo era capaz de fraccionarlo con el simple deseo de mi mente. Ahora no me ocurre. Mi cuerpo, más sabio, siente hambre, pero es el runrún de mi estómago el que me indica la hora de alimentarse. Lo mismo me pasa con las sesiones de fisioterapia. Son mis músculos los que me avisan de que se acerca el momento, no mi mente.

Otro elemento de sorpresa: mi visión. La movilidad de los objetos, esa sensación de huida, de desplazamiento, está desapareciendo. Todo aquello que observo me resulta familiar, aunque no es como debería ser. ¿Por qué? Lo desconozco. Es como si las cosas estuvieran modificando su esencia subrepticiamente, cambiando de cómo fueron a cómo son ahora.

Debo la mejora de mi movilidad a los esfuerzos de Rafa. Siento que recupero fuerzas gracias a la alimentación, y que estas fuerzas renovadas se convierten en músculos gracias a los ejercicios que realizo bajo su dirección. La movilidad de las articulaciones es total, excepto en la pierna derecha: parece haber algún problema en la cadera. Además, Rafa ha instalado sobre mi cabeza unas cadenas con triángulos a los que puedo agarrarme en cualquier momento para así seguir trabajando cuando lo desee. Se trata de intentar levantar mi cuerpo con la fuerza de los brazos. Al principio ni lo movía, pero ahora ya logro incorporarme hasta permanecer sentado. Estas actividades me gustan, aunque provocan un dolor continuo que permanece en todo momento.

Otra curiosidad: visto siempre un pijama cerrado de manga y pantalón largos. Y mis manos y mis pies están siempre vendados, hasta los codos y las rodillas. Supongo que debo tener algunas heridas en las extremidades, para eso serán los vendajes. Un recuerdo: las personas que yacen en cama durante largo tiempo pueden llagarse. Como parece que ese ha sido mi caso, probablemente los vendajes cubren estas heridas. Pero lo curioso es que no siento dolor alguno ni en manos ni en pies; en realidad es todo mi cuerpo el que padece cierta insensibilidad, más allá del dolor muscular interior.

Para acabar esta recapitulación, ahí va la última: todas las personas que me hablan parecen saber quién soy. Y cuando siento, a veces, el impulso de mostrarles mi ignorancia sobre este particular, una extraña vocecita de alarma se enciende haciéndome mostrar reservado. Yo realmente quisiera hacer la pregunta, pero no me atrevo. Y me da más miedo no atreverme que hacerla. Incomprensible, pero es así. Soy un folio en blanco. Una hoja de papel sin ningún contenido.

No soy nada.

Eso es.

¡Nada!

19

*E*stoy tumbado en la cama cuando la puerta se abre y entra el doctor Andreu acompañado por un desconocido. Se sitúan ambos en mi lado izquierdo. Observo a Andreu, ahora que mi vista se ha estabilizado puedo reconocer su rostro severo y comprensivo. En cuanto a su acompañante, no me agrada. Es frío. Todo en él facilita esta impresión dominante. Delgado, de aspecto algo febril, mandíbula huidiza, pómulos marcados.

—Buenos días. Le presento al doctor Esteve. Va a ayudarnos en su recuperación. Es importante que colabore con él. ¿Me ha entendido?

—Sí.

—Doctor Esteve.

—Gracias. —Su primera palabra me permite contemplar al hombre al trasluz, como si fuera transparente. Es, en efecto, frío como el hielo—. Voy a realizarle una serie de preguntas. Tómese el tiempo que quiera para contestarlas. No tenemos prisa. ¿Ha comprendido?

—Sí.

Es el momento. Ha llegado, por fin.

—Dígame su nombre.

Lo observo. Niego con la cabeza. Y contesto:

—No tengo nombre.

Esteve y Andreu se miran, como confirmando un hecho. A continuación el primero continúa con la conversación.

—Sí, lo tiene. ¡Todos lo tenemos! Pero parece ser que no lo recuerda.

JULIÁN SÁNCHEZ

—Sí, así es.

—¿Quiere saber cómo se llama?

Es curiosidad lo que siento, pero no emoción. Me resulta extraño semejante desapego; lo lógico hubiera sido sentir un escalofrío, o cualquier otro sentimiento, angustia, alegría... No hay nada de esto.

—Sí, dígamelo.

—Usted se llama Alejandro Martín Gispert.

Alejandro Martín Gispert. Nada. No me trae recuerdo alguno.

—Creo que su nombre no le dice nada.

—Eso es.

—Esto que le ocurre no es extraño. Tiene un síndrome de amnesia retrógrada, una pérdida de memoria causada por un traumatismo craneoencefálico. En esta amnesia, el paciente olvida sus recuerdos anteriores a un momento concreto. Como ha olvidado sus recuerdos no recuerda su nombre ni otros detalles de su pasado. ¿Ha comprendido?

—Amnesia...

—En efecto. Sus recuerdos están ahí, en el interior de su cerebro. Pero, de momento, no puede acceder a ellos.

—¿Y volverán?

—Sí. Trabajaremos para que vuelvan. Solo es cuestión de tiempo y de esfuerzo. ¿Está dispuesto a ello?

—Sí.

Es lo que desean escuchar. Oculto deliberadamente la desconfianza que siento hacia Esteve. Cada vez me siento más extraño, parece que tuviera cierta capacidad de prognosis, una vocecilla de alarma me avisa sobre un futuro incierto.

—Entonces, vamos a comenzar.

—¿Ahora mismo?

—Sí —contesta el doctor Andreu—. A partir de este momento tendrá una sesión diaria con el doctor Esteve. Les dejo solos.

En efecto, el doctor Andreu se marcha y me deja con el doctor Esteve, quien introduce una mano en el bolsillo de la camisa y acciona un aparato en su interior. Se trata de una grabadora: también yo he utilizado aparatos semejantes, sé de tecnología.

74

—Comencemos. Aunque el doctor Andreu me ha presentado, debo decirle que ya nos conocíamos.

—¿Le conocía antes de... perder la memoria?

—Sí.

Fijo atentamente mi atención sobre él. Nada.

—Usted no me recuerda en absoluto.

Asiento.

—¿De qué le conocía?

—Ocasionalmente trabajamos juntos. Pero habrá tiempo para que hablemos sobre ello. Verá, en primer lugar, tengo que saber si tiene el más mínimo recuerdo anterior a su... estancia aquí, en el hospital.

—No, no recuerdo nada. Nada de nada.

—Bien. Como le dije, usted se llama Alejandro Martín Gispert. Tiene treinta y siete años. Es soltero, no tenía pareja en el momento del incidente. Tiene una hermana tres años más joven que usted que se llama Julia. Vive en esta misma ciudad. Sus padres murieron muchos años atrás.

—¿Sí? —le interrumpo.

—Sí. ¿Le sorprende?

—No. Sencillamente me parece que la mayoría de los padres de la gente de mi edad siguen con vida.

—Así suele ser. Pero los suyos murieron.

—Continúe.

—¿Quiere que le hable de sus padres y de su hermana?

Dudo. Sigo sintiendo curiosidad, pero, ahora que parece ofrecerme la posibilidad de saber, mi atención se centra mucho más en saber qué me ocurrió que en saber sobre aquel que fui.

—Explíqueme qué me ocurrió.

Esteve me observa. Es una pregunta que no esperaba. Lo percibo perfectamente. Este hombre me desagrada cada vez más. Me disgusta lo que va a decir a continuación. ¿Cómo puedo saberlo? Ni idea, pero su negativa es evidente; parece que soy capaz de leer en su mente.

—Es pronto para eso. Antes de hablar sobre el incidente debe recuperar su identidad. Solo así podrá comprender bien la totalidad de su vivencia.

—Bien. Esperaré.

Nuevas notas, más apresuradas que antes. De la misma manera que soy capaz de captar su interior, parece que él puede captar el mío.

—Podría hablarle sobre su familia.

—Está bien. Hágalo.

Y lo hace. Mi pasado comienza a revelarse. El folio en blanco muestra sus primeros borrones.

20

—*V*ayamos al principio. Usted nació el 1 de enero de 1971 en Barcelona, a las 00.01. Fue el primer niño nacido durante esa noche no solo en la ciudad, sino también en toda España. ¿Sabe?, dicen que los niños nacidos en esas circunstancias tienen un don especial que los convierte en afortunados.

¿Afortunados? Menuda ironía. Observo fugazmente mis pies y manos vendados, reflexiono sobre mi permanencia en esta cama y me planteo la veracidad de este saber popular. Aparco esta reflexión: Esteve espera una respuesta, tiene que seguir evaluando mi estado mental.

—Menuda tontería.

Esteve se ríe. Su risa es entrecortada, salpicada con pequeños hipidos, fea y desagradable.

—¡Tiene usted razón! Ese tipo de supersticiones carecen de toda base. Pero mucha gente cree en ellas.

—Yo no.

—¿No cree en ellas ahora o no creyó en ellas nunca?

Lo observo. La conversación parece formar parte de un juego. ¿O sería mejor decir de una estrategia?

—Dígamelo usted.

—No. Aunque lo supiera, no debo hacerlo. Es usted quien deberá averiguar eso… y el resto, claro.

—Pero usted lo sabe, ¿no es así?

—Sí, lo sé. Como es lógico, debo intentar conducirle hacia esos recuerdos ocultos que forman su vida pasada. Y para ello tengo que conocer rasgos concretos sobre usted. Pero, Alejandro, no se me desvíe de lo principal: debe saber que yo conozco su pasado, su vida, algunas de sus ideas y sentimientos. Y eso no altera el trabajo que debemos realizar.

—Quizá fuera más lógico hablar de lo sucedido.

—No. De momento no debemos separarnos de lo esencial. Debemos regresar a su biografía. Ese es el procedimiento que dictan experiencias similares y nos vamos a ceñir a él.

Esa rápida negativa es una reacción defensiva. Lo percibo. Más que eso, ¡lo sé! No se trata de regresar al protocolo médico pautado para los amnésicos, se trata de no ver rota su superioridad sobre mí; se trata de mantener un control que estaba viendo amenazado por mis respuestas, mis intuiciones, por la rapidez de reflejos mentales que parece caracterizarme. Debo ser prudente. Veo en su rostro la incertidumbre, esta emoción es la peor que puede sentirse: ni el miedo ni el dolor ni el odio, sino la incertidumbre. Las vidas de la mayoría de las personas acaban por volverse previsibles; sentir que desconocen aquello que puede ocurrir es lo peor que puede sucederles. Esteve no es una excepción. Y ese miedo que subyace en él me sorprende y preocupa. Tengo que evitarlo. No debe desconfiar de mí. Sigo sin saber por qué, pero es de nuevo el oscuro instinto el que me avisa diciéndome que mantenga la calma, que no le asuste.

—Doctor, cuénteme quién fui.

—Voy a trazar un resumen general sobre su vida. Si en algún momento recibe, como podría llamarlo..., un recuerdo, una impresión, hágamelo saber. Es probable que ocurra cuando comentemos algún evento o persona concreta, o surja el nombre de algo o de alguien que pueda servir como vía de acceso hacia sus recuerdos.

—¿Será un proceso largo?

—No puedo contestarle. No existe una regla. Están descritos casos de personas que reaccionaron casi de inmediato, y otros, en cambio, que tardaron mucho tiempo en encontrar la manera de acceder a sus recuerdos.

¿Habrá quien no lo lograra nunca? Seguro que sí.

—Adelante.

—Sus padres se llamaban Miguel Martín y Ana Gispert. Su padre era policía; su madre, ama de casa. Durante su infancia no hubo ningún acontecimiento reseñable, fue completamente normal. Su hermana, Julia, nació cuando usted tenía

78

tres años, en 1974. Entonces usted atravesó el típico periodo de celos que viven la mayoría de los chavales y llegó a morderla en la mano. ¿Lo recuerda?

—No.

—Piense sobre todo esto que voy a contarle, ahora y más tarde, cuando esté solo en la habitación. Los recuerdos escolares suelen dejar huella. Fue a La Salle Bonanova. Cursó allí toda la básica y el bachillerato. Fue un alumno normal, calificaciones generalmente buenas, no suspendió nunca. Practicó el baloncesto: en aquella época el equipo sénior del colegio logró una verdadera hazaña al llegar a ascender a la máxima categoría nacional. Usted es, desde entonces, un enamorado de este deporte. De chaval asistía a esos partidos.

—Nada.

—Otra afición: le gusta leer, libros, tebeos, cualquier cosa; los guarda y colecciona. Tuvo primeros amigos, primeras novias: más adelante le mostraré fotografías de su pandilla. Salían por el barrio, iban al cine Texas, que ponía programas dobles; pasaban allí tardes enteras. Ya algo más mayores fueron a las discotecas del barrio y a los bares de Sarrià. En aquella época tuvo un amigo íntimo, Pepe Guitart. Eran inseparables, iban a la misma clase, jugaban en el mismo equipo de baloncesto... Esto es curioso, salieron juntos en pareja con un par de hermanas gemelas.

—No lo recuerdo.

—Después de acabar el COU, fue a la universidad. Tuvo una buena nota en la selectividad, un 7,8. Marcó en la hoja de preinscripción universitaria opciones muy dispares; al final se decidió por Derecho, aunque mantuvo un estrecho contacto con la informática con un nivel altísimo, y realizó numerosos cursos de formación. Su nivel de conocimientos podría ser incluso próximo al de un ingeniero informático. Se le daba bien y era un manitas: le gustaba tanto el *software* como el *hardware*. En la facultad hizo nuevos amigos, aunque nunca perdió el contacto con la gente de La Salle: salidas, cenas, esas cosas. Siguió jugando al baloncesto con el equipo de su facultad en la liga universitaria. Para usted este deporte es una pasión. Estudió con aprovechamiento. Algún suspenso esporádico, que siempre recuperó de inmediato. En especial se le atragantó el

79

derecho civil, le hizo sudar de lo lindo. En las demás asignaturas siempre obtuvo buenas notas. Le gustaban los exámenes orales, se le da bien hablar en público, lo hace con solvencia y seguridad.

—Siga.

—Durante esta época universitaria tuvo una novia, Cristina Zabaleta, una joven de buena familia, de Pedralbes. La relación se acabó justo al finalizar la carrera; fue usted muy reservado sobre las causas de esta ruptura y no las comentó con nadie, así que nada puedo decirle sobre ellas.

Guardo silencio. Me siento algo molesto. Me desagrada esta disección de mi pasado, y esto es así por un doble motivo: el primero, que lo haga precisamente esta persona que tan desagradable me resulta y de la que instintivamente desconfío. Y el segundo, que sepa tantas cosas de mí, tantos detalles. Si fui reservado sobre la ruptura con Cristina Zabaleta y no lo comenté con nadie, ¿con cuánta gente habrá hablado sobre mí este hombre, cuántas personas sabrán de mi estado, conocerán mi extraña situación, habrán sentido lástima por mí?

—Acabada la carrera atravesó un momento de indefinición. Fue una época difícil. Su padre murió en un accidente doméstico, al caerse por la ventana de su domicilio. Pocos meses después murió su madre, enferma de cáncer. Pasó una temporada con numerosas dudas sobre su futuro. Durante los estudios trabó amistad con numerosos alumnos de su curso, algunos de ellos tenían familias con bufetes. Con su buen currículo podría haber llegado a ingresar en alguno de ellos. También se llevaba bien con uno de sus catedráticos, concretamente el de Penal. Podría haber llegado a ingresar en la cátedra como profesor auxiliar. Pero su decisión final acabó por sorprender a todo su entorno. ¿La recuerda?

—No.

—No la recuerda... Bien. Fue una decisión importante. Pero la dejaremos para la próxima sesión. Aproveche estas horas para estar tranquilo. No logrará mayor beneficio pensando o dejando de pensar sobre estas vivencias. Si quiere, intente centrarse en todo lo que he dicho. Pero, si no lo hace, igualmente pueden llegar esos recuerdos ocultos.

—Está bien.

—Ahora le dejo. Volveré mañana, y los siguientes días, a la misma hora.

Esteve se incorpora, cierra la libreta donde lleva esos retazos de mi vida. Saluda con un gesto esquivo, casi como si no deseara hacerlo. La escasa humanidad de este hombre desmiente su carácter de médico de las almas. Abandona la habitación sin mirar atrás, dejándome solo con mis pensamientos.

81

21

*E*steve retoma la conversación donde la dejó el día anterior. He pasado la noche intentando recordar. Cierto es que duermo grandes ratos, pero también lo es que otros muchos estoy despierto. Durante ese espacio de tiempo no he encontrado nada en mi interior que despertara mis recuerdos, pero sí he notado una especie de hinchazón, si así puedo calificarla, de esa zona oscura donde parece estar mi pasado.

—Como le dije ayer, la decisión que tomó fue sorprendente. No hizo nada de lo que cabía esperar.

—¿Qué hice? ¿Qué fue tan inesperado?

Esta es la frase más larga que, hasta este momento, he formulado en mis sesiones con el doctor Esteve.

—Decidió opositar. Pero la dirección que tomó no tenía mucho que ver con el derecho, aunque este fuera parte sustancial de los contenidos de dicha oposición. Se inscribió en la oposición al Cuerpo de Inspectores de la Policía.

En principio siento indiferencia. Esta revelación de Esteve parece poseer un carácter concreto; así la ha ido gestionando, poco a poco, al incluir la pausa del día anterior. Y, si así lo ha hecho, es señal de que debió ser importante para mí.

—No veo qué tiene de particular.

—Es una oposición difícil. La utilizan los subinspectores para ascender a inspector; la antigüedad les proporciona una importante ventaja respecto a las plazas externas. Como la dureza de la oposición es elevada, las personas ajenas al cuerpo que logran plaza son especialmente capaces.

—¿Ese fue mi caso?

82

—Sí. Estuvo dos años preparando una oposición durísima con únicamente diez plazas en juego, y logró su objetivo. Hubo setecientas noventa y cinco personas pugnando por esas diez plazas. En el transcurso de esos dos años se doctoró en Derecho, sacó el carné de conducir BTP (para poder conducir vehículos policiales), alcanzó el nivel D de catalán (para llegar también a la máxima puntuación de este apartado) y se dedicó en cuerpo y alma a estudiar los temarios relacionados con la oposición. Realizó los exámenes y logró ser el mejor en todos y cada uno de ellos. Fue el primero de la promoción, por encima incluso de aquellos que llevaban diez años en el cuerpo.

—Bien, eso quiere decir que el hombre que fui era capaz. Pero ¿qué tiene esto de sorprendente? Seguro que no fui el primero en lograrlo.

—Existen antecedentes de otras personas que lo consiguieron. Pero, para que entienda lo excepcional del caso, tendré que hablarle de su familia.

Aquí está la clave, aquí quería llegar. ¿Mi familia? No me sorprende ser policía. Los son miles de hombres en el país, y seguro que la mayoría de ellos sirven con orgullo, no solo por la necesidad de ganarse la vida. Pero ¿por qué esa extrañeza en el binomio familia-policía? Veo claro que Esteve sabe muy bien lo que hace, sabe manejar los tiempos con gran habilidad. Pero yo no soy un primo cualquiera, he visto el truco con toda claridad.

—Usted es hijo de Miguel Martín. Su padre era policía.

—De padre policía, hijo policía.

—Sí, suele ocurrir en este tipo de profesiones. La vocación se transmite desde el entorno, se vive en el día a día…, pero no siempre. Verá, si digo que su decisión fue sorprendente, se debe a que las relaciones entre ambos no eran cordiales. Y claro, teniendo en cuenta sus estudios y el no haber mostrado ninguna inclinación previa a ingresar en la policía, todo resulta algo difícil de entender.

—Pues no puedo ayudarle a comprenderlo.

—¿Tampoco recuerda nada sobre el particular?

—No. ¿También conoce usted esos motivos?

Esteve me observa, parece un gato rondando a su presa. Sé que se deleita en este momento concreto; no hay nada que pueda precipitar esta sensación, ni una sonrisa, ni un gesto, ni un cambio en la entonación de su voz, y es precisamente por esto por lo que mi extremada sensibilidad detecta la impostura. Los conoce, sí. Es seguro. Pero su respuesta va en otra dirección.

—¿Alguna vez ha caminado por la montaña cubierto por la niebla?

—No lo sé.

Contesto rápido, no quiero que juegue conmigo.

—Verá, hay cosas que sé sobre usted. Como ya le dije, tengo resumidas algunas anotaciones sobre los aspectos fundamentales de su vida. Pero todo ese conocimiento no deja de ser fragmentario. ¿Sabe por qué le he preguntado acerca de la niebla?

—No.

—Se lo explicaré. Un hombre que camina por la montaña y se ve cubierto por la niebla no ve nada, solo un muro blanquecino contra el que no puede luchar. Ese hombre es usted. La niebla que le rodea le impide ver el conjunto de sus recuerdos. Pero, verá, mi posición no es demasiado diferente. Usted está completamente rodeado por la niebla. En mi caso, la información que está escrita en esa libreta representa algunos claros entre la niebla, pequeños espacios por donde los rayos del sol logran penetrar. Pero esto no me basta. Detrás de cada claro, el muro de niebla continúa estando ahí.

—Ya. ¿Y? ¿Eso quiere decir que no sabe si determinadas informaciones sobre mi vida pueden influir positiva o negativamente en mi estado?

—Mi primer objetivo es recuperar su memoria. Pero no puede hacerse a cualquier precio.

—¿Y tiene voz y voto en este procedimiento terapéutico el paciente?

—Solo hasta cierto punto. Usted es..., en parte, Alejandro Martín, y, en parte, alguien diferente. Ese alguien nuevo acabará por verse diluido según sus recuerdos regresen. Y claro, ¿con quién estoy hablando ahora? ¿Dónde se encuentra su volición, la auténtica capacidad de decisión de Martín?

Buena pregunta. Esteve es frío, y no me siento cómodo con él, pero eso no implica que sea un mal profesional. Ha visto en mi interior.

—Si quiere saberlo no le queda más remedio que contármelo todo.

—Bien. Le contaré lo que sé.

—Espere.

Existe un aspecto fundamental que quiero conocer. Toda esta información que maneja Esteve sobre mi vida debe tener un origen. ¿Quién pudo contarle cosas tan íntimas sobre mí? Con mis padres ya fallecidos, y sin mujer o pareja, solo pudo saberlo por mi hermana. Pero si mi hermana se lo ha explicado, ¿por qué no ha venido a verme? Ya había pensado en esto y me inquieta; se deduce fácilmente que para ello existe algún impedimento que no acabo de entender. ¿En ella o en mí? ¿O será una decisión médica?

—Diga.

—Explicarme mi biografía a grandes rasgos no supone gran dificultad. Pero descender hasta ese nivel implica, y puesto que mis padres ya no viven, haber hablado de ello con mi hermana.

Esteve asiente.

—¿Por qué no ha venido a verme?

—Por el mismo motivo anterior. No tenemos la seguridad de que fuera positivo para su recuperación.

—Concrete ese motivo.

—Es sencillo. Tampoco con ella tenía una relación fluida. Su hermana no desea verle. No quiso venir bajo ningún concepto, e incluso añadió que algunas cosas solo pertenecen a la intimidad de la familia.

Caramba. Ni con mi padre ni con mi hermana. Esteve me observa, da por concluida esta sesión, me deja solo con mis pensamientos. Solo. Sí. Si antes ya me sentía así, solo, ahora me siento «Solo».

Y la diferencia es mayor que una simple mayúscula.

85

22

*E*stoy agotado. A las primeras revelaciones de Esteve sobre mi pasado familiar se ha unido una triple sesión con Rafa. Ha sido muy duro porque hoy ha sido el primer día en que me he levantado. Aunque tengo las piernas prácticamente atrofiadas he comenzado a dar mis primeros pasos entre dos barras paralelas. Tuve que sostenerme con la fuerza de los brazos mientras mis piernas se esforzaban en seguir las órdenes de mi cerebro. No he logrado más que deslizar levemente las puntas de los pies. ¡Me duele todo el cuerpo! Pero, por encima de todo, mi espíritu siente un dolor moral mucho más angustioso que el físico.

El dolor de sentirse rechazado.

El dolor de sentirse solo.

¿Tiene sentido mi esfuerzo? ¿Para qué este sufrir?

Hay algo en mi interior que no alcanzo a ver, algo que pugna por manifestarse, deseando mostrarme un rostro esquivo que, estoy seguro de ello, puede llegar a tener consecuencias funestas. ¿Premonición? No, desde luego ahora no creo en estas cosas. Es algo… diferente. Es sentir con toda lucidez que tengo algo que hacer, una misión que cumplir. Así, pensando en esto, agotado, me dormí. Ahora estoy dormido y sueño. Creo que por vez primera soy consciente de ello.

Estoy envuelto en un nuevo y extraño resplandor. Es anaranjado, dorado, rojizo, pero despierta un sentido oculto: ¡alerta! Quisiera evitarlo, pero allí donde voy el resplandor me persigue. Y entonces comienza el dolor. ¡Es un mordisco! ¡Y otro! ¡Y otro más! ¿Qué me ocurre? ¿Qué es esto? ¡Más y más dolor! Me acosa, me persigue, me atosiga.

¡Y entonces comprendo!

¡Fuego! Es fuego lo que me rodea, es fuego lo que me quema, los mordiscos son lenguas de fuego cebándose con mi cuerpo, y el dolor es tal que pierdo el sentido. ¡Ocurrió así! ¡Por eso estoy en el hospital, ahora lo sé, me vi inmerso en un incendio, el fuego me rodeaba, me quemé, por eso mi cuerpo está vendado, por eso siento este dolor sordo por dentro!

Caigo. Choco violentamente con una superficie dura, siento mi cuerpo rebotar sobre ella; me acosa un nuevo dolor, el de los huesos rotos, y quedo hecho un ovillo mientras las llamaradas me queman tanto por fuera como por dentro... Siento que es el fin.

Y cuando parece que todo va a acabar, mi cuerpo entero recibe un rocío purificador que atenúa la agonía del fuego: es el agua que cae evaporándose sobre la carne quemada.

La intensidad del sueño es tal que me despierto gritando sumido en una angustia indescriptible. Me he retorcido en la cama y caigo al suelo, la insensibilidad que acusa mi cuerpo debido a las quemaduras minimiza el golpe. Se encienden las luces, acuden personas, percibo manos intentando agarrarme, me resisto porque no deseo volver a la cama, no quiero volver a soñar. Presento una fuerte resistencia, las voces gritan, no las entiendo pero sí capto su urgencia, logran sujetarme, me inmovilizan. ¡Ahora sí noto dolor! Una aguja penetra con brusquedad en mi brazo, me están administrando un cóctel neuroléptico, haloperidol + sinogan + largactil. Sedación inmediata.

¡Joder!

Este conocimiento es profundo y, sobre todo, «anterior», e intento centrarme en esta idea mientras el neuroléptico va haciendo su efecto y muy lentamente un velo pesado y oscuro comienza a recubrir mis pensamientos apagando toda percepción y sumiéndome en un olvido que espero, que deseo, que venga ya, que sea dulce, que me proteja; adiós, gracias por venir...

Noto un movimiento en mi cuerpo. Estoy en la cama, atado. Me inyectaron un depresor del sistema nervioso central y ahora tienen que controlar mis constantes vitales, tensión, frecuencia cardiaca. Abro los ojos: la enfermera está concentrada. Espero que su vista se cruce con la mía. Pasados unos segundos se produce el contacto.

—¿Se encuentra bien?

Asiento mientras intento esbozar una sonrisa leve. Ana acciona el pulsador de aviso, me habla suavemente, me arrulla como si yo fuese un niño pequeño. Al poco llega el doctor Andreu. La enfermera le entrega una hoja con las constantes.

—Vaya sorpresa nos dio ayer, Martín. Nos dejó a todos en fuera de juego. ¿Qué le ocurrió?

Buena pregunta. Lo recuerdo todo, como me ocurre desde que se inició mi recuperación. ¡El fuego! Estaba atrapado y no podía escapar, y fui presa del fuego. He comenzado a recordar. Pero no se lo quiero decir. Mi campanita de alarma se enciende en todo momento cuando se trata de mi pasado, no quiero que sepan qué recuerdo.

—¿Qué me pasó?

Mi voz expresa ignorancia. Andreu me observa con naturalidad, no hay suspicacia en este hombre. En cambio sé que la tendré en cuanto entre por la puerta Esteve.

—Se cayó de la cama gritando, presentaba lo que clínicamente se llama un cuadro de agitación extrema y fue necesario inyectarle un tranquilizante. ¿No recuerda nada sobre lo que le puso en ese estado?

Mantengo una pausa, una negación inmediata podría resultar sospechosa, en esos segundos parece que repaso mentalmente lo ocurrido.

—No. No recuerdo nada. Ha dicho que gritaba. ¿Dije algo en concreto?

—Nada coherente. Palabras sueltas. Farfullaba frases enteras, por desgracia, incomprensibles. Mire, ahí llega el doctor Esteve.

—Hola, Martín.

Saludo con una inclinación de cabeza. Andreu y Esteve cruzan una mirada y el primero comprende la silenciosa petición de su colega.

—Volveré más tarde.

Esteve levanta el respaldo de la cama hasta dejarme casi sentado, toma asiento junto a mí y comienza su interrogatorio.

—Martín, me han explicado lo sucedido ayer por la tarde.

No solo he leído el informe; también he hablado con los auxiliares, las enfermeras y el médico de guardia. ¿Recuerda lo que le sucedió?

—Le estaba diciendo al doctor Andreu que no recordaba nada.

Esteve me observa evaluando mis palabras.

—No quiero decir si recuerda lo que le pasó, eso ya lo sé; quisiera saber si recuerda aquello que le puso en ese estado.

—No. Estaba durmiendo.

—Estaba durmiendo.

—Sí.

—¿Pudo deberse a un sueño?

—Puede ser.

—Y no lo recuerda.

—No.

—Es extraño. Las situaciones de estrés traumático como la que ha vivido dependen de un desencadenante que suele ser inolvidable. Suele asociarse a la causa primera que ha desencadenado el estado o la patología del paciente. ¿No recuerda absolutamente nada?

Mi sexto sentido está funcionando a pleno rendimiento. Ni quiero ni puedo decirle que he recordado. Sé que será negativo hacerlo, pero ocultar lo sucedido ha activado una suspicaz alarma basada en su conocimiento de la psiquiatría. Pero debo seguir fingiendo. Estoy atrapado por la necesidad; esta impostura debe continuar. Finjo concentrarme. Medito si dar alguna pista.

—No. Solo recuerdo el dolor. Sé que intentaba huir de algo. ¡Eso es todo!

—Martín, es importante que me escuche. Su memoria está intacta, no se ha perdido. Guarda todos y cada uno de los recuerdos fundamentales de su vida. Y lo que le ha ocurrido anoche se debe a la aparición de un desencadenante. El... bloqueo que usted sufre está dando las primeras señales de ruptura. Si ahora no recuerda, lo hará más adelante.

—¿Cuándo?

—Eso, como ya le dije, no puede saberse. Pero será mucho más pronto que tarde, esta agitación ha sido un claro aviso. Ocurre que su experiencia ha sido tan intensa que no puede sino presentarse de esta forma violenta. Por eso estoy intentando acceder a sus recuerdos de una forma menos traumática. ¿Me ha comprendido?

—Sí, le entiendo. Pero no recuerdo nada.

—Ya.

Si la frialdad es una característica fundamental en este hombre, acabo de recibir su máximo exponente, una emanación gélida en forma de palabra. Sospecha. Está prevenido. Es muy extraño que yo desconfíe de esta manera instintiva como también lo es que sepa con total certeza que este sentimiento es mutuo. ¿Esteve? Lo veo tan cristalino como adivino turbio su pensamiento: lo que él conoce y se guarda para sí es tan trascendente como lo que mi perdida memoria oculta.

23

*T*rabajo con ahínco mientras mi cuerpo se recupera y mi biografía se reconstruye. Rafa está obrando el milagro: antes los pies se arrastraban, ahora comienzan a pisar el suelo. Merced al ejercicio acumulado en las paralelas, mi torso se está desarrollando de una forma notable. Me observo las partes del cuerpo que no están vendadas y percibo la sobresaliente acumulación de músculo. Y no me sorprende verlo: sé que siempre estuvo ahí.

En cuanto a esas extremidades vendadas, ahora sé qué ocultan: carne quemada. No puede ser otra cosa. Sí, mi cuerpo está quemado y las quemaduras debieron ser realmente graves. Podría despojarme de los vendajes cualquier noche, pero siento miedo de hacerlo. He descubierto un dato que no había valorado como algo anormal hasta ahora: en mi habitación no hay espejos. Y las implicaciones de este descubrimiento no son nada agradables. No quieren que me vea. Mal asunto.

Podría dejar la habitación y salir al exterior, buscar algún espejo, y no solo podría, lo haré. No de inmediato, tengo otras prioridades. Quiero recobrar toda la fuerza que mi cuerpo tuvo, eso es lo principal, y fundamentalmente deseo recuperar mi memoria perdida.

Respecto al pasado, Esteve ha continuado con sus revelaciones sobre mi vida. Entrega la información poco a poco, y detecto una intención oculta en todo ello. Sabe de mí mucho más de lo que aparenta, pero no quiere demostrarlo. Me prometo que, llegado el momento, averiguaré las razones de su conducta. Mientras tanto conozco nuevas notas sobre mi vida.

Parece ser que mi familia suponía una fuente de conflictos. No está muy clara la raíz de las desavenencias con mi padre. Si conoce esta información, se la calla. Existió un insalvable abismo entre ambos desde mi juventud. ¿Por qué un hijo reniega de su padre como yo lo hice? Me explicó que fue un inspector de cierto mérito. Eso es todo lo que de momento sé.

En cuanto a mi hermana, me enfrento a otro enigma. ¿Por qué no nos hablábamos? Mi hermana dijo que era mucho mejor que yo lo hubiera olvidado para siempre. Esto es, de todo, lo que más me inquieta, pues creo recordar haberla querido intensamente. ¡Incomprensible!

Y, sobre mí, más información. Aprobé mi oposición con la vitola de ser el número uno. Este puesto te separa radicalmente del resto de tus compañeros. Un tipo brillante es una amenaza larvada para las aspiraciones de estabilidad de unos y para las aspiraciones de futuro de otros. Cuando ingresé en el cuerpo pude elegir mi destino: nueva sorpresa, ya que elegí la Unidad del Subsuelo, un destino nada atractivo para la mayoría. Un grupo de policías que se pasa la vida pululando por el subsuelo de la ciudad lejos de la acción propia de la superficie. Puedo reproducir la conversación con Esteve al detalle.

—¿Ese es el destino propio para un número uno?

—No sé por qué lo hice.

—Yo sí. Fue un paso intermedio hacia el destino que realmente le interesaba y que en ese momento no tenía vacantes.

—¿Y cuál fue ese destino?

—La Unidad de Artificieros. Junto con la Unidad de Operaciones Especiales son las dos verdaderas unidades de élite de la policía.

—¿Cómo sabe usted todo esto?

—¿Recuerda cuando le expliqué que nos conocíamos?

—Sí, claro.

—Soy el responsable de la atención psicológica de los Mossos. Y, dentro del cuerpo, me dedico de manera directa a estas dos unidades en concreto. Los contenidos de las pruebas psicotécnicas dependen de mi equipo. Y todas las evaluaciones psicológicas de las que dependía su capacidad de actuar estaban directamente en mi mano.

Esteve se acaricia los labios con el pulgar, de lado a lado. ¡Y recuerdo este gesto! Esteve dijo que acabaría por conseguirlo partiendo de un nombre o de un sencillo gesto. Y así ha sido.

—Está recordando.

Esteve ha cazado con la atención vertida sobre los detalles surgidos de las profundidades de mi fragmentada memoria. Por mucho que intentara permanecer en alerta frente a él y, si bien lo había logrado tras la pesadilla nocturna, es imposible mantener un control absoluto frente a esta inesperada sorpresa.

—No lo sé, no estoy seguro.

—Ha recordado, es evidente. Dígame qué ha recordado.

—No es un recuerdo, o puede que sí... Son sus manos. Juraría haber visto antes ese movimiento con el que se acaricia los labios.

—¿Ha podido llegar a discernir alguna imagen concreta?

—No, no supe, o no pude lograrlo.

—Ha estado cerca. Le dije que los recuerdos están ahí, si no todos, porque algunos pueden haberse perdido a causa de los traumatismos, sí que la mayoría. Está en el buen camino. Lo conseguirá.

La sesión acaba ahí. Esteve sale por la puerta dejándome en la relativa soledad de mi habitación, soledad que no tardará en verse rota por la llegada de Rafa con su sesión de fisioterapia. Pero esta vez se va con la sombra de una sospecha. La puerta hacia mi pasado ha mostrado su primer resquicio, y los acontecimientos deberían acelerarse considerablemente.

93

24

*L*a noche ha caído, ha llegado el momento. Estoy preparado para mi primer gran reto. Hoy voy a mirarme en un espejo. Han pasado tres días desde que recordé el gesto de Esteve y el tiempo aprieta. Desconozco cuánto tiempo podré sostener mi·impostura y, lo más importante, cuándo llegarán los recuerdos claves. Porque muchos de ellos ya están apareciendo.

Llegan como imágenes fugaces; algunas se encadenan a otras, como si al abrir la puerta de una habitación se estableciera una corriente de aire que impulsara la de la siguiente, y otra, y luego otra más; esos recuerdos encadenados me están revelando partes de mi vida pasada, pero sirven especialmente para incentivar mis ganas de saber. Y justo sobre aquello que deseo conocer se muestran esquivas. ¿Cuándo llegará? Paciencia, todavía puedo esperar. Y mientras hay mucho que hacer.

Bien, primero fuera de la cama. Alcanzo la puerta, una ojeada furtiva me muestra un pasillo sumido en la oscuridad, apenas iluminado por las luces de emergencia.

Avanzo hacia mi derecha. Llego a la intersección de otro pasillo, aquí encuentro lo que estaba buscando. Se trata de un servicio, empujo la puerta y un sensor de movilidad ilumina automáticamente la luz del baño. Cierro la puerta, a la izquierda contemplo dos lavabos con sus respectivos espejos. Aspiro aire con profundidad para calmar la ansiedad que me devora por dentro. Apoyando la espalda en la puerta muerdo los vendajes de la manopla de la mano izquierda, rasgando sin dificultad el punto concreto que sostiene el vendaje. Este comienza a caer. Realizo idéntico movimiento con la derecha y ambas manos quedan libres de sus vendajes.

Solo me basta con izarlas para contemplar lo que de ellas hicieron las llamas. Un simple gesto, contraer los bíceps. Respiro muy hondo y, mirando hacia el espejo, elevo las manos situándolas en el punto concreto donde el reflejo me permite observarlas.

He perdido buen número de falanginas y las falangetas. Y la mayor parte de los dedos carecen de uñas. En cuanto a la piel, hasta los codos, se ha convertido en una excrecencia de difícil contemplación, toda ella sembrada con zonas extrañamente alisadas seguidas por otras donde las aglomeraciones de carne tumefacta forman bulbosidades erráticas.

Entiendo que esto no es sino el cruel anticipo de aquello que me queda por ver. Elevo el pijama y al hacerlo compruebo cómo me cuestan los movimientos finos, no estoy acostumbrado a ellos. Medito sobre si esto se deberá a la falta de costumbre o al daño causado en las terminaciones nerviosas.

Doy dos pasos al frente, giro el cuerpo noventa grados, estoy frente al espejo. Y la visión de mi cuerpo destrozado me hace retroceder con más eficacia que cualquier fuerza física.

Apoyo mi espalda en los azulejos de la pared contraria y mi cuerpo se desliza hacia el suelo. Sentado, entre los mingitorios, sollozo abrumado por lo que he visto.

El sensor, pasados treinta segundos sin detectar movimiento, cumple su función y la luz se desvanece.

Y entonces me recuerdo, y eso multiplica el pesar. Sí, recuerdo a un hombre aún joven, cabello algo alborotado aunque corto, cejas rectas y pobladas guardando unos ojos verdes, nariz regular, una frente despejada y amplia, una mandíbula poderosa; recuerdo un cuerpo atlético, de anchos hombros y dotado con músculos duros como una tabla de acero. Veo en el reflejo al hombre que fui superpuesto con aquel en el que me he convertido, y mis lágrimas se derraman sin freno.

Mis cabellos han desaparecido. Solo la mitad de mi rostro guarda alguna semblanza con lo que fui. La otra mitad está tan destrozada como lo están tantas zonas de mi cuerpo. Es un monstruo quien me mira desde el espejo, un ser deforme que ha perdido la visión de un ojo. Por eso sufrí esos dolores de ca-

95

beza y esos desfases en cuanto a la profundidad de los objetos, hasta que mi cerebro logró reeducar la visión de binocular a monocular.

En cuanto al resto del cuerpo, solo el pecho y el abdomen se han salvado del caos que recorrió mi carne. Los testículos y el pene presentan serios daños, tantos que dudo si algún día podré volver a sentirme hombre.

Por todo esto recibí esas miradas que no podían ocultar el asco o el miedo que mi aspecto les causaba.

Intento no pensar. Recobro cierto dominio bendiciendo la oscuridad que me rodea, la oscuridad en la que el monstruo se diluye. Y entonces, según regresa la luz y voy arrastrándome por el suelo recogiendo los vendajes, comprendo. Sí, la oscuridad es el único lugar donde puedo estar. ¿Quién podría estar junto a alguien como yo? ¿Quién podría soportar la compañía del ser deforme en que me he convertido? ¿Qué me queda sino retirarme allá donde nadie pueda verme?

Reemprendo el camino hacia la habitación. Me tumbo en la cama sin molestarme en recomponer los vendajes.

Pasa el tiempo, amanece. Entra una auxiliar en la habitación. Solo apreciar mi estado sale a toda prisa demandando ayuda.

No tarda en regresar acompañada por una enfermera, y poco más tarde llega Andreu. Mi ausencia es de tal calibre que apenas percibo las palabras que me dirige, y allí, sobre la cama, rodeado por la agitación que provoca mi estado, nace una nueva imagen con tal fuerza y poder que deja de lado cualquier otro dolor, consideración, idea, fijándose en mi memoria de manera indeleble, por y para siempre.

Unas manos que se abren. Unas manos que me dejan caer entre las llamas. ¡Unas manos culpables! Buscarlas. Encontrarlas. Acabar con ellas. Y por fin mi misión comienza a estar clara.

25

—*M*artín, creo que debemos hablar acerca de lo sucedido.

Ambos doctores están sentados junto a mí y es Esteve quien ha hablado. Un malhadado destino lo ha convertido en el garante de mi tranquilidad, a él en lugar de a Andreu, por quien siento una instintiva confianza.

—Deberían habérmelo dicho.

Es Andreu quien toma la iniciativa y me contesta.

—Fue una decisión terapéutica del equipo. No sabíamos cuál sería su reacción.

—No importa. Me ocultaron lo ocurrido. Todo mi cuerpo está quemado.

—Martín, nosotros pensábamos que…

—Existía una razón poderosa. —Esteve corta por lo sano la débil justificación de Andreu—. El Martín que yo conocí hubiera podido cargar con ese dolor y con mucho más. Pero no sabíamos si nuestro amnésico paciente sería capaz de soportar lo sucedido en un plano emocional.

—Calle.

Si el tono de Esteve ha sido seco y conciso, el mío corta como el filo de una navaja.

—Ahora van a contármelo todo, con detalle. Es el momento de saber.

—Está bien. Como ya le dije, usted era policía, un artificiero.

Era. ¿Soy? ¿Quién soy ahora?

—¿Me estalló un artefacto?

—No, a usted directamente, no. Pero sus compañeros intentaron desactivar un potente explosivo en un centro comercial.

—Dígame en cuál.

—En el aparcamiento de los Grandes Almacenes. ¿Lo recuerda?

—No.

—No pudieron desactivarlo y la deflagración originó un incendio que acabó por extenderse por todo el edificio. Usted se encontraba en el interior, en la cuarta planta, y acabó rodeado por el fuego. Solo por un verdadero milagro los bomberos pudieron rescatarle.

¿Eso es todo? ¿Le pido detalles y liquida la cuestión en diez segundos? Debe de existir un motivo poderoso para evitar las explicaciones. Y no me conformo con semejante brevedad.

—El lugar de los artificieros debe estar junto a los explosivos. ¿Cómo es posible que el fuego me sorprendiera en los pisos superiores si los explosivos estaban en el aparcamiento?

—Usted no se encontraba de servicio cuando se produjo la alarma, pero dada la magnitud de la amenaza se contactó con todas las unidades especiales. Se encontraba cerca del centro comercial y se ofreció a realizar funciones de enlace entre los artificieros situados en el exterior y el centro de seguridad del edificio. Tras la deflagración tuvo un comportamiento heroico. Gracias a su intervención directa se salvaron muchas vidas.

Estoy cerca. Una poderosa comezón cosquillea en mi cerebro, juraría que en cualquier momento podré recordarlo todo. La bomba, el fuego, ayudar a los civiles en la evacuación... La poderosa sensación de haberlo vivido es más intensa que nunca. Me reconcentro en esta vivencia, la busco desesperadamente en la uniforme superficie de la oscuridad donde espera mi pasado. ¡Pero no llega! ¿O sí? Esa leve fractura por donde aparecieron las manos comienza a agrandarse.

—¿No lo recuerda? Martín, veo que está intentándolo.

Es Andreu quien se interesa, pero no lo veo, ni a él ni a Esteve; toda mi voluntad se centra en las llamas y en esas manos... Veo las manos, es la única imagen que perdura entre la vorágine de sensaciones que se están desbocando. El punto focal de toda esta ordalía no deja de ser uno solo, esas manos que sostienen y que se abren, y la sensación de caída posterior, el impacto, el dolor, ¡las manos me sostenían a mí! ¡Eso era!

—¡Caí al fuego! ¡Lo recuerdo!

—¡Siga! ¡No pierda el hilo!

—¡Caigo! Mi cuerpo cae al vacío, busco dónde agarrarme, ¡y no encuentro nada!

—¿Y qué más?

—Las llamas me rodean, intento levantarme pero me falla una pierna, me arrastro apartándome de las llamas, no hay dónde ir, hay mucho humo, estoy mareado, sé que llego junto a una pared, y después… nada más.

—Bien, Martín, ¡bravo!; sus recuerdos están regresando, es un momento clave; pero, escúcheme, tiene que ir más atrás; si quiere recuperarlos ha de esforzarse en llegar a antes de la caída, ¿me comprende? ¡Búsquelos!

—Sí, yo…

—¡Inténtelo!

—No, no sé, yo…

—¡Búsquelos!

No finjo mi desesperación, realmente me siento hundido. Pero cuando mi cerebro parece que va a reventar llegan nuevas imágenes y veo más allá de las manos: un rostro me observa, el de su dueño; nuestros ojos parecen unidos por una conexión invisible. Sus ojos son oscuros, ¡pero sus rasgos me esquivan! Solo logro ver esos ojos y más allá de ellos, en su interior, percibir un sentimiento tan evidente que su fuerza me aturde. Veo el odio. Veo la envidia. Veo la maldad. Y no solo la veo, también la siento. La maldad me rodea. La maldad me acompaña. Está aquí, conmigo. Y no solo la percibo rodeándome, también la percibo en mi interior, creciendo, pugnando por hacerse con el control, y veo que yo deseo entregárselo. Y ese sentimiento que se adueña de mí me indica el camino por seguir. Recupero el dominio de mis facultades. Ese ser nuevo en el que me estoy convirtiendo comienza a sentir un ansia que debe ser satisfecha. Y esa satisfacción va a comenzar aquí y ahora. Cualquier sentimiento que me desequilibre debe ser expurgado. Mi control debe ser perfecto. Lo perdí anoche, y casi lo pierdo unos segundos atrás. No volverá a ocurrir. Y digo lo que debo decir.

—No hay nada. No logro recordar nada.

—Martín, este es el momento; no lo desaproveche. ¡Está muy cerca!

99

Esteve no sabe cuánto. Pero ya no sabrá nada más de mí. Los próximos minutos serán importantes, debo marcar un camino nuevo y no generar dudas ante el deseo de Esteve de conocer qué recuerdo.

—No me agobie. Mis recuerdos se desvanecen y, cuanto más intento asirlos, más se me escurren.

—Martín, escuche al doctor Esteve; tiene razón al intentar…

—No. No la tiene. Mi memoria ya no me importa. Importa lo que vi anoche. Mi cuerpo. ¡Eso es lo único importante! Eso y el futuro que me espera.

—Es difícil construir un futuro si se carece de un pasado.

Tengo la certeza de que es precisamente lo contrario. Y es entonces cuando ese geniecillo malo que se ha instalado en mi cerebro me muestra un camino tan sencillo y genial que no seguirlo resulta imposible. ¿Un camino nuevo? No, no es cierto; su recorrido llevaba tiempo fijándose en mi mente, lo que he logrado ahora es verlo en su deslumbrante conjunto. Me hará falta algo de tiempo para ejecutarlo en su totalidad. Y debo comenzar ahora.

—Anoche dejé la habitación y me vi desnudo frente a un espejo. Lo que vi… Nunca volveré a ser aquel que fui. Eso es seguro. El pasado carece de importancia.

—Martín, escúcheme; se lo pido como doctor suyo, pero también como una persona que le aprecia por lo que hizo y, sobre todo, por quien es usted ahora.

No puedo negarme a esta impecable petición del doctor Andreu, a quien realmente aprecio por su buena voluntad. No solo se merece mi respeto, además es parte de mi estrategia. Escucharé.

—Usted dirá.

—Martín, debo decirle varias cosas. La impresión de lo que usted vivió anoche es explicación suficiente para que comprenda lo acertado de nuestra medida al ocultarlo inicialmente. Si hoy, pasados ya tantos días, le ha afectado de esta manera, no quiero imaginar lo que hubiera ocurrido en caso de haberse visto al poco de recuperarse del coma. No me arrepiento de haberlo hecho, creo sinceramente que el consejo médico acertó al tomar esta medida.

—Siga.

—Ahora se encuentra bajo el efecto de esta revelación y, claro está, la impresión negativa de lo vivido anoche mediatiza por completo su juicio. No conozco a ninguna persona que hubiese reaccionado con indiferencia ante la gravedad de su afectación física. ¡No hubiera sido humano! Pero piense, Martín, que, aunque ha perdido mucho, hay otro tanto que puede recuperar. La cirugía estética es un camino que teníamos previsto hace mucho, pero exigía su plena recuperación psicológica, ¡y en eso estamos!

—No intente engañarme. Ninguna cirugía me devolverá mi aspecto anterior. Las alteraciones de la dermis son demasiado profundas.

—Tenemos un estudio realizado por el equipo de estética del hospital donde se analiza detenidamente su caso. Fue parte de la comisión médica que coordiné cuando recuperó la conciencia. No le engaño. ¡Jamás lo haría! Es posible que su rostro no fuera exactamente el que tuvo antaño. Y aunque quedara alguna zona menos definida, el conjunto sería casi normal.

La buena voluntad de este hombre me emociona. Imagino un rostro nuevo, una cara mirándome, reconstruida, no la mía, otra, parecida pero distinta, e imagino una nueva vida orbitando sobre ese nuevo rostro. Me río por dentro ante este idílico futuro que sé que es imposible. Pero por fuera la máscara se mantiene imperturbable siguiendo los exactos hilos de la función que represento.

—Quizá tenga usted razón. Supongo que lo que ahora me ocurre es que estoy bajo los efectos de la impresión.

—Así es. La impresión debió de generar una gran tristeza, acompañada por angustia, rabia, ira, dolor... ¡Pero todo ello puede y debe quedar atrás! ¡Confíe en nosotros!

Un momento de dramatismo resultará acertado. Me cubro el monstruoso rostro con esas garras más propias de un leproso que de un hombre sano y emito unos tiernos sollozos acompañados por sus correspondientes lágrimas. Pasado un rato hablo, con la voz quebrada.

—Yo... lo haré. Confío en usted.

—Así me gusta. Martín, le puedo asegurar que, juntos, lo conseguiremos. Volverá a ser aquella persona que fue y retomará las riendas de su vida.

Asiento, sonriendo. El doctor Andreu se deja llevar por la emoción y en un arrebato de humanidad me estrecha la mano.

—Dejémosle solo —apunta Esteve.

Ambos médicos abandonan la sala. Pero la mirada que me dirige Esteve antes de salir es significativa: duda, no está seguro. Eso reduce mi margen.

26

*E*l hospital no guarda secretos para mí. He convertido las noches en mis aliadas: tras conocer el verdadero alcance de mis lesiones he mantenido un comportamiento irreprochable. Dado mi estado actual no requiero ningún tipo de asistencia de enfermería, así que puedo esfumarme de mi habitación preparando el terreno para cuando llegue el momento de desaparecer.

¿Qué es lo más importante?

Conocer al detalle mi historia clínica. Pese a mi evidente mejora física sigo tomando diversa medicación sobre la que nada sé. Y para saber no queda otro remedio que buscar en el único lugar del hospital donde puedo encontrar la información que busco: el despacho de Andreu.

Llegar hasta él supone descender hasta la primera planta. Por fortuna no está próximo a las habitaciones de los pacientes. Acceder a su interior es un juego de niños, me basta una simple tarjeta para descorrer el pestillo. Enciendo el ordenador, pulso las teclas clave para entrar en el MODO A PRUEBA DE FALLOS y así eludir la contraseña inicial. Y después solo queda hurgar en los archivos hasta encontrar aquello que busco.

Aquí está. Sabía que habría algo así. Andreu es un hombre pulcro y ordenado. Y me aprecia de verdad, sus palabras no son una pose. En sus archivos personales no solo veo una copia de mi historia, sino que además encuentro una recopilación de todos aquellos eventos relacionados conmigo y con mi evolución, una suerte de diario que me será de gran ayuda.

Los leo, con calma. Son pródigos en el detalle. Andreu es tan ordenado como meticuloso, y las anotaciones están ordenadas por fechas. Me centro en los últimos días, probablemente los más interesantes. Y lo que leo es fundamental.

30 DE JUNIO

Los cuadros ansiosos de Alejandro Martín han sido reiterados. Si a esto sumamos las manifestaciones de ira espontánea cabe suponer una involución en su proceso de recuperación. Esta tarde mantuve una reunión con mi colega Joaquín Esteve para analizar la situación.

El algoritmo Hirchfeld indica una respuesta parcial al tratamiento hasta el momento del *shock*. Conocer la gravedad de sus lesiones, en especial las quemaduras que afectan a su rostro, ha agudizado la depresión resistente que sufre. La relación entre la depresión y la recuperación de la memoria de Martín parece evidente. Nos encontramos frente a una encrucijada: o se incrementan las dosis de antidepresivos, o se modifica la medicación. Ambas medidas son problemáticas.

Sin embargo, Joaquín me ha proporcionado una posible solución al problema. Estuvimos hablando sobre la proteína G, acerca de la cual estuve leyendo diferentes artículos en revistas especializadas. El uso de la proteína G es viable en el caso de Martín, ya que he confirmado que posee el alelo preciso para ello. Esta proteína es clave para el transporte de la serotonina y su empleo modificará el estado químico de los neurotransmisores, los transportes de estos, así como de los receptores. La mejora del cuadro depresivo tardará algunas semanas, pero Joaquín me ha confirmado que se trata, sin duda, de la mejor opción terapéutica posible, y ha vinculado la recuperación de la memoria de Martín al empleo de la proteína. Cuatro meses de tratamiento bastarían para marcar la diferencia.

Lo extraño es que Joaquín no me hubiera propuesto antes el uso de la proteína G. Incluso me ha parecido un tanto reticente no solo a su empleo, sino incluso a la misma conversación. Cuando le expuse esta inquietud, repuso que prefirió el abordaje clásico utilizando los medios tradicionales al considerarlo más seguro para este caso concreto. Me dio la sensación de que, si yo no lo hubiera pro-

104

puesto, nada habría dicho sobre su utilización. En cualquier caso la decisión está tomada. He cursado a Farmacia la solicitud para que obtengan este medicamento. Comenzaremos su administración en cuanto dispongamos de ella.

Así que Esteve conocía las posibilidades de la proteína G y decidió no utilizarlas... ¡Si a Andreu le resulta extraño, mucho más me lo parece a mí! Desde el principio de mi recuperación, Esteve no me resultó agradable. Pero comienzo a pensar que esa intuición que pareció avisarme sobre su actitud, aparentemente sin razón alguna, se confirma con los hechos. Esa reticencia para el empleo de la proteína... ¿Es esto suficiente para considerarlo sospechoso? ¡Es culpable! Estoy seguro, lo siento, ¡lo sé! No podría explicar por qué, pero apostaría mi vida por ello.

Lo que sí está claro es que necesitaré la proteína G. Me fío completamente de Andreu; si para él es la solución, no me cabe duda de que estará en lo cierto. Si me fugara sin conocer este extremo, mis planes hubieran podido fracasar.

Regreso a mi habitación con la máxima prudencia. Mis planes continúan avanzando a la espera de que llegue el momento de la verdad: ¡conocer la identidad del hombre que intentó matarme!

105

27

*E*s de noche. Han transcurrido dos semanas desde que pude ver la verdad inscrita a fuego en todo mi cuerpo. Y hoy volveré a salir.

Las tres salidas anteriores las he dedicado a sistematizar las rutinas de aquellos que trabajan en la oscuridad: celadores, enfermeras, médico de guardia y personal de seguridad. Tengo claros sus movimientos. El margen es amplio.

106

Pero hoy saldré al exterior. En el lado contrario a la escalera principal se encuentran las puertas de emergencia. Llegar hasta allí no supone problema. Dos pisos hacia abajo me llevarán a la calle, hacia donde quiero ir. Abajo, y en concreto a ese otro edificio contiguo al hospital que he visto desde la ventana de mi habitación y que debe de ser el edificio de servicios: cocinas, mantenimiento, cuartos de máquinas y calderas.

Fuera parece hacer frío. Estamos en julio, pero un frente frío atraviesa la península ibérica. Pero no me importa que haya escarcha o que las hojas de los cercanos árboles oscilen movidas por un viento desapacible. La escasa ropa que visto me basta y sobra, porque mi cuerpo —¿mi cuerpo?— apenas sentirá esa temperatura. La muerte del setenta por ciento de las terminaciones nerviosas de mi dermis me otorga este poderoso don.

Un último repaso a la puerta. Observo el marco. Ningún chivato que avise a Control. Empujo la hoja y salgo al exterior, no sin antes dejar un trozo de tela cuidadosamente plegado sobre el pestillo para asegurar el retorno.

En el rellano de la escalera recibo las ráfagas de viento. Es agradable su caricia, pero resulta extraño apenas notar el frío, aunque no siento añoranza por lo que ya nunca volveré a sentir. Desciendo unas escaleras, llego a la planta baja. El edificio anexo está apenas a veinte metros. Camino aprovechando la oscuridad, rota apenas por dos lámparas alejadas entre sí. He llegado. Aquí debe de estar lo que busco. Como imaginé, la puerta está abierta. ¿Quién se molestaría en cerrar en una zona de servicios hospitalaria? ¿A quién puede ocurrírsele que haya aquí algo de interés? Solo a los que conocemos sus interioridades.

El edificio auxiliar señalizado como BLOQUE TÉCNICO es como lo son todos: allí están desde las salas de embalsamamiento hasta los cuadros eléctricos; desde el taller para mantenimiento hasta el vertedero. Oculta todo aquello necesario para que las cosas funcionen. Eso y mucho más.

Con cuidado. El hospital es grande. Seguro que habrá un operario o un vigilante en turno de noche. Probablemente estará durmiendo en su habitación, pero es mejor ser prudente. Nada de ruidos. La persiana grande está abierta de día, es la zona de carga y descarga. Dos pasillos permiten el paso directo a los almacenes. La escalera de la izquierda lleva a la parte interior del anexo. Por allí.

Más adentro. Las luces de emergencia trazan una ruta inequívoca. Imposible perderse. Pero lo que busco debe de estar más abajo. ¿Por dónde? No aparecen las escaleras descendentes que esperaba hallar nada más entrar. Pero seguro que las hay. Es cuestión de perseverar. ¡Allí! Bien, eso está claro. Ahora necesito dos cosas más. Al taller. No tardo en encontrarlo. Un buen taller, el responsable es un hombre ordenado. Por haber, hay hasta una linterna de gran potencia. Perfecta. Linterna, doble llave Allen del 6-8 y una palanqueta curva de medio metro. Ahora sí.

Más abajo. Hasta el fondo. Otra puerta. Cruzo su umbral y me relajo, seguro que aquí abajo no estará el vigilante. Atención ahora. ¿Quizás allí? No, eso es el cuarto de luces. Entonces, debe de estar muy cerca. Basta con seguir el cable principal. Y tras tanto caminar...

Es una simple trampilla. Solo eso. Una trampilla metálica de dos por dos. Junto a ella, pegados a la pared, surgen gruesos

107

cables eléctricos hacia diversas direcciones. Una sonrisa se dibuja en mi torturado rostro. La palanqueta hace su trabajo y la trampilla asciende permitiéndome ver una escalerilla metálica. Un pequeño piloto rojizo constituye la única iluminación del cuartito. La linterna lanza un chorro de luz y desciendo de nuevo; he alcanzado el límite inferior de la estructura hospitalaria. Dejo caer la trampilla y permanezco allí durante un largo tiempo. Cuando regreso al exterior mi sonrisa es más profunda y duradera, y me acompaña durante todo el camino de regreso.

En la cama, tumbado, con la mirada fija en una débil línea de luz que desde el exterior se filtra por la persiana, la sonrisa persiste. Falta poco para el amanecer. Un hospital de reciente construcción en una zona de la ciudad en expansión... Una oportunidad única para alguien como yo. Cuando llegue el momento nadie podrá encontrarme. Desapareceré como un fantasma. Porque es en eso en lo que me he convertido.

28

*H*a transcurrido una semana. No queda apenas nada. Solo la decisión final. Todo está preparado, pero algo importante me retiene. ¡No puedo desaparecer así como así! Es preciso un motivo para que nadie me busque. Y no sé cómo conseguirlo. Mientras espero esa idea clave, mis recuerdos llegan a borbotones sorprendiéndome ante la cantidad de información y conocimientos que atesoro. Pero lo principal sigue esquivándome. ¡Alguien me dejó caer!

No, todavía no puedo huir y convertirme en ese fantasma que he decidido ser. Necesito saber contra quién ejecutar mi venganza. Hasta entonces tendré que quedarme aquí y esperar. Pero el deseo de actuar ha cobrado una fuerza cada vez mayor, y me siento presa de él.

¿Qué voy a hacer hoy? ¿Quizás es hora de visitar la farmacia y hacer acopio de la proteína G? No, eso es mejor dejarlo para el día de mi fuga, no vaya a levantar sospechas la desaparición de un medicamento tan específico.

Tras un plafón del techo oculto lo necesario: unos vaqueros, zapatillas deportivas, camiseta, jersey, una gorra, también la palanqueta; me visto con estas prendas, cruzo la barra en la parte trasera del pantalón y cubro mi rostro colocando la gorra inclinada hacia la derecha.

Camino con seguridad y soltura. Sé adónde voy, camino del bloque técnico. Pero ¿qué es eso de ahí? ¡Rápido, hacia esas sombras de la derecha! Me oculto en un rincón, justo detrás de la escalera. Por vez primera desde que inicié mis paseos nocturnos he visto venir a alguien caminando. ¿Quién será ese tipo? No es de Seguridad ni un celador. Entonces, ¿quién es? Y, además, ese deambular es muy particular, no camina en línea recta, lo hace de aquí para allá, apartándose de la luz. ¿Por qué? ¿Acaso tiene algo que ocultar?

El hombre llega hasta el pie de la escalera. Está tan cerca de mí que con dar un par de pasos podría tocarlo. No logro verle el rostro, ya que utiliza un verduguillo. Mira en derredor y asciende, con sigilo. Desconozco el porqué de esta certeza, pero la llegada de ese tipo supone un punto de ruptura inevitable. Debería irme. Y es justo lo que no hago.

El hombre asciende hasta la segunda planta. La puerta solo está entornada. El tipo se lleva una mano a la cintura, vuelve a acercarse a la puerta, se asoma al interior y penetra en el edificio.

No sé quién es, pero es él. ¡Estoy seguro! ¡Tiene que serlo! ¿Quién vendría en mitad de la noche hasta aquí? ¿Por qué ocultar el rostro si tiene la conciencia tranquila? Pero, por otra parte, ¿a qué puede haber venido? Emprendo el ascenso hacia el segundo piso. Y al subir soy consciente de que ya no deberé buscar mi destino, que es este el que se ha presentado ante mí. ¿Es razonable pensar que esa sombra ya me hizo daño en su momento? Sí. ¿Es razonable pensar que esa sombra que persigo podría volver a causarme daño? Sí. Pero sigo adelante.

Llego frente a la puerta de mi habitación. Está cerrada. La empujo y me detengo en el umbral. Nadie. Es extraño. Hubiera jurado que iba a encontrármelo aquí. ¿O me equivoco y no es a mí a quien busca? Y entonces siento en la nuca el frío acero de una pistola.

—Entra en la habitación suavemente y sin hacer ruido.

Esa voz… habla bajo, apenas un susurro, y el verduguillo la deforma. Me siento tentado a desobedecer; si exige silencio es porque no desea llamar la atención. Con suavidad, me vuelvo encarándome al enmascarado.

—¿Y si no lo hago?

—Te volaré la cabeza aquí mismo.

¿Obedecer? Si lo hago, soy hombre muerto. Pero si no lo hago, quizá no obtenga las respuestas que estoy buscando. Una decisión intermedia: aquí, en el umbral. Debo sorprenderlo ahora, hacer que pierda un ápice su concentración.

—Lo sé todo sobre ti.

—Puesto que ya me has recordado sabrás que no dudaré en cumplir mis palabras.

—No lo dudo.

—Sin embargo…, hasta ayer no recordabas nada.

¿Cómo puede saber eso? Un gesto con el cañón de la pistola me ordena que entre. Está muy cerca, pero no lo suficiente para intentar arrebatarle el arma. ¡La puerta! Tiene su riesgo, pero he de hacerlo, ¡ahora!

Aparto el cuerpo según agarro el pomo, el brazo del desconocido recibe directamente el golpe de la puerta y la pistola salta hacia arriba no sin que se dispare antes. Retrocedo y cierro la puerta. Pero el desconocido no tardará en levantarse y perseguirme, y entonces, ¿podría sorprenderle con un nuevo portazo? Proyecto todo el peso del cuerpo contra la puerta. La hoja impacta contra el desconocido, que estaba justo tras ella; cae en mitad de la habitación, me lanzo sobre él, con la palanca le golpeo en la muñeca y la pistola sale despedida fuera de su alcance.

Nos revolvemos el uno sobre el otro: existe una oculta concupiscencia en la violencia que solo conocemos los que la hemos vivido en nuestra piel. Estamos de pie, frente a frente. El desconocido lanza el puño: es un latigazo seco y no me da tiempo a apartar la cabeza. Mis piernas rectifican su apoyo para evitar la caída; ha sido un puñetazo capaz de tumbar a cualquiera.

No a mí.

¡No he sentido dolor alguno! Mi carne carece de terminaciones nerviosas, del mismo modo que no siento frío no siento dolor. ¿Invulnerable? No, solo soy insensible. Es una gran ventaja en una pelea. Sonrío a mi adversario con la palanca abajo y la guardia al descubierto. Lanza un segundo golpe directo al cuerpo, me golpea entre el pectoral y el oblicuo. Otro impacto poderoso, pero ¡no hay dolor! Retrocede, está sorprendido, le corto el paso tanteando con la palanca hacia la dirección de la pistola. Me siento dominante y cometo un error.

—¡Quítate el verduguillo y muéstrame tu rostro!

—Me mentiste, Martín. Aún no me recuerdas.

Todavía existe una manera de conocer la verdad, basta con hundir la palanqueta en el cráneo de ese cabrón; ya vendrá

111

más tarde la hora de las explicaciones. Si quería venganza, la tengo al alcance de la mano. Me lanzo contra él, pero se mueve rápido hacia mi ángulo ciego, esquiva el golpe del acero y lanza otro puñetazo hacia las costillas. Caemos al suelo, cuando nos separamos hemos cambiado de posición. Ahora tiene la pistola muy cerca, al alcance de la mano, y toda mi ventaja ha desaparecido.

29

Salto hacia la puerta y corro, apenas le llevo unos metros de ventaja. No he ido hacia el control donde dormitan los del turno de noche porque esto los hubiera puesto en peligro. Este es un pensamiento de policía, ¿y quién es ese hombre que me persigue?, ¿otro policía? Mejor correr y no pensar tanto. He llegado a la escalera de emergencias, empujo la puerta y el metal resuena al chocar contra las barras anticaída de la escalera. Llego a nivel del suelo. Ahora, ¿hacia adónde? Corro hacia las sombras, tengo que llegar al bloque técnico porque allí tengo la huida a mi alcance.

A lo lejos alcanzo a ver encendiéndose las luces de la planta. El sonido de la pelea habrá despertado al retén de noche, que, al encontrar la habitación vacía, activará un protocolo de búsqueda. Si lograra esconderme unos minutos, seguro que mi agresor huiría.

Cerca del bloque técnico me falla la pierna derecha. Mi cuerpo rueda por el suelo; aprovecho la inercia para lanzarme hacia mi izquierda, donde la oscuridad es casi total. ¿Qué ha pasado? Me palpo la pierna, tengo la mano llena de sangre: mi perseguidor me disparó, me ha dado en el muslo.

¿Dónde estoy?

Frente al edificio del bloque técnico se levantan varios almacenes secundarios, la zona de reciclaje y el almacén de gases farmacéuticos: tengo tras de mí una torre de nitrógeno líquido; su forma se yergue, alargada, recubierta por una capa de hielo superficial que genera su baja temperatura interior, cercana a los menos doscientos grados centígrados. Y más allá están apiladas balas de oxígeno de un metro y medio de altura; habrá por lo menos cuarenta. Un buen lugar para ocultarme. Veo a mi perseguidor penetrar decididamente hacia las sombras. Repliego el cuerpo hacia atrás y la palanca emite un leve sonido metálico tras chocar con una de las balas de oxígeno.

—Te he oído. Y da igual dónde te escondas, acabaré por encontrarte.

Muy cerca, apenas unos metros. Tengo que salir de aquí, pero ¿cómo? Si me muevo, ofreceré un nuevo blanco al desconocido; si permanezco quieto, acabaré por ser encontrado. Necesito una distracción. Palpo la bala de oxígeno que tengo detrás. Si rompiera la válvula, la presión del gas la haría saltar convertida en un proyectil de metal.

Con un rápido movimiento inclino la botella golpeando la válvula con la palanca: los setenta kilos de metal vuelan e impactan contra otras balas. No es la única válvula que salta, es como un descorchar de champán multiplicado por mil; el estrépito se generaliza y, sobre él, alcanzo a oír otro sonido más potente, el de una ruptura de mayor tamaño. ¿Qué ha pasado? Me muevo hacia el exterior del almacén, salto el murete e intento escudriñar lo sucedido.

Escucho un gemido de metal retorciéndose. ¡Es el silo de N_2, el trípode de la base ha sido alcanzado por una de las balas de oxígeno y está cediendo! ¿Cuánto nitrógeno líquido habrá en cada una de ellas? ¿Unos cinco mil litros? Una simple gota de N_2 puede causar una quemadura profunda con sus 187 grados bajo cero. Si el silo se nos derrama encima, serán cientos de litros los que nos arrollarán y apenas quedarán de nosotros los huesos.

Corremos alejándonos de los silos acompañados por los sonidos de la ruptura de la base del trípode. El metal impacta contra el suelo y oigo el burbujeante fluir del nitrógeno en su forma líquida; allá donde contacta con cualquier material, este se congela de inmediato. Levanto la cabeza y miro alrededor: el muro me ha salvado la vida. En su interior flota el N_2, más allá también han caído grandes chorros. Una enorme nube de gas se forma de inmediato cuando el nitrógeno pierde su forma líquida pasando a la gaseosa. Es peligrosísimo, ya que desplaza el oxígeno y puede provocar asfixia. Me alejo oculto entre los letales vapores, intentando ganar un espacio despejado. ¿Y mi desconocido perseguidor? No le veo…

El caos que me rodea es una trampa mortal. La luz es escasa y la nube de N2 le otorga un aspecto fantasmagórico a la escena. Por fortuna no estoy lejos del bloque técnico. No he perdido la palanca, es fundamental porque sin ella no podría acceder a la trampilla del sótano. Casi estoy en la puerta cuando le veo. Tiene las piernas asentadas en el suelo y aferra la pistola con la mano izquierda, pero ¿adónde apunta? Los brazos están demasiados bajos, no es el ángulo correcto salvo que quiera dispararme a los pies. Qué extraño, a menos que…

Suena un disparo y escucho el chasquido metálico del impacto contra una de las balas de oxígeno. Una inmensa bola de fuego se eleva hacia el cielo de Barcelona; mi cuerpo es desplazado por la fuerza expansiva de la explosión, a la que siguen otras nuevas hasta que toda la zona se convierte en un infierno de llamas surcado por los últimos chorros de N2 en forma líquida. Me arrojo al interior del bloque técnico por una de las ventanas. Allí, rodeado por el fuego que se extiende por doquier, es cuando el recuerdo llega.

Ernest Piqué.

Fueron sus manos las que me dejaron caer.

Fue su mirada la que impidió que los otros artificieros me ayudaran.

Y ha sido él quien ha venido para matarme antes de que pudiera recobrar la memoria.

¿Cuánto tiempo permanezco aquí, rodeado por las llamas? ¿Y por qué retrocedo ahora, llegando hasta la ventana por la que accedí al bloque técnico?

Utilizo la palanca con toda frialdad: eso que ha quedado en el suelo es exactamente lo que necesitaba. Pocos hombres hubieran sido capaces de hacerlo sin exhalar ni un solo gemido. Recojo mi dedo meñique arrojándolo lejos, donde el incendio no lo devore. Un pequeño recuerdo, una pista definitiva para que todos sepan que estuve allí y que esa diminuta parte de mi cuerpo es lo único que quedó tras el derrame del N2, las explosiones y el incendio. La excusa perfecta para desaparecer; la excusa perfecta para poder ser dado por muerto.

Después regreso al interior del edificio. Iluminado únicamente por las llamas me interno en lo más profundo del inmueble, en ese lugar al que cualquiera que descendiera en semejantes circunstancias estaría condenándose a muerte. Cualquiera excepto yo.

Y, al hacerlo, sé que es Álex Martín el que desaparece entre la luz de las llamas para dejar paso al fantasma en la oscuridad.

30

13 DE JULIO 2009

Crónica Universal

SUCESOS

Un incendio destruye parte del hospital Sant Joan

Según las primeras investigaciones, el fuego pudo ser provocado ∗ Parte del hospital tuvo que ser evacuado ∗ No hubo víctimas, aunque se investiga la desaparición de un héroe del 29-F

I. ARREGUI
Barcelona

Un aparatoso incendio que, según las primeras investigaciones, pudo ser provocado destruyó anoche casi por completo el edificio anexo al hospital Sant Joan, en el exclusivo barrio de Pedralbes, junto al Segundo Cinturón de Ronda.

Aproximadamente a las dos de la madrugada se produjeron diversas explosiones en el llamado «bloque técnico», un edificio contiguo al hospital Sant Joan que alberga instalaciones complementarias a la actividad de este: talleres, crematorio, sala de autopsias y almacén eran, entre otros, los usos fundamentales de este edificio.

Parece ser que el fuego se inició en unas instalaciones contiguas al bloque técnico donde se almacenan los diversos gases farmacéuticos de uso común en el hospital, tales como oxígeno y nitrógeno líquido (N2).

De momento se desconocen las circunstancias que causaron la caída de las torres de nitrógeno líquido. Estos silos, de unos diez metros de altura por dos metros de diámetro, contenían 5.000 litros de este gas en estado líquido, destinado sobre todo a usos criogénicos hospitalarios. El gas se encuentra conservado a -187 grados centígrados y es extremadamente peligroso debido a su bajísima temperatura, ya que es capaz de provocar graves quemaduras.

El derrumbe de estos silos afectó al almacenaje de las botellas de oxígeno medicinal, y al parecer fue la causa de la explosión de estas, lo que originó un poderoso incendio que se extendió con gran rapidez al bloque técnico.

Al cabo de pocos minutos, y pese a los esfuerzos del personal del turno de noche, el fuego se extendió sin control, ya que la presencia de una enorme nube de N2 impidió a estos trabajadores acercarse ante los evidentes riesgos derivados de la presencia del gas, capaz de causar asfixia en concentraciones elevadas. La llegada de numerosos efectivos de los bomberos, pese a su inmediatez, solo logró limitar el área del fuego al mencionado edificio, y evitar así que se extendiera al hospital y a otros edificios próximos.

El ala este del hospital fue evacuada, lo que supuso movilizar a más de cien pacientes que debieron ser trasladados a otros centros hospitalarios. No sufrieron daño alguno, al margen de algunas crisis de ansiedad sin mayor complicación.

Desaparición del inspector Martín

Las primeras investigaciones de la policía se centran en la desaparición de uno de los pacientes ingresados, el inspector Alejandro Martín Gispert, artificiero de los Mossos d'Esquadra, que se encontraba ingresado en el hospital, donde completaba las últimas fases de su recuperación tras el atentado del 29-F. Recordemos que el inspector Martín fue condecorado con la Orden del Mérito Ciudadano con distintivo azul al comportamiento heroico por su actuación en el interior de los Grandes Almacenes, donde contribuyó a la salvación de un grupo de doce personas que se encontraban aisladas en la planta segunda.

Después de la evacuación de estos ciudadanos, el inspector Martín sufrió graves heridas al intentar rescatar a un compañero artificiero; cayó en un estado de coma que se prolongó casi un año entero. Recuperó la conciencia cinco meses atrás y estaba en proceso de recuperación de una amnesia traumática bajo el seguimiento de un equipo multidisciplinar coordinado por el doctor Andreu, director médico del hospital Sant Joan.

El inspector Martín se encuentra, en el momento de redactar esta noticia, desaparecido, y el Departamento de Comunicación de los Mossos mantiene una absoluta reserva al respecto.

Se barajan diversas hipótesis sobre las causas del incendio

Fuentes del hospital Sant Joan nos han confirmado que la instalación de gases farmacéuticos había pasado recientemente una estricta revisión de seguridad por parte de los servicios de control del Departamento de Interior de la Generalitat, que habían certificado su perfecto estado de mantenimiento.

En palabras textuales del coordinador de emergencias del centro hospitalario: «No comprendemos qué ha podido suceder. La instalación estaba en perfecto estado de mantenimiento y las posibilidades de que pudiera sufrir un incendio eran prácticamente nulas sin la existencia de una causa ajena a la misma instalación».

Idéntica evaluación realizó la empresa Axiair Liquides, principal suministradora de los distintos gases almacenados. Si bien las botellas de oxígeno pueden llegar a explotar en condiciones extremas de altísimas temperaturas y con una manipulación inadecuada, en ningún caso estas se

daban en el momento de la explosión.

Se investiga la presencia de precipitantes en forma de explosivos, pero se descarta, al menos en principio, la teoría de la explosión accidental.

Hallados restos humanos en la zona de la explosión

Según fuentes ajenas a la investigación policial, pero de la máxima solvencia, hemos podido conocer la presencia de restos humanos en una zona cercana al bloque técnico.

Falta por establecer si estos restos, en concreto un dedo meñique de la mano derecha, pudieran pertenecer al desaparecido inspector Martín, y, en caso de confirmarse este extremo, intentar relacionar la presencia del inspector en la zona de la explosión.

Es preciso reseñar que en la planta donde estaba ingresado el inspector Martín se oyeron ruidos extraños pocos minutos antes de la explosión, y que la puerta de emergencias correspondiente a su planta se encontró abierta. Fueron varios los ingresados que oyeron estos ruidos, incluidos los celadores del turno de noche, quienes tras acudir a la habitación del inspector la encontraron desierta.

TERCERA PARTE

Concurrencia

31

—*H*ola, Joan.

—¡David Ossa Planells! ¡Ya era hora! Se ve que las vacaciones te han sentado bastante bien. Déjame ver: muy relajado ¡y moreno! ¡Lo nunca visto!

Levanto una ceja por toda respuesta. Acabo de entrar en mi despacho, donde mi ayudante y sin embargo amigo Joan Rodríguez está esperándome tras tres semanas de vacaciones. Le he echado de menos: después de tantos años de trabajo en equipo nos hemos convertido en uña y carne.

—¿Moreno?

Observo mis brazos: el jersey arremangado permite ver desde el codo hasta la muñeca y, sí, estoy negro como un tizón. Pese a no haber estado tomando el sol directamente, cosa que me aburre, veinte días en Centroamérica acaban por cambiar el tono de piel a cualquiera.

—Sí, moreno. *¡Yico, si pareesess un mulaato!*

A Joan siempre se le dieron bien las imitaciones: remeda con facilidad el dulzón hablar del Caribe arrancándome una sonrisa.

—Póngame un mojito, mozo.

—¡No estaría mal! Pero me temo que tendrás que conformarte con nuestro tradicional café de segunda división o un sencillo botellín de agua.

Me levanto y nos damos un abrazo ligero. Es un grato recibimiento, sé bien lo mucho que me aprecia Joan, y este sentimiento es recíproco.

—Me alegro de verte, Joan.

—Y yo de verte a ti, viejo gruñón. Anda, siéntate, ponte cómodo. Has llegado media hora tarde, ¡insólito suceso que manchará tu inmaculado expediente!

—El cambio horario me tiene algo desorientado. Un café vendría bien.

—¡Enseguida! Todo Yucatán. Te lo debes de haber pasado en grande.

—Sí, estuvo bien.

México y Yucatán, unas buenas vacaciones. Cualquiera las recordaría con agrado durante mucho tiempo. Pero, ahora que he regresado, me da la sensación de que estas vivencias se esfuman rápidamente. Buen clima, un grupo pequeño de compañeros de viaje con los que un viajero solitario como yo congenió con facilidad: cultura y ocio, todo eso fue borrándose según el avión que me trajo de vuelta a Barcelona atravesaba el Atlántico. Y, con el regreso, volvió a aparecer el recuerdo de María.

—Venga, ponme al día, ¿cómo van las cosas por aquí?

—Tal y como estaban cuando te fuiste. Mucho trabajo. Pero, por fortuna, nada serio; es del que aburre pero con el que hay que cumplir.

—¿Y Rosell?

—Dentro de tres meses estará jubilado. Y teniendo en cuenta las vacaciones que se le deben, cualquier día de estos dejará de venir. Ya lo conoces, se irá sin ruido, ni un brindis ni una despedida.

—Pregunté por él al entrar. Me dijeron que estará fuera varios días.

—Una reunión detrás de otra. Lleva así una semana. Pero creo que no es más que una excusa para ahuecar el ala y venir lo menos posible.

Esta es una mala noticia. Introduce inseguridad en una comisaría donde el viejo era toda una institución. Por encima del poder visible de su cargo estaba el poder oculto de su experiencia, y era a esta última a la que la comisaría debía su buen funcionamiento. ¿Quién será su sustituto? Joan parece leer mi pensamiento.

—Dicen que vendrá Artamendi.

—Podía ser peor.

—Y podía ser mejor. Es un hombre que tiene su punto... diferente.

Y quién no lo tiene. Tiempo atrás se contempló la posibilidad de que fuera yo quien diera el salto y optara al puesto de comisario. Me negué en redondo. Más tarde fue la Comisaría General de Investigación Criminal la que demandó mi incorporación, el grupo de élite de investigación no podía permanecer al margen de los resultados espectaculares que han jalonado mi carrera. Idéntica negativa y notable mosqueo de sus responsables, ya que fue la primera vez que un inspector rechazó incorporarse a tan prestigioso departamento. Cuando tuvimos la suficiente confianza, Joan me preguntó el porqué: le contesté que deseaba seguir en la calle, donde de verdad me sentía útil.

—Tenías razón, el café es tan flojo como siempre. Vamos al tajo. ¿Con qué estás?

Me pasa una carpeta. No es un expediente de gran tamaño, de entrada no parece nada importante.

—Ponte con eso. Se trata de un robo en Suministros Mayans, en la calle Ferran.

—¿Allí? Pero si está prácticamente en la plaza Sant Jaume...

Mi sorpresa se debe a la posición de la tienda, en la plaza de Sant Jaume se encuentran tanto el edificio del Ayuntamiento como el de la Generalitat, y eso supone una enorme concentración de poder político con sus correspondientes medidas de seguridad. Echo una ojeada al expediente. Sucedió la noche del 24 de septiembre, hace ahora una semana.

—Hazme un resumen.

—Un robo. Cuando el propietario, por la mañana, abrió, se encontró con la tienda patas arriba.

—Alarma.

—Sí, tenían. El propietario cumplió con la obligación recogida en su seguro e instaló alarmas de movimiento en la entrada principal y en los dos grandes salones. Están orientados de tal modo que los detectores captan también cualquier movimiento en los pasillos interiores.

—¿Cómo era la conexión telefónica?

—Por tarjeta de móvil.

125

—Entonces dime cómo evitó que saltara la alarma.

—Estuve hablando con el responsable de la compañía de seguridad en la zona, el señor Crespo. Al ser una alarma conectada con su central mediante tarjeta de móvil, no podían sabotear la línea exterior desde el cajetín de la compañía telefónica. Emplearon otro método, cubrieron las lentes de los detectores con un espray que las inhabilitaba.

—Pero eso tuvieron que hacerlo de día, antes de conectar la alarma.

—No. El dueño lo descarta y nosotros lo confirmamos. Tiene cámaras de seguridad con un barrido aleatorio en las diferentes salas para evitar hurtos. La grabación se guarda una semana, así que pudimos acceder a las imágenes. No hubo nada.

—Bien, como es seguro que ya lo habrás averiguado, ve al grano y dime cómo pudo hacerse.

—Existen dos posibilidades. Una es compleja, precisa el uso de inhibidor de frecuencia para cortar la señal del móvil de la alarma. La otra es más sencilla. Cuando el dueño abandona el local y activa la alarma, esta se arma, y durante unos ochenta segundos, mientras las baterías de litio se activan, todavía no está operativa.

—Entiendo. Fue en ese momento cuando el intruso utilizó el espray para inutilizar los detectores.

—Eso creo.

—¿Y el dueño no se dio cuenta de que el intruso se había escondido dentro?

—Bueno, precisamente ahí está lo curioso. Según comprobé al visualizar las grabaciones de seguridad, todos los que entraron por la única puerta principal salieron antes de que el dueño cerrara y desconectara las cámaras.

—Sin ninguna duda.

—Ninguna.

—¿Cuál era la frecuencia del barrido en la grabación?

—Cinco segundos. Y, al estar secuenciadas las tomas, aunque pudiera burlar el paso de una, quedaría registrada en otra.

—Bien. Así que no había nadie escondido dentro.

—Pues no.

—Entonces, ¿cómo lo hizo?

—¡Explícamelo tú!

—Otros accesos. Ventanas.

—Intactas.

—Trampillas.

—No hay.

—Es un viejo edificio. Almacén.

—En el sótano. Pero tampoco hay accesos al exterior. Solo una pequeña trampilla de ventilación para un viejo calentador de carbón.

—Es un acceso.

—Posible, aunque demasiado estrecho. En cualquier caso estaba sin tocar. Los tornillos de cierre son del año de la polca, y solo se pueden desatornillar desde el interior del sótano. Además, no había rastros. Por ahí no entraron.

—¿Adónde lleva esa trampilla?

—A un diminuto eje central de ventilación al que ni siquiera se puede acceder hoy en día, ya que está cegado por obras posteriores, desde, aproximadamente, mediados de los cincuenta.

—¿Por qué motivo?

—Cuando el Ayuntamiento prohibió las calefacciones de carbón, acabaron por cegarse esas salidas de humos que prevenían contra posibles faltas de oxígeno en la combustión del mineral. Obras posteriores condenaron ese acceso. Por eso no lo consideré como un acceso válido. Solo conduce a un espacio cerrado.

—Bien. Patio de luces.

—Sin acceso directo, no llega al nivel del sótano. Y no hubo butrón.

—Me lo empiezas a poner difícil. Quizá se trató de un robo fingido, para cobrar la prima del seguro.

—No. En cuanto el dueño levantó la persiana y hubo desarmado la alarma, contactó con nosotros. Por otra parte, la alarma guarda un registro de activación fácil de comprobar en la propia compañía de seguridad. Desde que se conectó la noche anterior no volvió a desarmarse y volverse a armar. Además, el comportamiento del propietario es intachable; tengo informes del banco. Su situación económica es buena. Descarto tal motivo.

127

—Alguien de su entorno, un empleado.

—No hay familia y tampoco empleados.

—Caramba. Dime a qué conclusiones has llegado.

—Pues... ¡a ninguna!

Su sonrisa es pegadiza. La habitual seriedad de Joan se retrae cuando se encuentra cómodo, en círculos íntimos. Sonrío, contagiado, y la gracia de un caso inocuo pero atractivo por imposible me va atrapando según se despliega ante mí. Eso es justo lo que necesito, algo con magia, algo extraño, que me centre y me haga olvidar.

—Joan, dime qué se llevaron.

—Tienes el listado ahí detrás.

Paso las hojas hasta llegar al listado y leo en voz alta.

—Karigawa, toniki, kurasigama, kunai, karasugai, shuko. Uniformes de infiltración. Me tomas el pelo.

—Son herramientas ninja.

—Armas.

—Sí... y no. Herramientas. Aunque pueden emplearse como armas, el señor Mayans me explicó que son más bien herramientas destinadas a facilitar la penetración en zona del enemigo. Los ninjas eran muy partidarios del ataque nocturno, infiltraciones, esas cosas. Son garfios de escalada, palancas, abrazaderas... Claro que bien empleadas podrían utilizarse en combate, pero las técnicas de combate ninja requieren otras herramientas más específicas que estaban en la tienda y que no se llevaron.

—Debió de tratarse de un aficionado escaso de recursos económicos. Probablemente un hombre joven al que le va la cultura japonesa.

—¿Eso crees? De entrada yo hubiera pensado lo mismo, pero mira la siguiente página.

Obedezco. Y lo que veo ya no me agrada.

—Uniformes. Vaya. El asunto se complica. Tres uniformes completos de *mosso*, dos de policía raso y uno de sargento. Identificaciones: se llevó cuatro chapas de identidad sin grabar. No sabía que esta tienda fuera un suministrador oficial del cuerpo.

—Y no lo es. Es suministrador oficioso. Mercado libre, podemos comprar más ropa de la que nos concede nuestra intendencia. Previa identificación, eso sí. La tienda es seria y tampoco tuvo problemas en este sentido.

Reflexiono mientras ojeo los papeles. ¿Un robo de uniformes? ¿Sobre la marcha o premeditado? ¿Con algún móvil preocupante o es una simple anécdota? Puede que el ladrón fuera por las herramientas ninja y lo pensara en el momento. O que sucediera al revés. O que fuera por ambas cosas. Y esa intrusión sin pista alguna...

—¿Cuál era el valor económico de lo robado?

—Escaso. No más de dos mil euros. Pudieron llevarse utensilios de mucho más valor.

—Y no lo hicieron. Dime si se pueden encontrar en algún otro lugar de la ciudad, seguro que lo has comprobado.

—Cómo no. Hay un par de tiendas donde podrían encontrar las herramientas japonesas. En cuanto a los uniformes, tenemos otros cuatro suministradores externos...

—Pero imagino que en ninguno de ellos podrían encontrarse simultáneamente uniformes y herramientas. Joan, es curioso. Me parece que este expediente tiene más chicha de la prevista.

—Bueno, eso es lo que me pediste. Un poquito de trabajo imaginativo en tu retorno vacacional. Ligero y provocador. Un puzle. Y te diré algo más: échale un vistazo y cuando lo hayas hecho te enseñaré alguna cosilla más.

—Relacionada con el expediente.

—Pues... ya lo verás.

—¡Estás muy misterioso!

—Dedícale una mañana, ve a la tienda. Ya hablaremos después.

Sí, eso es. Un caso ligero y chispeante, bien definido. Un buen entretenimiento mientras esperamos la llegada de algún caso importante. ¡Espero que me entretenga!

129

32

¡*A*y, Barcelona! Estás galante durante las primeras horas de la mañana, con esa brisa suave que acaricia con dulzura, sin más transeúntes que los propios del barrio desplazándose por tus calles. Hoy, vieja ciudad, vives uno de esos días en que te transformas en una bella moza y te ofreces anhelante a esos pocos que quieran o puedan apreciarte. ¿Te he echado de menos? Definitivamente sí: eres como una vieja amante que una vez desvanecida en el olvido aparece de repente y te hace estremecer el corazón.

Y aquí estoy. Examino la tienda: se trata de un local antiguo en la acera mar de la calle Ferran. ¡Será posible que haya paseado cien veces por aquí y no me haya fijado en ella antes! Tres escaparates grandes, el primero de ellos dedicado a uniformes. El segundo, con armas blancas, de filo embotado, naturalmente; desde catanas japonesas a espadones medievales. El tercero, justo en la esquina con el pasaje del Crèdit dedicado a temática oriental. ¿Parte trasera? No hay tal. El local ocupa la mitad del edificio, la parte trasera se corresponde con un local cerrado pero sin el menor signo de intrusión. Así que regreso sobre mis pasos y entro en la tienda.

Tras el mostrador, un hombre, de mediana edad. Melena lacia recogida en una coleta, barba mal recortada, pasado de peso, viste una vieja y descolorida camiseta. No es lo que comúnmente se llama un friqui, pero en su mirada más que en su aspecto se adivina el gusto por lo diferente. Está leyendo, pero al verme entrar aparta los ojos del tebeo y efectúa una rápida evaluación de mi persona.

—Buenos días.

—Usted dirá, señor inspector.

—¿Nos conocemos?

—No.

—Entonces, dígame cómo lo ha sabido.

El señor Mayans, pues de él se trata, sonríe.

—Teniendo en cuenta que mis clientes prácticamente nunca vienen por la mañana, que muchos años atendiendo a sus compañeros hacen que tenga desarrollado cierto instinto y que no viste usted uniforme, he llegado a esa única conclusión. Soy Miquel Mayans, dueño de este honrado negocio.

Me tiende la mano y la estrecho con una fuerza semejante a la recibida. Esperaba una mano fofa, sudada, de esas que repelen; parecía ir con el personaje, pero su trato cercano y cálido desmiente la impresión exterior. Está por ayudar. Y me cae simpático.

—Soy el inspector Ossa.

—Encantado. Imagino que viene por lo del robo. ¿Alguna idea sobre lo ocurrido?

Se me ha adelantado, precisamente era yo quien debía haber formulado esa pregunta. Reconocer lo obvio es lo mejor.

—No. He leído el expediente y con los datos de que disponemos parece imposible que ocurriera lo que ocurrió.

—Pues oiga usted, ocurrió. Vine como cualquier otra mañana, subí la persiana, abrí la puerta con la llave y al hacerlo, incluso antes de parar la alarma, ya lo vi todo revuelto.

—Nunca le habían robado antes.

—No, nunca. Ni a mí ni a ningún otro negocio cercano. ¡Si precisamente adquirí este local fue en parte por su proximidad con la plaza Sant Jaume! ¡Quién podría imaginarse que con tanto guripa suelto por aquí cerca me vería en una de estas!

—Siempre hay una primera vez.

Observo el entorno mientras hablamos, todo está ordenado, es un negocio bien atendido.

—No le importará que eche una ojeada por ahí dentro.

—Faltaría más. Pero ya estuvieron aquí algunos de sus compañeros la mañana del robo, tomaron huellas y todo eso. Después vino otro compañero suyo, un tipo delgaducho; se llamaba Rodríguez; se pasó un buen rato mirándolo todo detenidamente.

—Sí, ha sido él quien me ha informado.

—Usted mismo.

Me pongo a ello pensando por qué ha insistido Joan en que viniera. El informe era claro y estaba bien elaborado. Posiblemente espera que sienta una de mis extrañas intuiciones.

Por cubrir el expediente simulo repasar los marcos de las ventanas, pero en realidad no hago sino perder el tiempo. Por aquí arriba, nada. Pasemos al almacén. Me acerco a Mayans y le hablo.

—Disculpe. ¿Podría apartarse para dejarme bajar al almacén?

Es ahora el turno de manifestar perplejidad para Mayans.

—Sí, claro… Pero ¿cómo ha sabido que estaba aquí la entrada?

—Teniendo en cuenta que no he visto ningún acceso en el resto del piso y que muchos años de trabajo hacen que tenga desarrollado cierto instinto, he llegado a esa única conclusión.

—Precisamente instalé el mostrador de caja aquí porque me permitía controlar la mayor parte de la tienda y el único acceso al almacén.

Mayans levanta una trampilla cuadrada de un metro y medio de lado. La madera chirría, está hinchada y ajusta mal.

—¿No le importará que me quede aquí arriba? Como le dije, apenas hay clientes a estas horas, pero no puedo dejar desatendida la tienda.

—No, faltaba más. La luz…

—Abajo, a la izquierda, ¿ve allí el interruptor?

—Ajá.

—Si no le importa, cuando haya encendido cerraré la trampilla. Estoy preparando un pedido y debo enviarlo antes de las doce. Dé un par de golpes cuando quiera salir.

—Bien.

—Ojo con las escaleras, son muy empinadas. Y atento al techo, es bastante bajo.

—Descuide.

Desciendo. Acciono el interruptor y varios fluorescentes se encienden proporcionando una luz mortecina al almacén. Con un gesto indico a Mayans que todo está bien, y la trampilla se cierra dejándome solo en el sótano.

El lugar produce una sensación de decrepitud física vagamente inquietante. El suelo, también de madera, es algo irregular. Algunas vigas de sustentación proyectan alargadas sombras a lo lejos. Y la escasa altura me obliga a desplazarme un poco encorvado. Aquí abajo es posible que muchos compañeros se sintieran algo intranquilos. Pero eso es algo que, conociendo mis peculiares antecedentes, difícilmente puede ocurrirme a mí.

Avanzo por entre las cajas. Se trata de localizar posibles vías de acceso. Para eso hay que analizar el suelo y, sobre todo, las paredes.

Primero, el suelo. La planta es equivalente al piso superior. En buena parte está cubierta por varias cajas. Golpeo en diversos lugares, donde las leves depresiones del terreno podrían hacer pensar en la existencia de algún segundo sótano, pero el sonido es sordo, no parece haber nada más abajo. Por tanto, nada en el piso.

Segundo, la pared. Esto es más sencillo, basta con seguir su perímetro. Una vez controlado el suelo, y partiendo desde la escalera, avanzo desde mi izquierda. En la esquina más alejada, donde la luz es menor, una vieja caldera de carbón con todo el aspecto de llevar inutilizada cincuenta años oculta la esquina de ese lado. Me detengo ante ella. Es un mamotreto que pesará lo suyo. Al lado, una pequeña trampilla de aproximadamente un metro de alto por metro y medio de ancho. ¿Podría pasar un hombre por allí? Con dificultad, pero sí, podría ser.

Me arrodillo para examinarla. Tal y como dijo Joan, la trampilla se instaló desde el interior del sótano, no desde el diminuto túnel de ventilación; así lo indican los tornillos. Si alguien hubiera intentado entrar desde el hueco de ventilación, necesariamente debería haber roto el marco de la trampilla. La empujo con suavidad. Está firme. Analizo la pared: viejos ladrillos cubiertos de oscura mugre. Por lo tanto, tal y como dijo Joan, descartado.

Prosigo mi exploración hasta regresar hasta el punto de partida. Nada. ¿Entonces? Si lo racional parece conducir a la imposibilidad, habrá que dejar paso a lo irracional. Probemos.

Quizá… Un leve aroma, casi inapreciable, se manifiesta por encima de la abigarrada mezcla de aceros, telas, cartones, polvo,

133

lo normal en un lugar semejante. ¿Es real, o me lo parece? Intento captarlo, pero no logro definir su esencia.

¿Fue real? Y aún más, ¿tenía importancia? No era el olor de la muerte. Era diferente. Pero ese aroma, de alguna manera, me lo recordaba.

Reflexionando sobre esta idea asciendo por la escalera y golpeo la trampilla. Mayans no tarda en levantarla, devolviéndome a la luz del día.

—¿Algo interesante ahí abajo?

—No.

No hay sino naturalidad en mis palabras. Realmente no he encontrado nada a lo que agarrarme, ni una simple pista. Esperaba haber experimentado alguna de esas revelaciones que suelen presentárseme cuando las pistas desaparecen y no hay camino alguno hacia donde dirigir la intuición. Solo ese olor singular, un magro resultado que tampoco conduce a nada.

—Le agradezco su colaboración, ha sido muy amable.

—A su disposición. Vuelva cuando quiera.

Abandono la tienda y emprendo el camino de regreso a la comisaría. «Vuelva cuando quiera», ha dicho Mayans al despedirse. No lo tenía pensado, pero ¿quién sabe? A veces el destino se anticipa a los actos de las personas presentándose en las palabras de los demás. No es la primera vez que me ha ocurrido y seguro que no será la última.

33

—¿*Y* bien?

—No acabo de entender por qué insististe en que fuera.

Joan, aunque levemente, sonríe.

—Parece mentira que debas preguntármelo.

La respuesta es evidente. Joan me mandó para intentar ver más allá de lo que ven las personas normales.

—No ha funcionado.

—¿Nada?

—De nada.

—Pues es una lástima. Realmente no sé por dónde agarrar este expediente.

—Y contabas con que esa intuición llegara durante la visita.

—Sí. ¡Cuántas veces te ha sucedido antes!

—Lo lamento, Joan. Pero, al fin y al cabo, el asunto tampoco es tan interesante como para merecer semejante atención. Unas herramientas japonesas y unos uniformes de *mosso* no merecen muchas preocupaciones.

Joan me observa, y la sonrisilla de primera hora de la mañana se reproduce en su rostro. Y me tiende un expediente mientras habla.

—Bien. Te dije que se trataba de un puzle. Ahí tienes otra pieza.

Cojo el expediente: 4 de octubre, tres días atrás.

—No me digas que aquí también.

—Sí. Lo mismo. Robaron. Y ni entró ni salió nadie. Electroson es una tienda de componentes electrónicos. Hay desde ordenadores de sobremesa o portátiles a escáneres de seguridad pasando por FP-II web *server*, controladores de *servers*, sensores analógicos… Todo tipo de morralla electrónica.

—¿Dónde está?

—Ronda de la Universitat esquina Balmes. ¿Te suena?

—¿También planta baja y sótano?

—En este caso, además, una entreplanta.

—Cuéntame más.

—Nos avisaron por la mañana. A la hora de abrir, el almacén estaba en completo desorden. La alarma había sido inutilizada como en la tienda de Mayans.

—Das por supuesto que se trata del mismo caco.

—Bueno, podría ser una casualidad que se produjeran dos robos similares con cuatro días de diferencia. Pero lo realmente curioso es cómo consiguen robar los locales sin dejar rastro y sin que exista constancia de su entrada y salida.

—¿Hay cámaras de seguridad?

—No. No hay apenas material de venta expuesto al público y trabajan varios dependientes. No la precisan.

—Descríbeme el local.

—Será mejor que lo veas por ti mismo.

El coche en el que nos desplazamos carece de identificación y es Joan quien conduce. Diez minutos mal contados hasta aparcar el coche en la esquina. Dejamos la identificación visible en el salpicadero. Desde el chaflán observo el local. Tiene los escaparates velados con pintura blanca. En el zaguán de la entrada se pueden ver diversos componentes cuyo aspecto externo nada diría excepto a un experto. Abrimos la puerta; dentro, en una despejada planta rectangular, se reproduce una estampa ajena a los comercios normales. En primer término una caja registradora; más allá un mostrador de madera, alargado, trabajado por los años. Varios dependientes vestidos con batas azules atendiendo a clientes de lo más dispar y en mayor número de lo que a primera vista cabría pensar, desde gente con corbata a electricistas. Joan toma la delantera, avanza por el pasillo hasta el fondo hasta acercarse a un hombre de unos sesenta años, sin duda el encargado, que está hablando con un cliente.

—Disculpe, ¿tiene un momento?

El encargado interrumpe la conversación, deja deslizarse

136

las gafas sobre la nariz, advierte la presencia del policía y llama a uno de sus compañeros.

—Adrián, continúa con este señor. Ustedes dirán.

—Quisiéramos hablar con usted un momento. Le presentaré: el inspector Ossa, el señor Muñoz, encargado de Electroson.

Le estrecho la mano, no sin detectar una mínima vacilación. Muñoz es uno de esos hombres que no confían en la policía.

—Acompáñenme.

Seguimos a Muñoz hasta el final del mostrador, levanta una portilla que nos permite el paso y atravesamos la única puerta para acceder al almacén. Está bastante bien iluminado, una amplia mesa central hace las veces de zona de trabajo. Observo un despacho al fondo, pero Muñoz se detiene allí en medio.

—Ustedes dirán.

—El inspector Ossa es mi superior y se va a hacer cargo del caso. Quería conocer sobre el terreno y de primera mano lo sucedido.

—¿Es necesario?

Va a contestar Joan, pero me adelanto. Muñoz requiere mano izquierda, elegancia, ganármelo. Es un hombre volcado en su trabajo, le gusta su rutina, estará descolocado por el robo y aún más por nuestra presencia. Me equivoqué en mi primera apreciación: a Muñoz no le disgusta la policía, lo que le disgusta es aquello que pueda romper su sentido del orden.

—Si fuera tan amable, me serviría de gran ayuda poder escuchar lo que pasó.

—Si no hay más remedio… La mañana del martes llegué, como siempre, a las siete y media. Aunque abrimos a las nueve, los primeros y terceros lunes de cada mes nos llega un pedido importante desde nuestra central. Como no solemos tener tiempo para darle entrada esas mismas tardes, lo hacemos antes de abrir, a la mañana siguiente. Son varias cajas de distintos tamaños que abultan bastante y también hay piezas delicadas. Da mucho trabajo, así que siempre me ayuda alguno de mis dependientes.

—¿Qué ocurrió?

—Bueno, levantamos la persiana, abrimos la puerta, desconectamos la alarma y encendimos la luz; en ese mismo orden,

137

como siempre. La tienda estaba normal. Y cuando entramos en el almacén, pues estaba patas arriba.

—Entendido. Empezaremos por la noche anterior. Cabe la posibilidad de que pudiera haberse quedado alguien dentro, un cliente o un trabajador.

—No. Nadie que sea ajeno a la casa traspasa el mostrador, ni tan siquiera los representantes. Yo soy el último en salir, y siempre repaso tanto el altillo como el almacén del sótano. No había nadie. Además, aquí no hay dónde esconderse, puede verlo usted mismo.

—Sigamos por la alarma. Dígame la compañía.

—Seguridad Inmediata.

Joan apunta el dato con discreción, casi como si no estuviera allí presente. Admiro con qué habilidad sabe pasar desapercibido cuando es preciso.

—¿Cuántos sensores de movimiento tiene?

—Dos, uno frente a la puerta principal y otro en barrido hacia los escaparates. No hay otra entrada más que esa.

—Bien. Dijo que estaba todo patas arriba. Intentemos concretar esto. Un ladrón puede entrar en una tienda para robar algo en concreto o para picotear, para que nos entendamos. Explíqueme qué se llevó.

—¡De todo! El tipo robó cantidad de componentes electrónicos de todo tipo: sensores de movimiento, tres ordenadores de última generación, un servidor, pero también otros materiales menos comunes de uso técnico, como un laboratorio portátil, osciloscopios, osciladores de FM, vúmetros, *dimmers*, emisores y receptores por infrarrojos, varias minicámaras por antena, una minicámara cilíndrica, un secuenciador, antenas, escáneres, detectores de agua, diversos sistemas de automatización, cable de fibra óptica, también unos kits mecánicos motorizados y, como curiosidad, un juego de helicópteros de gasolina que nos habían encargado fuera de catálogo. ¡Ah, y un montón de relojes de pulsera digitales y temporizadores de cocina! Ya hice un listado para este señor.

—Dígame el valor aproximado de lo robado.

—Unos treinta mil euros, quizás algo más.

—Un buen pellizco. Supongo que tendrán seguro.

—Sí, claro. Aunque jamás se me ocurrió pensar en un robo,

más bien lo teníamos por si se producía una inundación o un incendio.

—Dígame si se llevó productos que tenían en el almacén o también del pedido que le llegó la noche anterior.

—El pedido repone buena parte de los productos de la tienda. Una gran parte de lo que se llevó corresponde al pedido.

—Ese dato es interesante. Podríamos interpretar que el ladrón conocía perfectamente esa información; actuando la noche del lunes al martes se aseguraba de encontrar todo el material que necesitaba. No habrá demasiada gente que conozca el dato sobre la reposición de material quincenal.

—¿Insinúa que podría tratarse de alguien relacionado con la tienda?

—Nunca puede saberse. Es una posibilidad.

—Pondría la mano en el fuego por todos mis trabajadores.

Observo a Muñoz: tiene algo más de sesenta años, no le faltará mucho para la jubilación. Me parece mentira que pueda tener una idea tan equivocada de la realidad. Podría demostrarle de cien maneras que la ambición, el odio, el dinero y el deseo son capaces de transformar a cualquier persona. ¿Vale la pena rebatir esta idea? No. No vale la pena, no quiero ser cruel.

—Era solo una idea. Los transportistas, los clientes más habituales; hay muchas opciones. Otra pregunta: dígame si tiene alguna idea de qué podría hacer el ladrón con todo ese material que se llevó.

Muñoz medita antes de contestar. Según pasan los segundos, una sonrisa va apareciendo en su rostro cincelado en arrugas y añade otras nuevas a las ya existentes. Aunque se esfuerza por no reírse, unas leves convulsiones del tronco denotan el esfuerzo que le causa contenerse. Conozco a muchos compañeros que se habrían molestado con esta reacción, pero reconozco en ella la ocasión propicia para ganármelo definitivamente.

—Le he hecho gracia. ¡He debido de decir una burrada!

Acompaño la sonrisa de Muñoz y acabamos por reír ambos, con cierto comedimiento, sí, pero al mismo tiempo.

34

—*P*erdone, no quería ofenderle...

—Y no lo ha hecho. Explíqueme dónde está la gracia.

Corto rápido a mi interlocutor porque no quiero perder la complicidad que nos acaba de unir. No debe recuperar la distancia; la complicidad es la mejor herramienta del policía que interroga.

—Me pide un imposible. Todo depende de cuáles sean sus conocimientos.

—Da la impresión de que nuestro ladrón tenía una idea bastante clara de lo que quería llevarse.

—Si lo ve desde ese punto de vista, podría apuntarle alguna idea. Pero insisto en que apenas estaría rozando las posibilidades reales del material que robó.

—Dígame.

—Lo del material informático parece claro hasta para el profano. Tres ordenadores y un servidor dan juego para instalar una red. Lo que no me cuadra es lo del cable; se llevó toda la fibra óptica que teníamos, en total tres rollos de más de quinientos metros cada uno. Con las unidades de control acompañadas por cámaras podría organizar un puesto de control similar al que pudieran tener en un hospital, o por ejemplo ustedes en sus comisarías. En cuanto a los sensores y escáneres, con ellos podría realizar una instalación de seguridad de primer orden. Pero también podría hacer mucho más: desde utilizarlos como herramienta de interferencia a usarlos para espiar conversaciones de telefonía móvil o fija. Buena parte de lo robado admite múltiples usos. Por ejemplo: se llevó seis temporizadores de cocina, tres de ellos de cuerda, otros tres electrónicos. Es posible que pudiera utilizarlos en su residencia habitual, pero también pueden ser empleados para regular según qué aparatos... Usted, que es policía, ya me entiende.

La explicación de Muñoz es relevante: la combinación de todos esos elementos permite, desde luego, mil aplicaciones diversas; unas inocentes; otras, como ha insinuado el encargado, de lo más malintencionado. Es sencillo conectar los temporizadores como detonadores para artefactos explosivos. Pero hay otro aspecto que me resulta muy llamativo.

—Me gustaría saber el volumen y cuánto peso puede alcanzar todo ese material que les robaron.

—Bueno, pues...

Le he pillado en fuera de juego, y no solo a él, también a Joan. La pregunta es pertinente, cómo no, pero más que haberla realizado me encanta el haber sorprendido a mi subinspector. Parece que mi agilidad mental está regresando de las vacaciones a gran velocidad.

—Ocupa bastante, pero muchas piezas son pequeñas. El equivalente de un palé de metro cuadrado por dos de altura. En cuanto al peso, calculo que, a ojo, sobre todo por los rollos de fibra óptica, cerca de cien kilos.

—¿Tanto? Pero eso supone...

Joan está sorprendido, aunque yo esperaba algo similar.

—No necesariamente.

Me he anticipado a la conclusión de Joan, me cae bien Muñoz pero no deseo que la conversación le proporcione datos reservados. Joan comprende mi intención y cambia de tema.

—Esta parte ya la he entendido. Pasemos ahora a la intrusión. La pregunta es evidente; si el robo se cometió y se sustrajo tal cantidad de material, ¡debió salir por algún lugar!

—Bien. En eso estamos de acuerdo, pero ¿por dónde lo hizo? Fíjese en la planta baja. Solo tenemos la cristalera que da a la calle y una esquina con un ventanuco ahí a la derecha que hace las veces de ventilación con el patio de luces. Como muchos de los componentes electrónicos requieren una temperatura estable, las aberturas al exterior son mínimas.

—Entendido. Vayamos al altillo.

—No es demasiado grande y tiene poco interés. Sígame. No hay más que una pequeña oficina; guardamos albaranes, pedidos, y un ordenador para los trabajos administrativos.

Muñoz llega arriba, enciende la luz, accedemos a un espacio de techo bajo repleto de estanterías. Las paredes están cubiertas con un panel prefabricado. No hay más que una alargada ventana que da a la calle Balmes.

—Ya lo ve, aquí no hay nada.

—Quizá detrás del panel.

—No, lo comprobamos. Detrás hay un muro de cierre, coincide con el local contiguo.

—¿Qué local es?

—Actualmente está desocupado.

—Completamente sólido.

—Sí.

—Bien, vayamos abajo.

Descendemos al almacén, al fondo hay una escalera que baja al sótano. Antes de descender realizo una nueva pregunta.

—¿Qué hay abajo?

—Guardamos el material más frágil y aquel que requiere una temperatura concreta, quince grados, que debe ser estable.

—Eso implica que el sótano estará aislado, carecerá de cualquier otro acceso. Pero he observado que el refrigerador está en esta planta.

—Así es, la salida de aguas da a la ronda; para cumplir la normativa tuvimos que instalarla en la planta baja.

—Bajemos.

La escalera es menos empinada que la anterior, ofrece un suave declive, y está encajada en un espacio cerrado con tabiques. Hay una puerta al final, que Muñoz abre; una vaharada de aire fresco nos alcanza.

—Como ven, aquí tampoco hay por dónde entrar o salir. Aquellos muebles son fijos, están clavados a la pared por el montaje. El suelo es de cemento; la pared de ladrillo está recubierta con yeso.

Eso parece. El espacio es bastante diáfano; parte de la pared está cubierta por armarios de diversos tamaños, estanterías vistas; en algún rincón quedan algunas cajas vacías y a un lado vemos un pequeño congelador.

—Comprobé los muebles, todos estaban fijados a la pared desde el interior mediante tirafondos.

—Veamos la pared contraria, la aneja al local desocupado.

Nos acercamos. Es una pared limpia, por la que desciende la escalera; solo está atravesada por paneles metálicos, piezas de medio metro de ancho y unos diez de fondo. Golpeo con el puño la pared, suena muy remotamente a hueco, es gruesa, tiene su anchura. La repaso con detenimiento, toda entera, buscando alguna hendidura, un intersticio, cualquier huella de intrusión. Nada. La pintura tampoco es reciente, nada indica que hayan podido entrar por ahí. Repaso ahora los conductos de la refrigeración, los tirafondos son visibles, golpeo alrededor de ellos, el sonido es idéntico al del resto de la pared.

—Incomprensible. Pensaba que quizá..., pero no.

Que yo deba reconocer mi perplejidad resulta inusitado. Joan me mira fijamente; esto queda más allá de su experiencia, ya que siempre me ha visto ser capaz de resolver lo incomprensible. El frío me hace estornudar, es una acertada señal para regresar a la planta baja. Una vez allí nos despedimos.

—Volvemos a la comisaría. Señor Muñoz, ha sido muy amable. Estaremos en contacto.

No hablamos durante el breve viaje de retorno a la comisaría. Voy con la mirada abstraída, ajena al mundo que pasa raudo ante mis ojos. Joan rompe el silencio para explicarme que los compañeros de la Científica han tomado muestras de la pintura empleada en ambos casos para recubrir las lentes de los sensores: los informes estarán por la mañana.

No le hago excesivo caso. Joan debe de creer que estoy pensando en lo vivido, centrado en los datos, y es cierto que esta era mi intención al subir al coche. Pero, según nos alejamos de la tienda, una sensación de cansancio ya conocida va invadiendo mi ánimo, y los misterios de estos robos imposibles, que deberían haber estimulado mi insaciable curiosidad, se desvanecen entre la movilidad de un tráfico siempre excesivo.

Sí, allá adentro sentí el empuje de la investigación, pero según transcurrían los minutos y mis suposiciones se convertían en humo, llegó el desánimo del fracaso. Antes no me hubiera afectado. Pero eso era antes, y hoy es hoy.

35

—Joan, tenemos que repasar estos dos casos. Son demasiado similares para pensar que carezcan de relación.

Es martes. La tarde anterior, después de regresar a la comisaría, no tardé en marcharme a casa con el pretexto de tener que ocuparme de ciertas actividades rutinarias: lavadoras, limpieza, compra. Excusas. Joan sabe que tengo una señora de la limpieza de toda la vida, que es quien se encarga de tener el piso en perfecto estado. En realidad escurrí el bulto porque me sentía desorientado, y es en el silencio cuando los buenos policías damos rienda suelta a nuestro instinto. Nada más llegar, a las nueve, irrumpí en el despacho de Joan con unas notas en la mano.

—Existen suficientes elementos comunes en ambos dos expedientes. Fíjate en esto.

SUMINISTROS MAYANS		ELECTROSON
Planta baja, sótano	ok	Planta baja, sótano, altillo
Alarma	ok	Alarma
Método: espray en los lentes	ok	Método: espray en los lentes
Seguro	ok	Seguro
Un único encargado	no	Encargado y seis dependientes
Conocimiento del local	ok	Conocimiento del local
Intrusión imposible	ok	Intrusión imposible
Material de ¿infiltración?	no	Material de ¿seguridad?
Peso y volumen escaso	no	Peso y volumen importante

—Veamos: la configuración física de los locales es bastante similar.

—Correcto.

—La presencia de alarma de la misma compañía es relevante. De hecho es el primer asunto que vamos a tocar hoy. Fíjate: si se descarta la intrusión imposible, es evidente que el robo solo puede deberse a una inacción de la alarma. Y eso solo puede realizarse por parte de alguien que tenga conocimientos concretos de seguridad.

—Bien.

—Iremos a la central de Seguridad Inmediata para hablar con el responsable. Podría ocurrir que fuera un trabajador de la compañía quien hubiera realizado el robo.

—No lo veo tan claro. Si fuera un trabajador que supiera cómo inhabilitar la alarma, ¿para qué habría utilizado el espray sobre la lente del sensor de movimiento?

—No lo sabemos, pero lo sabremos. Quizá pueda anularse la alarma por un tiempo concreto, el justo para obligar al ladrón a cegar las lentes de los sensores. O quizá lo hiciera en una revisión de mantenimiento. En cuanto a los seguros...

—Son diferentes compañías. Pero no creo que sea un dato relevante.

—Depende. A veces se producen inspecciones de los agentes de los seguros para comprobar la instalación de las alarmas. Pero, al ser distintas compañías de seguros, por ese lado parece que no hay caso.

—De acuerdo. Entonces, ¿un instalador de alarmas?

—Puede. O un comercial, visitan los locales antes de enviar a los técnicos cuando elaboran el presupuesto. Podría necesitar asegurarse de qué había dentro, los robos parecen buscar un material muy definido.

—Olvidas la posibilidad de un cliente.

—Ropa y herramienta ninjas mezcladas con instrumentos electrónicos tan específicos... Me parece poco probable. Son áreas muy dispares.

—No es descartable.

—Cierto. Pero lo dejaremos para más adelante.

—Acepto tu teoría sobre la alarma. Pero no olvides un detalle: tanto Mayans como Muñoz están seguros de que no se quedó nadie dentro. En el caso de Mayans, la grabación de seguridad lo demuestra. Y robaron sin forzar las cerraduras.

145

—Veo hacia dónde vas. Quieres decir que quien lo hizo debía tener las llaves del local.

—Es lo razonable. ¿Qué otra explicación cabe?

—En principio, ninguna otra. Y es cierto que, en determinados contratos de seguridad, queda una copia de las llaves de los locales o los domicilios particulares en las sedes de las compañías de seguridad.

—Esto también podrá aclararlo el responsable de Seguridad Inmediata.

—Esas llaves también podrían estar al alcance de cualquier familiar de Mayans o de Muñoz. Esto también lo dejaremos para más adelante. Vayamos a la central de alarmas.

—Espera, no olvidemos un par de datos. El primero: tengo claro que en el caso de Mayans el robo pudo cometerlo una única persona. Pero en el caso de Electroson no lo veo claro: cien kilos suponen demasiado material. Y parte de lo robado es frágil, no puede transportarse sin mucho cuidado.

—He pensado sobre ello. Tienes razón, quizás haya más de una persona detrás de estos robos.

—Segundo asunto: tenemos el informe de la Científica, en ambos casos la pintura es la misma.

—Lo esperaba. Si hay más de un ladrón, estoy seguro de que pertenecen a un equipo.

—¿No sientes curiosidad por saber de qué pintura se trata?

—Desde el mismo momento en que lo preguntas, sí.

—Es una pintura muy específica que se utiliza para tráfico.

—Tráfico.

—Sí. Son espráis de granulometría fina, que se adhieren con fuerza y recubren perfectamente una superficie.

—Fáciles de adquirir.

—Normalmente los sirven proveedores concretos, suelen ser ventas por encargo, por ejemplo, a Material y Mantenimiento Urbano del Ayuntamiento.

—Te ha cundido la mañana para lo temprano que es.

—Recuerda esto: en todos los equipos siempre hay alguien que trabaja mientras su compañero medita.

—Y crees que ese papel te ha tocado a ti, esforzado subinspector Rodríguez. Pues no hay tal. Para que veas que no solo trabajas tú, te diré que he concertado una cita dentro de una hora con el señor Crespo, gerente de Seguridad Inmediata. Así que en marcha.

En marcha, sí. Adelante. Veo que Joan se alegra de mi actividad, es cierto que mi tono general era últimamente algo bajo; nunca resulta sencillo superar una ruptura sentimental como la que acabo de vivir, tan inesperada como críptica. Nadie ha sabido ni el cómo ni el porqué: tanto María como yo hemos sido completamente herméticos al respecto. Y todos los intentos de Joan para animarme habían resultado inútiles en estos últimos meses. Las vacaciones sí parecen haberme venido bien, pero lo cierto es que el caso me ayuda aún más, parece rodeado de cierto halo de misterio.

Mejor así. Bien dicen los viejos policías que el trabajo purga todas las penas. Este es un buen ejemplo de la vieja sabiduría del cuerpo. O eso quiero creer.

36

*L*a central de Seguridad Inmediata se encuentra en un polígono situado en las afueras de Barcelona. Es un extrarradio gris, muy alejado de la atracción centrípeta de la urbe. Para acceder al aparcamiento debemos identificarnos por un videoportero; como es lógico, el edificio exuda tanta seguridad como la que se precia en vender. Ya en la recepción nos hacen firmar en el registro de entrada, después nos acompañan a una sala aneja y quedamos allí a la espera. La sala es agradable, abierta al exterior; tiene un terminal informático.

Se abre la puerta y aparece el señor Crespo, responsable de la oficina de Barcelona. Cuando se dirige a nosotros lo hace con una sonrisa tan franca y natural que ambos quedamos desarmados. Este hombre es todo proximidad, su presencia genera una cercanía evidente y profunda. Nos tiende la mano mientras se presenta.

—Soy Ricardo Crespo, ustedes dirán.

—Soy el inspector Ossa, mi compañero es el subinspector Rodríguez.

—Encantado. Pero siéntense, por favor.

Lo hacemos. La mesa es redonda. Al sentarnos adoptamos la forma de un triángulo equilátero.

—Señor Crespo, tal y como le informé al concertar la cita hemos venido a hablar con usted en referencia a unos robos acaecidos en Barcelona la semana pasada, concretamente en los locales de Suministros Mayans y Electroson. Necesitaríamos realizarle algunas preguntas.

—Ustedes dirán.

—¿Conoce ambos casos?

—Sí. Es preceptivo realizar un informe interno acerca de los robos cometidos en nuestras instalaciones de seguridad. Con ello intentamos mejorar cualquier aspecto que fuera susceptible de ello. Aunque no es mi responsabilidad directa, suelo revisar esos informes.

—¿Dígame qué opina sobre ellos?

—Pues, la verdad, a simple vista, y sin conocer el atestado policial, diría que los indicios apuntan al interior de las tiendas. Por otro lado, que se usara un espray aerosol para cubrir las lentes de los detectores parece establecer un nexo de unión entre ambos casos, y eso me desorienta un tanto.

—Quisiéramos saber si los contratos firmados por sus propietarios incluyen la tenencia de una copia de seguridad de las llaves de los locales.

—No, no es el caso. Lo habitual es que las copias de llaves se realicen para contratos de viviendas particulares, normalmente residencias unifamiliares. También alguna empresa de tamaño mediano o pequeño; las grandes suelen tener un servicio de seguridad integral propio. Ustedes creen que puede tratarse de alguien de nuestra empresa, ¿no es así?

—Una vez descartada la intrusión y teniendo en cuenta el evidente grado de conocimiento mostrado sobre el funcionamiento de las alarmas, las opciones se reducen. Dígame, señor Crespo, ¿cuántas personas de su empresa conocen la manera de poder anular temporalmente las alarmas?

—Es difícil de determinar. Está claro que la mayor parte del personal técnico conoce las particularidades de los sistemas de alarma, viven con ello a diario. Aunque se considera materia reservada, pertenece al día a día de la empresa.

—¿Cuántos?

—Dependiendo de esta central, dieciséis técnicos.

—¿Y en el comercial? En concreto en esa zona.

—Esa zona le corresponde a un equipo de cuatro comerciales, que la tienen a su vez subdividida en dos mitades.

—Necesitaremos los datos de todos ellos.

—Los tendrán, lo comprendo. Y espero que ustedes me comprendan a mí. ¿Me permitirían exponerles unas ideas?

—Faltaría más.

149

—Verán, en esta empresa de seguridad nos regimos por un lema: «Hazlo como si fuera para ti». La dedicación que demostramos hacia nuestros clientes es absoluta.

Parece que Joan va a interrumpir al señor Crespo, pero lo detengo con un gesto de mi mano. No creo que se trate de filosofía barata de empresa, Crespo lo enuncia con fe.

—Es importante comentar este principio empresarial, pues no se ciñe exclusivamente a lo comercial o técnico; hablamos también del Departamento de Personal. Los criterios con los que trabajamos son extremadamente rigurosos. Si alguna vez se supiera que alguien de la empresa está implicado en un robo a clientes, el golpe sería muy importante, ya que afectaría a la credibilidad de nuestro trabajo.

—Eso no puede descartarse.

—Cierto. Pero poseemos mecanismos internos de control destinados a evitar semejantes situaciones.

—¿Como cuáles?

—Más allá de los perfiles psicológicos con los que seleccionamos al personal, nuestros hombres saben que están sujetos a controles aleatorios por parte de gente externa a la empresa. Son frecuentes. Los informes pasan directamente al gerente de zona, en este caso a mí. Le aseguro que mi personal es tan profesional como estable. Son padres de familia, no se meterían en un lío semejante.

—Comprenda que es nuestra obligación. Por favor, consíganos esos informes.

—Descuide, se les proporcionará el listado de nombres y los informes correspondientes a todos ellos.

Crespo habla por el móvil solicitando los datos. Poco después una secretaria entra en la sala con la documentación requerida. Nuestro anfitrión nos acompaña a la recepción. Junto al control de acceso formulo una nueva pregunta.

—Señor Crespo, quisiera que me dijera si existe alguna otra manera de vulnerar sus alarmas dejando aparte el sistema del espray.

Crespo duda antes de contestar, se trata de una cuestión delicada.

—En principio, las alarmas por sensor de movimiento solo tienen ese punto débil que ya le comenté al subinspector Rodríguez. Ese y el posible sabotaje de las conexiones telefónicas.

—Ha dicho en principio.

—Bien, esto es materia reservada; ustedes me entienden.

—No se preocupe, toda la conversación es estrictamente confidencial.

—Existe una posibilidad teórica, pero requeriría bastantes conocimientos de electrónica. Consiste en engañar al detector con una barrida de frecuencia similar a la empleada por el aparato. Pero es bastante complejo, ya que cada aparato emite en una onda levemente diferente. El ladrón debería averiguar la onda particular de cada aparato y una vez hecho esto podría llegar a bloquearla.

—¿Implica esto el empleo de material electrónico muy específico?

—Sí, es bastante técnico. De hecho no existe un aparato en el mercado destinado a tal cosa, pero una persona con los suficientes conocimientos podría llegar a confeccionarlo.

—Bien, eso es todo. Ha sido muy amable.

151

Ya en la comisaría repaso los nuevos datos. Joan está a la espera, pues sabe que nunca actúo en vano. Y mi explicación no tarda en llegar.

—Dos más dos son cuatro. Apuéstate lo que quieras a que los robos con espray pasan a la historia.

—¿Crees que habrá más robos?

—Esto es una serie. Es seguro, habrá más. Pero ¿quién sabe cuándo, dónde y qué? Hasta el momento hemos tenido la suerte de que los dos han sido en nuestro distrito. Pura casualidad. Barcelona es demasiado grande para que podamos controlar todos los robos. Tenemos, al día, cinco hurtos en pisos de media en los últimos tres meses. ¡El año pasado hubo veintiséis mil denuncias en la comunidad autónoma!

—Podríamos intentar establecer un control, un buscador que nos filtrara los robos y los redujera.

—Eso es muy difícil. ¿Cuál sería la clave, las alarmas? Descártalo. Que fueran de la misma compañía ha sido una simple coincidencia. Investigaremos el listado que nos mande Crespo, cómo no, pero no van por ahí los tiros. Y en el caso de encontrar una relación con un caso similar en otro distrito, ¿qué haríamos después? ¿Solicitar el expediente y reclamarlo como un caso conjunto? De momento estos robos son demasiado leves en sus resultados para que otra comisaría nos los ceda. Nadie gastará esfuerzos en algo tan intrascendente cuando nos seguirán llegando casos de mayor enjundia.

—Entonces…

—Se quedarán dormidos durante una temporada, por si sonara la flauta. Y luego acabarán en el archivo.

—¿Te vas a rendir tan pronto?

—No puede rendirse quien no ha llegado a combatir. No hay caso. Sé realista, Joan; no tenemos nada a lo que agarrarnos.

Joan sabe que estoy en lo cierto. Dos robos imposibles con un botín de medio pelo. No son joyerías o tiendas de alta peletería, ni se ha ejercido violencia en las cosas o sobre personas. Lo más limpio que he visto en la vida.

—Bueno. Pues regresaremos a la vida normal. Una pena, me gustaba este caso. Tenía…, no sé cómo decirlo, cierta chispa. Será que lo imposible siempre nos atrae más que lo posible.

Lo escucho con toda seriedad y poco a poco esbozo una sonrisa que se amplía hasta la carcajada.

—Te sabía poeta, pero veo que además eres filósofo. Venga, Joan. Volvamos al tajo, que aún no lo hemos liquidado. Media lista para ti y la otra para mí.

—Entendido.

Joan sale del despacho, dispuesto a comenzar su tarea con esa meticulosidad que le caracteriza. Es un policía condenadamente bueno, un perfecto rastreador. Seguro que llegará muy lejos en el cuerpo, es solo cuestión de tiempo. Pero este caso, y otros como este, esos pocos extraños, delirantes, imposibles, los que rompen toda lógica, no están hechos para paladares como el suyo. No, estos casos necesitan un ojo especial, un instinto diferente. ¿Expedientes dormidos? Sí, el tiempo preciso. Porque, si de algo dispongo y si algo necesito hoy, es el tiempo suficiente para hacer precisamente lo contrario de lo que dije antes. Qué largas son las noches en soledad. Y qué excelente antídoto contra el insomnio será pasar las noches husmeando en los expedientes abiertos en la intranet de la policía.

37

¡*D*os meses! Han pasado sesenta días y no ha vuelto a aparecer caso alguno relacionado con los expedientes dormidos. Durante todo este tiempo me he quemado las pestañas delante de la pantalla de mi ordenador, expediente tras expediente, noche tras noche, buscando algún caso que guardara relación con ellos. Pero ni uno solo la tuvo. Y esto me escama, pues pensaba que el ladrón actuaría mucho antes. ¿Puede habérseme escapado? ¿Quizás el nuevo robo pudiera no haber sido denunciado y, por tanto, no constar en los archivos de la policía? ¿O a lo peor falla mi instinto?

La intranet de la policía refleja los diversos expedientes abiertos durante el día: unos se corresponden a actuaciones de oficio y otros son denuncias realizadas por ciudadanos particulares. Esto es bastante trabajo: los alrededores de la ciudad incluyen diversas ciudades con ayuntamiento propio y numerosísima población que no puedo dejar al margen.

Bien, empecemos. Ultramarinos Puyals, panadería Escrivà, papelería Luis Gómez…, qué más, una camisería, una tienda de ordenadores, una agencia de viajes, el despacho de un conocido abogado, una tienda de ropa juvenil, Fidec Group… ¡Esta, tiene que ser esta! Se cargan los datos mientras sé, con toda seguridad, que es este el tercero de los robos que está destinado a completar el círculo de mi investigación. ¡Tenía que ser un negocio como Fidec!

Fidec Group es una empresa dedicada a la equipación y formación para los profesionales de seguridad, tanto pública como

privada. Cualquier profesional relacionado con estas áreas conoce este negocio, que pese a ser relativamente moderno no ha
tardado en convertirse en el primero de la ciudad. No solo es
una armería completa, con galería de tiro propia; sus grandes
instalaciones incluyen desde escenarios simulados a escala real
para trabajar en simulaciones de guerrilla urbana hasta repro-
ducciones de pisos particulares para simular situaciones de intrusión. A todo esto deben sumarse sus cursos de formación,
que capacitan para el empleo de diversas medidas de seguridad
como espráis de defensa, engrilletamiento, artes marciales…
Una gran empresa dedicada por completo al negocio de la seguridad. Y en este gran emporio de la seguridad es donde han
robado la noche anterior. ¡Ironía suprema!

Después de leer el expediente, y aunque es tarde, telefoneo
a Joan. Tarda algunos segundos en contestar, sin duda ya estaba
durmiendo.

—Dime. ¿Qué pasa?

Es su voz espesa, pastosa, la voz de quien regresa de un
sueño profundo y reparador.

—Espabila. Pon en marcha el ordenador.

—David, ¡son casi las dos!

—Hazlo. Abre la intranet y busca el expediente 19.570/09.

—Un momento, espera.

Transcurren un par de minutos. Joan regresa al auricular ya
más despejado.

—David, ¿de qué va esto? ¡Pero si es en Fidec!

—Me parece que sigues algo dormido. Dormido como estaban ciertos expedientes.

—No me digas que… Joder, ¿otro más?

—Sí. Te lo dije. Es una serie. Observa mis tres preguntas.
¿Cuándo? Durante la noche. ¿Cómo? Como siempre. Nadie
entró y nadie salió. La alarma, activada toda la noche, fue sal-
vada sin dificultad, como si no estuviera allí. Esta vez no utilizaron el espray. Y en este caso, con un añadido que dificulta el
proceso, la presencia de un guardia de seguridad que realiza
rondas nocturnas ¿Qué? Armas. La pieza que faltaba en el
puzle. Estaba casi seguro de que iba a ser eso teniendo en
cuenta lo robado anteriormente.

—Espera, espera: ¿armas? Con todo lo que hay ahí dentro

podrían equipar cumplidamente el ejército de uno de esos países pequeñitos que abundan por el centro de Europa.

—Fíjate en lo que se llevaron.

Otra pausa, esta más corta.

—No me lo creo.

—Pues hazlo: dos pistolas y dos escopetas, Beretta y Walther, de 9 y 22 milímetros, con sus correspondientes cargadores y abundante munición; dos pistolas inmovilizadoras eléctricas Stinger S-200 y el añadido de algún material técnico extremadamente específico como un analizador telefónico, un detector de escuchas, un monocular Gen III de visión nocturna y un visor termográfico.

—Demonios, no entiendo nada. ¿Me dices que alguien se toma el trabajo de entrar en un lugar como Fidec, una verdadera jaula de seguridad, y solo se lleva cuatro armas y esos materiales técnicos? ¿Y la alarma? Habría cámaras de seguridad, supongo.

—No utilizaron espray. Los sensores están demasiado separados, no le hubiera dado tiempo a cubrir las lentes en los ochenta segundos que tardan en armarse. Las cámaras no recogieron nada. Entró un fantasma y se llevó lo que quiso.

—Y tú crees que...

—No lo creo, lo sé. Es el mismo. Sencillamente ha cambiado el método. Por eso desvalijó Electroson, con lo allí robado pudo disponer del material necesario para hacer lo propio con Fidec. Analizó las frecuencias de los sensores y las anuló, e inhibió las cámaras. Probablemente realizó un bucle en el sistema para pasar una grabación de la tienda vacía.

—David.

—Dime.

—No lo entiendo. ¿Quién sería tan estúpido como para penetrar en Fidec y llevarse tan poca cosa? Quiero decir, una vez dentro, ¿para qué conformarse? ¿Por qué no desvalijar toda la tienda? Caramba, estoy medio dormido y no pienso con claridad, quiero decir que...

—Para. Te entiendo hasta cuando no te entiendes tú. En Mayans pensé que se trataba de un solo hombre, un friqui descontrolado que por azar logró tomarnos el pelo a todos. Luego, tras la visita a Electroson, llegué a pensar que esto debía de ser

155

obra de un grupo y comencé a establecer ideas más elaboradas pensando en terroristas; no en vano después del atentado de febrero contra los Grandes Almacenes todos los policías nos hemos sensibilizado en esta dirección. Pero ahora resulta evidente que no se trataba de un grupo; si así fuera hubieran desvalijado todo Fidec, tal y como tú querías expresar. No, es un único hombre. Se llevó armamento escogido y desechó las otras mil oportunidades que se le ofrecían.

—¿Es alto el valor de lo robado? No, no me lo digas, el valor de las armas lo conozco aproximadamente, y supongo que el visor nocturno y el termográfico serán muy caros.

—Tanto como unos 18.000 euros cada uno. Y había otros diez en *stock*.

—No va por dinero. Dices que no es un terrorista, ¿cómo lo sabes?

La respuesta viene en el silencio, que envuelve la cuestión en un manto de certeza absoluta que ambos conocemos. No hace falta insistir sobre el particular.

—Está bien, no es un terrorista. Pero, entonces, ¿quién demonios es?

Nuevo silencio. Es sorprendente como un mismo fenómeno puede expresar conceptos opuestos con tamaña facilidad y semejante inmediatez.

—Entendido. No es un terrorista, pero tampoco sabes qué pretende. Escucha, David; pese a tu certeza no podemos descartarlo. No después de lo de febrero. ¡Fueron casi mil muertos! Después del de las Torres Gemelas, el peor atentado que ha sucedido en Occidente. Y tus... intuiciones no son explicables. Debemos ofrecer la relación de estos casos al comisario, y que este los ponga en conocimiento de los jefazos.

Vacilo. Sé que Joan tiene razón, pero también que no se trata de terroristas. Pero no puedo explicar cómo lo sé. Así que cedo.

—Hablaremos con Rosell por la mañana.

—Bien. Buenas noches.

Cómo duele saber que uno sabe la verdad, o por lo menos una pequeña parte de ella, y que van a desperdiciarse tanto tiempo y tantos esfuerzos en vano. Sí, recibiré una palmadita en la espalda, un agradecimiento por mi percepción y un «hasta luego». Y todo aquello que deba pasar pasará sin que yo pueda remediarlo. Así son las cosas. Y, sin embargo..., mi gusanillo interior me avisa de que no, de que esta no será la última vez que vuelva a oír algo sobre el caso.

¡De eso estoy más que seguro!

CUARTA PARTE

La huella del fantasma

38

—Ana, haga pasar al inspector Ossa.

Quien ha hablado a través del interfono es el comisario Artamendi, nuevo responsable de la comisaría de Ciutat Vella tras la jubilación de Rosell. Solo han transcurrido cinco días de su toma de posesión y ha llegado el momento de tener sus primeras reuniones individuales con los inspectores. Cinco días, ni uno más, para que todo hayamos confirmado lo que ya sabíamos: que es un hombre inflexible, de verbo florido y trato arisco, altamente egocéntrico, tan eficaz como suspicaz.

Entro en el despacho, en silencio, con un único contacto visual por toda autorización.

—Siéntese, inspector Ossa.

Artamendi me observa mientras deposita unos papeles en una esquina de su escritorio. Una vez hecho esto recoge las gafas de cerca sin dejar de mirarme y sin pronunciar una palabra. Para la mayoría este silencio habrá resultado incómodo, pero no para mí. Yo lo conozco desde muy niño, cuando me perdí en la mina del Soplao. No, no será en el silencio donde Artamendi me pueda coger desprevenido. Por fin, me habla.

—Inspector Ossa, he estado estudiando atentamente su expediente antes de citarle a esta reunión. Quizá se pregunte por qué es el primero si hay algún compañero más veterano que, en virtud de la regla no escrita para estos casos, debería haber sido citado antes.

—Usted dirá.

—Llevo una semana analizando el informe legado por el comisario Rosell, contraponiendo sus observaciones y recomendaciones con la realidad que comienzo a percibir en esta comisaría. Pienso que los resultados globales del centro pueden ser mejorados. ¿Qué opina usted?

—Mi trabajo no es opinar, comisario. Mi trabajo es resolver los casos que se me adjudiquen.

—Ossa, no esperaba una respuesta política en un hombre como usted.

—No es una respuesta política. Habrá observado en el expediente que, en su momento, fui considerado para optar a puestos superiores. Incluso hubo ofertas del CGIC que también rechacé.

—Comprendo. Quiere decir que prefirió continuar desempeñando el cargo de inspector en lugar de pasar al nivel superior de comisario para no tener que realizar evaluaciones semejantes.

—En parte es así.

—Inspector Ossa, su perfil psicológico y su C. I. no son los de un gastasuelas. Me gustaría conocer las verdaderas razones por las que no ha querido dar el salto.

—Me gusta la calle.

—Inspector, puedo comprender que no sea ambicioso, aunque reconozco que esta es una cualidad ajena a la mayoría de las personas. Pero usted sabe que sus virtudes serían mejor aprovechadas si pudiera extenderlas a un grupo bajo su mando.

—Agradezco su confianza, pero debo exponerle que, por mis características de trabajo, me conduzco mejor trabajando con un único compañero. El subinspector Rodríguez y yo formamos, creo, un buen equipo. Nuestros resultados nos avalan.

Artamendi me observa detenidamente, enarca una ceja con escepticismo.

—Voy a reestructurar el personal de esta comisaría. Tendremos cierto movimiento entre salidas y entradas. Para comenzar le diré que el subinspector Rodríguez ha sido propuesto para un ascenso. Llegarán algunas personas nuevas y se trasladarán a otras. En cuanto a usted, Ossa, seamos claros: le estoy ofreciendo ser el segundo de a bordo. Busco una persona de sus características: inteligente, con experiencia y, por qué no, también admirado. Quiero un supervisor de inspectores. Y quiero que sea usted.

—Explíqueme la alternativa si no aceptara.

—No pretendo que haya bajo mi mando excepciones a la norma general de rotación de equipos aplicada por todos mis compañeros. Pienso comenzar por conjuntar a los nuevos durante unos seis meses, y a partir de ahí comenzaré las rotaciones, quizás antes. Ahora necesito una respuesta.

Está claro que buena parte de las medidas que está adoptando Artamendi serán impopulares, estar de entrada a su lado implicaría conformidad con ellas. Es evidente que este es el objetivo del comisario, buscar un apoyo de prestigio en su toma efectiva del mando. Se equivoca de hombre. Los míos me aprecian, sí, incluso me admiran…, aunque no me quieren. Soy consciente de que una respuesta negativa no será del agrado de este hombre. Artamendi es de los «conmigo o contra mí». Habrá que pagar el precio, intentemos hacerlo con delicadeza.

—Comisario, le agradezco su confianza. Pero amo mi trabajo, no quiero dejar la investigación.

Artamendi acaricia su nariz. Está claro que esta decisión no le ha gustado, pero tampoco puede, en este momento, ganarse un enemigo de peso. Opta por la prudencia, no se llega a ser comisario si se carece de ciertos recursos.

—Reconozco que es la respuesta que esperaba, aunque no por ello dejo de sentirme decepcionado. Aunque auguro que el futuro de esta comisaría será espléndido, hubiéramos alcanzado este objetivo con mayor rapidez si su decisión fuera otra. Le agradezco su sinceridad, Ossa. Si me permite…

Fin de la audiencia. Saludo a Ana, la secretaria, y regreso a mi despacho. Recluido en la intimidad de mis dominios recapitulo lo vivido. De momento Artamendi no será mi enemigo. Pero tampoco tengo en él a un amigo. Es pronto para juzgar, pero haré bien en andarme con cuidado.

Llegan nuevos tiempos. ¿Serán mejores? No dejaré que aquello que deba pasar me afecte. Distancia, lejanía. Al fin y al cabo, qué poca cosa es el trabajo; nada significa para mí. Un simple entretenimiento con el que llenar mi vacío corazón.

163

39

*U*na respiración jadeante. Un último esfuerzo y traspaso el pequeño hueco cayendo al otro lado. Después me incorporo y recojo el material preciso que debe acompañarme en esta expedición. Murmuro mientras lo hago: hablo solo, y lo hago con frecuencia; la única compañía disponible soy yo mismo, y conmigo mismo debo conformarme.

El pasillo está iluminado débilmente con luces de emergencia. Para la mayoría esta luz sería insuficiente. Para mí ya es hasta excesiva. Vivo en un mundo de sombras, me he convertido en una de ellas. Como tal, avanzo, mimetizado con el entorno: visto con la ropa de infiltración robada en Suministros Mayans.

Aquí, un cruce: dos ramales se abren en forma de uve. A la derecha, dirección oeste. ¿Cómo puedo saber bajo tierra dónde se encuentran los puntos cardinales? Nadie lo sabe, pero se puede. Por ejemplo, lo saben las ratas, como esa que, sorprendida por mi presencia, huye y desaparece por una grieta a ras del suelo. Observo el diminuto espacio por el que introdujo su cuerpo ese roedor de por lo menos un kilo, una grieta de no más de dos centímetros de ancho. Pero ¿por qué sorprenderse? ¡Al fin y al cabo algo así es lo que estoy haciendo continuamente!

Bien, a la derecha. No falta mucho, unos doscientos metros. Y esto supone la primera dificultad. A cubierto en la esquina donde se dividen los ramales, extraigo de la mochila tres aparatos conectados entre sí: uno de ellos muestra una pantalla; de otro de ellos sale un extraño cable del grosor de un dedo índice.

Con la mano empujo el cable a ras de suelo, asomando discretamente la cabeza del mismo más allá de la esquina. Y esta diminuta cámara monitorizada revela en la pantalla los detalles que cabía imaginar.

Si la seguridad exterior de las comisarías de Barcelona es evidente, ¿acaso cabría pensar que la seguridad subterránea no lo fuera a ser? Dos cámaras de seguridad vigilan, junto con sus respectivos sensores de movimiento, el ramal de servicio eléctrico de la Comisaría Central de Barcelona. Y ese es mi objetivo.

Ahora, una pizca de ingenio. En el tercero de los aparatos asoma un receptor por la esquina, junto a la cabeza de la cámara miniaturizada; y comienza a efectuar su trabajo. Han pasado dos minutos cuando capta la frecuencia del sensor de movimiento y, una vez determinada esta con toda certeza, emite la frecuencia opuesta capaz de anularla. Perfecto.

Bien, esto ya está hecho. No detectará mi movimiento. Pero la cámara podría revelar mi imagen al centro de control situado en el interior de la comisaría. Es poco probable que el policía de vigilancia pueda captar precisamente la cámara subterránea en el panel de control. Poco probable, pero no imposible. Y la imagen quedaría grabada. Para ello tengo una solución concreta.

Cuarenta segundos es el tiempo que necesito. Extraigo nuevo material de la mochila, un conjunto artesanal de componentes electrónicos que acerco a la línea de tensión eléctrica. El cableado que aporta la energía a la comisaría es manipulado sabiamente, con delicadeza; con una pinza descubro el cable de cobre y le adoso el añadido. Para finalizar, el temporizador marca el tiempo necesario: cuarenta segundos, ni un segundo de más. En caso de superar este tiempo se accionaría automáticamente el generador de emergencia destinado a cubrir las situaciones de falta de energía eléctrica en la comisaría. Y eso no me conviene: si el generador se activa, se aplicará un protocolo que incremente de forma notable la seguridad de la comisaría. Así que nada de generadores electrógenos.

Un breve repaso del plan. Todo preparado. Tres, dos, uno. ¡Acción!

Con un pequeño chasquido, el interruptor impide el paso

de la corriente eléctrica a seis manzanas de la Travessera de les Corts en dirección oeste. Las secciones se apagan en un avance de cien metros por cada medio segundo, dejando las cámaras fuera de funcionamiento. Avanzo rápidamente, con la mochila en la espalda, auxiliado por la linterna de xenón.

El reloj de la muñeca realiza una cuenta atrás sonora. Aún me quedan unos veinte metros, cinco segundos, cuatro segundos, tres segundos, cinco metros, el tiempo se va a acabar, ¡he llegado! El temporizador ha llegado al final y la red recibe de nuevo la corriente eléctrica. Estoy bajo las dos cámaras situadas en el acceso eléctrico a la comisaría. El rango de acción de las cámaras es direccional, cinco metros en cada dirección. Aquí, justo debajo de ellas, estoy completamente seguro. Jadeando, me enjugo el sudor del rostro. Ahora toca la segunda parte.

Manipulo nuevos componentes electrónicos. Con un rápido movimiento de navaja secciono el cable de la cámara, y de inmediato le adoso una conexión. He sido muy rápido, la fluctuación de la imagen será imperceptible. He dejado una imagen fija del túnel de servicios adosando un *tracking* inferior falso para marcar el tiempo de la grabación. Desde este lado podría acercarse todo un ejército y no ser visto. Será mi vía de salida, esta vez sin carreras. Y ahora, adentro.

Despejo el acceso. El cableado que proporciona energía a la comisaría de Les Corts penetra en su interior por una sección con un corte de un metro de diámetro. Levanto la tapa y me introduzco en el interior, sobre los cables. Saber que uno está deslizándose sobre unos cables que conducen treinta mil voltios no resulta muy tranquilizador. Ignoro esta idea y sigo adelante. Todo consiste en arrastrarme trece metros exactos.

El túnel se acaba. Los cables eléctricos ascienden en un ángulo de noventa grados hacia el edificio, y ese no es mi camino. Aquí, donde parece que no hay nada, existe una alternativa. Se trata de una malla metálica que cubre otro espacio de una anchura similar. Extraigo la herramienta adecuada, corto los puntos exactos, la malla baila y la derribo con un empujón.

Este es el punto crítico, debo doblar el cuerpo allí donde casi no puede hacerse. Sin un entrenamiento específico no hubiera logrado moverme de esta manera, como la rata que antes vi escapar, como el fantasma en que me he convertido.

Una ojeada al reloj. Es fundamental controlar el tiempo. Arriba. Un túnel lleva a otro túnel.

Ya he llegado donde quería.

Estoy exactamente entre dos plantas, en el interior de la estructura del edificio, entre el nivel menos 1 y el menos 2. Y detrás de esa pared se encuentra la comisaría, por ese acceso que solo podría conocer alguien como yo, alguien que se ocupara de la seguridad de esos lugares donde nadie imagina que pueda haber nada. Con delicadeza. Es el momento clave. No debo fallar. Me examino, repaso mi pulso y me veo a punto.

Primero, la ventosa. Después, nueva herramienta. Un tornillo, dos, tres, cuatro. Solo la ventosa sostiene la pieza del recubrimiento de la pared. La desencajo un centímetro: nadie a la vista. Penetro en un cuarto vacío, la puerta está cerrada. Esta es la sala de identificación, la única habitación de toda la comisaría que carece de cámara de seguridad. ¡El único lugar de toda la comisaría donde nadie puede controlarme!

Me cambio deprisa. Al cabo de apenas treinta segundos estoy vestido con la ropa reglamentaria, gorra incluida. Ninguna cámara grabará la imagen de un desconocido rondando por el interior de la comisaría.

Coloco la pieza de la pared en su lugar, tres gotas de pegamento ultrarrápido la dejarán aparentemente perfecta. La mochila queda en el túnel, excepto unas últimas piezas electrónicas muy concretas.

Ahora, a esperar. No más de un minuto, el cálculo ha sido muy exacto. La mano está apoyada en la puerta, preparada para empujar y así salir al exterior. Diez segundos. Cinco. El temporizador va a actuar. Los inhibidores situados en el entorno exterior de la comisaría impiden el uso de una señal de radio para activar mi pequeño explosivo, cuántas utilidades tienen estos pequeños aparatos fuera de la cocina. ¡Ya!

La explosión no es muy poderosa. Asustar, ese es su único objetivo. El local cerrado en la planta baja del edificio situado en la esquina opuesta a la comisaría, entre Berguedà y Taquígraf Garriga, se incendia. Las cámaras de control lo captan, pero también es cierto que no hay un policía en todo el edificio que no haya oído la explosión.

Confusión. Por mucho que se hayan realizado simulacros y

que no exista ningún elemento que pueda establecer una relación entre la explosión y un ataque a la comisaría, los policías caen en un estado de cierto nerviosismo que aprovecho de inmediato.

Nadie, en las presentes circunstancias, estará pendiente de mí. Dispongo del edificio por completo, en especial en las plantas inferiores, justo hacia donde me dirijo. Una planta menos. Un pasillo. Una puerta. Aquí. La confusión no durará mucho, así que aprieto el paso.

La sala de informática de la comisaría alberga el principal servidor de la policía en Barcelona. Abro la cubierta buscando el lugar exacto donde depositar mi regalito, esa pequeña pieza de orfebrería informática que tanto trabajo me ha costado configurar. Realizo la conexión adosándola al servidor. Ahora toca retirada.

Asciendo a la menos uno caminando con tranquilidad hasta la sala de identificación. Una vez que estoy dentro me dejo llevar por la alegría del objetivo conseguido y considero la idea de abandonar la comisaría por la puerta principal. ¡Cómo me reiría una vez de vuelta a mi escondite! Y entonces recuerdo la imposibilidad de ejecutar semejante idea.

No, no puedo hacerlo. Mi rostro no debe ser visto, porque quien lo vea jamás podrá olvidarlo.

Respiro hondo, levanto la pieza de la pared y me introduzco en el pequeño hueco por el que entré diez minutos antes. Ajusto la pieza, refuerzo los cierres, que quedan firmes. Por donde antes vine, ahora me marcho. Así, con el objetivo cumplido, me esfumo. Pero lo hago sin alegría, porque esto es solo el comienzo del largo gambito que se avecina.

40

Cuánto trabajo estoy teniendo estos últimos ¿días? ¿O serán noches? Es lo que tiene dormir cuando se tiene sueño y comer cuando se tiene hambre, sin depender de ese sentido del tiempo que ha desaparecido casi por completo de mi vida. Al menos, por ahora: cuando tenga que poner en práctica mis planes deberé esforzarme en estar atento a esos relojes que de momento me esperan en un cajón.

Este cable por aquí, este otro por allá, y ahora la conexión final, con firmeza y no menos disimulo. Todo correcto. Nadie que no conociera la exacta ubicación del cable podría sospechar de su existencia.

Regreso al control central y contemplo mi obra. Todo está preparado. Acciono el botón de encendido y varias pantallas de la red de ordenadores se iluminan ofreciéndome exactamente lo que estaba buscando, la información simultánea de todas las posibles zonas de acceso al complejo en el que me he refugiado. ¿Refugio? No, esa es una definición inadecuada; esto no es un refugio, esto es una base de operaciones.

Bien, repasemos las pantallas.

Pantalla 1: es el acceso situado bajo la plaza; se trata de la vieja conexión peatonal con el edificio contiguo, ahora fuera de servicio, aunque no cegada definitivamente. El plano muestra el túnel de acceso y la puerta.

Pantalla 2: para aquellos pasajeros con una gran capacidad de observación, en el trayecto de metro entre las estaciones de la línea 4 Jaume I y Barceloneta puede verse una pared diferente a las del resto de los túneles del recorrido. Pocos se habrían fijado en ello ni aun viajando por allí durante años. Y todavía serán menos, si es que hay alguno, los que puedan ver que justo al final de esa pared hay una puerta. Está cerrada, tiene una cadena y lleva años sin utilizarse. Pero la segunda cámara enfoca hacia esa puerta.

Pantalla 3: la localización de esta cámara es más compleja. No se ve más que un túnel prácticamente a oscuras, el infrarrojo de la cámara muestra una imagen verdosa característica de estas filmaciones. El túnel apenas tendrá metro y medio de ancho, en su centro pasa una continua corriente de agua con un mínimo pasillo lateral, en la pared llega a leerse una inscripción: T152. Unas escaleras de metal clavadas en la pared parecen ascender, ¿hacia dónde?

Pantalla 4: pasan datos y más datos. De todo el sistema que he creado con tanto esfuerzo este es el principal de los elementos. Para eso forcé con tanto riesgo la entrada en la comisaría. La información es poder, y el bucle instalado en el servidor de la comisaría me ha servido para poder pinchar la línea y obtener así el acceso a todos los datos introducidos en él: procedimientos, información de la intranet de la policía, direcciones personales... Todo esta allí. Y esa es la información clave para poder consumar mi venganza. Ahora, merced al programa que acabo de crear, la estoy descargando. No quiero arriesgarme a que un acceso continuado desde el exterior pueda acabar levantando alguna sospecha. No conozco los procedimientos de seguridad del servicio de informática, probablemente tengan instalados chivatos que analicen los accesos externos. Reduciendo mis entradas ganaré seguridad, de ahí la descarga que se está efectuando.

Un *hacker* de primera no lo estaría haciendo mejor que yo. El copión lleva los suficientes desvíos de seguridad como para que encontrarme, en un hipotético caso de ser detectado, roce lo imposible. Utilizo cinco servidores en partes muy separadas del mundo, los cinco con poderosos cortafuegos. Y trabajo por *Wi-Fi*: para eso necesitaba instalar una antena en el exterior. La coloqué en el interior de una farola, desde ahí es la fibra óptica la encargada de transportar la señal hasta el centro de operaciones.

Un pitido me avisa de que la copia se ha realizado. Cierro la conexión y me centro en los datos. ¿Dónde están? Busco, con tranquilidad, ¡aquí! Justo lo que necesitaba. Ningún policía ofrece sus datos personales a la curiosidad del mundo, y aún menos en estos tiempos de Internet. O se registran a nombre de las parejas, o sencillamente no constan, siguiendo las directrices básicas de seguridad.

Aquí tengo un listado de direcciones, enormemente amplio, pero alfabético, y si utilizo el ratón y acoto el campo... Ya las tengo. Todo está aquí. Asensio, Benito, Esteve y Piqué.

Y con esto el juego puede comenzar.

—*B*uenos días, inspector Ossa. Soy la subinspectora Estela Bolea.

Los cambios se precipitan en la comisaría. Artamendi le ha ofrecido a Joan el mismo puesto que a mí. Y él ha hecho bien en aceptar, porque, si existe una persona adecuada para este puesto, ese es Joan. Me alegro infinitamente por él; aunque cuatro años de trabajo codo con codo unen mucho y sé que lo echaré de menos.

Así es la vida: vivo un tiempo de cambios. Se va Joan y llega Estela. No han transcurrido ni cuarenta y ocho horas desde la conversación con Artamendi y una nueva compañera acaba de aparecer en mi despacho.

—Tome asiento, por favor.

¿Por qué la he tratado de usted? Ha sido una respuesta imprevista, aunque recuerdo ahora que cuando Joan llegó el trato fue similar, de usted. Ella obedece y se sienta en una postura discreta. Le tiendo la mano, que estrecha con cierta energía.

—Le ruego que me disculpe, pero el comisario Artamendi no me había comunicado que su llegada sería hoy.

—La orden de traslado me llegó a primera hora. No tuve tiempo apenas más que para recoger mis cosas, pasar por personal para firmar la hoja de traslado y venir a mi nueva comisaría.

¿Cómo será la subinspectora Bolea? ¿Qué puedo ver? Estela Bolea medirá 1,65 y tendrá unos treinta años. Viste con estilo clásico, pantalón y blusa, de corte sencillo. Su rostro y su cuerpo son discretos; no es bella, ni siquiera atractiva, más bien anodina. Delgada —quizá demasiado, sin apenas formas, escaso pecho y cadera huidiza—, cejas algo más anchas de lo que hoy en día se lleva, frente despejada, el pelo cortado en una melena que no llega a los hombros. La forma de su rostro es redondeada, con los pómulos altos y algo prominentes, una nariz pequeña y regular, labios finísimos pintados de rosa pálido y mentón saliente, levemente hendido. Solo los ojos podrían transmitir algo más, pienso que Estela apaga a conciencia el fuego que a buen seguro anima su espíritu.

No lleva joyas. Ni anillos, tampoco de casada. Uñas sin pintar, regulares; no se las muerde. Si siente tensión, no la elimina por esta vía. La chapa de identificación, cubierta, está situada a la derecha del pantalón; un leve desgaste en la tela muestra donde suele llevar su arma. Es zurda. Me fijo en una cicatriz disimulada con el maquillaje bajo la patilla izquierda. Siento curiosidad por cómo se haría esa herida de guerra, probablemente un golpe estando de servicio. Discreta en todo. También María lo era; de nuevo vuela lejos mi pensamiento, siempre me persigue su recuerdo, salta a la mínima, me acompaña a todas horas.

—No he tenido tiempo más que para saludar un instante al comisario, me dijo que me presentara a usted. Tenga.

Estela me tiende unas hojas grapadas, su historial profesional. Las ojeo, sobre todo por rellenar un tiempo que se me hace tan largo como incómodo. Esta documentación está al alcance de cualquier inspector que la solicite en un traslado, pero rara vez se entrega en mano. Esto es una muestra de su carácter. Es meticulosa. Y es clara, una mujer que sabe lo que quiere y que se quiere mostrar como realmente es.

Sí, apenas treinta años. Nació en Hospitalet el 5 de enero del 78. Doce años en el cuerpo, al que accedió en el 96, justo tras cumplir los dieciocho. Las notas de la academia fueron buenas, aunque no espléndidas. Primer destino, Girona; luego a Sabadell; asciende a cabo en el 2002; nuevo traslado a Sant Cugat; ascenso a sargento. Esta mujer se ha ganado los ascensos a pulso. Asciende a subinspectora en la última oposición después de pasarse cuatro años estudiando Psicología para poder acceder a las plazas que requieren titulación universitaria.

Los informes evaluativos de su paso por los diferentes des-

173

tinos hablan maravillas de ella. Constante, ordenada, meticulosa, inteligente. Una buena carrera, probablemente con muchas posibilidades de futuro. No es conformista. ¿Ambiciosa? Solo el trato continuado me lo confirmará.

Toca decir algo amable, es lo que está esperando por mucho que se mantenga impasible. Un adorno, casi un requiebro, donde más le guste, en su historial. Pero estoy espeso y no acabo de hilvanar un argumento lo suficientemente claro para que se corresponda con mis verdaderas intenciones.

—Su historial es excelente; siendo así formaremos un buen equipo.

Me doy cuenta de mi error nada más acabar la frase, al final el elogio ha sido para mí antes que para ella. De mi frase se infiere que solo alguien excelente puede trabajar con el inspector Ossa. ¿Quizás es mi subconsciente el que ha hablado, reconociendo que me siento el mejor de entre todos los míos? Es mi actual desequilibrio el que ha hablado por mí. Estela me mira, evaluándome, y queda tan claro que me censura como que se contiene.

—Gracias, muy amable.

Un control excelente. Su voz no refleja ni una sola emoción. Precisamente por ello resulta expeditiva.

—El despacho del subinspector..., perdón, quiero decir, del inspector Rodríguez era el contiguo. Instálese y vuelva más tarde. Le mostraré los casos en los que estamos trabajando.

Asiente y se va. Chasqueo los labios, escéptico. Mi mirada vaga, ausente, por el techo, buscando entretenerse en su propia fuga. Me siento aburrido, sobre todo de mí mismo. Maldita vida. Demasiados cambios y demasiado profundos. Puede que Bolea sea no solo válida, sino también excelente. Y debo dejar que lo demuestre. Quizá su presencia sea un estímulo adecuado para romper esta laxitud en la que estoy inmerso.

Bienvenida entonces, Estela Bolea. Y que la suerte esté con nosotros.

42

*P*erro día de mierda. Mierda de tráfico, mierda de trabajo, mierda de lluvia, mierda de compra. Estoy hasta los huevos, hoy no ha funcionado ni el mando a distancia del garaje. Me bajo del coche mientras llueve, abro la puerta con la llave; mientras lo hago recibo buena parte del chorro del desagüe que el imbécil del arquitecto, o el aparejador, o el maestro de obras, o el puto fontanero, instaló de tal manera que cayera directamente sobre esta puerta. Sí, bien empapado. El tédax Ángel Asensio caladito hasta los huesos, quién podía pensar que este día se iba a estropear con el cielo azul que lucía por la mañana.

Mi mujer, Lucía, ¿qué estará haciendo ahora? Seguramente la cena para los niños. Mira que no aguantaba sus ruidos, su movimiento, siempre corriendo de aquí para allá, papá esto, papá lo otro, que la Mari me ha pegado, que el Jordi me quitó la muñeca, Lucía diciendo que nunca hacía nada en casa, que me ocupase un poquito de los niños. Como si uno no llegara cansado tras una guardia de cuarenta y ocho horas, ¿para qué demonios está en casa su mujer si no es para ocuparse de estos problemas?

Aparco y saco esa porquería de compra por la que he perdido una hora en el supermercado del barrio. Nunca valoré lo que suponía tener mesa y mantel puestos, lo que supone hacer una cola de media hora en las cajas, aguantando a la gentuza que te rodea, todos de barrio bajo; sin afeitar ellos, oliendo a sudor, con ropas baratas y perfumes de mercadillo ellas... De vez en cuando sí te cruzas con alguna chavala de esas que se visten pidiendo guerra, las tetas medio fuera y el tanga asomando por encima de los pantalones de talle bajo. Seguro que la mitad se quedan preñadas antes de los dieciocho, y luego, por muy monas que sean, empiezan a quedarse hechas un asco. Los enanos mamando como locos descuelgan el pecho más firme, y siempre engordan, y se les agría el carácter a todas. Eso le pasó también a Lucía, al final ya ni le hablaba para evitar las discusiones; siempre era lo mismo.

Estoy tan harto y tan cansado que por muy monas que sean esas chavalas no pienso ni en follármelas. Solo quiero comer algo y ponerme un rato a ver la tele, desconectar de esta vida en la que me he metido sin ni siquiera enterarme: hace un mes casado, treinta días después separado. «Haz las maletas, no te quiero ver más, solo el día que te toquen los críos, y los recoges en el portal; quiero olvidar tu rostro.» Lucía dijo que me lo había avisado un montón de veces, que no podíamos seguir así, que todo tiene su límite.

Llego al ascensor. Botón de llamada. No acude. Es la cuarta vez en diez días que el ascensor se estropea, vaya mierda de casa donde me he venido a vivir. Tampoco tenía mucha elección; con la pensión de Lucía y de los niños estoy más tieso que un cirio; me queda lo justo para el alquiler de este cuchitril, la comida y poco más. Mierda de barrio y mierda de vida.

Venga, solo son cuatro plantas. Tendré tiempo de seguir despotricando contra todo antes de llegar arriba y ponerme a guisar una tortilla y una ensalada con la que matar el hambre. ¡Ay, aquellos pimientos rellenos de Lucía! ¡Y qué decir de las torrijas, cómo le salían a la condenada!

¿Cuándo se torció todo? ¿Cuándo comenzaron a cambiar las cosas? «Tú estás muy raro, Ángel; a ti te pasa algo; estás arisco, distante. ¿No tendrás una amante por ahí? Mira que si la tienes te mato, no serás capaz de hacerme algo así; Ángel, siempre fuiste un hombre bueno; no entiendo qué te pasa, dímelo, cuéntamelo.»

Ya. Cuéntaselo. Seguro. Cuéntale que has visto cómo tu jefe y mejor amigo ha intentado asesinar a un hombre. Y cuéntale que ese hombre era un compañero. ¡Malditos sean los cabrones que pusieron la jodida bomba en los Grandes Almacenes! Todo cambió desde entonces: es cierto que Piqué y Martín no se tragaban, pero mantenían el tipo sin salpicarnos a los demás. Todos estábamos posicionados, eso era evidente; cada uno con su jefe; tu jefe es tu vida, tu jefe es Dios, lo que él dice es palabra sagrada.

Venga, arriba, solo me falta un piso.

«No, cari, no hay otra mujer; te lo juro, solo te tengo a ti.» ¿Cuándo comenzó todo? Ese día de mierda, 29 de febrero. El día en que mi jefe miró a los ojos de Álex Martín cuando este colgaba de su mano, sobre un pozo de llamas. El día en que mi jefe abrió la mano para dejarle caer al vacío. Ese fue el día.

Y después todo fue a peor.

Javier Benito y yo lo supimos. Estábamos allí, lo vimos todo. ¿Podría haber aguantado cinco segundos más? Ese era todo el tiempo que hubiéramos necesitado para llegar hasta ellos. ¡Cinco segundos! Un hombre como mi jefe, fuerte como pocos, un verdadero peso pesado capaz de romper una tabla con un solo puñetazo, capaz de correr treinta kilómetros en dos horas.

Nos detuvimos porque él lo ordenó. No salió una sola palabra de su boca; el ruido era ensordecedor, hubiera debido gritar para hacerlo. Pero ambos supimos comprender a la perfección lo que expresaron sus ojos. Nuestro avance se clavó con solo recibir su mirada, como el perro que obedece la lección perfectamente aprendida. Hubiéramos podido rescatar a Martín y todo habría seguido igual. Bueno, quizá todo no. Quizá Martín hubiera ascendido en lugar de mi jefe tras la jubilación del comisario Garrido. Nadie sabía cuál podía ser la elección, si el joven o el veterano.

177

Fue así. Un acto voluntario. Y tuvo sus testigos. Ni Benito ni yo dijimos nada. Solo lo que vimos: que nuestro jefe no podía sostener a ambos y que tuvo que elegir. Fue una lástima que llegáramos tarde en su auxilio. Y encima acabaron por condecorarle. ¿Y si hubiéramos hablado? ¿Qué hubiéramos podido decir? ¿Que nos detuvimos porque nuestro jefe nos miró? ¿Cómo podríamos explicar una reacción semejante? Me imagino las preguntas del juez: «Subinspector Asensio, ¿recibió usted alguna orden oral de su superior, el inspector Piqué, que le ordenara detenerse?» «No, señor juez.» «Entonces, subinspector, ¿por qué se detuvo?»

Abro la puerta de la vivienda. Este barrio es indecente, la

miseria se palpa en cada rincón. Yo, que vivía en un barrio pijo que ahora solo le aprovecha a mi exmujer... Lo que la echo de menos, aunque me cueste reconocerlo. Todo está en desorden, la ropa sin planchar espera sobre la mesa, hay restos de la cena en la bandeja, incluso alcanzo a ver una cucaracha esconderse bajo el zócalo. Enciendo un pitillo, llevaba años sin fumar y desde hace un mes fumo uno detrás de otro. Podría prepararme un whisky. ¿Qué estaba pensando? Que desde entonces todo cambió. Las relaciones con nuestro jefe cayeron en una complicidad silenciosa, y todos sabíamos que existía un motivo superior que nos anudaba indefectiblemente.

La culpa penetra de forma imperceptible en nuestro interior y permanece: no la borran las duchas, no la borran las cervezas ni los partidos de fútbol, y acaba por formar un todo invisible contra el que no se puede luchar. Por eso todo acabó entre mi familia y yo, porque el disimulo era imposible. Eso es lo que percibió Lucía. Veníamos de una situación que ya estaba tocada por el hastío de la convivencia y que recibió el descabello de la distancia creada por mis remordimientos.

Y mañana, como cada día, me cruzaré con mi nuevo comisario, y no se dirá una palabra más alta que la otra, y los dos nos comportaremos como si nada hubiera ocurrido, cuando en realidad los dos conocemos la perfección del silencio que nos une para siempre.

¿No funciona el gas? ¿También esta cocina infecta me traiciona? Insisto con el mechero, por fin sale la llama, pongo la sartén en el fuego.

Y es entonces cuando oigo un ruido en el salón...

43

*E*stela se asoma por la puerta. Está hablando por un móvil y realiza un gesto con la mano libre solicitando silencio. Quedo a la expectativa de que finalice esta conversación con un bolígrafo en la mano y una hoja en blanco para tomar notas.

—Correcto, estaremos allí dentro de unos quince minutos —dice. Desliza el móvil en un bolsillo y me habla—. Tenemos un caso.

Llevamos trabajando una semana en algunos expedientes rutinarios, aburridos y de sencilla resolución. A lo largo de los días hemos pasado de tratarnos de usted a un cordial tuteo. Lo único positivo de estos casos fue comprobar que, efectivamente, Estela es competente. No hice esfuerzo alguno en resolverlos, le cedí a ella la iniciativa. Quizá pensó que se trataba de algún tipo de prueba, una evaluación encubierta. Nada más lejos de la realidad.

¿Por qué estoy actuando de esta manera? Lo sé, cómo no; me conozco como no se conocen la mayoría de las personas.

Sigo instalado en el dulce sopor de la melancolía. Siento cómo me envuelve, es una membrana invisible que ralentiza todos mis procesos. Equivale a ese dulce sopor de una mañana de sábado, cuando uno, remolón, prolonga su estancia en la cama, medio dormido, indeciso sobre si levantarse y afrontar la llegada de un nuevo día o seguir allí tumbado, dejando pasar el tiempo. Es esa hora en la que resulta tan grato acariciar el cuerpo amado, y así lo había hecho muchas veces… Ahora solo me queda un insistente recuerdo que quiero, a toda costa, convertir en borroso.

Una semana. Siete días para comenzar a conocernos, siete días para ponerla en antecedentes sobre la realidad de la comisaría de Ciutat Vella y sobre la oscura némesis que controla los hilos de los bajos fondos de Barcelona, Agustí Morgadas, el histórico capo casi intocable para el que parecen no pasar los años. Estela todavía es joven y se sorprende de que aquí los malos estén personificados en un anciano con la mano larga y una enorme mala leche, y que es, además, mi enemigo más personal. No en vano fui el único que logré meterlo en la cárcel.

—¿Dónde?

—Calle de la Cera, 55, junto a la ronda de Sant Antoni.

—¿De qué se trata?

—Parece un incendio y tenemos un cadáver. Y es un compañero, un tal Ángel Asensio. Un artificiero de los tédax.

Un compañero. La palabra mágica, Estela no ha sido consciente de una casi inapreciable disminución del volumen al pronunciar esta palabra sagrada. Intentaremos demostrar cierta intensidad, no defraudemos a la joven promesa.

—¿Cuándo?

—Parece que ha sido durante la noche.

—Bien, vamos allá.

Desde la comisaría de Ciutat Vella hasta la calle de la Cera no habrá ni diez minutos andando. Un barrio pobre, plagado de inmigración fundamentalmente subsahariana, también magrebíes, algunos indios y paquistaníes. Mucho piso patera, menudeo de drogas y algo de prostitución. Esta zona del barrio está mudando su esencia desde unos pocos años atrás, aunque, ocurra lo que le ocurra, seguirá manteniendo una piel propia que lo diferencia de los demás.

—Cojo el coche y te espero fuera.

—No, vayamos caminando. Supongo que los equipos de intervención ya estarán allí. Demos un paseo. Hace tan buen día...

Hasta en dejar las frases a medio acabar se aprecia mi falta de deseo. Esos rayos acarician con poca potencia mi rostro, aunque sí esparcen una luminosidad infrecuente en enero. Caminamos en silencio. Estela busca un resquicio para charlar, pero no se lo ofrezco y acaba por desistir. ¿Estará molesta? Es posible que sí. Si los roles de ambos fueran los contrarios, seguro que yo me hubiera cabreado.

Llegamos a nuestro destino. Un par de coches zeta estacionados en Reina Amàlia impiden el paso a los viandantes. Saludan los números al vernos llegar, nos franquean el paso. «Tenemos un caso», me dijo Estela. Seguro que no escogió estas palabras al azar. ¿Por qué lo haría?

—Dime qué sabes sobre lo que vamos a encontrarnos.

—Me dijeron que se trata de una muerte por incendio, el cuerpo estaba quemado.

—Incendio.

—Sí, incendio. Y es curioso, pero no veo a los bomberos por ningún lado.

Lo confirma de un vistazo. Si se tratara de un incendio al uso, es cierto que estarían allí, o por lo menos podría detectarse alguna huella de su paso. No me había dado cuenta. Muy atenta, Estela; muy perceptiva, muy meticulosa. Después de estos siete días de trabajo rutinario quizás ella haya llegado a la conclusión, puede que temprana aunque muy probable, de que yo no muestro el menor interés ni por ella ni por nadie. Seguro que estará pensando si le ha tocado trabajar junto a un inspector quemado, ya de vuelta de todo. Y ahora, a las primeras de cambio, con una observación de lo más sencilla, me demuestra de nuevo su valía. Es lista, sí.

El edificio es antiguo, de unos cuarenta años, construido con materiales de baja calidad. Es de los pocos en esta zona que tiene garaje. Cinco pisos con dos viviendas por altura. Otro número en el portal nos indica el piso.

—Es el 2.º B, inspector. El ascensor no funciona.

Un gesto de la cabeza es toda la respuesta. Subimos. Aunque este edificio es moderno respecto a los del entorno, refleja en mayor medida la decadencia del barrio. Es normal que lo viejo se vea viejo; no lo es que lo nuevo también se vea viejo. Esta contradicción hiere la vista. Es un lugar barato, incluso pobre. Resulta extraño que un artificiero viva aquí; su sueldo es similar al mío, pero, además, con el complemento de peligrosidad lo duplica. En el rellano del segundo me espera otro

181

número, accedemos a la vivienda, un breve pasillo conduce hacia el salón.

—Qué olor tan intenso…

Estela se está aplicando protector de trementina en el labio superior. El olor es ciertamente fuerte, incluso hiriente. Huele a carne quemada. Huele a grasa. Y, sobre todo, huele a muerte. Me tiende la barra, pero la rechazo. Este olor es algo nuevo, desagradable, pero debe ser atesorado; el protector lo ocultaría. Y es entonces, cuando caminamos hacia la sala, «cuando siento el escalofrío». Sabíamos que hay un cadáver. Pero no se trata de ese poderoso olor a muerto que impregna toda la casa. No, es algo diferente. Es la perceptible huella de mi eterna enemiga.

El mío es un gesto casi imperceptible, equivale a la luz de un relámpago; nadie que no estuviera atento hubiera podido captarlo, y puede que ni aun así. Desde luego, Estela no. Quizá Joan, de haber estado allí. Esta muerte no ha sido casual. Da igual lo que vayamos a ver en el salón, sea lo que sea no podrá ocultar la irrebatible evidencia de mis sensaciones. Y por vez primera en muchas semanas mi atención se dispara y comienzo a sentirme vivo, incluso alegre, y siento tristeza por sentir esa alegría. Vivo en una perpetua contradicción, me resulta imposible explicarlo mejor.

Llegamos a la sala. El médico forense sale a nuestro encuentro antes de que entremos, quitándose unos guantes mientras camina.

—Hola, David.

—Buenos días, Luis. La subinspectora Bolea; Luis Ordóñez, forense.

—Encantado.

—Igualmente.

—¿Qué tenemos?

Hago el gesto de progresar hacia la sala, pero me detiene.

—Un momento. Antes de que paséis a la sala debo advertiros de que lo que vais a ver es algo muy poco habitual. De hecho, es la primera vez en mi carrera que me encuentro con una muerte semejante. Manteneos a un lado y no os mováis salvo por las zonas protegidas para deambulación. Es un escenario delicado y queremos examinarlo con el máximo detalle.

—Entendido. Y ahora contéstame.

—¿Qué tenemos? Será mejor que lo veáis vosotros mismos.

Toma la delantera y le seguimos. Una superficie deambulatoria rodea la sala y penetra hacia su centro. Y lo que en ese centro vemos nos deja sin habla. Ni mis veinte años de servicio ni los doce de Estela nos han preparado para algo semejante.

183

44

*E*n una sala cuadrangular, de unos veinte metros cuadrados, junto a la estructura quemada de un sofá, se perciben, como únicos restos del cadáver; los dos pies, en el suelo; el cráneo, caído entre la estructura metálica. El techo está casi completamente oscurecido y hay un gran charco de una extraña sustancia amarillenta en el suelo.

—Bien, Luis, vamos a ver cómo nos explicas esto.

Nada mejor podía estar esperando Luis Ordóñez, forense y adjunto a la Cátedra de Anatomía Patológica de la Universidad de Barcelona, que realizar la primera exposición del extraño cadáver que allí se nos presenta.

Lanzo una mirada a Estela: el asco y la fascinación coexisten en su rostro. Y la sorpresa. Por primera vez en esta semana siento realmente su presencia. Y es este pensamiento el que me hace ver en qué profunda sima de abandono estaba cayendo. Nunca se debe tratar así a una persona, menos a tu compañero. Me estaba perdiendo en mí mismo. Y ha sido esta muerte la que me ha despejado, como si me sacudiera un buen par de bofetones.

Ordóñez habla. Lo hace bien y se gusta al hacerlo.

—Tenéis ante vosotros el primer caso de muerte por combustión, llamada «efecto mecha» o «efecto vela», que va a constar en los archivos de la medicina forense barcelonesa. ¿Conocéis algo sobre esto?

—Sí. Leí sobre el particular un artículo en los *Cuadernos de Medicina Forense de Sevilla*, hace ya bastantes años.

—¡Caramba! Seguro que no habrá en todo el cuerpo un solo policía al que le suene ni remotamente.

—Ha pasado mucho tiempo y aquel artículo solo era teórico. Luis, si no te importa, refréscame estos conceptos.

—Bien, os decía que esta forma de morir se debe al llamado «efecto mecha». Intentaré explicarlo de una manera sencilla. El cuerpo de este hombre, Asensio, se consumió a causa de un fuego originado en el sofá donde estaba sentado. Se prendió una llama, se extendió a sus ropas y el cuerpo hizo el efecto de la grasa de una vela. Imaginad una vela invertida: podríamos explicar que la mecha estaba situada en el sofá, a sus pies, y su cuerpo hizo los efectos de vela, proporcionando la grasa necesaria y suficiente para que el fuego se sostuviera en el tiempo varias horas, seis o siete, hasta acabar consumiéndose casi por completo. Primero se quema la piel, luego la grasa subcutánea comienza a derretirse y embebe las ropas, que funcionan como una mecha. Cuando la ropa se consume es el sofá quien continúa sirviendo de mecha. Y mientras más grasa se derrite, más grasa queda al descubierto para seguir siendo derretida, hasta que todo el cuerpo acaba desapareciendo por completo.

—Entonces, entonces, ese charco de ahí es…

—Sí, subinspectora, es grasa humana. Lo que queda de Asensio.

—Pero, no lo entiendo, ¿por qué no hubo un incendio completo? ¿Por qué no se prendió toda la habitación?

—Poca ventilación equivale a poco oxígeno. Eso favorece la combustión lenta que precisa el efecto mecha. Y la propia grasa que cae al suelo limita el efecto del incendio a esta zona concreta. Además, el sofá proporciona una fuente de combustible continua. Y el fuego se extiende con más facilidad hacia arriba que lateralmente. Si el fuego hubiera recibido un mayor aporte de oxígeno, se hubiera producido un incendio al uso y no tendríamos este ejemplo perfecto para manual de estudios.

—¡Pero para derretir el cuerpo haría falta una temperatura elevadísima y el área del incendio es muy limitada!

—Esa es una de las curiosidades de este efecto: la grasa humana no arde por debajo de doscientos quince grados, pero si le colocas una mecha…, ¡lo hace a partir de veinticuatro!

185

—Luis, los pies están casi intactos, y el cráneo parece completo. ¿Cómo se explica esto?

Estela sigue asombrada, mientras Ordóñez explicaba el proceso de la muerte no ha apartado la vista del sofá. Todavía no ha superado la mezcla de repulsión física y sed de conocimiento que emanan de este caso. ¡Es joven, muy joven!

—El efecto mecha precisa de ropa. Estaba descalzo cuando se inició el fuego, por eso los pies casi no se vieron afectados. En cuanto al cráneo, cuando parte del cuerpo se consumió debió de desplazarse hacia ese lado, por eso escapó de una destrucción total.

—Muy interesante. Luis, ¿podemos acercarnos?

—Sí, pero respetad estrictamente los pasillos deambulatorios.

—No habrás encontrado nada de precipitantes ni acelerantes.

—No, nada a simple vista. Hay que hurgar entre la grasa. Pero era fumador. Probablemente se trató de un pitillo mal apagado.

—Estela.

—¿Sí?

—Falta una pregunta por hacer. Y es una pregunta clave.

No lo planteo tanto por proporcionarle un espacio propio en la investigación como por extraerla del ensimismamiento en el que parece hallarse. Cabecea, fija su mirada en nosotros; le he proporcionado una cuestión racional a la que asirse. Y como es una mujer brillante no la desaprovecha.

—Comprendo cómo ha muerto, la explicación ha sido perfectamente clara. Pero lo que no comprendo es cómo no se levantó y huyó del fuego. Dices que ardió durante horas; aunque hubiera estado dormido en el momento de iniciarse el fuego las quemaduras hubieran debido de despertarlo. ¡Pero se quedó en el sofá!

Ordóñez asiente: comparte esta importante cuestión.

—Tendremos que realizar diversas pruebas complementarias con los restos de Asensio, principalmente el análisis de tóxicos, aunque no es que haya quedado mucho de donde obtener muestras. Desde luego, no las encontraremos en las vísceras.

Mientras ellos hablan me agacho junto al sofá; estoy en cuclillas, observando el cráneo.

—En el interior del cráneo se observa la presencia de una masa, supongo que es parte del cerebro.

—Sí, ha formado una papilla. Está derretido, en realidad cocido. Y, si te fijas atentamente…

—Lo veo. Parece que el occipital ha cedido a la altura de la protuberancia occipital externa. Y hay pequeños restos óseos esparcidos en esta papilla cerebral. No parece posible determinar los ángulos de entrada.

Nuestras miradas se cruzan. Yo sigo en cuclillas; Luis Ordóñez, de pie, a un par de metros. Es una mirada larga, sostenida, y va cargada de profundidad. Estela nos observa alternativamente, se siente en fuera de juego ante un caso que le viene inusitadamente grande.

—No puedes descartarlo ni confirmarlo.

—No. Necesitaré algo de tiempo para intentar averiguar cómo ocurrió.

—¿Cuánto tiempo?

—Como mínimo un día. Y será casi imposible obtener una certeza en esa masa. Al fluidificarse se debieron de modificar la mayoría de los vectores de los fragmentos. Y una vez que se desmoronó el cuerpo cayendo hacia el lado…

Asiento, comprendiendo la explicación de Ordóñez.

—Quizá quieras asistir al análisis del cráneo.

—Cuenta con ello. Recogisteis sus efectos personales.

—Están en el dormitorio.

—Y su muerte se ha comunicado a su departamento.

—Todavía no. Os toca a vosotros.

—Correcto. Vamos al dormitorio.

Ordóñez regresa a su trabajo poniéndose un nuevo par de guantes. Extraigo otro par y se lo tiendo a Estela, pero esta ya lleva puestos los suyos. Entramos en el dormitorio. Sobre la cama están expuestos los diferentes objetos que configuraban parte de la vida de Asensio. Su identificación, placa y tarjeta. Su pistola, la reglamentaria de 9 milímetros. La cartera y el dinero, tarjetas incluidas y doscientos euros. Diversa documentación bancaria, papeles de un bufete de abogados. Unas fotos, de una mujer con dos niños. ¿Viviendo en esta pocilga? Seguro que no.

—Cógelo todo. Volvemos a la comisaría. Tenemos mucho trabajo.

Estela obedece, introduce todos estos objetos y documentos en una bolsa precintable. Y mientras lo hace, uno a uno y con delicadeza, pienso en los restos de Asensio. ¡Qué poco queda de nosotros cuando morimos!

45

*H*an transcurrido dos días desde el hallazgo del cadáver de Ángel Asensio en su domicilio de la calle de la Cera y es el momento de cursar una delicada visita a su jefe, el comisario Ernest Piqué, actual responsable de los artificieros.

Dos días difíciles. Tuve que explicarle lo ocurrido a Lucía, su mujer. Lloró mucho, y eso que llevaban un mes separados legalmente. Cuando le pregunté qué les había ocurrido, me dejó un tanto desorientado: «Desde el día del atentado había cambiado tanto que ya no le reconocía. Estaba ensimismado, siempre rumiando sus cosas del trabajo él solo. Al final parecía otra persona. No nos hacía caso; era como, como si no estuviéramos juntos, como si tuviera otra vida…».

Serán millones las parejas que habrán vivido emociones semejantes. No hay nada más triste que la extinción del amor. No, no es cierto; la pérdida es peor cuando son fuerzas ajenas las causantes. ¿Y esto tiene algo que ver con Lucía?

Quizá sí.

Conozco en parte las interioridades de los tédax. Son gente serena, equilibrada y estable. Nadie es ajeno al fracaso familiar, pero la definición de Lucía encierra un mundo en sí misma: «No podía reconocerlo», «siempre ensimismado», «sus cosas del trabajo», «desde el día del atentado…». Todo esto implica cambio, evolución, conceptos que son contradicciones absolutas para un artificiero. Si todos los policías somos sometidos a controles psicológicos, para los tédax esta es una práctica habitual. Y un problema de semejante calibre debería de haber sido detectado y tratado. Le pregunté a Lucía cómo sabía que tenía problemas en el trabajo; ella me contestó que se lo dijo una noche que estaba un poco más comunicativo.

El problema es cómo profundizar en esta dirección. Mis contactos en la jefatura me han puesto sobre aviso ante esta entrevista. Piqué es un tipo complejo, con mal carácter. Y ahora tengo que explicarle a este hombre cómo están las cosas.

—Inspector Ossa.

—Comisario.

Sale a buscarme él mismo, no ha delegado en una secretaria. Para comenzar, un detalle amable. Nos estrechamos las manos con la energía justa y se le ve atento, en buena disposición.

—Acompáñeme, por favor. Montserrat, que no nos moleste nadie.

—Sí, comisario.

Entro en su despacho, es funcional. Un detalle: no hay fotos sobre la mesa. En un armario adjunto puede verse una, un acto de entrega de una medalla; el consejero de Interior le estrecha la mano, al fondo se ven personas aplaudiendo. Es una foto reciente, el rostro de Piqué sería el mismo de no mediar ahora cercos oscuros bajo sus ojos.

—Está usted mirando la fotografía. En otras circunstancias sería un buen recuerdo. Por desgracia trajo consigo demasiado dolor. Pero siéntese, por favor.

Lo hacemos ambos.

—Le agradezco su visita, aunque, si le digo la verdad, pensaba que iba a venir ayer.

—Las primeras pruebas del Departamento Forense no llegaron hasta esta mañana. Preferí esperar y poder así aportar la máxima información disponible.

—Póngame al corriente de lo sucedido.

—Bien. Ángel Asensio fue hallado muerto la mañana del 27 de enero en el domicilio donde residía actualmente, en la calle de la Cera. Unos vecinos dieron el aviso al 112 debido al olor a quemado que ascendía por el patio de luces. Se personaron los bomberos y una patrulla de la policía municipal. Después de llamar sin obtener respuesta y comprobar que el vehículo particular del inspector permanecía en su plaza de aparcamiento forzaron la puerta y se encontraron con los restos mor-

190

tales del inspector Asensio en el salón. Ante su fallecimiento se pusieron en contacto con nosotros. Fueron prudentes y todo el escenario permaneció incólume.

—¿Cómo murió?

—El informe preliminar revela la presencia de alcohol y somníferos en sangre. Parece ser que, después de consumirlos, se sentó en el sofá y se quedó dormido. Un cigarrillo cayó al sofá y prendió una llama que acabó por matarlo. El fuego lo calcinó por completo. Apenas quedaron los restos justos para poder realizar estas pruebas.

Piqué me observa atentamente mientras me explico y le hago conocedor de los extraños detalles de la muerte. Ambas manos reposan sobre la mesa con los dedos cruzados, no se mueve un ápice.

—¿Considera usted probable que su muerte se debiera al consumo de los somníferos y el alcohol?

—Sí, parece lo razonable. Solo eso explica que no reaccionara ante las quemaduras. Pero si he venido a explicarle lo sucedido, no menos cierto es que preciso información sobre Asensio que usted, como su jefe, debe conocer.

—Dígame.

—Sabemos que acababa de separarse. Quizás usted sabía que estaba consumiendo somníferos.

—No.

—Y que bebía…

—No. Bueno, bebía algo, en cenas, cosas así, pero no era un bebedor habitual o social. Supongo que la separación debía de estar afectándole en mayor medida de lo que imaginábamos. Pero me resulta extraño, manteníamos una relación personal desde hace años. Antes de ser ascendido a comisario, fui el jefe de su unidad.

—Ustedes realizan evaluaciones psicológicas regulares.

—Sí. De esta última habrán transcurrido un par de meses.

—Sería adecuado poder acceder a esos informes.

—Los pondré a su disposición.

—Se lo agradezco. Dígame si su comportamiento en el trabajo era el de siempre.

—Sí, se le veía centrado. A la espera de la convocatoria de plazas, estaba destinado a convertirse en el jefe de una de las tres unidades operativas. De hecho, ya ejercía como tal en la práctica. Tenía la experiencia y el carácter adecuados. Profesionalmente estaba en el mejor momento posible.

—Bien. Por último, y aprovechando esa relación personal, permítame una pregunta más: dígame si conocía usted problemas personales ajenos a la separación matrimonial...

—No, ninguno que yo conozca. Todo parecía normal. De todas maneras...

—Usted dirá.

—¿No cabría otra posibilidad?

—¿Qué quiere decir?

—Usted me entiende: un robo, un asalto, algo así.

—No lo creemos. No faltaban ni dinero ni tarjetas, tampoco su arma, y la puerta no había sido forzada. No consideramos esa posibilidad.

—Entonces solo contemplan la hipótesis del accidente.

—Sí, eso cree el forense.

—¿Y usted?

La conversación está cambiando de dirección con una rapidez inusitada. Y esta pregunta ¿es lógica? Tampoco tengo mucho que decirle, así que respondo con prudencia.

—Por los datos de los que disponemos, todo indica muerte accidental. Pero comprenda que debemos seguir la rutina.

—Ya. Inspector...

Su vacilación me intriga, pero comienzo a imaginar por dónde van a ir los tiros.

—Dígame.

—Verá, el estado anímico de mi gente es delicado. Estamos en pleno proceso de reconstrucción tras las bajas del atentado, y, cuando todo parecía ir por el camino correcto, sucede esta desgracia. Lo que menos podíamos pensar es que Ángel tomara somníferos o bebiera. Comprenderá usted que la prensa podría convertir todo esto en un escándalo. No temo estas situaciones, vienen con el cargo, pero en estos momentos quisiera evitar una presión innecesaria sobre mis hombres.

—Puede usted contar con mi discreción. No dejaré que salgan a la luz los detalles del caso. Lo que sepa la prensa será una versión básica de lo ocurrido.

—Agradezco su comprensión. Téngame informado.

—Cuente con ello.

Nos estrechamos las manos, con mayor fuerza que en la presentación. El agradecimiento puede manifestarse en un incremento de la efusividad, esto está comprobado, y Piqué responde a este patrón. No dejaré que haya filtraciones, de hecho he extremado toda precaución en este sentido.

Pero es curioso: sin ningún motivo, sin ningún porqué, experimento una sensación sumamente incordiante mientras abandono la central de los artificieros. Es la sensación de haber metido la pata y no haberme dado cuenta; es la sensación de ser un primo al que acaban de timar y que comienza a ser consciente de ello. Y, según conduzco y repaso la conversación, sigo sin encontrar el resorte concreto que ha precipitado semejante idea.

Sí, aquí puede haber algo. Ahí está la sensación. Pero ¿qué puñeta será?

46

—*B*ueno, pues con esto ya lo tenemos todo atado y bien atado; informe forense incluido. Caso listo y cerrado.

Estela tiene razón, todo el expediente lleva a una conclusión: la muerte de Asensio, por extraña que parezca, es accidental. Los datos no engañan. Llevaba más de año y medio sin acudir al Instituto Anatómico Forense, exactamente el mismo tiempo que llevo separado de María. Y aunque sabía que antes o después me vería obligado a volver a cruzar las puertas de esta institución me sorprende haberlo hecho con tanta tranquilidad. Año y medio enviando a Joan cuando era necesario. Tiempo de excusas, cierto disimulo y no menos vergüenza que quedó atrás cuando decidí asistir al exhaustivo análisis de los restos del cráneo de Asensio.

Luis Ordóñez me citó a última hora. Asistidos por un complejo programa informático que controlaba simultáneamente una máquina de tomografía computerizada y una enorme pantalla con simulación de 3D, los forenses obtuvieron una recreación a gran escala del cráneo con los fragmentos del occipital esparcidos en el interior de la papilla cerebral. Ochenta y cuatro fragmentos esparcidos en un área de cuatro centímetros cuadrados. Objetivo: intentar establecer un patrón de penetración que se pudiera corresponder con un posible impacto como origen. En estos casos, y en las condiciones habituales, los fragmentos deberían presentar unos vectores de expansión muy concretos, que se situaran en una dirección similar. Pero, claro, el concepto «condiciones habituales» no resultó aplicable a los restos de este cadáver. Así pues, los forenses no pudieron establecer una relación directa entre un impacto y la fractura.

Después, despedida y cierre: los forenses prometieron enviarme el informe la mañana siguiente. Y una vez en casa estuve venga a darle vueltas a lo mismo: algo hay en todo este asunto que no casa.

—Recuerda que tienes que firmar.

Estela me alarga el bolígrafo, trazo el redondo garabato de mi firma y tiendo el expediente a mi subinspectora.

—David.

—Dime.

—¿Qué te ocurre?

Estela está de pie, frente a la mesa; yo sentado, apoyados los codos en el borde del tablero. ¡No debí firmarlo! ¡Es un error! Lo sé, lo siento dentro; no fue una muerte accidental y hay algo, sí, pero ¿cómo explicarlo? Si en vez de Estela estuviera delante Joan, no harían falta palabras.

—Anda, siéntate.

Obedece, dejando el portafolio en la mesa. Y después pregunta con encantadora inocencia.

—¿Sí?

Un tamborileo de dedos sobre la mesa, una ojeada distraída a la ventana, un cruzar mi mirada con la de Estela.

—Pásame la hoja firmada.

Extrae la hoja, me la tiende y la rompo en cuatro pedazos.

—Pero ¿qué estás haciendo?

—Lo que has visto, dejar el caso abierto.

—No lo entiendo. ¡Si está todo clarísimo!

—No, no lo está.

—¡Ayer me dijiste que estabas esperando el informe del forense para cerrar el expediente! Y las conclusiones de Ordóñez son bien claras, mira el informe, «muerte accidental por consunción orgánica originada tras incendio».

Veamos cómo puedo explicárselo sin nombrar lo imposible.

—¿Recuerdas cuando estábamos en el domicilio de Asensio, después de que Luis nos explicara las circunstancias de la muerte?

—Sí, claro.

—Recordarás que cruzamos un par de frases sobre ángulos de entrada.

195

—Sí, lo recuerdo.

—Anoche estuve en la autopsia del cráneo. Luis me invitó, conocía mi curiosidad por el particular. Y, especialmente, por cierto problema concreto.

—¿Qué quieres decir?

—Asensio pudo emborracharse y, si tomó barbitúricos, el efecto de estos junto con el alcohol pudo provocar su pérdida de conciencia. De ahí, directos al incendio y la muerte por culpa del fuego. Pero también pudo ocurrir que recibiera un fuerte golpe en la cabeza. Apenas quedaron restos para indagar sobre la causa concreta de la muerte. Y eso supone que debemos aceptar un informe del forense basado en lo circunstancial, ya que las pruebas realizadas anoche por Luis no pudieron mostrar nada más que lo que ya sabíamos.

—Pero no hubo robo, no se llevaron ni el dinero ni la pistola. Un ladrón no hubiera despreciado ese botín... Perdona, ya entiendo; estaba diciendo una tontería. Quieres decir que quizá no se tratara de un ladrón, sino que alguien le pudo haber asesinado y después pudo ser capaz de dejarlo tal y como lo dejó. Pero entonces, concediendo que eso fuera así, y eso es mucho suponer, ¿quién y por qué hizo algo semejante?

—Estela, de este caso sabemos bien poca cosa, y lo poco que sabemos me da toda la sensación de que es justo lo que se previó que íbamos a saber. Y conocer todo lo que no sabemos es justo lo que vamos a intentar averiguar. Ese es nuestro trabajo. Y le vamos a dedicar parte de nuestro tiempo en los próximos días. ¿Entendido?

—Entendido, pero...

—Pero qué.

—No quiero que te ofendas, pero juraría que el informe basta por sí mismo. Claro que en caso de duda tenemos que ampliar la investigación, solo faltaba, pero... ¡Caramba, los datos son los datos!

Parece que mis explicaciones no han bastado. Tendré que darle una pista, aunque sea pequeñita.

—Estela.

—Dime.

—Mira, a veces, no sé bien por qué, me quedo con una duda, normalmente razonable, y alguna rara vez ni siquiera eso. Este caso pertenece a estos últimos. No me preguntes qué espero ni qué busco. Pero tengo la sensación de que podríamos encontrar algo más. E incluso te diría que, sea lo que sea, no tardará demasiados días en suceder. Tendremos que estar atentos.

La explicación ha sido muy vaga, y, me doy cuenta, me ha quedado incluso misteriosa. ¿Lo aceptará ella? Confía en mí, pero sé que todavía no está a mi lado de forma incondicional, tal y como lo estaba Joan. Además he sido algo distante con ella, le he dedicado poca atención. ¿Cómo puedo explicarle que tengo el corazón roto y la mente a mil kilómetros de aquí?

—Sí, atentos, pero ¿atentos a qué?

Me encojo de hombros y muestro ambas palmas para recalcar mi ignorancia. Estela sonríe, se levanta, se va y me deja solo con mis reflexiones. Y estas, sorprendentemente, no derivan hacia la extraña muerte de Asensio. Es curioso. Han pasado pocos días desde que Estela llegó en sustitución de Joan y, pese a la fantástica conexión que tenía con mi compañero tras tantos años de compartir experiencias, comienzo a disfrutar con ella…

No, hombre, no; no es ella. ¡Es el caso! Aquí hay algo extraño, algo «ominoso», y es eso lo que me hace ver el mundo de otra manera, lo que me ha hecho despertar. ¡Claro, es el caso!

¿O no?

197

47

Suena el despertador del móvil, la pantalla se ilumina: ARRIBA, ESTELA. Extraigo un brazo del cálido refugio de la cama y detengo la melodía que precede a mi retorno al mundo real. Hoy hace fresco, un escalofrío provoca que me rebulla en la calidez que genera mi cuerpo y que retiene el edredón. Dormiría a gusto un ratito más, pero no debo ser vaga, así que me pongo en marcha.

Caramba, qué frío hace: esto me pasa por dormir desnuda; es de lo más cómodo, aunque nunca lo hice hasta que viví con Jordi. Él siempre dormía así; me pegó esta costumbre y no me deshice de ella después de deshacerme de él.

Me pongo la ropa de deporte: calcetines, mallas, camiseta de manga larga, sudadera, gorro de lana, los guantes, ¡no puedo correr sin los guantes! Me paso la vida luchando contra las manos y los pies fríos. Esto es por estar tan delgada, pero me gusta estar así, me siento bien y debo estar en buena forma física. Noto que los huesos me crujen cuando abro la puerta de la calle y recibo el impacto de los escasos cuatro grados en el cuerpo. Comienzo a trotar, primero suave subiendo a Montjuïc. Cuando llego a la avenida del Estadi, el terreno es más llano y ya tengo el cuerpo caliente; aquí puedo empezar a darle caña hasta Miramar.

Me siento bien, estoy comenzando a sudar y voy con buen ritmo; ya estoy en Miramar. Se adivina la línea del amanecer a lo lejos, sobre el mar, una leve claridad casi inapreciable que abre el paso a un nuevo día. ¿Sigo corriendo hasta el castillo o me vuelvo hacia casa? Decido subir y llego hasta el castillo sin aliento. Recuerdo que cuando era una cría mi padre me trajo: el lugar me gustaba, la muralla, el foso, los cañones. Es hora de volver, esta vez bajaré por las curvas del parque dels Tarongers. ¡La de veces que vine aquí en otras circunstancias! Era el rincón ideal para meterse mano con el novio. Aquí aparcábamos filas enteras de coches. ¡Cuántas cosas aprendimos entre risas y caricias!

Hay un pequeño atajo justo detrás de la fundación, voy corriendo sin preocupaciones. ¡Me gusta bajar así, descontrolada, casi dando saltos! Pocas veces me dejo llevar en mi vida, siempre mantengo el control porque así es como he logrado llegar hasta donde he llegado. Me ha costado esfuerzos y renuncias, he dejado mucho camino atrás y no estoy dispuesta a renunciar a mi futuro. Las personas somos capaces de cualquier cosa. ¡Yo lo conseguí! ¿Todo? No, todo no; hay cosas que se me escapan; en lo profesional puedo con lo que me echen, pero en lo personal nunca comienzo mis relaciones y siempre las termino.

No tardo en llegar al portal de casa. Recojo el periódico y subo corriendo los últimos escalones. Me quito la ropa y me meto de cabeza en la ducha. Me gusta el agua bien caliente: adoro sentir que me quema las piernas, las manos, la espalda, el pecho.

Voy justa de tiempo y odio llegar tarde. Decido desayunar en la comisaría; cojo el periódico, la pistola y la chapa a la cintura. ¡Deprisa! De casa a la comisaría de Nou de la Rambla habrá diez minutos a paso ligero. Y cuando llegue a la comisaría David estará esperándome. Me parece un tipo interesante, aunque no sé por qué lo es. No se trata de que sea una leyenda entre los nuestros. Hay algo más, algo que no puedo definir, que se me escapa y lo convierte en diferente. Desde el principio, lo vi ausente, casi distraído. Llegué a pensar que era un misógino de mierda, parecía rechazarme con su «usted» por aquí y su «usted» por allá. Pensé que no se sentía bien conmigo, y ni los años que estuvo trabajando con el inspector Rodríguez eran excusa para que me tratara con semejante frialdad.

No tardó en darme cancha con casos rutinarios, de esos que se querría quitar de en medio, pero yo seguí como me enseñó mi madre: con paciencia. Le di tiempo, dejando que las cosas

199

ocurrieran como deberían ocurrir, pero puse toda mi voluntad en hacerlas correctamente. Y, de repente, dejó de llamarme de usted y pasó a tutearme, así, sin más, como un hecho consumado, justo cuando ya me había acostumbrado al «usted» y en sus labios me sonaba hasta bien.

Y después llegó este extraño caso. Había algo macabro en los restos de Asensio, en la misma atmósfera, y no era el olor a grasa corporal quemada, no, era otra cosa. Y fue entonces cuando vi cómo se despertaba David, fue como…, como si se hubiera encendido una bombilla sobre su cabeza. La expresión de su rostro se modificó aún antes de entrar en la habitación, como si supiera de antemano que allí iba a encontrar algo especial. Observé en él una tensión palpable pero absolutamente controlada; esto fue lo que me habían explicado algunos compañeros, ahí es donde vi lo que tiene de especial, el potencial que lo ha llevado a convertirse en una leyenda.

Ya he llegado. Saludo con la mano a los compañeros de guardia, ficho y arriba al despacho. Veremos con qué sorpresa me sale hoy. Eso de que no quisiera cerrar el expediente me dejó a cuadros. Hemos pasado una semana dedicándonos a otras cosas. Y aunque confío en ese extraño instinto, no veo que pueda haber nadie capaz de hacer algo como lo de Asensio a conciencia; me parece imposible planificar algo así.

Me da tiempo a tomar un cafecito porque soy la primera, como debe ser. Me siento a mi mesa, cojo el periódico y solo con ojear la primera página me quedo con la boca abierta. No es una noticia grande, apenas un cuadrado inferior, pero paso las páginas a toda pastilla, y lo que allí leo es suficiente para dejarme con la boca abierta.

Joder con el inspector David Ossa, ¡menuda vista tiene!

48

—*T*e estaba esperando. ¡Hay que ver lo que has tardado!

Estela ha salido a mi encuentro desde su despacho, no me ha dado tiempo ni de quitarme el abrigo. Hay algo en su tono de voz que denota urgencia. Tiene fuego dentro; le concedo esta virtud, pero es de las que lo contiene; no le gusta exhibirlo. Desconozco aún si esto me agrada porque sí o por el recuerdo de María; es algo que ambas comparten.

—Pasa, siéntate.

Entramos en el despacho. Estela se sienta y yo, con una lentitud deliberada, me quito el abrigo, lo cuelgo en el perchero y dejo una carpeta en el mueble auxiliar. Me recreo en contemplar cómo surgen casi inapreciables expresiones de impaciencia en el rostro de mi ayudante. Las contiene con acierto, domina bien su impaciencia; no hay crueldad en mis actos, se trata únicamente de continuar explorando la personalidad de mi subinspectora. Me agrada probar dónde están sus límites.

—Bien, dime qué ocurre.

Por toda respuesta me tiende el periódico. Deslizo la mirada sobre la portada y no tardo en encontrar la noticia a la que, sin duda, ella hacía referencia. Leo sin perder detalle, intentando leer entre líneas.

—Sí, podría tratarse de esto.

Crónica Universal
SUCESOS

Policía gravemente herido tras un accidente doméstico

I. ARREGUI, **Barcelona**

El artificiero de los Mossos d'Escuadra subinspector J. B. R. sufrió anoche un grave accidente en su domicilio del barrio de Lesseps, que ha obligado a su traslado al hospital Sant Joan en estado crítico. Fuentes oficiales de este hospital han confirmado que su estado es de extrema gravedad; actualmente se encuentra en estado de coma profundo.

Parece ser que la causa del accidente ha sido un potente choque eléctrico originado cuando se encontraba en la ducha. Las primeras investigaciones sobre el particular han constatado la existencia de una derivación eléctrica que ha causado contacto con la conducción de agua, lo que ha causado una descarga eléctrica que alcanzó de lleno al subinspector nada más iniciar su aseo.

Fue su mujer la que, al oír el ruido ocasionado por el desvanecimiento de su marido al chocar con las mamparas, acudió al lavabo y se lo encontró desvanecido en el suelo, lo que le causó quemaduras leves en su intento de apartarlo del agua.

Una vez que se presentaron los servicios de emergencia tuvieron que realizar varias maniobras de recuperación hasta que lograron estabilizar al subinspector para su posterior traslado al centro sanitario.

Los Mossos han abierto una investigación para intentar esclarecer las causas exactas que originaron esta extraña descarga eléctrica, y se ha descartado cualquier opción ajena a la accidental.

La mala suerte parece haberse cernido sobre este grupo de élite desde el atentado de febrero, pues varios de sus efectivos han perdido la vida desde ese día de infausto recuerdo.

—Tenemos que localizar cuanto antes el expediente. Tengo un amigo en el Área Central de Soporte Operativo que nos podrá pasar la información. Mientras, tú podrías llamar al hospital; también tenemos que…

—Para. No haremos nada de eso.

—¿Que no…? Pero ¿por qué? Tú mismo has dicho que podía tratarse de esto.

Observo con simpatía la perplejidad de mi subordinada. Toda la ilusión con la que ha acudido a mostrarme la noticia se desvanece. ¡Ay, Estela, todavía no has comprendido lo que está pasando aquí; cuánto te queda por aprender! Pero yo juego con ventaja, tengo más años y, sobre todo, conozco bien el funcionamiento del cuerpo. Sé cómo nos afectan estas noticias. No es el momento de remover la mierda, hay que dejarla reposar para que el mal olor se disipe y, si más tarde se tiene que intervenir, hacerlo con elegancia y delicadeza. Y por qué no, con disimulo.

—Vamos a mantener una absoluta reserva sobre este asunto. ¿Es seguro tu contacto con la ACSO?

—Absolutamente. Fuimos compañeros de promoción y del primer destino, y además… Pero, escucha, no comprendo el porqué de esta reserva.

¿Además? Esa palabra revela que quizás hubo algo más que simple compañerismo. Es curioso, no la veo como pareja de alguien de su edad; me parece que le iría mejor alguien mayor.

—Lo sabrás más adelante. Consigue el expediente, pero no utilices ningún tipo de soporte electrónico. Quiero una copia impresa. Y no le llames a la ACSO, habla con tu amigo en persona.

—Así lo haré. ¿Puedes explicarme qué piensas hacer ahora?

Niego suavemente con la cabeza antes de contestar.

—Nada. Nada antes de leer el informe pericial. Hasta entonces ni siquiera pienso especular sobre este caso.

—Solo vas sobre seguro. ¡Pero no me has contestado!

—Estela, no te estoy ocultando nada. Sencillamente me olía algo, pero sigo sin saber de qué va todo esto.

—¡Pero sabías que iba a ocurrir! ¡Por eso decidiste no cerrar el expediente Asensio! David, no acabo de comprender lo que está sucediendo, pero todavía comprendo menos cómo has podido llegar a estas conclusiones sin prácticamente datos. No es cuestión de instinto ni de experiencia; siempre hay algún indicio, algún resquicio en el que apoyar una especulación. ¡Pero si lo hubiera, yo también lo habría visto! ¡Y tú lo estabas esperando!

Sí, esperaba que algo sucediera. ¿Otro compañero herido o muerto? Quizá no tanto, puede que hasta yo mismo me haya visto sorprendido por lo sucedido. Pero eso me preocupa menos que la percepción de esta mujer. Es cierto que en el caso de existir algún indicio también ella lo habría visto, Estela es rápida y muy inteligente. Y es precisamente ese carácter analítico y metódico lo que contrasta con mis percepciones. Me sucedió algo similar con Joan; ambos tienen ciertas similitudes, pero Estela es más brillante y menos flexible. Formaremos un muy buen equipo, pero aún debe ser ajustado. ¿Podría aventurarme a decirle algo sobre mis dotes? Aún no. Centrémonos en el caso, es mejor pasar de puntillas por este tema.

—Es pronto. Necesito más información, intentar establecer una correlación no es algo gratuito.

—David, esto no es normal. Un artificiero muerto y otro herido grave en el plazo de una semana.

¿Artificiero? ¡Ahí debe de estar la clave! Ahí y en una conversación que sigue bailoteando en mi mente desde hace varios días. Pero debo esperar. Lo primero es leer el expediente. Y después ya veremos.

49

Joaquín Esteve espera en silencio. Lo veo desde mi despacho mientras hablo por teléfono, justo tras las letras de mi nombre y cargo: «Ernest Piqué. Comisario». Extrae un cigarro. Lo enciende, pero tras dar tres o cuatro caladas lo apaga con violencia en el cenicero. Incluso las personas más centradas son capaces de sentir la presión de la impaciencia. Pasan varios minutos más, pero no puedo colgar a mi interlocutor. Hasta ahora. Le indico que pase.

—Ya era hora, Ernest.

Le tiendo unas páginas. Joaquín las toma.

—Lee este informe.

Lo hace, con avidez.

—Esto tiene que ser una casualidad.

—Casualidad. ¿Eso crees?

—La toma de tierra estaba desconectada. Los cables tenían demasiada tensión y acabaron por soltarse. El cable de red se derivó hacia la tubería de la ducha. Mala suerte.

—Joaquín, aunque no seas policía llevas quince años trabajando con nosotros. No me vengas con la chorrada de la casualidad.

—¡No hay nada en este informe que implique la autoría de una persona! ¡No fue más que un accidente!

—¿Qué puedes decirme de Benito?

—Está muy grave. Tuvieron que realizarle RCP, estuvo en parada varios minutos. Permanece entubado, conectado a un respirador. Y la actividad cerebral es plana. No saldrá de esta. Es cuestión de horas.

—¿Su mujer?

—Nada grave. Quemaduras leves en ambas manos.

—Asensio, quemado por completo. Y Benito, electrocutado con quemaduras. Esto implica una planificación al detalle. ¿Simples accidentes? Eso es lo que quieren que creamos.

—Entonces, ¿quieres decir que...?

—Sí, Joaquín. Es Martín. Está vivo y va a por nosotros.

—¿A por nosotros?

Que aún lo dude no deja de sorprenderme. Pero el amor y el miedo vuelven imbécil al más sabio.

—Está claro que no has comprendido la gravedad de la situación. Sí, Joaquín, «nosotros». ¡Tú también! Martín ha recuperado la memoria, no cabe duda. La muerte de Asensio y de Benito confirman este extremo. Recuerdo perfectamente nuestras conversaciones de meses atrás: pese a todos los esfuerzos que te tomaste para impedirlo, la proteína G debió de acelerar el proceso. O al menos, eso fue lo que me explicaste.

—Así es. Conseguí convencer a Andreu de que su hermana no lo visitase, y a duras penas lo logré. Pero si también me hubiera opuesto al empleo de la proteína G, habría resultado sospechoso.

—¿Es posible que Andreu te imaginara obstruyendo la recuperación de Martín?

—No lo creo. Andreu es un buen profesional y sus conocimientos médicos son muy amplios. Conocía el mecanismo de actuación de la proteína. Y en el momento en que propuso su empleo era la alternativa terapéutica adecuada. ¡No me quedaba otro remedio que pautar la medicación! Ernest, ¿realmente crees que Martín...?

—¡Joder, Joaquín! ¿Qué hace falta para que te convenzas?

—¡Pero se le dio por muerto tras el incendio del hospital! ¡Encontraron un dedo entre los restos del edificio y las pruebas de ADN demostraron que era suyo! ¡Las llamas y el nitrógeno líquido no dejaron nada más!

Reflexiono. ¿Debería contarle que esa noche yo estaba allí? ¿Podría hacerlo sin revelarle mis intenciones? Nadie sabe que esa noche iba a matarle. Y es mejor que esto siga siendo mi secreto.

—Escapó del incendio. Quiso que todos le diéramos por

muerto y así lo hicimos. Y ahora está vengándose de todos nosotros. De los que callaron, Asensio y Benito. De quien frenó su recuperación, ese eres tú. Y del responsable de su estado, y ese soy yo.

—Pero entonces, ¡bastaría con poner esta información en manos de Asuntos Internos!

—¡Joaquín, no me hagas reír! ¿Qué vas a decirles, que nuestro compañero Alejandro Martín escapó del hospital Sant Joan fingiendo su muerte para asesinar a todo el equipo TEDAX A, al que responsabiliza de su estado? Tú sabes la verdad. Sabes lo que sucedió, exactamente igual que lo supieron Asensio y Benito. ¿Cómo íbamos a explicarlo? .

—¡Eso es absurdo! ¡Yo podría atestiguar que acabó trastornado después del atentado! Incendiar un edificio entero para cubrir su huida… ¡Si el fuego se hubiera extendido al hospital, podría haber causado cientos de muertos! ¡Bastaría con pasarle toda esta información a los de Asuntos Internos!

—¡No! No tenemos prueba alguna que relacione estos accidentes con Martín. Son solo suposiciones. Pero en el caso de que fueran tenidas en cuenta nos llevarían inevitablemente a otro nivel de la partida. Habría preguntas ineludibles que contestar. La primera de ellas, por qué pensamos que se trata de Martín. La segunda es evidente: por qué está haciendo lo que está haciendo. Y eso podría ser muy peligroso para todos. Nos veríamos inmersos en una investigación abierta en la que todo podría suceder.

—Eso no es importante; en su momento se cerró el expediente del atentado y toda la información pasó por la Comisión Interdepartamental. ¡Nadie discutió los testimonios ni los informes!

—Joaquín, sé realista. No eran más que quince páginas dentro de un expediente de más de cien mil que analizaba un atentado que ocasionó más de mil muertos. Aquello fue simple morralla. Si planteáramos estas ideas a los de Asuntos Internos, todos los focos alumbrarían hacia nosotros. Todos se preguntarían el porqué. ¿Dónde nació la locura del inspector Martín. ¿Qué rencor tiene contra el equipo TEDAX A? Cualquier mente algo más inquisitiva de lo normal podría ponernos en apuros. No, esto debemos arreglarlo de otra forma.

—¿Cómo?

—Tenemos que encontrarlo y acabar con él antes de que sea él quien lo haga con nosotros. No hay otra opción. Y todavía hay algo más.

—¿Qué?

—Nada hace suponer que si Asuntos Internos supiera lo que sabemos nosotros Martín fuera a detenerse. Estoy seguro de que si nosotros dos no tomamos las medidas de protección necesarias podríamos sufrir otro de esos «accidentes». Necesitamos protección. Martín ha logrado llegar a nuestro círculo más privado. Tenemos que repasar nuestras casas de arriba abajo e incrementar la seguridad interior: comprobar las cerraduras e instalar alarmas... Pero, sobre todo, ser prudentes. Martín es un experto en intrusión, como lo somos todos en nuestro departamento. En cuanto a protección, he sido convocado a una reunión del Departamento de Investigación y Persecución del CGIC. Y allí voy a solicitar escolta para todos los miembros de los artificieros, tu incluido, mientras se investigan estos dos «accidentes». Utilizaré mis contactos políticos. En cuanto a nosotros, a partir de ahora nos comunicaremos en persona, nada de móviles, y seguiremos con el día a día como si no ocurriera nada. ¿Entendido?

—De acuerdo. ¿Y qué vamos a hacer con Martín?

—Intentaré dirigir a los del CGIC en su dirección. Te mantendré informado.

Joaquín Esteve se va y me quedo en la soledad de la sala de reuniones, reflexionando. En la pared de la sala cuelga un gran mapa del área metropolitana. Tres millones doscientos mil habitantes. Treinta y seis municipios en un total de 633 km^2. ¡Una gran ciudad! Y en algún lugar, quién sabe dónde, estará escondido Martín.

*E*l segundo ya ha caído. La noticia no es de portada, pero queda recogida en las diferentes secciones de sucesos. Incluso hay una que parece mostrar un poquito más, se trata del *Crónica Universal* y viene firmada por un tal Arregui. Debe de ser un periodista perceptivo, ya que pese a no tener prueba alguna parece que ha sido capaz de relacionar datos y obtener una conclusión que surge velada, entre líneas: «La mala suerte parece haberse cernido sobre este grupo de élite desde el atentado de febrero, pues varios de sus efectivos han perdido la vida desde ese día de infausto recuerdo».

¿Perceptivo o sensacionalista? Buscaré más datos sobre los reportajes de este hombre. Es posible que pueda utilizarlo. Usar la prensa... Intoxicar al enemigo mediante técnicas de desinformación puede ser útil en la sucia guerra en la que estoy inmerso. Pero eso supondría llevar el conflicto a la luz pública, con todos los problemas que eso acarrearía... Aún no es el momento, quizá más adelante.

Benito no se salvará, y la muerte accidental de dos artificieros de la misma unidad resultará demasiado llamativa. A estas alturas es seguro que Piqué y Esteve deben de haber hablado sobre el particular. Sonrío al pensar en esto: vivirán inmersos en la incertidumbre. Ese es un castigo cruel: saber que existe una mano justiciera que te ronda. ¡Y lo mejor de todo es que no pueden decir nada al respecto!

Pero atención: tendrá que haber una investigación. Si en el ACSO no se levanta oficialmente la liebre, lo hará el Departamento de Investigación y Persecución de la CGIC. Y esto debe ser comprobado. Para ello tengo que utilizar mi gusano.

Vamos a ello. Realizo la conexión y controlo las órdenes que puedan estar relacionadas con el Departamento TEDAX. En un archivo constan todas las que han sido emitidas desde su oficina administrativa. Y esta, en concreto, me sorprende de veras: una solicitud de protección para todos los tédax. Ha sido una maniobra muy hábil por parte de Piqué. Y junto con esta solicitud se ha convocado una reunión de coordinación por el grupo de Investigación y Persecución en la que se cita a los inspectores responsables de los expedientes Asensio y Benito. La dificultad para acercarme a ellos se va a incrementar notablemente. Todo un reto. Pero el placer del triunfo será mucho mayor si la dificultad se eleva.

En cuanto a la reunión de Investigación y Persecución sería realmente importante saber lo que allí se diga. ¿Y si intentara colarles un chivato? Conocer los movimientos del enemigo me proporcionaría una gran ventaja. Sí, he de conocer el contenido de esa reunión. Es una idea tan deliciosa que me recreo saboreándola.

Corto la conexión. Llevo demasiado rato utilizando el gusano, estoy justo en el límite temporal que me impide ser descubierto.

La partida se va a complicar. Va a ser muy difícil, pero no puedo fallar. Porque yo no hago esto por venganza.

¡Lo hago por justicia!

210

QUINTA PARTE

Investigación

51

—*S*eñor.

—¿Sí?

—Tenemos un problema, señor.

El que ha hablado es el sargento Poch. Es un hombre joven, un licenciado de nueva hornada. Y aquel a quien se ha dirigido es el subinspector Fernández, responsable del Departamento de Seguridad en Tecnologías de la Información.

—Dígame.

—He detectado a un *hacker*, señor. Y este es de los buenos.

Otra vez. Aproximadamente dos veces al mes aparece uno de estos. Se suele tratar de chavales que todavía no se afeitan, de vez en cuando un estudiante de informática aburrido un domingo por la tarde. Solo muy de vez en cuando la intrusión puede considerarse peligrosa.

—¿Hasta dónde ha llegado?

—Pues…

¡Muy mal asunto! La vacilación indica que la cosa es seria, nada hay que fastidie más a Fernández que estas situaciones incontroladas.

—Vaya al grano.

—Ha accedido a nivel 3 y ha exportado datos.

—¿Al nivel 3? ¡Qué me dice! ¿Tiene el listado de lo que se ha llevado?

—Sí.

—Pásemelo.

Nivel 3. Es el *sancta sanctorum* de la información reservada y de importancia del cuerpo. Todo lo verdaderamente trascendente se encuentra allí, protegido por las más eficientes barreras que el departamento ha podido crear. El sargento entrega el listado impreso, tres páginas con un listado de archivos. Lo fundamental, los datos privados de todo el personal del cuerpo. Se trata de la peor vulneración de seguridad en la historia reciente de los Mossos.

—Lo tendrá localizado.

—Yo...

—¡No joda, sargento!

Poch suspira. El subinspector Fernández siempre le ha intimidado; es un hombre serio, poco afable. Lógicamente a las malas es mucho peor.

—No he logrado localizarlo, señor; solo puedo decirle que está operando desde la provincia de Barcelona. El dispositivo contra intrusos no actuó hasta el segundo acceso. Tiene preparado un sistema de desvío de servidores que actúa suplantando cuentas de diversos bancos internacionales. Estuvo conectado hasta el límite y me faltaron pocos segundos para poder detectarlo. Intenté seguirlo por el camino inverso, pero se me escapó.

—Ha dicho que es la segunda vez que accede. Pero ¿cómo es posible que no se detectara la primera?

—Bueno, eso es lo verdaderamente preocupante, señor. De hecho lo capté por pura casualidad. La alarma saltó al detectarse el mismo *hosting* local con idéntica IP, pero proveniente de un servidor diferente. Y aquí viene lo extraño, utilizó una clave de acceso válida.

—¿¿Qué?? ¡Eso no es posible!

—Pues... así es, señor.

—¿Tiene localizada la clave?

—Sí, señor. Es «Pedraforca»: se corresponde con una antigua clave de acceso correspondiente al primer trimestre del año 2009.

—¡Esas claves deberían estar no operativas una vez sobrepasado el periodo fijado! ¿Cómo demonios lo habrá hecho?

—En realidad esas claves quedan no operativas, pero no se borran. Lo que hizo fue acceder al programa desde el nivel 2 y revertir la orden de no operatividad para esa clave en concreto.

El subinspector Fernández no es tonto. Puede que sea arisco

y poco afable, pero tiene la mente ágil, como corresponde al responsable de un departamento como este. Medita unos segundos antes de contestar, analizando el problema. Por una vez, Poch siente cercano a su superior.

—Esto debe de tener una explicación. Nadie puede conocer las claves de acceso al nivel 3, excepto determinados miembros del cuerpo. Y eso implica que necesariamente debe tratarse de alguno de los nuestros.

—También pudiera ser alguien que la hubiera averiguado a través de un compañero, señor.

—Sí, es posible. Pero si hablamos de nivel 3, solo pueden acceder cargos medios o altos de ciertos departamentos... Qué extraño. Muéstreme los datos en la pantalla.

Poch teclea con agilidad, pasa de un pantallazo a otro mientras reproduce el sistema de servidores utilizados para cubrir su retirada. Buenos Aires, Singapur, Melbourne, Londres, y el quinto apuntando directamente a Barcelona... Fernández sigue el sistema de defensa hasta que aparece la grieta de seguridad. La estudia atentamente, confirmando la información proporcionada por Poch.

—Pero ¿por dónde ha accedido a los datos? Este es el servidor central, no uno de los periféricos...

—Sí, señor; lo habrá hecho desde la web, señor.

—Hombre, pues claro que lo hizo desde la web; si le parece se ha metido físicamente en el servidor central entrando por la puerta principal de la comisaría de Travessera, bajando hasta la planta menos dos y metiéndonos un hermoso gusano... Pero... ¡No puede ser! ¡Mierda! ¡Eso es justo lo que ha hecho! ¡Los cortafuegos del servidor central impiden cualquier extracción de datos que no se realice con autorización duplicada! Telefonee inmediatamente al intendente, tenemos que poner en su conocimiento esta fuga de información. Yo telefonearé a la comisaría de Travessera. Joder, no entiendo cómo se les ha podido infiltrar un topo para instalar un gusano en el servidor central; deben localizarlo de inmediato. Sea nuestro, o sea de fuera, esto requiere una investigación urgente. ¡Póngase a ello, rápido!

Un gusano.

Y entonces Fernández comprende cómo cazarlo.

215

Tendrán que localizar el gusano, estudiarlo y modificarlo esperando un nuevo acceso, sosteniendo la conexión en el limbo hasta que los localizadores del programa encuentren el último servidor y, por tanto, el punto de recepción. Una solución elegante y efectiva al cien por cien. Fernández sonríe satisfecho mientras piensa en que el desconocido caerá en la trampa sin ni siquiera darse cuenta.

52

*L*a reunión es a las doce. Una ocasión especial: no es habitual que el CGIC convoque a una reunión informativa en la sede de la calle Bolivia a personas ajenas a su departamento. Repaso el listado de asistentes: el inspector Dávila, de la comisaría de Sant Andreu; el inspector Piqué, responsable del Departamento de Artificieros, y yo mismo, acompañado por Estela. La convocatoria viene firmada por el intendente Miravet, responsable del Departamento de Asuntos Internos.

A Miravet lo conozco de oídas, pero he recabado información sobre él. Es un hombre de la promoción de Piqué, tuvieron carreras paralelas hasta que el primero acabó por decantarse hacia la gestión. Compañeros y probablemente amigos.

—David.

—Dime.

—Estoy un poco nerviosa.

En parte la comprendo. No estaba expresamente invitada, pero he insistido en que me acompañe. Mucho tomate para una novata. Pero tengo mis razones para presentarla en sociedad.

—¿Los conoces a todos ellos?

—Sí. Dávila es un viejales, parece un descreído pero es un excelente profesional. No le hagas caso si se muestra mordaz, nunca pudo contenerse y eso lastró su carrera para dejarlo en un nivel de área básica. De Piqué ya te hablé el otro día, un tipo enigmático, con fama de estirado. Y Tomás Miravet es pura política, como corresponde al cargo; un hombre serio pero que va al grano. No debes asustarte.

—Bien.

Estela va a reemprender su camino cuando de nuevo la detengo. Aún no le he dicho lo que tiene que saber.

—Estela, tengo que decirte una cosa. Cuando estemos en la reunión no voy a decir absolutamente nada. Tú te vas a encargar de responder a las preguntas del intendente.

—¡Estás de broma!

—En absoluto. Quiero que me eches una mano, necesito libertad para poder analizar las distintas reacciones de los presentes. Si estoy inmerso en la conversación, tomando parte activa, puedo perderme los detalles: necesito contemplar la reunión desde una perspectiva externa.

—Esto es absurdo, no estoy preparada para una situación así; pensaba que me habías traído para que fuera viendo cómo funcionan estas cosas. Además, es a ti a quien han convocado...

—Estela, estás preparada para esto y para más. Sencillamente contesta con naturalidad a las preguntas que te hagan. Te escucharán atentamente. Además, concurren otras dos circunstancias que nos ayudarán en mi propósito. La primera, que eres mujer. No te ofendas por esto que voy a decir, pero, si introduces a una mujer en un lugar donde solo hay hombres y no se la espera, siempre causa cierta distracción. Y la segunda, que serás una novedad absoluta. Te convertirás en el centro de atención y yo me quedaré en segundo plano.

—¿Qué les vamos a decir para que sea yo quien hable?

—Les diremos algo tan sencillo como que estoy afónico. A partir de este mismo momento. Ya. ¿Entendido?

—¡Esto es una encerrona!

Me encojo de hombros: me llevo la mano a la garganta y niego con la cabeza. ¿Podría alguien imaginar lo que pretendo hacer? No. Lo que estoy esperando solo lo puedo saber yo.

Llegamos a la entrada de la comisaría. Tras identificarnos y firmar el libro de registro, un administrativo nos acompaña a la sala de reuniones. El resto de los asistentes ya se encuentra allí. Estela accede a la sala en primer lugar; yo voy detrás. Ella rompe el fuego con su voz bien timbrada, habla con ritmo, pero su dedo corazón golpea reiteradamente el pulgar. Está nerviosa, aunque lo oculta bien.

—Buenas tardes. Soy la subinspectora Bolea. El inspector Ossa está afónico y apenas puede hablar. Me ha pedido que le acompañe para responder las preguntas que deseen formularle.

—Soy el intendente Miravet. Siéntense.

—Yo, Dávila, de Les Corts.

—Inspector Piqué.

Pasamos por el rito del saludo estrechándonos las manos antes de sentarnos. Miravet extrae una serie de documentos y nos los reparte.

—Comencemos. Sabrán que en el transcurso de los últimos días les han acontecido una serie de extraños accidentes a dos miembros de los tédax, que dirige el comisario Piqué. El objeto de la presente reunión consiste en intentar averiguar si lo sucedido puede guardar algún tipo de relación. Lean el resumen de ambos informes, por favor.

Lo hacemos. Leo con deliberada lentitud. Todos, hasta Estela, están esperándome. El informe completo de la electrocución del subinspector Benito obra en nuestro poder desde hace dos días merced a los buenos oficios del contacto de Estela, y todo lo que estamos leyendo lo conozco a la perfección. Pero necesito un ritmo concreto. El intendente Miravet toma la palabra y conduce la reunión.

—Ahora ya conocen lo ocurrido, aunque imagino que estas noticias no les habrán pasado desapercibidas.

—Son la comidilla de todo el cuerpo, ¡como para no enterarse!

Es Dávila quien ha apuntillado la frase de Miravet. Toda la exquisita profesionalidad del intendente contrasta con el tono sardónico que parece impregnar cada una de las respuestas del veterano inspector.

—Correcto. Se habla mucho en el cuerpo. Y también fuera de él. Como comprenderán, eso ni conviene ni gusta.

—¿Ni le conviene ni le gusta a quién?

Dávila de nuevo. Y al preguntar compone un rostro de fingida inocencia.

—A todos, Dávila; a todos. Y, si fuera tan amable, le rogaría que no nos hiciera perder el tiempo con estos comentarios.

Miravet va al grano, ha apeado del rango a Dávila. El tiempo es oro y su paciencia tiene un límite.

219

—Señores, necesitamos sus opiniones acerca de estos extraños accidentes.

Todos se miran, no está claro quién va a comenzar a hablar. Parece que va a hacerlo Estela, pero le propino un fuerte pisotón para impedirlo. Dávila toma la iniciativa.

—Bien, comenzaré yo, que para eso soy el más veterano. Desde luego mi expediente habla por sí mismo. Un accidente desgraciado, sin la menor duda. El cable no estaba cortado ni manipulado, era el original; incluso los tornillos del enchufe del cuarto de baño estaban sucios, no habían sido manipulados. Abrimos la pared del lavabo para analizar los cables y no encontramos nada. Un defecto de construcción con un resultado trágico. En cuanto al expediente Asensio, qué quieren que les diga; ese es raro de narices. En mi vida vi nada semejante, aunque el informe del forense parece zanjar el asunto.

Miravet corta la explicación de Dávila buscando conclusiones.

—¿Considera usted, por tanto, que ambos expedientes se corresponden con un hecho casual?

—Pues, sí... ¡y no! Me parece un tanto extraño que hayan ocurrido tan seguidos, eso va contra las leyes de la probabilidad. Dos artificieros de la misma unidad... Es muy extraño.

—¿Y usted, subinspectora Bolea?

Le dedico una mirada de apoyo, tras ella comienza a hablar.

—Nosotros descartamos por completo la posibilidad de un asalto o un robo: no estaba afectada la cerradura y no se sustrajeron ni el arma reglamentaria ni los efectos personales.

—¿Les parece que pudiera haber relación entre ambos expedientes?

—Compartimos el punto de vista del inspector Dávila.

—Bien. Voy a añadir un dato que ustedes desconocen. Hace dos semanas se produjo un agujero en la seguridad del servidor principal de la comisaría de Travessera. Un *hacker* logró burlar las barreras de defensa y acceder al servidor vía intranet. Entre lo robado consta un listado completo del personal en activo del cuerpo, que incluye el domicilio particular.

—¿Qué?

—¡No puede ser!

—¡Increíble!

—Eso es un verdadero desastre...

Todos hablamos simultáneamente, apenas se nota mi susurro. Miravet impone su ley y prosigue su exposición.

—Permítanme continuar. Sabemos que el *hacker* es bueno, ya que ha logrado vulnerar nuestra seguridad en su nivel más profundo. Y también sabemos que está en Barcelona. La reiteración en el acceso disparó una alarma de seguridad que nos permitió detectarlo. ¿Comprenden ahora el verdadero alcance de la reunión?

Estela es la primera en hablar y lo hace sin reprimir su emoción.

—¡Si antes de conocer este extremo los dos accidentes podían considerarse improbables, el robo de los datos personales podría concederles una nueva perspectiva! ¡Debiéramos abrir una nueva investigación que profundice en ambos expedientes!

Los presentes digieren las palabras de Estela, son conscientes de que no le falta razón. Miravet concede un nuevo turno de palabra.

—Inspector Piqué, todavía no nos ha dado su opinión. Le pido que lo haga ahora.

Piqué cruza las manos sobre la mesa, levanta la cabeza y comienza a hablar:

—Los expedientes de Asensio y de Benito son tan elocuentes en lo que dicen como en lo que no dicen. Existe un umbral de incertidumbre. Los tédax somos un cuerpo fundamental a la hora de evitar atentados; quizá se trate de eliminar a mis hombres para restarnos operatividad. Podría haber terroristas detrás de estas acciones. Y este es el problema urgente al que nos enfrentamos, saber si el resto de personal tédax puede encontrarse en una situación de riesgo que aconseje adoptar medidas de protección destinadas a salvaguardar...

Y entonces ocurre.

Mi mirada está perdida en la de Piqué, mis ojos están alineados con los suyos. Es a través de este invisible lazo cuando llega una certeza de dolorosa intensidad: todos mis músculos entran en tensión, toda mi atención queda focalizada sobre Piqué, ese hombre está ocultando algo. Y es entonces cuando llega esa voz que solo yo puedo escuchar: «Ese hombre es el responsable de todo».

Tan sencillo como esto.

Tan imposible como esto.

Lo esperaba. Piqué. En él radica el problema y probablemente su solución. La extraña voz que me acompaña desde niño jamás me ha mentido.

—Entonces estamos de acuerdo; todos los operativos tédax contarán de inmediato con un servicio de escolta de acuerdo con la solicitud realizada por el inspector Piqué, hasta que consigamos averiguar qué está sucediendo. ¿Le parece bien, inspector Ossa?

—Estoy plenamente convencido de que es una medida adecuada.

Miravet ha sido rápido, pese a todo mi disimulo ha debido de captar el alterado estado de percepción en el que me encontraba. Mi respuesta ha sido inmediata porque, por muy sumido en mis pensamientos que me hallase, una diminuta parte de mí seguía la conversación.

—Bien, entonces estamos de acuerdo. Todos los tédax contarán desde mañana con escoltas. Y el CGIC realizará un análisis de ambos expedientes, pónganse a su disposición. Gracias por su asistencia.

La reunión ha concluido. Salimos de la habitación en desorden y nos despedimos en la puerta. Cuando estamos llegando al vestíbulo, retrocedo y vuelvo a la sala de reuniones. Miravet sigue allí.

—Perdón.

—¿Sí, inspector Ossa?

—Venía a por el bolígrafo, se me olvidó recogerlo. Pero, ya que estoy aquí, tengo una pregunta que hacerle.

—Usted dirá.

—Ese *hacker*, ¿por dónde accedió a los archivos?

Si bien su rostro permanece impertérrito, adivino en su actitud corporal que la pregunta tiene tanto sentido como imaginaba. ¿Por qué la he hecho? Aquí no hay una certeza similar a la experimentada sobre Piqué, esto es pura deducción policial. Me llamó la atención que no nos hubiera entregado un informe escrito sobre la intrusión del *hacker*.

—Es materia reservada. No estoy autorizado para comentarla.

—Bueno, no importa; no era más que simple curiosidad. Gracias, buenos días.

Estela me está esperando en el vestíbulo. Ha superado esta prueba con nota. Salimos al exterior y caminamos hacia el aparcamiento. Ella está hablando sobre el enorme problema que supone la intrusión del *hacker*. Yo lo vivo con distancia. Pese a que todavía me queda mucho por saber, tengo la total seguridad de que todos los datos sustraídos no serán utilizados más que en una única dirección. No, no todo el personal del cuerpo está en peligro.

—David, ¿me estás escuchando?

—No. Perdona, pero no.

—¡Pero bueno!

—Chis, calla un instante.

La sorpresa causa mayor efecto que la petición. Estela se ha quedado completamente alelada y tarda unos segundos en reaccionar.

—Pero ¿se puede saber qué te ocurre?

—No lo has oído, ¿verdad?

—No sé a qué te refieres.

Sonrío abiertamente; no puedo pretender que, tan pronto, ella pueda comprender lo sucedido. Quizás en un futuro. De momento, a este nivel, depende por completo de mí. Es buena, y cada vez me gusta más. Sigue guardando ese deseo de aprender propio de la juventud, es contagioso y me rejuvenece.

—Pronto lo sabrás, Estela; muy pronto. Vámonos a la comisaría, tenemos mucho trabajo por delante.

No, no ha podido oírlo. Demasiado joven. El silencio que precede a la tempestad solo queda al alcance de los oídos veteranos.

53

*H*oy toca Esteve. Asensio y Benito fueron culpables por su pasividad y su posterior silencio, pero el caso de Esteve es más grave porque vulneró su juramento hipocrático. Avanzo por las alcantarillas hasta llegar al conducto NT 136, frente a la casa de Esteve. Asciendo por la escalera y extraigo la microcámara por la tapa de acceso. Gracias a ella puedo ver la presencia de los escoltas vigilando la portería de la casa. Llega un vecino; los escoltas lo saludan educadamente y este les muestra su documentación.

Esteve vive donde la ciudad comienza a extenderse hacia el Tibidabo arriba, a lo alto, en Pedralbes. Un largo camino. He tenido que caminar kilómetros desde mi centro de operaciones. Y la presencia de los escoltas ha supuesto serios problemas. No puedo actuar estando ellos presentes. Por eso el lugar y el método elegido no podían ser idénticos a los empleados anteriormente. No puedo entrar en su domicilio.

Tras estudiar el trabajo de los escoltas comprendí que el punto débil estaba en el aparcamiento. Esteve baja cada mañana de su domicilio acompañado por uno de los escoltas; el otro se adelanta y los espera abajo, inspeccionando el lugar. Después Esteve acciona el mando y la puerta se eleva. La luz se enciende automáticamente. El doctor sube al coche y recoge en la rampa a su ángel de la guarda. El otro escolta espera en el exterior con un segundo vehículo.

El gas es la solución, pero no puedo utilizarlo de cualquier manera. El aparcamiento es cerrado y la presencia del odorizante THT llamaría la atención de los escoltas. Por lo tanto he debido plantear un operativo bastante más complejo para encubrir mi actuación.

Tuve que cavar siguiendo el camino de las tuberías del gas y del agua. Simulé una pérdida de tierra donde poder embolsar el gas, para que cupiera la cantidad suficiente. Lo tengo calculado: cuando ocurra la explosión, el gas se desplazará hacia arriba volando el suelo de cemento como si fuera de papel. Después de cavar compacté las paredes del espacio resultante; fracturé la tubería, también sin desplazarla, y después cerré el acceso.

Por último dejé un iniciador allí abajo, un mecanismo casero de lo más tonto. Algo que pueda pasar desapercibido cuando lleguen los investigadores, algo que pudiera estar en el garaje de manera natural. Al fin y al cabo, los garajes no dejan de ser también trasteros, lugares donde dejamos cosas que ya no utilizamos... Es tan inocente que si quedase algún resto tampoco podría ser tenido en cuenta como tal.

Llega el momento.

Todo va en hora.

Son las 7.45. El primer escolta acciona el mando a distancia que eleva el portón de acceso al aparcamiento. Esteve estará saliendo de su domicilio.

A las 7.46 Esteve llega a la portería. Junto al segundo escolta descienden hasta el aparcamiento.

7.48. Tras comprobarse la seguridad de su plaza cerrada de aparcamiento y examinar el coche, Esteve monta en él. El escolta se aleja hacia la rampa. Un minuto después enciende su todoterreno el profesor Joaquín Esteve.

Y eso es lo último que hace en su vida.

225

—¡*H*ostia puta!

El sonido de la explosión ha sonado muy cercano. Estaba esperando a un informante anónimo tras recibir un correo en la cuenta de mi periódico que me citaba aquí: «Arregui, si desea conocer más datos sobre los accidentes de los artificieros espere en la esquina de Bonanova con Calatrava a las 7.49».

Enciendo la moto y me pongo en marcha directo hacia la noticia, como es mi obligación. Localizo una columna de humo en la calle Dalmases; me aproximo con prudencia, inseguro sobre lo que puedo encontrarme.

El humo brota a borbotones desde la boca del aparcamiento de un edificio de viviendas particulares. Distingo el frontal de un coche en la rampa, el vehículo ha colisionado contra la pared. Se abre la puerta del conductor y sale un hombre con el rostro ensangrentado. Curiosamente no huye, sino que actúa con tranquilidad: rodea el vehículo y abre la puerta ayudando a abandonarlo a otro hombre. Lo acompaña al exterior y, tras hacer esto, se vuelve hacia la rampa e intenta avanzar por entre el humo, pero surgen lenguas de fuego que lo disuaden. Parece que va a decidirse a entrar cuando su compañero, que se ha incorporado, lo detiene sujetándolo por el brazo, extrae un teléfono y se lo ofrece.

Saco la cámara y capto buena parte de sus movimientos. Alcanzo a distinguir bajo una de las cazadoras una pistola; la sensación de que la noticia está en marcha y que soy yo y no otro su punto focal comienza a desarrollarse en mi interior. ¿A quién estarían protegiendo esos dos? Porque no tengo duda alguna, son escoltas. Están intentando volver abajo; ya no se ven llamas, pero sigue saliendo gran cantidad de humo; en esas condiciones es imposible entrar.

Me acerco tras guardar la cámara en el bolsillo. Uno de los escoltas se ha sentado en el suelo en estado de *shock*, el otro está telefoneando al 112.

—¿Puedo ayudarles?

El del teléfono me mira sorprendido; normalmente los viandantes desaparecen en los primeros instantes de una explosión y hacen bien, nunca se sabe si puede haber otra.

—¡Quédese junto a mi compañero, voy a intentar entrar!

—¡Eso es imposible, está lleno de humo!

—¡Iré por el vestíbulo!

El escolta se encamina hacia la entrada, junto al ascensor una puerta permite descender al aparcamiento: el escolta la abre, pero una nueva vaharada de humo demuestra que esta vía tampoco es practicable. Vuelve sobre sus pasos con el teléfono en la oreja, sigue gritando y eso me permite confirmar que es un escolta policial. ¿A quién estarían protegiendo, un político, un empresario? Alcanzo a escuchar un nombre, «doctor Esteve».

¿De qué me suena? De momento no caigo. Se oyen sirenas, con toda esta confusión apenas puedo pensar. Los bomberos han sido rapidísimos; juraría que la explosión ha sido hace un momento, pero ya han transcurrido cinco minutos. Comienza una actividad frenética. En un abrir y cerrar de ojos se introducen por la rampa tres bomberos protegidos por máscaras autónomas de oxígeno. El humo que surge del aparcamiento es ahora menos intenso, un médico llega ahora junto a nosotros.

—¿Se encuentra bien?

—Yo no estaba en el momento de la explosión, solo me acerqué para ayudar.

—¡Entonces aléjese de aquí!

El sanitario tiene razón, pero no obedezco en el sentido previsto. ¿Le echo cojones e intento ir a por todas? Ahora o nunca, si tardo un minuto más me echarán de aquí a patadas, ¡abajo!

El humo sigue siendo denso, pero si me sitúo junto a la pared; su efecto parece menor. A un lado están utilizando las

227

mangueras contra los restos del fuego. Alcanzo a contemplar entre los jirones del humo un vehículo completamente destrozado, medio volcado en un boquete abierto en el suelo. Saco la cámara y capturo una buena serie de fotografías de la escena. ¡Esta es una noticia de primera categoría y yo estoy en su mismo centro!

Hora de largarse, ya tengo todo lo necesario. Salgo envuelto por el humo. Dos bomberos esperan junto a la boca del aparcamiento. A su lado hay dos policías que me señalan con el dedo, la mirada de mala leche de los polis es de las que asustan. Llega el momento de identificarse.

—Arregui, prensa, del *Crónica*; tengo la identificación.

Tardo en poder explicarme unos diez minutos, comprueban la documentación de prensa y personal y me hacen las preguntas pertinentes. Abandono la escena de la explosión. He averiguado los datos que me faltaban: ha sido una explosión de gas, no una bomba. En la redacción me confirman la identidad del doctor Esteve, ¡joder qué noticia! Otro miembro de los artificieros, menudo tema tengo entre manos. Tiene que haber una historia de primera en todo este asunto y estoy en primera línea. Esta es la oportunidad de mi vida, es el tren que solo pasa una vez y yo he tenido los cojones de subirme en marcha. ¡Quién sabe hasta dónde puede llevarme! Con las fotos que he sacado podremos realizar una edición especial para última hora de la mañana. Todo va como una seda.

¿Todo?

Sí, tengo un tema en exclusiva del que intentar tirar.

Pero no debo olvidar una cosa importante.

No estaba allí por casualidad. El correo anónimo fue un cebo demasiado poderoso para no picar. Y una vez allí me encontré con un notición de primera. Lástima que quien me lo proporcionara supiera con tanta exactitud lo que iba a suceder.

Y eso sí que es peligroso de verdad.

—*E*sta zona está cerrada, señor.

Por toda respuesta muestro mi placa de identidad.

—Disculpe, inspector Ossa.

Conocí la noticia a primera hora, fue Estela quien me avisó. Propuso que saliéramos de inmediato hacia la Bonanova, pero la detuve con una razón indiscutible: no solo no pintábamos nada allí, sino que, además, era demasiado pronto para que pudiéramos averiguar nada. Deberían pasar como mínimo tres o cuatro horas hasta asegurar el área de la explosión.

Dejé pasar el tiempo. Llegado el momento cogí la moto y me acerqué al lugar. Ahora estoy intentando obtener alguna información que me ayude a entender el puzle al que me enfrento.

El juez sale por la rampa acompañado por mi compañero el inspector Josep Salvà, que me mira con sorpresa y preocupación, quizás hasta con cierto enfado. El juez traspasa la barrera y se va acompañado por un secretario. Salvà acude a mi encuentro. Debo tener paciencia, es un buen tipo, pero rara es la vez que un juez se va de un escenario sin tocarle las narices al responsable de la investigación.

—Qué, ¿de paseo?

—La verdad es que estaba aquí cerca y sentí cierta curiosidad.

—Ya, y yo soy el consejero de Interior, no te jode. Venga, Ossa, que nos conocemos hace quince años y tú no das puntada sin hilo. Dime qué pintas aquí.

—Cuéntame lo que ha ocurrido y luego te diré por qué he venido.

La mirada de Salvà es escéptica. En el cuerpo nos conocemos todos y el respeto se gana manteniendo la palabra dada, pero hay mil maneras de decir algo sin contar nada.

—Está bien. Acompáñame.

Descendemos por la rampa. Un grupo electrógeno proporciona energía a las lámparas de apoyo, la explosión ha cortado la corriente. Caminamos hasta la mitad de la planta, un enorme socavón es la consecuencia primera de la explosión. Los destrozados restos de un vehículo de gran tamaño están volcados lateralmente, parte de las paredes se han derrumbado. En este momento están procediendo a retirar el cadáver.

—Ya lo ves, ha sido una explosión de las gordas. Menos mal que solo ha causado una víctima.

—¿No afectó a los escoltas?

Esta es una pregunta necesaria, y también clave. Salvà se detiene y me observa fijamente, y justo a mitad de su respuesta empieza a comprender qué hago yo allí.

—¿Cómo sabías que tenía esc...? Qué pregunta tan idiota, desde el momento en que has aparecido por aquí está claro que sabes bastantes cosas de este asunto.

—Digamos que puedo imaginar algunos extremos del particular. Venga, Pep, contesta.

—Uno de ellos se rompió los tímpanos, el otro estaba en el coche sin el cinturón abrochado y salió despedido contra el salpicadero. Las llamas no los alcanzaron de manera directa.

—¿Qué ocasionó la explosión?

—Un escape de gas. Los bomberos lo tuvieron claro desde el principio. Se produjo la rotura de alguna tubería y se formó una bolsa de gas que explotó cuando Esteve encendió el motor.

—Un accidente. Son cosas que le pueden ocurrir a cualquiera.

—Detecto cierta ironía, pero como me falta información no puedo opinar con conocimiento de causa.

—Ya, y ahora me toca a mí, ¿no es eso?

Asiente, esto es un *quid pro quo*.

—Pep, no vas a encontrar nada más. Pero dime antes de dónde ha salido esa gente de la Científica.

—Me los mandaron desde el CGIC, por poco no llegaron

antes que los míos. Como el puñetero periodista ese que casi tuve que echar a patadas.

—Un periodista... ¿Y a los de la Científica no los mandaste tú?

—Venga, Ossa, no te hagas el misterioso, que ya sabemos todos que se te da muy bien. ¡Ve al grano!

—Quizá te suene el expediente Asensio.

—Ajá.

—Fue en mi distrito. Asensio era un tédax. Por desgracia sufrió una muerte accidental, un incendio en el salón de su domicilio particular. Ningún rastro extraño, ninguna prueba acusatoria, no hay sospechosos.... En definitiva, un accidente. Mala suerte.

—Ya. ¿Y qué más?

—Poco tiempo después se produjo el expediente Benito.

—Sigue.

—Bueno, Benito también era un tédax. Sufrió un choque eléctrico mientras estaba duchándose.

—También casual, imagino.

—Imaginas bien. Este caso lo llevó Dávila. Investigaron la casa de arriba abajo, pero no encontraron nada.

—Dos tédax en una semana. ¿Cómo lo calificaste antes? La palabra fue «curioso», ¿no?

—Sí, curioso. Bien, ante tamaña curiosidad intervinieron los del CGIC, se unificaron ambos expedientes y los de la Científica desmontaron los dos escenarios.

—Imagino que sin resultado.

—Correcto. Fueron... accidentes. Nada más.

—Igual que esto.

—Sí.

—Ossa.

—Dime.

—De momento esto lo llevo yo, tendré que redactar el informe preliminar. Aunque los del CGIC se apropien del caso no podrán restringirme el acceso a los informes periciales.

—Así es.

—Verás, siento cierta curiosidad, e imagino que no te importaría acceder a los informes periciales que se elaboren del expediente Esteve de la misma manera que a mí tampoco me importaría acceder a los del expediente Asensio. ¿Me equivoco?

—Yo diría que no.

—Cuenta con ello. ¿Dávila?

—Él no. Ya le conoces, aquello que no domina no le interesa.

—¿Y su informe?

—Tengo una copia.

—Mándamelo a casa.

—Por descontado, todo en privado.

—Por descontado. Con equivalente privacidad y discreción a la de tu presencia aquí, ¿no es cierto?

—Estamos de acuerdo. Una última pregunta: el periodista. Me extraña que apareciera tan pronto.

—Y quieres saber si lo identifiqué. Es un tal Arregui, del *Crónica*. Me dijo que pasaba por aquí por pura casualidad. Oyó la explosión cuando circulaba por el paseo Bonanova, olió la noticia y se acercó a ver qué pescaba.

—Bien, eso es todo. Gracias, Pep.

Nos estrechamos las manos con una sonrisa muy discreta. Hemos sellado un pacto. Y bendigo la suerte que me hizo encontrarle aquí.

*M*aría.

Estás junto a mí, hermosa en tu perfección. Hemos paseado cogidos de la mano, hablando poco y besándonos mucho. Todo parece recubierto por una belleza irreal, qué placer es estar junto a ti, cuánta pasión puede llegar a sentir un hombre enamorado.

Demasiado hermoso para ser cierto. Me despierto con la boca llena de amargor, es el sabor de la decepción. Aparto las sábanas, mi cuerpo todavía exhala calor; confío en que vuelva el sueño, y comprendo que hacerlo es una estupidez, que ella no solo no está junto a mí, sino que, además, nunca volverá.

Intento volver a dormir, pero me asaltan nuevos rostros. Los de los muertos, también el de Piqué, a quien conozco como causa y efecto de este misterio, y el de Joan, a quien echo de menos. También el de Estela, que aparece mucho más hermosa de lo que es en realidad. Algunos me hablan, oigo sus voces pero no entiendo lo que me dicen. Todo es confusión, hablan todos a la vez, quiero despertar del todo, y entonces aparezco ¿yo? ¿Ese tipo soy yo? Estoy algo lejos pero camino hacia mí mismo: mientras lo hago escucho a mi propia voz imponiendo silencio y me observo, pero no como si estuviera frente a un espejo; ese David Ossa de sueño es una entidad independiente, viste diferente, se expresa de modo diferente. ¡Y me está hablando!

—No tienes ni idea de lo que está pasando, ¿no es cierto?

—No.

—Pues no es tan difícil. De hecho me atrevería a decir que es bastante sencillo.

233

—Ya que tan claro lo tienes, te agradecería una explicación.

—¿Una explicación?

Ríe el David del sueño y su risa es melodiosa. Yo, el David real, me siento molesto. Percibe mi malestar el otro.

—¡Vaya, te has cabreado conmigo! No, no lo niegues, al fin y al cabo tú eres yo y te conozco como a mí mismo. ¿Me has entendido?

—Si tienes algo que decir, dilo ya y déjame en paz.

—¡Serás desagradable! Pues bien, te lo diré, que para eso me has llamado.

—¡Yo no te he llamado!

—Sí, sí que lo has hecho. Siempre que te quedas sin salida acabo apareciendo, para eso soy tu otro yo. Y no te marees con esto, que al fin y al cabo no tiene explicación. Quédate con lo importante. Solo hay una cosa que te pueda decir: busca entre lo imposible y te pondrás sobre la pista.

—¿Qué quieres decir con eso?

—Lo que he dicho, bien lo sabes tú. Medita sobre ello. Y despiértate de una vez, espabila, ¡que ya es hora de ponerse a trabajar!

Abro los ojos.

Estoy en mi cama, completamente sudado. Recuerdo haber pasado calor y tengo sed. Siento una extraña sensación de irrealidad, me gustaría recordar lo que estaba soñando. Tengo la sensación de que debía de tratarse de algo importante, pero no lo recuerdo. ¿Qué hora será? Las seis y media. Demasiado pronto para ir a la comisaría, demasiado tarde para volver a dormir.

Me pongo una camiseta, como siempre, a oscuras. La calefacción central del edificio hace innecesaria más ropa. No necesito la luz, capto todo mi entorno a la perfección, veo las formas de los objetos como nadie más puede verlos: son rastros de su sonido, son la herencia de su presencia, este es uno de mis dones especiales. Entre la oscuridad de mi casa llego hasta la terraza. Me quedo tras el cristal con un vaso de agua en la mano. Bebo, despacio.

Me doy una buena ducha y desayuno; no hago nada aquí, en casa, pero sigue siendo pronto para ir a la comisaría. Son las siete, ha empezado a llover con fuerza. Hoy no iré en moto, pero tampoco me apetece coger el coche. Para variar iré en metro.

Bajo a la calle. Algunas personas caminan aquí y allá rumbo a sus trabajos. Es pronto y son pocos, pero eso cambia cuando accedo al metro. Observo a la gente: muchos van perdidos en sus ensoñaciones, dormitan, están ausentes, algunos leen el periódico, otros un libro, los estudiantes repasan apuntes. Me siento como si estuviera esperando una revelación, esta absurda idea se instala firme en mis pensamientos. Sí, estoy aquí abajo por algo; he sido conducido no sé por qué, pero todo esto debe de tener un sentido. Paral·lel, fin de trayecto. La multitud desciende del metro dirigiéndose a la salida. No me dejo arrastrar por ellos, me aparto lo justo para que no me empujen. Allí al fondo desaparecen los últimos hacia la salida, no tarda en quedar vacío el andén. Estoy aquí, solo. Y entonces lo veo.

No es más que un anuncio.

Son los rostros de dos jóvenes, un chico y una chica, situados a un lado del mural. Y en medio y al otro lado se ven diversas escenas, un esquiador que desciende fuera de pistas, un coche de carreras que derrapa entre los árboles, un paracaidista que cae a gran velocidad con los brazos abiertos. Y debajo, la marca de un conocido refresco junto con una leyenda muy concreta: BUSCAD LO IMPOSIBLE. Esto despierta el recuerdo con tal nitidez que no solo aparece este, sino que lo hace la escena completa, y entonces todo comienza a guardar relación, lo imposible, la oscuridad, el metro, los tres extraños accidentes, y comprendo que tenía razón, que la solución ya estaba en mi interior. ¡Por fin tengo una pista auténtica, por fin ha aparecido un camino que puedo recorrer!

57

*H*e convocado una reunión informal en el despacho de Joan. Podría actuar sin él, pero necesito su apoyo. Sobre su mesa descansan los dos expedientes fechados en el mes de septiembre del año anterior. Estela los está devorando página tras página, Joan y yo aguardamos a que termine. Cuando lo hace levanta la mirada enarcando las cejas, no ve la correlación.

—David, no son más que unos robos sin resolver. No entiendo qué relación pueden guardar con las muertes de los artificieros.

—Llevan la misma firma.

—¿Dónde la ves?

—Precisamente en su ausencia. Su imposibilidad es lo que los iguala.

Estela frunce los labios, no acaba de entender mi razonamiento.

—Estela, necesitaría una copia de estos expedientes. No te importa…

—Voy.

Sale por la puerta acompañada por la sombra del escepticismo, acabo de apartarla elegantemente. Joan sonríe al verla alejarse.

—Tiene un historial impresionante, lo comprobé al analizar los perfiles. ¿Qué tal la ves?

—Un poco por encima del jovencísimo subinspector Rodríguez de hace cuatro años. Promete mucho, viejo amigo.

—David.

—Dime.

236

—Este caso... ¿Lo has...? Ya sabes.

—Sí.

—A ella todavía no se lo habrás dicho, claro.

—No. Para eso hace falta tiempo. Pero es perceptiva; antes o después acabará por darse cuenta, tal y como te sucedió a ti.

—Fue nada más recibirlos, mientras estabas de vacaciones en el Caribe, cuando supe que estos dos casos iban a tener que ver contigo. ¿Has pensado en pasarle esta información al CGIC?

—No podrían valorarla. Como dijo Estela, no guardan relación.

—Pero tú sí la has visto.

—Sí. Cuando salgamos de aquí vamos a acercarnos a Mayans y a Electroson para comprobar mi certeza.

Joan me dedica una mirada valorativa, acaba de comprender la verdadera intención de esta reunión.

—Creo que lo entiendo. De momento quieres seguir por tu cuenta, pero también quieres sentirte protegido si llega el momento en que se conoce que estás actuando con independencia del CGIC.

—Ajá. Tú podrías cubrirme.

—Y Artamendi no, claro.

—Poder podría. ¿Querer? No. En su momento lo dejó bien claro. No tengo esa confianza.

Si abrigaba alguna duda acerca de por qué él, ya confirmado como inspector Joan Rodríguez, hará una brillante carrera en el cuerpo, la rapidez de su entendimiento la ha despejado por completo.

—Quisiera hacerte una pregunta.

—Hazla.

—¿No quieres pasarle la información al CGIC solo porque de momento queda fuera de su entendimiento o acaso hay algo más?

—Ahora que lo preguntas, hay algo que quizá tú podrías averiguar.

—¿Yo? ¿Y tú no?

—Así es. Quizá yo pudiera, pero debes hacerlo tú.

—¿De qué se trata?

—Miravet y Piqué. Sé que fueron compañeros de promoción, en el 84. Y también más tarde, en los cursos para oficiales.

237

Necesitaría averiguar cuál es su relación actual. Y también cómo llegó el caso a manos de Miravet.

Mi actual demanda cambia por completo la expresión de su rostro. El mecanismo de su activación cerebral se pone en funcionamiento y queda claro que las conclusiones a las que está llegando no son de su agrado.

—Ahora ya entiendo por qué no quieres pasarle la información al CGIC. Cuidado, David. No sé hacia dónde vas, pero ese camino es peligroso.

—Necesito profundizar en esa relación y no puedo hacerlo ni en público ni en privado. Mis indagaciones podrían llamarles la atención.

—Bien, haré lo que pueda.

—Y una cosa más.

—Ni la menciones, desviaré los casos normales de la comisaría hacia los otros equipos para dejarte margen. David, ¿sabes de qué promoción es Artamendi?

—Sí. También del 84. Cuéntame qué tal vas con él.

—De momento, sin problema. Me ha dejado las manos libres, marca pautas generales sobre las que orientar el trabajo. Le vengo bien. Cumplo y estoy consiguiendo que esto funcione con más alegría, por lo menos así lo han visto los compañeros. Pero no será un hombre fácil de tratar si alguien se le enfrenta.

—No quisiera meterte en problemas.

—Y no lo harás, no dejaré que las cosas se puedan desmandar hasta ese extremo. Los expedientes de Mayans y Electroson, al no estar cerrados, permiten que puedas seguir tirando del hilo sin que nadie pueda alegar nada. Eso de momento. Cuando obtengas una conclusión que amplíe el rango de la investigación, hablaremos de nuevo. Podríamos intentar acceder a Fidec aunque ese caso lo lleven en la comisaría de Sant Martí.

—Sabes que seré prudente. Averigua lo que puedas.

—Lo haré. Y tú no des un paso más allá de nuestras fronteras sin ponerlo en mi conocimiento.

—Bien. Para terminar: en su momento pasamos estos dos expedientes arriba, recordarás que pensamos que podrían tener alguna relación con temas de terrorismo. Sería bueno saber qué han hecho con ellos.

—De momento, nada. Eran demasiado poca cosa y no conducían a ninguna parte. Retomarlos no supondrá ningún problema.

Asiento. Estela regresa con las copias.

—En marcha, Estela. Nos vamos de caza, Joan.

—¿Y qué tipo de presa estás buscando, caza mayor o caza menor?

—Una distinta a cualquier otra a la que me haya enfrentado anteriormente. La más escurridiza de todas. Vamos a cazar un fantasma.

58

—*Y*a has leído el expediente. Quiero que observes atentamente el local. Recuerda que alguien entró y se llevó el material descrito.

—Bien.

Son las diez y media. Es justo la hora en la que el señor Mayans abre su negocio. La luz está apagada aunque su propietario ya ha entrado en el local. Le concedo el tiempo justo para que desactive la alarma y asomo la cabeza por la puerta. Mayans me reconoce a la primera.

—Hombre, si es el inspector Ossa. ¿Qué tal le va?

—Bien. Señor Mayans. Le presento a la subinspectora Bolea.

—Encantado.

—Verá, repasando los expedientes pendientes, la subinspectora sintió una enorme curiosidad por este robo. Fue tanta que quiso echar una ojeada. Espero que no le importe.

—Faltaría más.

—Estela, repasa la planta baja.

Antes de hacerlo, ella formula una pregunta adecuada.

—Señor Mayans, ¿ha realizado alguna modificación de cristales o cierres desde el día del robo?

—No, todo está tal cual lo vio el inspector Ossa.

Estela asiente y se pone en marcha. Observo la meticulosidad con la que repasa cada posibilidad. En apenas veinte minutos llega a la única conclusión posible.

—Arriba nada. Bajemos al almacén.

Mayans levanta la trampilla y nos cede el paso.

—La luz...

—Abajo a la izquierda, lo recuerdo.

—No lo dudaba. Ya sabe, una vez que estén abajo tendré que cerrar.

—No se preocupe. Cuando vayamos a salir daremos una voz.

Desciendo. Estela va delante. La madera de los viejos escalones chirría. Estela acciona el interruptor y una luz lechosa se esparce por el sótano.

—Vayamos al grano. ¿El ventanuco de ventilación?

—Allí, junto a la estufa.

—¿Eso es una estufa? ¡Menudo mamotreto!

Estela se acerca a la vieja y enorme estufa de carbón poniéndose en cuclillas junto a la rejilla. Observa los tornillos, palpa la rejilla, la empuja suavemente. Ofrece resistencia. Extrae una navaja multiusos y la inserta entre el marco y la pared. La punta de la navaja sale sucia. Estela examina el viejo polvo, lo soba con la yema de los dedos.

—Es viejo, no es artificial. Sin embargo, no hay otro acceso.

—Quizá pudieron introducir un destornillador por entre la rejilla y soltarlos desde el exterior del patio.

241

—No, la rejilla es demasiado estrecha y no está forzada. Además, la marca del destornillador en las cabezas nos revelaría que los habrían desatornillado. Tiene que ser algo diferente…

Inserta la navaja en una de las cabezas e intenta girarla sin conseguirlo. La postura es forzada y la herramienta inadecuada. La detengo tendiéndole un destornillador.

—Toma. Cabeza americana, del seis. Me fijé en su día; estos tornillos no se utilizan, por lo menos, desde hace treinta años.

—Muy precavido, pero me parece que ni con esto. ¡Debe de estar completamente oxidado!

—Déjame probar a mí.

Cede su lugar. Ahora soy yo quien resopla forzando el tornillo. No hay manera de que gire. Cambio de cabeza, paso por las cuatro y ninguna se mueve un ápice.

—No es normal. Aunque no pudiéramos desatornillarlos por completo, al menos alguno se debería mover. Como nos caben los dedos vamos a tirar los dos simultáneamente de la rejilla.

Nos colocamos codo con codo y tiramos a la vez. La pieza metálica aguanta. Redoblamos nuestros esfuerzos y cede de repente. Caemos hacia atrás. Estela se golpea la cabeza con la estufa.

—¿Estás bien?

—Sí, no es nada. ¡Pero mira!

Estela tiene todavía la rejilla en las manos. Los tornillos están envueltos en cemento, su color es gris claro, es cemento fresco.

—Con razón no podíamos desatornillarlos.

—¡Entró por este patio! Picó las cuatro esquinas de la rejilla y luego taponó los tornillos desde atrás con cemento de fraguado rápido. Desde aquí dentro ni se notaba. Pero el patio, ¿no estaba condenado?

—Ha de tener un acceso.

Extraigo una linterna y me arrastro hacia el pequeño hueco. Ya en su interior palpo una tapa metálica en el suelo, es redonda y muy antigua. Palpo una anilla metálica. Deslizo un pañuelo de tela extrayendo una punta por su otro extremo y hago fuerza hacia arriba. La pieza cede con cierta facilidad y un olor fétido emana de su interior.

—Cloacas. Una vieja derivación aún conectada a la red principal.

Es Estela quien lo ha dicho, se ha arrastrado detrás de mí. Unos antiquísimos escalones metálicos conforman los restos de una escalera.

—Sí. Entraron por aquí.

—¿Vas a bajar?

El sonido del agua circulando es algo lejano, pero el intenso olor a podrido que emana de la cloaca revela que no lo será tanto. ¿Vale la pena descender? No. Ya sabemos por dónde entró el ladrón. Y, desde luego, no lo vamos a encontrar allí abajo esperándonos.

—Vámonos a Electroson. Seguro que encontramos algo similar.

Media hora más tarde y con nuestras vestimentas considerablemente más sucias que a primera hora de la mañana, nos encontramos en el sótano-almacén de Electroson, acompañados por el señor Muñoz. Nos ha acogido con cordialidad, un buen recibimiento comparado con el de meses atrás.

—El lado de la ronda es ese.

—Sí.

—Entonces entró por ahí.

—Pero ¡si ahí no hay nada! Ya lo comprobamos, todos los muebles estaban en su sitio con los tirafondos echados.

—Confíe en mí, señor Muñoz. Traiga un destornillador adecuado para esos tirafondos.

—De estrella. Un momento.

No tarda en regresar con las herramientas adecuadas, tres en total. Los muebles son ocho, situados uno junto al otro.

—Señor Muñoz, en uno de los muebles los tornillos no se moverán.

—Probémoslo.

No han pasado dos minutos cuando es Estela quien nos avisa. Muñoz comprueba que están bloqueados.

—Entró por aquí. Rompió la pared y empujó el mueble.

—¡Pero si ahí detrás no hay nada!

—Se equivoca, están las alcantarillas.

—Ayúdeme.

Unimos nuestras fuerzas para acabar arrancando la pieza de la pared. En efecto, los tirafondos salen envueltos en un alveolo de cemento. En la pared se ve la huella del hueco por donde entró el ladrón.

—Jamás lo hubiera imaginado. ¡Por eso pudo llevarse esa cantidad de material! ¡Los rollos de fibra óptica pesaban lo suyo!

—Quizá tenga usted una palanqueta. Quiero comprobar un detalle.

Salimos al exterior. No tardo en localizar lo que estoy buscando, una tapa metálica de unos setenta centímetros de diámetro situada casi enfrente de la puerta de la tienda.

Inserto la palanqueta y hago fuerza hacia arriba. El olor es inequívoco. Una escalera metálica. Emprendo el descenso hacia la alcantarilla seguido por Estela. El pozo es hondo, calculo que tendrá unos cuantos metros de profundidad. Al llegar abajo hago pie en un pasillo lateral. A la altura de mi cabeza puedo leer la matrícula «T112A» inscrita en una placa, debe de ser la

243

identificación de esta alcantarilla. Avanzo hacia mi izquierda, no tardo en encontrar la obra realizada por el ladrón. Estela la enfoca con su linterna.

—Así que entró por aquí.

—Sí. Desde aquí a la pared del almacén habrá metro y medio, tuvo que sacar bastante material.

—El tipo es un manitas.

—Sabe muy bien lo que hace. Y lo que es más interesante, sabe muy bien por dónde se mueve. Quién sabe hasta dónde se podrá ir por estas alcantarillas...

Muñoz nos espera. Le confirmo que el ladrón accedió por la pared y nos despedimos afablemente.

—¿Y ahora? ¿Intentamos ir a Fidec?

—Bastará con telefonearlos. Si explorásemos el sótano de Fidec, encontraríamos otro butrón. Ahora que tenemos unas cuantas piezas, debemos intentar juntarlas. Y así quizá podamos comenzar a hacernos una idea de la imagen que contienen.

—¿Alguna idea?

—No. Solo tengo una certeza: se trata de una única persona. Y, sea quien sea, posee grandes recursos técnicos y es sumamente inteligente. Nada más.

—¡Y nada menos!

244

59

*E*n cuanto mi viejo amigo Tomás Miravet dispuso de los informes periciales sobre la explosión que acabó con la vida de Joaquín Esteve los puso a mi disposición. Como comisario responsable de los artificieros soy la primera persona que los va a conocer.

—Ernest, los resultados de los informes periciales son concluyentes. Los técnicos han determinado que el origen de la explosión se debe a la rotura de una tubería de agua que ocasionó el arrastre de material y la rotura parcial subsiguiente de la tubería del gas. Esto provocó una bolsa de gas que acabó inflamándose en el momento en que Esteve accionó el encendido del coche.

—¿Han analizado las tuberías?

—Sí, por completo. Aunque no mantienen la distancia exacta que se recomienda por seguridad, estaban casi en el límite; por otra parte, la explosión destrozó buena parte de ellas.

—¿Encontraron la tubería por donde se produjo la fuga?

—Sí.

—¿Presentaba óxido?

—No. La fuga debió de ser reciente.

—Bien. ¿Y los contadores de agua? Debieron reflejar la pérdida.

—Sí, los registros detectan la fuga desde tres días antes.

—¿En qué cantidad?

—Treinta metros cúbicos.

—Eso es suficiente para producir un importante arrastre de material.

245

—Sí.

—¿Cómo se desencajó la tubería del gas?

—No parece forzada, si a eso te refieres. Pero la explosión impide evaluar este aspecto concreto.

—Ya.

—Ten en cuenta que, según los escoltas, es evidente que fue el encendido del todoterreno lo que originó la chispa. Coincidió en el momento exacto.

—No es eso lo que se deriva de sus declaraciones. El texto es claro, te lo leeré: «Creo que aproximadamente unos segundos después de encenderse el vehículo es cuando se produce la explosión». Atento a la palabra «creo». Y después está ese «unos segundos después». Esto podría desmontar la teoría de que fue el encendido lo que provocó la deflagración.

—Todo esto no deja de ser hipotético. No podrías defenderlo ante nadie.

—Nos sucede lo mismo que en los casos anteriores. ¡Ninguna certeza! Veamos, ¿a qué área afectó la explosión a nivel subterráneo?

—Aquella en la que instaló la bolsa de gas. La zona inmediatamente inferior a la plaza de aparcamiento de Esteve. Y una línea concreta, la de las tuberías.

—¿Tienes un plano donde las pueda examinar?

—Sí, lo hicieron los bomberos en su atestado; mira aquí… Esta es la zona de la explosión, desde aquí hasta este punto.

—¿Señala este número la cota?

—En efecto.

Una sonrisa ilumina mi rostro al comprobar la dirección en la que se produjo el movimiento de tierras que Tomás está marcando en el plano. Una sonrisa de plena comprensión. En ese plano he encontrado la clave necesaria, aunque no tengo una sola prueba que pueda aportar a la investigación.

—¿Sabes si la explosión llegó a afectar a la red de alcantarillas situadas bajo la calle Dalmases?

—Sí, causó un derrumbe parcial de la pared situada frente al edificio. Aquí tengo el informe de CLABSA, la compañía que gestiona la red de alcantarillado de Barcelona. ¿Lo quieres ver?

—No, no es necesario. Solo dime a qué cota está esa alcantarilla.

Tomás, tras consultarlo, me presenta una cifra concreta obtenida en un plano diferente.

—Aquí lo tienes. ¿Por qué te interesa tanto?

—Lo hicieron desde las alcantarillas.

—¿Qué?

—Quienesquiera que sean los responsables. Excavaron un pasadizo desde la alcantarilla y reprodujeron las circunstancias exactas con las que recrear una explosión accidental. Por eso la explosión sigue esa veta determinada hasta afectar a la pared más allá de las tuberías. Fíjate, son cotas diferentes. Si la explosión hubiera seguido únicamente el nivel de las tuberías, no hubiera afectado a la alcantarilla. Lo hizo porque la tierra removida no presentaba idéntica resistencia al empuje de la deflagración. Conozco mi trabajo y estoy seguro de esto.

—No tenemos la certeza. Podría tratarse de una zona de tierra menos compacta, o ser la vía de salida de la fuga de agua.

—Lo primero, quizás; lo segundo no. Si esa hipotética fuga de agua hubiera arrastrado más tierra, la explosión hubiera sido mayor, al serlo también la acumulación de gas. En cuanto a lo primero, ¡sería otra curiosa coincidencia! Como en todos los anteriores expedientes… Una nueva casualidad, como lo fue que el corte de suministro del gas fuera inmediato e impidiera la extensión de las llamas y que nadie haya sabido explicar quién lo hizo.

—Mandaré un equipo a inspeccionar esa alcantarilla.

Asiento, aunque sé que no encontrará nada allá abajo. No quedará huella alguna. Martín ha sido muy inteligente. Solo hay una cosa que no me cuadra: el iniciador de la explosión. No hay nada entre los restos de la explosión que pueda considerarse como tal. ¿Cómo demonios lograría sincronizar la explosión con el momento casi exacto de la puesta en marcha del motor?

247

60

*L*levo reunido con Estela más de dos horas, intentando recapitular toda la información, a la que hay que sumar el expediente sobre la explosión de gas. Mi compañero Salvà cumplió con su palabra y nos hizo llegar todos los datos. Yo tengo muy claro lo sucedido. Pero los policías no podemos vivir de impresiones, sino de certezas. Y para ello tenemos que encontrar las claves necesarias.

—David, eso es precisamente lo que no entiendo. Puedo comprender que nuestro fantasma fuera capaz de preparar semejante trampa. Pero era imposible que los escoltas no percibieran el olor a gas. Si en el aparcamiento hubiera el suficiente para provocar la explosión, se hubieran dado cuenta al revisarlo.

El razonamiento de Estela es bueno porque hace hincapié en el punto débil de un supuesto atentado.

—Correcto. El gas no estaba en el aparcamiento, sino debajo de él. Pero, para que esto sea válido, se precisa un iniciador.

—Sí, así es.

—Veamos… Quizá los bomberos no lo encontraron porque no pudieron reconocerlo como tal. Pásame el listado de restos hallados en la zona de la explosión.

Estela me tiende el listado, los objetos no solo vienen enumerados, también fueron fotografiados. La mayoría de ellos están destrozados por la fuerza de la explosión o de las posteriores llamas; algunos resultan inidentificables. Paso una página, una segunda, una tercera.

Y allí está.

Apenas puede reconocerse. La cinta métrica de referencia utilizada por los fotógrafos muestra que se trata de una pequeña lámina cuadrada de cinco centímetros por lado. Falta una esquina y las llamas han oscurecido y derretido parte de su estructura. En un lado tenía plástico, pero la parte delantera era metálica; por eso sobrevivió a la explosión.

Un objeto banal.

Nadie podría asociarlo a un iniciador.

Ni siquiera yo.

Salvo que estuviera persiguiendo a un fantasma y hubiera conocido sus primeros pasos.

—Recordarás los detalles del expediente Electroson.

—David, me lo sé de memoria casi palabra por palabra.

—¿A qué te recuerda esto?

Lo observa atentamente. Como siempre, antes de contestar, analiza en profundidad cada detalle.

—Esto parece... el frontal de un temporizador de cocina. ¡Fue uno de los muchos objetos sustraídos!

Asiento sonriente.

—Busca el listado que en su momento elaboró Joan. Ya conoces lo meticuloso que es; lo ilustró con catálogos de la tienda.

Obedece. No tarda en encontrar lo que buscaba. Y me los muestra exhibiendo una sonrisa de triunfo.

—Son idénticos.

—Sí. Así tenía que ser.

—Pero ¿cómo pudo provocar la ignición?

—Manipulando el mecanismo interior. Consiguió que pudiera provocar una chispa al activarse el avisador. Y gracias a este cacharro pudo concretar la hora exacta de la explosión.

—¡Joder con el fantasma!

—Y tú que lo digas.

Una pequeña pausa. Analizo a Estela; está completamente despierta, atenta, entregada al cien por cien, en su punto de rendimiento máximo. Y los datos son suficientes. Es la hora de que halle la conclusión por sí misma.

—Piensa, Estela, piensa. Piensa en todo lo que hemos averiguado. Lo primero, los tres robos de los que tenemos constancia y sus vías de acceso.

—Las alcantarillas.

249

—Se producen en tres zonas muy diferentes de la ciudad. Añádele a esto la muerte de Esteve. Cuatro zonas alejadas entre sí.

—Quienquiera que sea las conoce bien.

—Como la palma de su mano. Después, el material robado: infiltración, electrónica, armamento, son áreas muy dispares.

—Un perfil muy técnico que domina todas esas áreas.

—Seguimos con un misterioso *hacker* capaz de romper la seguridad del intranet de los Mossos y exportar unos datos muy concretos.

—Enormes conocimientos informáticos.

—Analiza ahora los tipos de muerte. Dime qué tienen en común.

—El fuego. En diferentes formas, pero siempre el fuego.

—Y, por último, los destinatarios.

—Dos tédax y el responsable psiquiátrico de la unidad.

—Ya tienes todas las piezas básicas. Para el inspector Piqué se trata de una ofensiva contra sus tédax, y en el CGIC le están haciendo caso porque todo lo que plantea suena verosímil. Pero yo solo veo una palabra capaz de definir lo que está sucediendo; una única, hermosa y terrible palabra; una de esas palabras capaces de justificar una vida entera. Es la palabra que muestran estas piezas del puzle. Y no se trata de amor.

¡Ay, Estela! Te brillan los ojos mientras me escuchas. Por fin comprendes todo lo que se ha dicho sobre mí. Nadie sino yo hubiera podido relacionar datos y expedientes tan dispares, y observo erizarse tu piel cuando dices exactamente aquello que tenías que decir.

—Solo hay dos sentimientos capaces de conseguir que una persona sea capaz de todo. Y, como has dicho, no se trata de amor. ¡Se trata de venganza!

SEXTA PARTE

Persecución

61

*L*a torre Agbar constituye uno de esos hitos que marcarán una época en la arquitectura contemporánea de Barcelona. Son 142 metros de altura, 50.000 m^2 de superficie útil, 4.500 ventanas, y todo construido según criterios de arquitectura bioclimática. El nivel de ocupación de sus instalaciones fue rapidísimo, fuimos muchas las empresas que decidimos instalarnos en estas plantas diáfanas.

Diferenciarse: ese fue el motivo por el que *Crónica Universal*, mi periódico, decidió instalar su redacción en los pisos diecisiete y dieciocho. Nacimos con vocación de estilo, con una elegante línea editorial, y así conseguimos captar la atención de los lectores.

Y es en el único despacho cerrado de toda la redacción donde yo, César Sanmartín, director del periódico *Crónica Universal*, espero la llegada del joven periodista Iván Arregui. Suenan dos golpes en la puerta, se abre apenas un palmo. Arregui anuncia prudentemente su presencia.

—¿Puedo pasar?

—Adelante.

Entra acompañado por el barullo que siempre emana de la redacción. Avanza hacia la mesa de reuniones que le he señalado al entrar en el despacho. Se mueve ligero, con un aire felino, y transmite seguridad en sí mismo. Y tiene motivos para ello. Él, un recién licenciado que apenas lleva dos años de prácticas y uno de contrato fijo, ha conseguido la tercera primicia importante en la corta historia del diario.

Examino a este joven al que apenas conozco: es un tipo

atractivo, con rostro de modelo viril, alto y ancho de hombros, pelo alborotado y aspecto de sano deportista. ¿Cómo se tomará lo que tengo que decirle?

—Se le ve contento, Arregui. ¿Qué tal van las cosas?

—Trabajando duro, señor. Continúo con el día a día sin abandonar la investigación en torno a los accidentes sufridos por los artificieros.

Mide sus palabras buscando el equilibrio necesario para no parecer ni tímido ni desvergonzado. Son muy pocos los periodistas llamados a capítulo, normalmente se trata de veteranos que llevan entre manos asuntos de mayor relevancia.

—Supongo que estará intentando adivinar para qué le he llamado.

—Sí, está en lo cierto.

—Arregui, he leído con atención su historial en el *Crónica*. Hasta el 12 de julio del pasado año consistió, básicamente, en ir a cubrir informaciones de tercera fila. Pero esa noche sonó la flauta y tuvo la buena fortuna de encontrarse cerca de lo que resultó ser un bomboncito periodístico, el incendio del hospital Sant Joan. Fue un buen trabajo, con un tono periodístico muy hábil. Explicaba lo ocurrido y sugería interesantes posibilidades.

—Gracias.

—Más adelante se produce la muerte del subinspector Ángel Asensio. Redacta un artículo sobre las extrañas circunstancias en las que se encuentra el cadáver. Y apenas dos semanas más tarde se produce el fallecimiento del subinspector Benito en otro accidente casero, lo que da lugar a la redacción de un nuevo artículo, cuyo último párrafo ahonda en lo extraño de estos fallecimientos.

—Así fue, sí.

—Para finalizar, al menos de momento: ocho días después fallece el doctor Esteve a resultas de una explosión de gas. Y usted se encontraba precisamente allí justo a la hora de la explosión, ¿no es cierto?

Arregui asiente con una leve inclinación de cabeza, el aire de seguridad que emanaba de sus rasgos ha sido sustituido por una seria concentración. Es un chico listo y comienza a imaginarse por dónde van los tiros.

—Todo lo relacionado con el caso de los artificieros tiene sentido hasta su último reportaje. Es este el que me preocupa y le diré por qué. El problema no viene dado porque un periodista pueda encontrarse en el lugar donde se produce una noticia y consiga aprovecharse de ello. Esto ocurre rara vez, ¡pero ocurre! El problema aparece si la presencia del periodista en el lugar donde se comete un delito no se debe al azar.

—Creo que comprendo lo que quiere decirme.

—¿Sí? Me alegra oír eso. Cuénteme entonces cómo llegó hasta la esquina del paseo Bonanova con Calatrava cinco minutos antes de la explosión. Y de paso recuerde que el Estatuto del Periodista recoge que cualquier periodista puede mantener la confidencialidad de sus fuentes de información con la excepción recogida en el artículo 15 en su segundo párrafo, que nos obliga a revelar la identidad de la fuente cuando de este modo se pueda evitar la comisión cierta de un delito.

¿Cómo actuará Arregui? ¿Con franqueza o disimulo?

—No me encontraba allí por casualidad. Me habían citado para proporcionarme información acerca de los artículos relacionados con lo que usted ha denominado «caso artificieros».

—¿Cómo contactaron con usted?

—A través de mi cuenta de correo electrónico del *Crónica*.

—Lo imaginaba. ¿Conoce usted la identidad de su fuente?

—No, el correo era anónimo. Y era la primera vez que recibía una nota en relación con este caso.

—¿Guarda ese correo en su ordenador?

—No, los borro semanalmente.

—Es posible que pueda rastrearse en el disco duro. Necesitaremos acceder a su ordenador.

—En absoluto.

—¿Recuerda el texto del correo?

—Sí. Decía así: «Arregui, si desea conocer más datos sobre los accidentes de los artificieros espere en la esquina de Bonanova con Calatrava a las 7.49».

El joven Arregui parece sincero. ¿Podría entonces llegar a explicarle por qué está realmente aquí?

—Dígame, ¿qué opina acerca de lo que sucedió?

—Según el informe policial y de los bomberos, se trató de un accidente.

—No le he preguntado eso.

—Fue un atentado. Alguien supo que iba a ocurrir y quiso que yo estuviera allí. Además me citó a una manzana de la explosión para que no sufriera ningún daño. El autor de la explosión deseaba que hubiera allí un periodista como testigo.

—No quería a un periodista cualquiera. Le quería a usted.

—Sí.

—¿Ha pensado por qué?

—El hecho de que yo firmara las anteriores noticias relacionadas con los accidentes es la clave.

—En los otros periódicos hubo periodistas que realizaron un trabajo equivalente al suyo. Pudo haber escogido a cualquiera de ellos y no lo hizo. Debe de existir un motivo concreto para ello. ¿Lo conoce?

—No.

—¿No?

—No. Pero lo imagino.

—Explíqueme cuál es.

—Leí todos los artículos de la competencia. Eran asépticos en su descripción de lo sucedido y no dejaban abierta ninguna posibilidad ajena a la versión oficial.

—Es exactamente la misma conclusión a la que he llegado.

Extraigo de otra carpeta recortes de diversos periódicos y se los tiendo a Arregui, que los ojea no sin lanzarme antes una mirada valorativa. ¡Muchacho, no todos los directores de periódicos somos unos viejos adocenados!

—Arregui, esto huele a noticia grande. Podría suponer una exclusiva que lanzara el periódico hacia las alturas…, y también al periodista que la estuviera cubriendo. Le voy a dar libertad de movimientos. A partir de este momento va a dedicarse en exclusiva al caso artificieros. Pero le impongo una condición: debe comunicarme de inmediato cualquier avance que haga. Este asunto es dinamita y requiere experiencia y control. ¿Queda todo claro?

—Cuente con ello.

—Un último asunto: debemos mantener al *Crónica* a salvo de cualquier posible intervención judicial o política. Si se produce cualquier otro contacto con su informante no lo borre. Recuerde que estamos hablando de policías muertos.

—Así lo haré.

Nos estrechamos las manos y abandona el despacho. Ha mantenido una actitud positiva, pero esto no ha bastado para que le explicara los verdaderos motivos de la entrevista. No, no he visto el momento de explicarle la verdad.

Demasiado atrevido. Demasiado capaz. Demasiado... ¡joven!

Si ayer no hubiera recibido esa llamada qué distinto hubiera sido todo. El Departamento de Interior de la Generalitat contactando conmigo para solicitarme reserva. Un tono cortés y adecuado, como también fue cortés la advertencia que contuvo la frase de despedida: «Agradeceríamos su colaboración en estos términos; a partir de ella podemos asegurarle que los futuros cauces de información oficial a todos los niveles se mantendrán abiertos para el *Crónica*».

Una frase formal excepto para el que juega en categoría superior y es capaz de entenderla: o estás a lo que decimos, o en el futuro tendrás problemas con nosotros. Y esa frase fue la clave de mi decisión. El director de un periódico no puede pelear con las instituciones, nos pueden llegar a hacer la vida imposible. Pero el director de un periódico es también un periodista, y esa frase final encierra un intenso tufo a noticia de las buenas. Significa problemas. Y los problemas de los demás pueden suponer muchísimas ventas.

Bien, la decisión está tomada. Ahora solo falta que Arregui demuestre lo que vale.

62

*E*n la oscuridad de mi refugio medito sobre la situación. Mi margen de seguridad ha descendido. No puedo permitirte un solo error. Logré introducir un espía en la reunión del CGIC con mucho esfuerzo y así supe cómo estaba la situación.

Solo me queda Piqué. La gran presa final, el verdadero causante de mi desgracia, el hombre que me robó el resto de mi vida. A estas alturas estará comenzando a atar cabos. Conoce perfectamente mi pasado y sabe en qué unidad trabajé antes de entrar en los artificieros. ¿Para qué ibas a ocultarte en la ciudad, allá donde tan fácilmente podrías ser reconocido, en lugar de hacerlo en sus entrañas, donde a nadie se le ocurriría venir a buscarte? Y él, ahora, no tendrá ya duda alguna de que es mi objetivo final.

Así que los dos nos vamos a buscar mutuamente.

Quizá no pueda morir en el fuego, tal y como era mi deseo para con todos ellos. Es probable que sean las armas las que diriman nuestro enfrentamiento.

Bien, esta parte del análisis está clara.

Pero debo atender a los actores secundarios. A veces el guion nos depara sorpresas y aquellos que no estaban destinados a gozar del protagonismo les roban las escenas a los actores principales.

Repaso la conversación grabada en la sala del CGIC. Dávila no cuenta, ese hombre es un descreído que no desea ver donde no alcanzan sus sentidos.

Miravet es otra cosa. La conversación me resultó sospechosa desde el principio, me pareció estar viendo cómo sus palabras seguían un camino determinado. Y ese camino no era otro que el planteado por Piqué. Fue sencillo comprender que esa reunión había sido planificada de antemano. Por eso dediqué parte de mi tiempo a localizar su historial. Y lo allí descubierto no hizo sino confirmar todas mis sospechas. Miravet y Piqué crecieron mano con mano durante toda su carrera. ¿Amigos? Probablemente. ¿Cómplices? Podría ser. No puede descartarse nada.

¿Y los otros? La subinspectora Bolea y el inspector Ossa de la comisaría de Ciutat Vella. Ella es muy joven, y él...

El inspector Ossa. Hubo un caso en concreto, hace ya bastantes años... ¿Cuál fue? ¡Sí, el de los gemelos Rius! Uno de esos casos tremebundos con los que se ceba la prensa: unos niños de cuatro años, hijos de un rico industrial con conexiones políticas, fueron secuestrados y pidieron por ellos un enorme rescate. Ossa localizó a los secuestradores y rescató con vida a los gemelos cuando nadie contaba con ello. Y el resto del expediente... Hay de todo, mucho y bueno.

¿Qué hará un hombre con su capacidad en una comisaría de barrio? Es extraño... Según su historial recibió, tiempo atrás, varias ofertas para trabajar en el CGIC y las declinó. Observo la foto; siempre me gustó extraer conclusiones a partir de los rasgos, pero este rostro es algo diferente; es cierto que no hay un solo rasgo llamativo o definitorio, pero tampoco resulta vulgar; no es la finura de los labios, ni esa nariz rota y desviada, o el mentón afilado. Son sus ojos. Incluso en esa foto de trabajo, una toma formal y realizada con desgana, no puede evitar apreciarse esa mirada... ¿Cómo calificarla?

259

Aunque lo pienso detenidamente soy incapaz de encontrar la palabra adecuada. Pero justo en el momento de aparcar mi raciocinio es cuando la encuentro. Su mirada es soñadora. Evoca imaginación, y un no sé qué añadido, una virtud escondida, incluso cierta nobleza. Quizá podría ser este el hombre adecuado. Sí, quizá. Pero también podría ser el más peligroso de todos, más incluso que Piqué. Porque, aunque pudiera llegar a comprenderme, no podría dejar de ejercer su papel de policía.

Un amigo. Cuántas veces he deseado poder hablar con alguien, explicarle mis sentimientos, transmitirle mi determinación. Quizá Ossa no pueda ser mi amigo, pero vendría bien un aliado. Y tengo todos sus datos, incluso el del correo interno de la intranet.

Todo lo que necesita es una pista. Según lo voy pensando comprendo que es la decisión correcta. Recuerdo la grabación de la reunión: cuando todos se habían marchado, regresó a la sala, donde estaba Miravet, y le hizo una pregunta muy concreta. Su tono de voz era tan bajo que la grabación digital apenas lo recogió, tuve que utilizar un programa específico para aislar la voz de Ossa y así entender la pregunta. ¡Quiso saber cómo y por dónde accedí al servidor central! Y eso solo tendría importancia para esas pocas personas capaces de ver más allá de lo evidente.

Preparo un texto muy sencillo, he cambiado la secuencia de servidores internacionales para que el rastro del mensaje no se pueda seguir. Mi índice juguetea sobre el botón *enter*.

Aprieto la tecla. Mi mensaje vuela por la Red.

Y ya está hecho.

63

—*E*s una vista preciosa.

Asiento. Estela está asomada a la terraza, detrás de la cristalera. Tras varios días lloviendo tenemos una pequeña pausa. El cielo sigue encapotado, pero la cota de las nubes se ha elevado y la neblina que atenaza la ciudad se ha disipado momentáneamente. Las torres de la Sagrada Familia se yerguen esbeltas, los chorros de luz que las iluminan adelgazan sus formas cónicas y permiten ver su policromía. A lo lejos llegan a verse las torres de la catedral y Montjuïc como telón de fondo, y si te asomas y miras hacia la izquierda surge con fuerza monstruosa la torre Agbar. El pasado y el futuro, reunidos. Y recuerdo al pensar esto de que no hace demasiado tiempo era otra mujer la que estaba allí asomada expresándose de manera muy similar.

—¿Por qué me has hecho venir?

—Te apetecerá tomar algo.

—No, gracias. Bueno, un vaso de agua.

—Enseguida te lo traigo.

Son las diez de la noche. Dejamos la comisaría apenas cinco horas antes, cada uno a nuestro mundo con un fin de semana por delante. Estela es muy reservada. Jamás me ha hablado de su vida privada, pero nunca llama ni la llaman, ni al móvil ni a la comisaría. Esta sola. Seguro. Y ahora, también incómoda. Le tiendo el vaso, lo coge y da unos sorbos.

—Tengo algo que enseñarte.

—Y tenía que ser en tu casa.

—Sí. Es una novedad interesante.

—Muéstramela.

—Vamos al ordenador.

Nos sentamos y entro en la intranet de la policía. Introduzco mi clave, abro el icono del correo y pincho en un mensaje sin asunto. El texto se despliega en la pantalla: «Vas bien encaminado. Busca entre las llamas. Encuentra mi pasado. Sigue mi rastro. Localiza la bala, arriba. Entonces comprenderás».

—¿Qué significa esto?

—Ni puñetera idea.

—¿El fantasma?

—Quién si no.

—¿Busca entre las llamas?

—Recuerda cómo murieron sus víctimas. Es un nexo de unión, una clave.

—Puede ser alguien al que le fallaron los tédax.

—Correcto. El fantasma los odia. Y no solo a uno en concreto, que se haya cargado a Esteve lo cambia todo. No quisiera estar en el pellejo de los otros tédax.

Aquí realizo una leve pausa, muy leve; podría añadir mi certeza sobre Piqué, pero ¿cómo explicársela a Estela? Aún no me siento preparado para comunicarle mis especiales dones. Ni siquiera se lo dije a María después de tanto tiempo de relación, y Joan tardó más de tres años en averiguarlo. De momento tampoco es tan importante. Pasara lo que pasara nada cambia el hecho de que el fantasma es un asesino que se está tomando la justicia por su mano, y eso no puede permitirse.

—Sigamos. ¿Qué me dices de «encuentra mi pasado»?

—Por más que lo he pensado no he logrado comprenderlo.

—¿Y «localiza la bala arriba»?

—No te olvides la coma. Bala, coma, arriba. Supongo que todo encajará perfectamente para quien conozca las claves.

—Un texto de lo más críptico ¿Has comprobado la raíz?

—Bahamas. Me lo han mandado desde la cuenta del banco Nassau Limited. Está redirigido, pero no valdrá la pena intentar seguirlo; seguro que ha borrado el rastro.

—Y te lo han mandado por la intranet.

—Quienquiera que sea tiene acceso al programa.

—Tiene que ser el *hacker*. Robó todos los datos necesarios.

—De acuerdo. Bien, vayamos por partes: la base de datos no incluye los códigos de acceso, estos son privados. Incluso para robar los datos debió de entrar con una clave. El problema es saber cómo la averiguó. Pero lo más importante no es que tenga todos nuestros datos, lo verdaderamente importante es que sabe que estoy en el caso. Solo esto explica que me mande el correo.

—¿Y cómo pudo saberlo?

—Puede que a través del expediente Asensio.

—No, ese razonamiento no sirve: el expediente pasó al CGIC con todo el resto de las muertes. Si accede con semejante facilidad a los ordenadores, está claro que debe conocer ese extremo.

—Solo hay dos personas que conocen mi interés en todo este asunto. Una es Joan, la otra eres tú.

La mirada de Estela se vuelve acerada, se afilan sus rasgos, su apariencia indica ataque, me recuerda a un ave de presa.

—No me pongas esa cara, no dudo de ti. Pero el fantasma sabe lo que estamos haciendo, este correo lo demuestra. Y no entiendo cómo pudo saberlo, oficialmente estamos fuera del caso.

—Pero entonces… ¡ha debido de espiarnos!

—Es evidente. Ahora bien, piensa en lo que estás diciendo: solo hemos hablado del caso en nuestra comisaría y en la sede del CGIC. No hemos mantenido ninguna conversación pública más.

—Quizá te vio en Bonanova. Pudo estar allí, evaluando las consecuencias de la explosión. Dice el tópico que el asesino siempre vuelve al lugar del crimen.

—No. Aquello era un hervidero de gente, yo solo fui uno más entre la multitud. Estoy seguro de que lo sabe desde antes.

Estela se levanta, camina por el salón, está pensando en el correo y en sus implicaciones. De repente comprende que nuestra situación se ha modificado por completo: el fantasma a quien buscábamos nos ha encontrado antes de que nosotros lo encontráramos a él. Estela comienza una frase que muere sin ser pronunciada.

—David…

—Sí, estamos en una situación de riesgo. Si seguimos adelante, jugamos en campo contrario: él lo sabe todo de nosotros y nosotros nada de él.

263

—Pero no podemos dejarlo.

—No, no podemos. Detrás de esta historia hay algo muy turbio que debemos averiguar.

—Estoy de acuerdo.

—Tenemos que repasar toda la seguridad de nuestras casas de arriba abajo. Y no podemos acudir a la Brigada de Tecnología, pues hacerlo nos obligaría a explicarlo todo. El fantasma es muy bueno con la electrónica, así que podemos tener micros. Debemos desmontar todas las lámparas, enchufes, repasar todos los bajos de los muebles. Quizá conozcas esto.

Abro el cajón, un pequeño aparato con un led iluminado emite una señal rojiza, a su lado hay otro aparato similar.

—Un inhibidor de frecuencias.

—El apagado es para tu casa.

—Bien.

Ella suspira con fuerza, una expresión de hondo malestar. En este caso la verdad ayudará.

—No debes preocuparte en exceso. Si el fantasma hubiera querido atacarnos, ya lo hubiera hecho. El correo demuestra que en nosotros busca algo diferente.

—Eso es otra cosa que tampoco entiendo. ¿Por qué ese correo? ¿Por qué no ha sido más claro? ¿Qué quiere conseguir? ¿Por qué a ti?

Estela está junto a la terraza. Esa zona de la habitación apenas está iluminada. Pero mi hipersensibilidad hacia la luz hace que perciba cada uno de sus gestos y en ellos quedan al descubierto sus temores. Este no es un caso normal de esos en los que se ha visto involucrada en su joven carrera. Este es un caso de los míos, de los extraños, de los que nadie desea. Pero ella tiene potencial, así que se lo voy a explicar

—Yo sí sé lo que pretende.

—Dímelo.

—Busca venganza, sí. Pero también busca justicia. Vamos a detenerlo, Estela; ese es nuestro trabajo y él lo sabe. Apostaría lo que fuera a que nuestro fantasma no es de los que se dejan coger vivo. Pero, si muere, quiere asegurarse de que haya alguien que conozca la verdad.

—¿Qué verdad? ¿La suya? ¿La nuestra?

—Ni la una ni la otra. La única. Porque debes saber que

siempre, siempre, hay una verdad ajena a todos nosotros. Esa es la verdad que quiere mostrarnos el fantasma. Esa es la verdad que debemos buscar.

Estela asiente. La veo lábil y desamparada. En una ocasión como esta puede necesitar el apoyo de mi presencia. ¿Podría ser mal interpretado? Esta noche no, seguro que lo entenderá. Adelante, pues.

—Estela, tengo una habitación de invitados. Está enfrente del lavabo, tiene las sábanas puestas. Quédate esta noche en casa. Mañana iremos a la tuya para revisarla por completo. Yo me voy a la cama.

Ella asiente y guarda silencio.

Me voy a mi cuarto y la dejo sola en la sala. Sé que se quedará, es la voz de la razón quien aconseja prudencia. Entro en mi cuarto, me desnudo y me meto entre las sábanas; cierro los ojos y espero a que llegue el sueño. ¿Puede que espere algo más? No lo sé, no lo busco, no lo deseo. Pero quizá fuera bueno para ambos que ocurriera.

265

64

*L*a noche ha sido tranquila. Como era de esperar, no ha ocurrido nada. Estela se despertó antes que yo, fue el olor de las tostadas recién hechas lo que me hizo volver del mundo del sueño. Ya había tenido tiempo de ducharse y vestirse: es de las que madrugan, no le gusta perder el tiempo. Acudo al lavabo y me ducho. La toalla huele a otro cuerpo; hacía mucho tiempo que eso no ocurría, pero no huele como cuando se ha compartido la misma cama y se ha dormido el uno en brazos del otro. Cuando aparecí por la cocina ya estaba completamente vestida, sin dar margen a una confianza que aún no se ha creado y que quizá nunca se cree.

Nos dirigimos al Poble-sec. El de Estela es un apartamento de unos cincuenta metros cuadrados, un tercer piso en la calle Margarit con vistas parciales hacia Montjuïc.

Cuando entramos en la sala activo el inhibidor de frecuencias. A partir de ahí todo consiste en buscar micrófonos en los lugares habituales donde pudieran esconderse. Pero tras tres horas de trabajo concienzudo no encontramos nada.

—Esto nos complica las cosas. Si no nos espió en nuestros domicilios, debió de hacerlo en el exterior.

—Imposible. No puede haber entrado en la comisaría.

—No olvides la reunión, también pudo haberlo hecho allí.

—Es cierto.

—Quizá tiene un cómplice que sí puede hacerlo.

—Claro, o a lo mejor se trata de un compañero en activo.

Esta última idea, que Estela ha lanzado al azar, con ironía, me agrada. Resulta muy sugerente y sería una buena explicación, pero no hay posibilidad de que pueda ser real. Este es un enigma que, por el momento, carece de solución.

—David, ahora que lo pienso estamos persiguiendo a un butronero de primera. ¿Quién nos dice que no ha logrado burlar la seguridad de la comisaría?

—La comisaría es un lugar vivo, incluso durante la noche tenemos allí a los compañeros del turno de noche. Y nuestros despachos están en la primera planta. Aunque hubiera logrado entrar, debería haber pasado por delante del control de acceso. Demasiado difícil.

—¿Más que Fidec con sus vigilantes nocturnos y sus cámaras de seguridad?

—No haríamos mal en comprobarlo. Seguro que en Nou de la Rambla tenemos una hermosa alcantarilla por la que podría moverse muy a gusto, justo debajo de la comisaría. Hablaré con Joan para que contacte con la gente de la Unidad del Subsuelo.

Suena mi teléfono móvil, una vez acabamos de revisar la casa lo he activado de inmediato. Contesto, la conversación es breve, a continuación cuelgo.

—Es Joan. Quiere hablar con nosotros, hemos quedado dentro de media hora.

—¿En sábado? ¿Por qué no esperar hasta el lunes?

—Le encargué que averiguara un par de cosas y parece que ya ha hecho los deberes. Siempre fue muy efectivo.

—Deben de ser lo suficientemente importantes como para no poder esperar día y medio. ¿Puedo saber de qué se trata?

—Ten paciencia, será cosa de media hora.

267

La lluvia es pertinaz. En las zonas bajas de la ciudad se están sufriendo las primeras inundaciones de bajos y trasteros. En la costa cercana las rieras bajan cargadas de agua; ha aumentado el caudal del Besós y el del Llobregat. Cogemos el metro. Es lo más rápido para llegar al nuevo Zúrich, ese legendario bar que, situado al final de la calle Pelayo, es la puerta de las Ramblas y constituye uno de los puntos de encuentro más socorridos de toda la ciudad. En su interior nos espera Joan. Nos acercamos y él me lanza una mirada de contenida sorpresa cuando entra Estela.

—Cuando me telefoneaste estaba en su casa. Las cosas han cambiado radicalmente desde anoche. Tenemos novedades que contarte.

Le hago un rápido resumen de la situación, incluida la recomendación de contactar con la Unidad del Subsuelo.

—Cada vez comprendo menos de este asunto. Me gustaría saber en qué demonios os estáis metiendo. Tengo la sensación de que todo esto os supera y está bastante más allá de vuestro alcance natural. Además, toda esta información podría serle muy útil a los del CGIC.

—Es posible que así sea. Pero somos unos *outsiders* que no interferimos en nada la labor del CGIC, ellos van por su lado y nosotros por el nuestro. Y, si no recuerdo mal, precisamente me habías llamado para hablarme acerca de nuestros colegas del Grupo de Investigación Criminal. Así que ponte a ello.

Joan lanza una última mirada en dirección a Estela, confirmo con una mínima oscilación de cabeza. Y las novedades que presenta son de recibo.

—Para comenzar: obtuve la información que me solicitaste desde una fuente absolutamente fiable, justo desde el mismo Departamento de Interior.

—¿Quién la firmó?

—La mano derecha del consejero, su secretario, Viladrau.

—Hasta aquí, todo razonable.

—Hasta aquí. A partir de aquí deja de serlo.

—Explícate.

—Con la información recibida en Interior se plantea la posibilidad de una hipotética ofensiva terrorista contra los tédax. La asignación temporal de escoltas a todos los artificieros se produce a solicitud de Piqué; tú bien lo sabes, pues estuviste presente en la reunión donde se planteó. Una situación preocupante, ya que aceptarla implica reconocer una amenaza con visos de ser real y la activación automática, por ende, de la alerta naranja antiterrorista. Lo curioso del asunto es que esa alerta no se ha activado.

—Ciertamente curioso.

—Sí. No sabemos a qué se debe, pero el consejero confía ciegamente en su secretario en todo lo que toca a asuntos policiales, y Viladrau es el responsable de que las cosas estén así.

—Y ahora es cuando vas a ir al meollo de la cuestión.

—Viladrau es primo segundo de Piqué. Y no un primo cualquiera. Son íntimos desde la infancia. Así como Piqué orientó su actividad hacia la policía, Viladrau lo hizo hacia la Administración.

—Quien a buen árbol se arrima buena sombra le cobija.

—Eso es. Piqué siempre ha gozado de la beneficiosa sombra de un árbol robusto y de denso follaje, aunque también es justo reconocer que su historial es señalado y que también Viladrau presenta una eficaz hoja de servicios administrativos. El uno ha apoyado siempre al otro. ¿Quieres un ejemplo concreto?

—Desde el mismo momento en que me lo planteas es que tiene su interés.

—En la época anterior al atentado estaba cercana la jubilación del comisario Garrido. En ámbitos de la consejería se especulaba con el nombramiento de su sucesor. Hubo dos opciones sobre la mesa, la primera Piqué, que por experiencia parecía el recambio más lógico. Pero también se contemplaba una segunda opción, la de un tal inspector Martín, que al igual que Piqué era jefe de una de las unidades de los tédax.

269

—Ese fue uno de los héroes del atentado en los Grandes Almacenes.

Es Estela la que, por primera vez, ha intervenido en la conversación. Y tengo la sensación de que sus palabras pueden tener que ver con la globalidad del caso. Joan sigue con su historia y aparco esta sensación para examinarla más tarde.

—Sí, así fue. Murió tras un incendio en el hospital Sant Joan. Pero no nos desviemos: os explicaba que desde una perspectiva de política interna policial se prefería a Martín. Pero la política de la consejería se decantaba por Piqué...

—Gracias a la influencia de Viladrau, ya lo entiendo. Interesante.

—Y ha sido Viladrau el que ha colocado a Miravet a cargo de la investigación del CGIC.

—Exacto. Es un asunto delicado que precisa de un hombre de confianza de la consejería, por eso Viladrau designó a Miravet.

—A un Miravet que es compañero de promoción y amigo de Piqué.

—Eso es. Para acabar, una última novedad.

—¿Cuál?

—Piqué acaba de entrar en un programa especial de protección. Miravet ha dado la orden y no podemos localizarle, ha abandonado temporalmente su domicilio.

—Qué extraño...

—¿Que piensas de todo esto?

Se pierde mi mirada hacia las Ramblas. Pese a la lluvia, el gentío que circula hacia ellas es numeroso, tan despreocupado, tan feliz; qué suerte tienen de vivir una vida sin preocupaciones como estas.

—Todavía es pronto, Joan. Sigo recabando datos.

—David, llevas recabando datos dos meses. Me parece extraño que no tengas alguna idea. ¿Aún no has llegado a... ninguna conclusión?

Las revelaciones de Joan lo son todo y no son nada a la vez. ¿Qué hay de extraño en que un hombre decida asignarles el caso a sus personas de confianza? Nada. ¿Qué tiene de extraño que pueda existir una relación de parentesco entre quien da la orden y quien se beneficia de ella? Nada. Incluso la no activación de la alerta naranja podría ser explicable ante la falta de datos concretos sobre el nivel de amenaza.

—No, Joan, aún no tengo ninguna teoría. Tendrás que tener paciencia.

Y ahora es Joan quien permanece en silencio, mirándome pensativo.

65

—¡*J*efe! ¡Están intentando acceder al servidor central!

Para todos los miembros del Departamento de Tecnologías de la Información es un reto personal capturar al *hacker* que ha logrado instalar un gusano en el servidor central de Travessera. Y hoy, 14 de marzo, el programa adosado al gusano se ha activado.

—Entendido. Poch, inicie el programa. Mercedes, póngame con el CGIC; quiero al inspector Miravet en línea.

Un equipo de cinco informáticos se lanza sobre sus pantallas, el programa de seguimiento se pone en marcha en cuanto el *hacker* intenta acceder al servidor.

—Poch, active la retención. Cada uno a lo suyo, localicen las IPv4 dinámicas. Ràfols, usted es el primero.

No es fácil explicarle al profano cómo funciona esto. Una imagen puede ayudar, viene a ser como si cuando fueras a golpear la puerta de una casa con tus nudillos sintieras que se aleja y que debes acercarte un par de pasos para poder hacerlo, y una vez que lo has hecho esto vuelve a suceder, y otra vez, y luego otra. El que quiere llamar no es capaz de apreciar que se ve obligado a dar esos dos pasos, y así pasan unos segundos que permiten al que está oculto tras la puerta abrir la mirilla y localizar al intruso.

—IP completa, 164.69.344.69, Nueva York, Chasse Manhattan, línea externa, la paso.

—Mas, cójalo.

—IP completa, 155.33.132.22, Berlín WestLB, completa, la paso.

—Rivas, atento.

—Un momento, esto va más lento; lo tengo: IP completa, 112.48.775.76, National Australian Bank, la paso.

—Tiempo, Poch.

—Cuarenta y cinco segundos, en margen.

—En margen, pero demasiado lento, ¡espabilen todos!

—IP completa, 134.66.326.75, HSBC Argentina.

—¡Solo nos falta uno!

—IP 177.33.678.91, ¡Bancorreos, Barcelona!

—Localice la conexión.

—Plaza Antonio López, junto al Moll de la Fusta, edificio de Correos.

—¡Tiempo!

—¡Un minuto veintiséis segundos, señor!

—¡Denle acceso!

—¡Hecho, señor!

—¿Ha marcado el lugar de recepción?

—Sí, señor. Es una antena inalámbrica que no excede en más de doscientos metros al servidor de Correos.

—¿Ha grabado la firma de la antena?

—La tengo, señor.

—¡Buen trabajo!

El *hacker* accede al nivel 3, no pueden evitar que lo haga sin levantar sospechas. Podrá trastear a su gusto el tiempo previsto de dos minutos y llevarse aquello que vino a buscar, pero esos dos minutos han sido oro puro para el equipo de Tecnológicas. Poch está seguro de que el *hacker* no se ha dado cuenta de nada, pues de lo contrario hubiera cortado la comunicación.

—Mercedes, pásame a Miravet.

—Se lo paso.

—Dígame, subinspector Fernández.

—Inspector Miravet, hemos localizado al *hacker*.

—Buen trabajo. ¿Dónde está?

—Tenemos que concretar el punto exacto, pero lo tenemos localizado en un área de doscientos metros de diámetro alrededor del edificio de Correos. Pirateó la señal del servidor de Bancorreos para realizar la conexión.

—Doscientos metros…, un segundo. He abierto el mapa, ese diámetro supone controlar tres manzanas de edificios alrededor de Correos; aunque la parte del Moll de la Fusta en principio nos ahorra esa zona, sigue siendo demasiado terreno. ¿Pueden centrar el área con mayor exactitud?

—Sí, tenemos la firma de la antena. Bastará con trasladar un equipo a la zona y dentro de unos minutos lo tendremos resuelto por triangulación.

—Eso quiere decir que si ponemos en marcha un operativo del CGIC podríamos actuar de inmediato.

—En efecto.

—Deme una estimación horaria.

—Podríamos estar allí en cosa de unos treinta minutos, a las 18.30.

—Necesito algo más de tiempo, al margen de los nuestros necesito disponer de un operativo de apoyo externo. Prepare a su equipo y le daré nuevas instrucciones. Calcule a las 19.30. Equipo de incógnito.

—¿Punto de reunión?

—Plaza Antonio Maura.

—Espero sus órdenes.

El subinspector Fernández cuelga el teléfono. La sonrisa sigue prendida en su rostro. Poch piensa que difícilmente podrá borrársele en las próximas horas.

—Sargento, prepare un equipo de cuatro hombres para apoyar un operativo del CGIC. Tenemos media hora para comprobar que todos los aparatos estén en perfecto orden. Vamos a cazar a ese *hacker* con las manos en la masa.

—Sí, señor.

Fernández abandona la sala de comunicaciones. Poch comienza a dar las instrucciones pertinentes. Los hombres se ponen en marcha para cumplirlas. En ese momento, Poch comprende que no hará carrera en la policía, pues no siente la alegría y el dinamismo de sus compañeros. Y comprende el porqué: al fin y al cabo, a él le cae mejor ese tipo misterioso que van a cazar que todos sus colegas juntos.

273

66

*L*unes 15 de marzo, 18.15 de la tarde. El comisario Artamendi acaba de convocar una reunión en la sala polivalente. Asistimos la subinspectora Bolea, el sargento Feliu, tres números (Montagut, Laplace y Andrade) y yo mismo. Corre el rumor de que se está preparando un operativo del CGIC y que se demanda el apoyo de la comisaría de la zona. La excitación se palpa en el ambiente. Entra Artamendi acompañado por Joan, que me lanza una mirada significativa. Desde el mismo instante en que oí las siglas CGIC en la sala de reuniones tuve claro que el asunto era serio y que me atañía directamente.

—Buenas noches. Hemos recibido una solicitud de apoyo del CGIC en relación con un operativo que va a desarrollarse en la plaza Antonio López, frente a Correos. El comisario Miravet precisa el apoyo de una unidad para consolidar el perímetro. El objetivo de este operativo consiste en detener a un o unos sospechosos que se consideran muy peligrosos. Deberán utilizar medidas de protección y portar el armamento reglamentario junto con los subfusiles MP5 A5. El punto de reunión con el equipo CGIC será dentro de treinta minutos en la plaza Antonio Maura. Usted, inspector Ossa, será el oficial de enlace de nuestro equipo. En marcha y buena suerte a todos.

La excitación deja paso al silencio. Mis compañeros no olvidan que incluso en el menos importante de los operativos puede existir peligro, que las balas son de acero y, según cuál sea su calibre, pueden llegar a reventar los chalecos antibalas que ahora se están ajustando. Recogen los subfusiles y comprueban el mecanismo antes de introducir los cargadores. Yo solo llevo una pistola, mi poderosa Glock 37 de ancha empuñadura para poder albergar la fila de cartuchos de 45 milímetros capaces de atravesar una capa de siete milímetros de acero.

En el aparcamiento montamos en una furgoneta sin identificación exterior. Andrade conduce, tomo asiento junto a él. Cerca de la plaza Antonio Maura cogo el micro interno y me dirijo a los míos.

—Equipo, os quiero centrados y atentos a mis órdenes. Solo quiero eficacia; nada de florituras. Deberemos guardar el perímetro externo y serán los chicos del CGIC quienes se encarguen de esta historia. Colocaos los micros, sintonizad el canal 23 y confirmad el audio. Andrade, llueve demasiado: deles distancia a los demás conductores.

Lo hacen. Llegamos a la plaza Antonio Maura, está situada justo al lado de la catedral. Tres furgonetas están estacionadas; me acerco a la primera de ellas. Miravet abre la puerta lateral; sobre la mesa central descansan un mapa, un ordenador portátil y un MP5 A5.

—Inspector Ossa, le presento al subinspector Fernández, de la Brigada de Tecnología.

Nos estrechamos la manos. Miravet toma la palabra.

—Tenemos localizado al sospechoso junto al edificio de Correos, exactamente aquí. —Aparece un nuevo mapa en la pantalla del ordenador—. ¿Conoce el lugar?

—No.

La imagen revela un plano en 3D de lo que parece ser un amplio vestíbulo de acaso cien metros cuadrados. Se ven cuatro grandes puertas, dos en cada lado. En la zona central se levantan lo que parecen ser tornos de acceso.

—Nuestro sospechoso ha elegido un escondite excelente: esto es la antigua estación de metro de Correos, que en su día perteneció al Gran Metro y más tarde a la línea 4.

—¡No tenía ni idea de que existiera algo así!

—A esta y a alguna otra las llaman las «estaciones fantasma». Fue clausurada en 1972. Está situada justo debajo de la plaza de Antonio López. Observe el plano y fíjese en estas viejas fotografías que nos ha proporcionado la gente de TMB.

La pantalla del ordenador pasa sucesivamente dos fotos;

275

son antiguas, de granulado muy grueso, pero proporcionan una idea muy real del lugar.

—¿Cómo han sabido que se esconde allí abajo?

—Los de la Brigada Tecnológica se volvieron locos hasta localizar una antena Wi-Fi disimulada en una farola, justo en mitad de la plaza. El cable descendía por su base, pero como debajo no hay aparentemente nada tuvieron que regresar a la furgoneta y solicitar un plano del subsuelo.

—Bien, analicemos el lugar. La vía parece acabar aquí.

—Sí, la estación de Correos, como derivación de la línea 4, tenía una única conexión en este extremo.

—Explíqueme el operativo.

—Tenemos cuatro zonas de acceso principales, que se corresponden con las del vestíbulo principal. Los accesos exteriores, en la plaza, llevan cegados treinta años; no suponen un problema. Observe esto: la estación dio servicio a Correos en sus últimos años; por eso debajo del edificio tienen un acceso cerrado pero no clausurado, en el sótano menos dos. Hemos contactado con la empresa de seguridad que vigila sus instalaciones y esperan nuestra llegada. Entraremos por ahí.

—La vía, pese a estar su conexión con la línea 4 clausurada, puede ser una salida alternativa. Muéstreme el mapa.

Miravet maneja el ratón; desde el puerto USB pasan las imágenes hasta llegar a lo que parece ser un murete de obra.

—Es otra foto antigua. Nadie dedica tiempo a revisar estos lugares, solo nuestra Unidad del Subsuelo en determinadas circunstancias. Contacté con ellos, pero esta estación no queda en la zona de sus intervenciones principales, así que nunca le prestaron mucha atención.

—No podemos descartarlo.

—En efecto, no podemos. Controlar esa conexión será su trabajo.

—¡Pero el único acceso que marca este mapa es desde la línea 4, y a esta hora el metro estará en pleno funcionamiento!

—El servicio del metro se detendrá el tiempo preciso. Las estaciones de Jaume I y Barceloneta han sido desalojadas; divida a sus hombres en dos grupos y controlen la vía. Si el sospechoso intentara escapar por la conexión del ramal de Correos, acabaría por toparse con ustedes.

—Entendido. ¿A qué altura de este túnel se encuentra el ramal antiguo?

—Aquí, prácticamente a la mitad del recorrido.

—Sería mejor que nos apostáramos justo tras él.

—No será necesario. En principio el ramal está tapiado. Pero si intentara escapar por ese nexo no tendría más remedio que llegar hasta los andenes donde le estarían esperando ustedes.

—Entendido. ¿Tendremos cobertura para los intercomunicadores?

—Son doscientos metros hacia cada lado. La pared no es demasiado gruesa. Deberíamos oírnos sin ningún problema.

—Una última pregunta.

—Dígame.

—Imagino que los planos están actualizados, que no existe otra salida alternativa por la que pudiera escabullirse.

—Más les vale a los de TMB que sus datos sean exactos. Pero sí la hay, y esta no corresponde a TMB. ¿Conoce la empresa CLABSA?

—Sí. Llevan el mantenimiento del alcantarillado.

—Mire este plano. Nos lo acaban de enviar.

El plano viene en PDF. Es un mapa de esa zona de la ciudad con todos y cada uno de los accesos y líneas de alcantarillado.

—Ya veo… Son las alcantarillas. Y esta leyenda será la clave de cada una de ellas.

—La clave numérica que acompaña a la letra muestra la anchura de la alcantarilla. Todos los círculos son tapas de acceso al sistema, y los números que las acompañan muestran las cotas en superficie y al nivel de la alcantarilla.

—Y este embudo…

—Es un cambio de sección. Estos cuadrados son pozos colectores de pluviales. Si colocamos equipos en estos cuatro puntos, tampoco podrá utilizar cualquier conexión con el sistema de alcantarillado. He solicitado refuerzos a la central y tendré a los hombres de la Unidad del Subsuelo en posición dentro de quince minutos. Está copado. No tendrá salida.

—Y estas alcantarillas dibujadas en amarillo…

—Las amarillas corresponden a la red de servicios portuarios, que no depende de CLABSA.

—Bien. ¿Estará armado?

—Seguro. Si llega hasta su zona no se anden con chiquitas; advertencia, alto y, en caso de duda, fuego. No lo olvide, es sospechoso de haber asesinado a tres de los nuestros. Pero intentaremos que no salga de la estación.

—¿Usted estará en el asalto?

—Sí.

—Deme el tiempo.

—Veinte minutos, a las 21.45. En cuanto confirme la posición de sus hombres, entraremos. La frecuencia de asalto será la 14.

—Nosotros estamos en la 23.

—Solo usted y yo mantendremos abiertas ambas frecuencias. Suerte.

—Igualmente.

Muy eficaz. En media hora ha conseguido toda la documentación necesaria para poder desarrollar el operativo sin obviar el más mínimo detalle. Siento admiración ante la capacidad de Miravet; esta es la gente que me gusta, la que se crece cuando el problema parece irresoluble. Todo parece claro. Fantasma, tienes los minutos contados. ¡Cuánto deseo poder verte la cara! Porque de esta seguro que no te escapas.

*E*stoy preocupado. Con mucho esfuerzo he localizado la dirección en la que se oculta Piqué, tras volver a conectarme con el servidor central de la comisaría de Travessera. Y no hay cerca ni metro ni red de alcantarillas que me permita un acercamiento subrepticio. Tendría que planificar un ataque frontal. Tengo los medios, sí, y todas mis posibilidades permanecen intactas. Pero me he acostumbrado a la oscuridad y salir al exterior me hace sentir incómodo. Tengo el esbozo de un plan. Lo conseguiré y Piqué pagará por su culpa. Todo esto acabará.

Y, ahora que lo pienso, ¿qué haré después? ¿Qué pasará cuando haya acabado con el hombre que me robó mi vida?

Recuerdo esa vida anterior, anterior a mi descenso a las tinieblas. Tenía un nombre. Tenía una hermana, y aunque estuviera lejos de ella la amaba profundamente. Toda la tristeza que ella sintió en su vida también la sentí yo, y la poca alegría que experimentó fue también la mía. Nunca fuimos una familia feliz, vivimos nuestra infancia rodeados por el dolor y bajo un manto de miedo. Por fin, un día, todo aquello acabó. Pasaron los años y encontré un trabajo que me llenaba por completo incluso aceptando la muerte como un sacrificio por los demás. Pero cuando llegó el momento supremo no morí. Quizás hubiera sido mejor dejar el pellejo entre las ruinas de los Grandes Almacenes antes que verme convertido en este remedo de hombre que soy hoy en día…

¡No!

Si hubiera muerto, la venganza no hubiera llegado jamás. Y yo no creo en la justicia después de la muerte; si seguí vivo, si mi cuerpo sanó, si mi memoria regresó, tuvo que ser por un motivo poderoso. Acabaré con Piqué y después que ocurra lo que deba ocurrir. Será mejor volver a repasar este nuevo plan, buscar sus puntos débiles. Frente a la mesa, papeles y diagramas están esparcidos con las ideas necesarias para acabar toda esta historia. Me dirijo al estudio, y entonces... Ping.

Sí, un simple «ping», seguido por un suave zumbido y una luz roja iluminando la habitación. Me vuelvo hacia las pantallas y entonces los veo.

—No, no, ¡no tan pronto, no sin terminar el trabajo!

Corro hacia el armario del fondo, allí tengo el material necesario. Me enfundo un chaleco antibalas; mientras me lo ajusto abro un programa en uno de los ordenadores y recojo la documentación en una mochila que cargo a la espalda. Las pantallas dos y tres me revelan el avance de los policías, están justo en el túnel de acceso desde el edificio de Correos. ¿Cómo demonios habrán dado conmigo? Había desarrollado todas mis actividades con infinito cuidado ¿Cuál será el cabo suelto que quedó como rastro visible para que me pudieran seguir? Seguro que aquí se encuentra la mano de Piqué.

Me centro en la pantalla. Una sola frase:

AUTODESTRUCCIÓN
¿DESEA INICIAR EL PROGRAMA?
PULSE S O N

Si pulso la tecla no habrá vuelta atrás y quizás ocurra aquello que no deseo. Tal vez deba arriesgar las vidas de otros, de inocentes. Pero no lo dudo, tengo una misión que cumplir y no puedo abandonar ahora. Pulso la «S».

Y así la partida inicia una nueva fase.

—¿*T*odos en línea?

El equipo de doce hombres del CGIC contesta validando la conexión de los intercomunicadores. Miravet marca con el puño la orden de asalto. Uno de los suyos corta la cadena que impide el acceso a la estación. Los hombres penetran en el vestíbulo cuadrangular y se dividen en dos secciones. En ambos extremos están las habitaciones que, según sus datos, permitirían albergar al sospechoso.

Apenas hay luz, pero el equipo de asalto utiliza gafas termográficas que permiten la visión de las variaciones de temperatura. Las viejas bombillas de emergencia dejan el rastro de un fogonazo cuando pasan sus miradas sobre ellas. Las dos secciones se sitúan junto a las puertas.

—Canten situación.

—Sección uno, en posición.

—Sección dos, en posición.

Cada sección está compuesta por cuatro hombres; los cuatro restantes esperan desplegados en una posición central para apoyar a quien lo necesite; con ellos está Miravet, ejerciendo de coordinador del operativo.

—Coloquen las cargas y esperen la señal.

La idea es instalar pequeñas cargas de explosivo plástico sobre las viejas cerraduras de las puertas para reventarlas y permitirles el acceso al interior y detener al o a los sospechosos. Eso debería haber sucedido.

No va a ocurrir así.

El fantasma no se va a dejar cazar tan fácilmente.

En la puerta junto a la que se encuentra la sección uno se produce un violenta explosión. Los policías caen al suelo y después surge una llamarada impresionante que revela la importancia del explosivo allí escondido; el humo se esparce con rapidez. Miravet se hace cargo de la situación inmediatamente; los hombres de la sección uno están al descubierto y requieren apoyo inmediato.

—¡Equipo dos, desplegaos en abanico! ¡Hay que sacar de ahí a nuestros compañeros! ¡Si hay heridos llevadlos hacia la entrada! Vosotros cubrid los accesos al andén, comunicadme cualquier movimiento antes de ejecu...

El canal de órdenes deja de funcionar cuando se activa un inhibidor de frecuencias. La ventaja del número se esfuma cuando no se puede coordinar al equipo, ahora cada uno de ellos deberá funcionar de manera autónoma.

Y así es como lo ha previsto Martín.

Nunca pensó que pudieran localizarle. Pero eso no impidió que cualquier posibilidad de localizar su escondite, por remota que fuese, quedara sin contemplar. ¿Qué tenía sino tiempo para construir allá abajo un mundo creado bajo sus propias reglas?

Los hombres del equipo dos llegan junto a los caídos del equipo uno, que están aturdidos pero no heridos. Miravet se aproxima. De inmediato localiza a los miembros de los dos equipos, los doce hombres están en su radio de acción. Pero ¿doce? ¡Hay uno de más!

Lo que uno de ellos lleva en la mano es evidente. Miravet aparta la mirada despojándose de las gafas justo antes de que los poderosos cartuchos de localización nocturna que lleva esa figura en la mano prendan al encender el fósforo que contienen. Un fulgor rojizo nace en cada uno de los diez cartuchos que caen hacia el centro del vestíbulo.

De los doce hombres del grupo de asalto, ocho quedan fuera de combate en la siguiente décima de segundo. Las gafas termométricas han aumentado un mil por cien la potencia de los cartuchos y tardarán más de dos horas en recobrar parcialmente la visión. El interior de sus cerebros queda ocupado por un único y gigantesco sol que parece que no podrá apagarse jamás.

Otros tres policías a quienes el lanzamiento de los cartuchos ha pillado de espaldas se han despojado de las gafas.

Y a continuación otra explosión equivalente a la primera destroza la habitación opuesta.

Aún no se ha apagado el eco de esta nueva explosión cuando se oye un disparo. Pero el sonido es diferente, se trata de una pistola eléctrica. Uno de los hombres que todavía estaba en condiciones ha caído con el sistema neuromuscular voluntario deshecho.

—¡Activad los focos y seguidme!

Los MP5 llevan adosados al cañón una linterna capaz de arrojar un potente foco. Miravet reúne a sus dos únicos hombres aptos y se asoma al andén. A la luz errática de las linternas se ilumina la figura del sospechoso, que corre con energía. Miravet levanta el subfusil, pero desiste de inmediato; está fuera de la línea de tiro. Tras él corren los tres hombres, están llegando a la boca del túnel cuando estalla la última de las cargas. Estaba situada en el techo y provoca su derrumbe. El camino queda, de momento, impracticable y, aunque Miravet se planteara seguirlo, ¿quién podría asegurar que no hay preparadas otras cargas explosivas? Con un grito de rabia asume su fracaso. Se les ha escapado de entre las manos, no hay nada que pueda hacer. Serán los hombres de Ossa los que dispongan de una última oportunidad.

283

69

*E*l operativo ha fracasado. Lo supe en cuanto perdimos la comunicación. Y luego todos pudimos oír las explosiones. ¡Mal asunto! He intentado contactar con Estela, está en la otra estación. No podemos acordar una estrategia conjunta, los inhibidores nos impiden comunicarnos. Los hombres de Miravet no pudieron sorprender al fantasma y, en realidad, no me extraña, con todo aquel material que sustrajo de Electroson pudo preparar un dispositivo de seguridad de primer orden. Rabio por dentro al pensarlo: yo tenía estos datos; se trata de un hombre armado, responsable de varias muertes; quizás haya habido heridos, puede que nuevos muertos ¡Debí haberlo pensado antes, debí haber hablado con Miravet!

«Se les ha escapado. Viene hacia ti.»

Miro a mis hombres y tomo una decisión. Pido silencio y salto a la vía avanzando hacia el ramal cegado. No hace falta tener cuidado con la catenaria, ya que se encuentra en el techo. Avanzamos, la oscuridad se incrementa; mirando hacia atrás veo la estación convertida en una luna redonda que va disminuyendo de tamaño. Llevo encendida la linterna pese a no necesitarla, no quiero provocar ninguna pregunta incómoda. Ciento cincuenta metros, faltan otros cien metros para llegar al ramal tapiado. Estamos metiéndonos en la boca del lobo y es entonces cuando veo, allá adelante, lejos de lo que ilumina mi escasa luz, una puerta que se abre en la pared. ¡Hay un acceso por el que el fantasma está huyendo! Con un rápido gesto apago mi linterna e indico a los míos que me imiten, la oscuri-

284

dad reina ahora en el lugar. Nos pegamos a la pared, sin apenas asomar la cabeza.

El fantasma salta a la vía y enciende una linterna, enfoca hacia el suelo y se desplaza hacia su derecha, en dirección a Barceloneta. Mala suerte, si hubiera ido hacia nosotros nos lo hubiéramos encontrado de bruces.

Si avanzamos junto a la pared, pese a estar a oscuras, no podemos perdernos, basta con apoyar una mano en ella, sostener el arma con la otra y seguir el foco de nuestro hombre. Considero si debo darle el alto, pero si continúa en esa dirección se encontrará con Estela y los suyos, y entonces lo tendremos atrapado.

El foco se detiene. ¿Nos habrá oído? Su linterna reposa en el suelo, como si se le hubiera caído, enfocando a un punto concreto. ¿Qué está haciendo? Un sonido metálico resuena en el túnel. Ahora lo comprendo. Salto hacia el centro de la vía y doy el alto disparando al techo.

—¡Inspector Ossa! ¡Policía, no se mueva!

El fantasma hace caso omiso y se introduce en un pozo. Encendemos nuestras linternas y corremos, llegamos a la altura de la alcantarilla y vemos unos escalones que descienden hacia la oscuridad. Por el otro lado está llegando a la carrera mi otro equipo, con Estela a la cabeza. También ella ha pensado que podían ser más útiles si se acercaban hacia la conexión.

—¿Qué ha pasado?

—Se les ha escapado y acaba de esfumarse justo por aquí abajo.

—¡Vamos tras él!

Una decisión difícil. Podríamos vernos envueltos en un tiroteo y estos túneles son demasiado estrechos. No hay donde refugiarse si alguien nos ataca. La prudencia indica que lo mejor es no descender, pero no puede habernos ganado demasiado terreno, a lo sumo treinta o cuarenta metros. Y gozo de una ventaja extraordinaria que los demás no conocen: mi capacidad de ver en la oscuridad es un aval que no puedo desperdiciar.

—Está bien. Bajaré yo primero. Ninguno de vosotros bajará hasta que vea asegurada la zona. ¿Preparados?

Enfundo la pistola y desciendo por los escalones. El pasillo

285

JULIÁN SÁNCHEZ

tiene unos dos metros de ancho y es de manufactura reciente. El aroma a cloaca no es fuerte, parece que este pasillo no tiene acceso directo a la red de alcantarillado. Al llegar abajo de los nueve escalones de metal fijados a la pared me coloco en cuclillas para ofrecer el menor blanco ante un posible tirador. Extraigo la Glock y miro hacia ambos lados. Imagino hacia dónde se dirige: recuerdo el mapa que me mostró Miravet en la furgoneta, va hacia el puerto. Allí confluían un sinfín de alcantarillas. Al fondo, a la derecha, atisbo el rastro de una luz. Doy la orden y los míos descienden.

—Estamos en línea. Los inhibidores no llegan hasta aquí abajo.

Voy delante, me sigue Estela; a un lado, justo sobre mi hombro izquierdo, las pistolas un poco alzadas, las linternas apuntando hacia el suelo. Mala posición, somos un blanco perfecto, perfectamente definidas nuestras siluetas por la situación del foco de luz. Pero ¿dónde se ha metido?

—Apaga la linterna.

—¿Qué?

—Obedece, hazlo.

Lanzo una doble ráfaga hacia mis compañeros que vienen por detrás; comprenden el mensaje: la oscuridad reina sobre el túnel.

Y cuando la oscuridad me rodea es cuando los ojos de mi mente se abren y todo parece cobrar otro sentido. Las formas se definen por el eco de sus reflejos sonoros, quedan revestidas por la frecuencia de su recuerdo visual, están pintadas con los colores de la noche. Todo se entremezcla para revelar los contornos concretos de la realidad. Y así es como veo, a lo lejos, al fantasma introducirse en un nuevo pozo. Lo hace con delicadeza, sus movimientos son precisos y no hace ruido alguno. La tapa vuelve a su lugar, no queda rastro de él.

Avanzo a la carrera hasta la altura de la tapa, imparto nuevas órdenes.

—Ha bajado a la red de alcantarillas. Estela, vendrás conmigo. Vosotros regresad al andén y contactad con Miravet, decidle que el sospechoso está intentando llegar a la red principal del puerto.

—David, el intercomunicador funciona de nuevo.

286

—Nos hemos alejado de los inhibidores. Puede venirnos muy bien.

Obedecen. Levanto la tapa, no sin esfuerzo. Estela y yo descendemos por este nuevo pozo. Tenemos paso franco hacia las alcantarillas de la ciudad.

287

70

NT309. Esa es la matrícula de esta alcantarilla. Iba bajo la vía Laietana, en dirección al puerto. Llegamos junto a una desviación a la izquierda, la ignoro; el fantasma no irá hacia un barrio fácil de copar por la superficie o por las alcantarillas, está buscando el Moll de la Fusta. Tiene intención de llegar hacia las Ramblas. Estamos a un kilómetro de Colón. Si le damos demasiada ventaja, lo perderemos.

La alcantarilla es amplia, no se trata de un túnel estrecho como los anteriores. El colector es antiguo, tiene sus buenos tres metros de ancho. El centro está ocupado por un torrente de agua sucia que avanza con fuerza. Desconozco cuál será su profundidad, pero prefiero no imaginarme teniendo que luchar contra la corriente, que parece poder arrastrar a quien caiga entre sus revueltas aguas. No es extraño, Barcelona está rodeada de colinas y las lluvias están siendo continuas.

—¿Cómo sabes que es por aquí? —pregunta Estela cuando continúo por el túnel que se abre hacia la derecha.

—Miravet me enseñó el mapa. Está intentando llegar a la red general utilizando la del puerto, así evita a la Unidad del Subsuelo, que sitiaba su escondite bajo la plaza Antonio Maura.

Un nuevo cruce, D400A. Las letras de esta matrícula son azules, hemos llegado a las alcantarillas portuarias. El colector es ahora mucho más estrecho y el nivel del agua es mayor, desborda el arroyo central por el que suele discurrir y nos llega a la altura de los tobillos. Hago caso omiso y prosigo mi avance, corremos con los pies helados debido a la baja temperatura del agua.

Y entonces lo vemos, donde finaliza la curva. Disparo al techo, el sonido se oye quintuplicado a lo largo del túnel. El fantasma se detiene para comprobar nuestra posición.

No le falta mucho para llegar al intercambiador de sistemas, un pasillo estrecho de unos quince metros de largo por el que solo se puede pasar a rastras. Si alcanza el gran colector del final de las Ramblas, no habrá nadie que pueda perseguirlo; desaparecerá sin dejar rastro alguno. El fantasma se encarama al pasadizo arrastrándose por él. Y lo alcanzamos antes de que llegue a la boca contraria.

—¡Deténgase!

Si disparara no me haría falta ni apuntar. El fantasma acelera el ritmo de sus codos y con un último esfuerzo llega al otro lado. Una vez allí extrae una pistola, se asoma por el túnel y dispara hacia el interior. Aparto con un fuerte empujón a Estela, mi repentino empellón la ha librado de un buen susto. Cae al suelo, sorprendida.

—¡Sin luz! ¿Cómo has podido saber que iba a disparar?

No me molesto en contestarle. También él nos ha advertido. Si lo seguimos, la posición expuesta será la nuestra. Me da igual. Estoy remontando la conexión, jadeando por el esfuerzo. El agua fría me hace tiritar, pero no estoy dispuesto a dejar escapar a mi presa. Ya no se trata de un policía intentando detener a un sospechoso, es algo diferente: es esa fiebre animal que posee a los hombres llevados al límite; se trata de ser el mejor, de llegar donde nadie más llega, de ser el primero.

El fantasma corre, y yo detrás. Estela se ha retrasado.

—¡No puedo seguir vuestro ritmo!

La posición del fantasma está bien definida por su linterna, yo no la necesito y eso me da ventaja. De vez en cuando el fantasma vuelve la mirada atrás sin poder discernir a qué distancia me encuentro. Con una pizca de suerte podría llegar a saltar sobre él. Recuerdo mis carreras juveniles de atletismo, cuando el corredor escapado iba perdiendo fuerzas y el perseguidor se le aproximaba lenta e inexorablemente.

Estamos en el T205B. Pasamos el embudo NT208, aquí tenemos que saltar sobre un espacio cortado de medio metro. A la derecha, ¿qué distancia me lleva ahora? ¿Quince metros? Lo tengo muy cerca. Y cuando estoy apenas a cinco metros y me he decidido a saltar sobre él, es cuando el fantasma realiza un último esfuerzo, gira bruscamente a la derecha y, tras unos pocos metros más, vuelve a hacer lo mismo. Son movimientos inesperados: en el primero llego a chocar con la pared llevado por mi impulso; para el segundo estoy prevenido y evito perder el par de metros del primero, cuando, de repente, ¡el fantasma salta hacia delante apagando la linterna y desapareciendo de mi vista!

¿Qué mierda es este lugar?

El espacio es amplio y su forma parece cúbica; el sonido del agua resuena por doquier. Comprendo que es un sifón; los colectores vierten aquí sus aguas para evitar inundaciones. ¿Y el fantasma? ¡Allí, nadando hacia el lado opuesto! Conoce el lugar a la perfección, no hay lugar para la vacilación.

—Estela, ¿me oyes?

—¿Dónde estás?

—¡Eso da igual! Sal al exterior, pide ayuda, está cruzando un sifón. Voy tras él o se nos escapará.

Dice algo más, pero ya es tarde, me he quitado el auricular de la oreja. Compruebo que la funda de la pistola está cerrada y salto al vacío; nadie en su sano juicio lo hubiera hecho en la oscuridad. Sin duda eso es lo que cree el fantasma, que con esa acción se habrá librado de mí. Lo veo, ha llegado al extremo opuesto y está ascendiendo por una escalera adosada a la pared. Llego hasta la escalera y subo, sintiendo el mordisco del frío dentro del cuerpo. Me consuelo pensando que, si yo lo noto, lo mismo le ocurrirá a él.

He llegado arriba, me siento agotado; la adrenalina que cargó las pilas de mi sistema muscular está desapareciendo. Debemos de llevar cerca de veinte minutos de persecución por las alcantarillas. Recupero el aliento apoyado en la pared, pero los tiritones me obligan a moverme. Aquí hay una nueva matrícula, D500A. La sensación de estar inmerso en una red infinita de túneles de la que nunca podré salir me supera. Continúo, el pasillo gira hacia mi izquierda. Justo cuando tomo la curva, oigo de nuevo mi voz: «Atento arriba. Protégete».

Por fortuna, mi reacción es automática: una barra metálica cae hacia mi cabeza, pero consigo modificar su trayectoria a costa de recibir un fuerte impacto en el brazo izquierdo. Eso es malo para un zurdo como yo. No me dejo llevar por la sorpresa y me lanzo contra él. Impacto con el cuerpo del fantasma y chocamos contra la pared para después caer en mitad del arroyo. La barra intenta golpearme de nuevo, pero consigo esquivarla. Si lograra apartarme podría aprovechar la ventaja de ver en la oscuridad y terminaría con esto con rapidez. Pero el fantasma no me da esa opción. Enciende la linterna, no nos separa más de un metro. Si intento sacar la pistola, quedaré expuesto a un nuevo golpe. Pero tampoco el fantasma puede huir conmigo pegado a sus talones. ¿Tablas? Solo de momento.

Levanta la barra, apaga la linterna y finta el metal cambiando de dirección. Hubiera cogido desprevenido a cualquiera excepto a mí. Me arrojo hacia la pared contraria cuando el fantasma enciende de nuevo la linterna sin darme tiempo a una acción ofensiva. El colector es muy estrecho, vuelve a apagarla y esta vez da un golpe lateral. De nuevo lo esquivo, pero ahora ha faltado bien poco. Mis fuerzas se acaban, me duele el brazo, me duele el cuerpo entero, tengo que contraatacar. La linterna se apaga por tercera vez. Cuando alza la barra, me arrojo sobre él. Le golpeo con fuerza con el puño derecho, en pleno rostro. Los golpes en la cara siempre aturden, pero al fantasma no parece haberle causado efecto alguno. He sentido algo extraño al golpearlo, como si llevara una protección bajo el antifaz. La linterna ha caído al suelo sobre la acera, ¡mala suerte!, si hubiera caído al torrente la ventaja sería mía. Reúno mis postreras fuerzas y lanzo un nuevo puñetazo, esta vez con el dolorido brazo izquierdo. ¡Va con toda mi alma! El fantasma no realiza esfuerzo alguno por evitarlo, lo encaja con un sonoro crujir de huesos. Probablemente me he partido los nudillos. Su única respuesta ha sido girar la cabeza al recibir el brutal impacto. Agotado, desesperado, enfadado, grito.

—¡Cae de una vez! ¿Por qué no caes?

Y, por vez primera vez, el fantasma me habla.

—Porque aún me queda una última cosa por hacer.

No me golpea con la barra, es su puño derecho el que lo hace. Caigo al recibir el impacto. Mi cabeza rebota en la pared del colector y me deslizo hacia la acera. No me quedan fuerzas para levantarme. Noto el sabor de la sangre en la boca, jadeo agotado. Gotas de agua resbalan sobre mi rostro mezcladas con la sangre que mana de entre mis labios.

291

Y entonces el fantasma extrae una pistola. No se trata de la Stinger S-200 eléctrica, es una Walther P-22, sin duda la robada en Fidec. El cañón no estará a más de veinte centímetros de mi cabeza. Es una pistola compacta, de líneas bien definidas, un arma hermosa que baila sobre mi rostro unos segundos, y entonces el dedo del fantasma aprieta el gatillo una, dos, tres, cuatro veces... Mis ojos se cierran, llega la oscuridad.

SÉPTIMA PARTE

El final de la partida

71

*P*or fin he llegado. La estación de Ferran, al igual que la de Correos, es otra de las pocas «estaciones fantasma» que fueron abandonadas debido a ampliaciones posteriores de las redes existentes. Y en ella tengo un pequeño almacén donde poder cambiarme esta ropa empapada que me lastra. Ramblas arriba, por el colector T240, no he tardado demasiado en llegar hasta la conexión con esta vieja estación hoy olvidada por todos. Aún tengo otro almacén, pero está demasiado lejos, en la vieja estación de Banco. Esa zona será en breve un hervidero de policías. Debo darla por perdida junto al material que alberga.

Estoy agotado. Demasiada tensión en las últimas dos horas. Han estado a punto de atraparme. Primero en Correos. Gracias a mi capacidad de planificación he podido escapar; si no hubiera preparado un programa defensivo, los del grupo especial del CGIC me hubieran cazado. Intenté escapar sin causarles daño: las bengalas debieron de causar su efecto y fue una lástima haber tenido que utilizar la pistola eléctrica. Y así gané el túnel, parecía que ya estaba a salvo cuando aparecieron los otros policías con Ossa a la cabeza. ¡Menuda persecución! En la calle no habrá más de cuatro grados y aquí abajo, en los colectores, estaremos bajo cero. Si incluso yo llegué a sentir el mordisco del frío, ¿cómo pudo aguantar Ossa? No tiene mi piel de cocodrilo para defenderse de las temperaturas extremas: ese hombre posee una enorme fuerza de voluntad. Cuando salté al sifón tampoco lo dudó. Y cuando lo ataqué por sorpresa ¡tampoco pude cogerlo desprevenido! Al final le vencí porque el frío le había succionado todas sus fuerzas, menudo puñetazo me dio el muy cabrón. ¡Pero qué cara puso al ver que no me afectó lo más mínimo!

No tengo mucho tiempo. Accedo a un almacén que se corresponde con un antiguo vestuario para los trabajadores de la estación. Lo principal es ponerme uno de los uniformes robados en Suministros Mayans. Con el frío que hace a nadie le llamará la atención ver a un policía pasear con el verduguillo puesto. Debo darme prisa, este lugar ya no es seguro; los de CGIC controlarán de inmediato las estaciones de metro fantasma.

¡Jodido Ossa! Y este es el «amigo» en el que confié. Menuda leche me metió, podría haber tumbado a un buey. Y cuando le disparé menuda sorpresa reflejó su rostro antes de cerrar los ojos… Bien, de momento no vale la pena darle más vueltas; bastantes preocupaciones tengo por ahora.

Cargo mi escaso material en la mochila: un portátil, cierta documentación impresa, los lápices de memoria, la pistola eléctrica y la Walter. ¡Caramba, qué cansado estoy! He tenido que sentarme un momento a recuperar el aliento. Ahora que he dejado de correr me siento hasta mareado. Es el peaje del frío, qué a gusto cerraría los ojos y me pondría a dormir quince minutos…

¡Despierta!

El que dirigía el operativo era Miravet. Es un policía competente. ¡No tengo esos quince minutos! ¡Venga, venga, en marcha! Pero, aunque pueda remontar los colectores hasta la plaza de Catalunya y después infiltrarme hasta la superficie, sigo teniendo un problema con el que no había contado antes.

¿Dónde demonios voy a esconderme a partir de ahora?

Inicio la marcha pugnando por no tambalearme. Pasan los minutos y casi en automático llego al pequeño túnel que me conducirá desde el T206C a las interioridades de la plaza Catalunya. Desde aquí es fácil conectar con los restos de las antiguas oficinas subterráneas de la Guardia Urbana; quien conozca el truco puede llegar hasta ellas y conectar con el metro o salir al exterior. Y yo lo conozco.

Aire fresco.

Y frío.

Me siento inestable, agotado y sucio. Doy gracias por que sea invierno y pueda ir cubierto de arriba abajo.

Dejo la ropa empapada en una papelera y comienzo a caminar.

Solo hay un lugar al que pueda ir.

Lo he hecho antes, cuando sentía añoranza.

Y ahora no parece quedarme otro remedio.

Así que emprendo mi camino paseo de Gràcia arriba. Tengo suerte de que mi destino no esté en la otra punta de la ciudad. Será cosa de veinte minutos. Y mientras camino, siento, por primera vez desde que desperté en el hospital, miedo, un miedo tan profundo que casi me hace desistir de mi empeño. Ni la muerte ni el dolor me preocuparon allá abajo, en la oscuridad. En cambio, esto que me espera sí me asusta de verdad... Porque volver a ver a mi hermana y hablar con ella para pedirle refugio es algo que sí puede ser superior a mis fuerzas.

72

—*B*uenas noches, Julia. ¡Hasta la semana que viene!

—Pásalo bien, Marta.

Hemos acabado otro día de trabajo. ¡Qué cansada estoy! Ese hospital nos tiene explotadas. Los turnos no son el problema, lo es la falta de personal. Siempre estamos tres haciendo el trabajo de cinco. Y vaya porquería de tarde hemos tenido, un paciente muerto, otro que se desvaneció a causa de una hemorragia interna: venga vía, pásale un expansor y corriendo a quirófano. ¡Qué trajín! Encima tuvo que pasar a las nueve y media, justo antes del cambio de turno. Salí veinte minutos más tarde del hospital, perdí el autobús por poco y tuve que esperar media hora a que pasara el siguiente. Menos mal que mañana empieza mi semana de descanso y podré dormir a pierna suelta.

Las calles están vacías, solo se ve algún bar abierto. En Gràcia, entre semana, hay poca vida; no es un barrio comercial, más bien parece un pueblo plantado en mitad de la ciudad. En alguna casa se escucha algo de jaleo, los universitarios que viven por aquí siempre encuentran algún motivo para estar de fiesta. No hay mucha luz. Camino sola, resuenan mis pequeños tacones en la soledad de estas calles.

¿Y eso?

¿Un sonido detrás?

Me da un vuelco el corazón, pero me trago el miedo y me doy la vuelta para mirar: no veo a nadie. Solo el claroscuro propio de este barrio, que parece sacado de los años cuarenta. Sigo adelante, no falta mucho para llegar a mi casa. ¿Otra vez ese sonido? De nuevo nadie, solo las sombras de la noche que se proyectan a lo lejos. Todas esas sombras me envuelven según camino atravesándolas con mi frágil cuerpo, pero he visto una que parecía moverse ella sola, con rapidez, como si se escondiera. Aprieto el paso, el taconeo es ahora veloz y olvido el cansancio que antes me atenazaba. Oigo unos pasos acompasando los míos, echo una ojeada y compruebo que sí hay una sombra siguiéndome, a unos veinte metros. Estoy junto al portal, saco las llaves del bolso y pugno por encontrar la correcta. Me suda la mano y la llave parece estar viva, miro hacia atrás, la sombra no se mueve. Me contempla desde unos diez metros de distancia. ¡Pero si es un policía!

Respiro hondo, una risa histérica brota medio ahogada por mi garganta. Dejo de pelear con la cerradura, ya no hace falta. ¡Un policía, qué tonta he sido! Y ahora que lo pienso, ¿por qué no dice nada, por qué me ha seguido sin hablar? ¿No se ha dado cuenta de que estaba asustada? Hay algo inquietante en esa silenciosa figura, da un paso hacia mí y se detiene, como si no se atreviera a aproximarse más. Entonces me pregunto si no será un hombre disfrazado. Vuelvo a intentar introducir la llave en la cerradura. ¡Ya está, solo me queda abrir la puerta y estaré a salvo!

Entonces el policía habla. Es una sola palabra la que sale de su boca; cuando lo hace, siento que el mundo se derrumba bajo mis pies.

—Julia.

Esa voz ya no es la suya y, sin embargo, lo sigue siendo.

Es él. La parte de su rostro que el verduguillo enseña lo demuestra: mi hermano muerto ha regresado de la tumba. No soy capaz de recordarlo andando hacia mí y, sin embargo, lo tengo delante, tendiéndome la mano. Esto es lo más duro que he vivido en la vida y mira que he pasado por mil situaciones tan terribles que nadie podría imaginarlas. Extiendo mi mano hacia la suya y se la estrecho, y poco después nos fundimos en un abrazo largo, muy largo, que no se acaba nunca. Abrazados subimos a mi pisito guardando el silencio que me ha demandado con un gesto. Me encuentro tan nerviosa que es él quien acaba abriendo la puerta. Aquí me derrumbo. En el dormitorio

299

caemos abrazados sobre la cama. Mi hermano, mi ángel de la guarda.

No sé cuánto rato habrá pasado, pueden ser horas o minutos. He dejado de llorar y mi respiración se ha calmado, me siento extrañamente serena. El cansancio del trabajo ha desaparecido. Separo mi cuerpo del suyo; quiero verle la cara, perderme en su mirar. El verduguillo, que no se ha quitado, lo impide. Alargo la mano hacia su rostro para apartarlo y él retrae la cabeza.

—¿No?

Niega con tristeza y habla de nuevo. Es su voz, pero diferente, más rota, más profunda.

—Tengo tanto que contarte... Y no sé aún por dónde comenzar.

—Hazlo desde el principio, esa es la única manera.

Se levanta de la cama, pasea por la habitación. La duda le consume, en tres ocasiones parece que va a comenzar a hablar y en tres ocasiones mueren las palabras en su garganta. Por fin Álex comienza su terrible historia. ¡Maldigo el destino que se cebó con su vida, nadie merece vivir lo que él ha vivido!

Amanece.

Las ventanas filtran una luz grisácea, la débil luz solar sigue oculta bajo un manto de nubes cargadas de lluvia.

Ha terminado. Lo observo, está vacío por dentro. No es la primera vez que lo veo así. Su cuerpo es un cascarón que solo puede rellenar el amor. Ese sentimiento sí puedo dárselo, en abundancia, con todo mi corazón. Y lo hago, no es el abrazo, es la fuerza interior que expresa esta sencilla acción la que lo logra, y siento cómo el cascarón se va rellenando poco a poco, muy lentamente. Sus brazos se posan en mi cintura con un suave roce; más tarde ascienden hasta mis hombros y me agarran con fuerza creciente, hasta que al final el abrazo es completo y así compruebo que el vacío ha desaparecido.

—Estuvimos demasiados años sin hablar.

—Era necesario. Vernos suponía recordar aquello que queríamos olvidar.

—Ahora...

—Ahora nada. Estás aquí. Eso es todo.

—Y entonces...

—Estoy a tu lado. Hasta que tú lo quieras. Siempre.

Álex asiente. No solo ha encontrado refugio, también ha encontrado amor. Y, a la sombra de ese amor y durante un tiempo que será sin duda escaso, quedará adormecida la venganza.

73

*S*on las ocho de la tarde del 15 de marzo. Llevo diez horas esperando que te despiertes, parece mentira que la combinación de analgésico y relajante que te administraron para combatir la hipotermia y el agotamiento te haya dejado tan profundamente dormido. Tu aspecto es lamentable: ese profundo corte en el labio superior que ha sido cerrado con tres puntos, ese ojo hinchado y medio cerrado que te desfigura el lado izquierdo del rostro, y en el occipital tienes otra buena herida, cinco puntos, es la que te dejó fuera de combate. Todo tu cuerpo está repleto de moratones, y no debo olvidarme de dos cápsulas articulares rotas en la mano izquierda: menudo puñetazo debiste darle. Si fuera yo la que hubiera recibido tanto, tendría que quedarme en la cama una semana entera.

Cuando nos comunicaron que estabas siendo evacuado al hospital no me lo creía. Llegué a pensar que podría haber sucedido lo peor. Los compañeros del Subsuelo intentaron localizarte, pero no podían imaginar que hubieras cruzado el sifón. Eso fue una locura, con la cantidad de agua que estaba cayendo los colectores podían convertirse en una trampa mortal. Nuestros colegas actuaron más allá de lo que señalan sus normas y no estuve nada agradable con ellos: por un pelo no me echaron de allí a patadas, solo me soportaron por saber que estábamos buscando a mi compañero.

Esa ha sido una de las peores horas de mi vida. También yo estaba helada de frío, sumida en una incertidumbre terrible y pensando que cada segundo que pasaba jugaba en contra y no a favor. ¡Parece mentira lo poco que sabemos de nuestra ciudad, ahí debajo existe un mundo con reglas propias del que nada conocemos!

No imaginaba que pudieras correr con tanta potencia en esos túneles oscuros. El agua parecía no estorbarte, mientras que a mí me pesaban las deportivas como si llevara plomo en los pies. Pero eso no es lo sorprendente. Tu forma física salta a la vista, siempre delgado, ni asomo de grasa por ningún lado, y eso que ya tienes tus años; eres un tipo atractivo. ¡Qué estoy diciendo, mi mente divaga y pienso en lo que no debo! Lo de verdad extraño no fue que corrieras tanto, lo increíble es que corrieras tanto prácticamente a oscuras. Es posible que el fantasma pudiera saber por dónde iba, ¡pero tú no!

Maldito inspector David Ossa, me las has hecho pasar canutas, mucho más allá de lo que le corresponde a un compañero. ¡Y en tan escaso plazo de tiempo! ¡Nunca hubiera imaginado que me pudiera pasar esto a mí! Y me cabreo conmigo misma porque sé que tú no te planteas ni remotamente algo como lo que comienzo a sentir incluso no queriendo. ¿Qué demonios debe de haber dentro de esa cabeza para que no note ni el menor atisbo de interés por mí? Pasados aquellos primeros días en los que parecías estar ausente, fuiste afable, cortés y generoso en todo momento. Buscaste mi comodidad y me hiciste participar de la investigación como si fuera una vieja compañera que no tuviera nada que demostrarte. Te comportaste conmigo como un amigo o, mejor, como un padre. No diste ni un solo paso en mi dirección que pudiera dar pie a otra cosa. Ni una sola mala interpretación, esto sucede a veces entre compañeros.

Sin embargo, aquí estoy, como si yo fuera tu pareja. Nunca hablas de tu vida personal. Pero lo cierto es que no vino nadie a quedarse contigo. Los médicos insistieron en que tu estado no hacía necesario que estuvieras acompañado. Me fui a casa, me duché, me cambié y regresé, porque quiero que cuando te despiertes sea mi rostro y no otro el que veas a tu lado. Quiero que me veas a mí. Aunque no sea la más hermosa ni la más inteligente, aunque no quieras que sea más que tu compañera.

Esta será la segunda noche que pasemos juntos. Cuando te fuiste a tu dormitorio, yo esperé en la sala un cuarto de hora.

Vi una fotografía en un rincón de la librería, casi oculta a la vista. Escondida, pensé. Se trataba de una mujer morena, muy atractiva, una foto de exterior: el viento movía sus oscuros cabellos hacia el rostro. No miraba al objetivo, el fotógrafo la sorprendió riéndose; sus rasgos eran hermosos, los ojos muy grandes y expresivos, pero la suya era una belleza contenida, quizá fría. Me tumbé en la cama pensando en ella, qué sería para ti, y estuve mucho rato despierta, como ahora. La luz estaba apagada, pero permanecí atenta, como si fueras a aparecer. ¿Qué habría hecho si te hubieras atrevido? No puedo saberlo. Me hubiera gustado sentirte a mi lado, solo eso, nada más. El sexo no entraba en mis planes, pero me sentía desamparada y frágil, y odio sentirme así. Ya viví esas sensaciones cuando fui joven y hace muchos años quedaron atrás. ¡Qué cansada me siento, ya no sé ni lo que me digo!

O quizá sí. A lo mejor ahora que tengo la guardia baja es cuando afloran mis verdaderos sentimientos. Voy a apoyar la cabeza en el colchón y cerrar los ojos unos minutos, voy a dejarme llevar por el cansancio. Tu cuerpo emana calor, estoy cerca de tu hombro izquierdo, huele a ti, es agradable sentirlo…

—Estela.

¿Qué? ¿Quién?

—Estela.

¿Estoy dormida?

—Hola, Estela.

Abro los ojos. Estoy justo al lado de su rostro, nos separan apenas veinte centímetros. Pestañeo repetidas ocasiones y me incorporo con un fuerte suspiro.

—Hola, David.

Me mira y sonríe. Saca una mano de entre las sábanas y me la tiende, haciendo caso omiso de las férulas que protegen sus dedos índice y anular. Se la estrecho con una sonrisa. Durante unos segundos permanecemos así y me siento feliz. Para esto he estado quince horas a tu lado, para que me encontraras al despertar, para que mi presencia te confortara, para que…

—Estela.

—¿Sí?

—¿Cuánto rato estuve inconsciente?

—Quince horas.
—¿Y has estado todo ese tiempo a mi lado?
—Sí.
—Todo ese tiempo… Entonces, aún no tendrás el informe del CGIC…
¡Maldito hijo de puta!

74

*E*l mal humor de Estela es una novedad para mí. No consigo entender cuál es su origen. Me siento muy agradecido por haberla tenido a mi lado tantas horas, aunque es lo mismo que yo hubiera hecho a la inversa. ¿Le habrá molestado que le pidiera un informe que todavía no tenía? En cualquier caso no tardó más de hora y media en regresar con él.

El informe está inconcluso a falta de determinados extremos técnicos y, claro está, de mi propia aportación personal, que todavía no he redactado. Lo leemos a la par. Tras quince minutos de concentrada lectura finalizo. Estela, seria, me espera pensativa.

—Caramba con nuestro fantasma, menuda la que organizó.

—No has leído los anexos técnicos.

—Son secundarios. Pero estoy seguro de que tú sí lo has hecho.

—Ajá.

—Apostaría a que no todo el material robado en Electroson estaba allí.

—Acertaste. Casi todo, pero no todo.

—¿Y las armas?

—No encontraron ninguna.

—Cuando yo le perseguí pude ver que no llevaba más que una mochila. Desde luego, no llevaba las escopetas. La Walther sí, y también otra pistola, sería la eléctrica.

—Podemos deducir que tiene otra base de operaciones.

—Sí. Pero la principal ha caído. La otra no será más que una base intermedia, un simple depósito. Y ahora no puede durar mucho. ¿Sabes si...?

—Siguiendo instrucciones del CGIC, la Unidad del Subsuelo está desarrollando una operación a gran escala para intentar encontrarla. Van a buscar en lugares similares a la estación de Correos.

—¿Hay muchas opciones?

—A ese nivel, las menos. Pero figúrate todo lo que podemos encontrar debajo de Barcelona. Entre alcantarillas, metro, Renfe...

—En cualquier caso no la encontrarán porque ya la habrá desalojado. Nuestro fantasma tiene que dejar la oscuridad y salir al exterior. Se encontraría con demasiado tráfico policial en ese mundo subterráneo. ¿Sabes algo de los discos duros?

—Irrecuperables.

—Habrán encontrado alguna huella que nos pueda ser de utilidad.

—Ni una. La estación está completamente limpia.

—¡No puede ser! Ese tipo ha debido de estar allí abajo mucho tiempo, es imposible que haya estado tanto tiempo utilizando guantes.

—No hay ni una. Cero. Solo rastros grasos. Como si las hubiera borrado una por una.

—¡Pero cuando estuvimos frente a frente no llevaba guantes! ¿Cómo se entiende?

—¿Lo pudiste ver bien? Quizá solo llevaba protegidos los dedos con esparadrapo.

—No, no creo, aunque tampoco estoy completamente seguro... ¿Ni una sola huella? Un misterio más, y ya van unos cuantos.

Arrugo la nariz, me toqueteo la barbilla. Reevalúo toda la información y las conclusiones a las que llego siguen sin mostrarme la solución. Maldito fantasma. Recuerdo perfectamente la Walther apuntándome, a esa distancia no fallaría ni un ciego. Cuatro veces apretaste el gatillo mientras yo me desvanecía. ¿Por qué no acabaste conmigo? No puedo ocultarle esta información a Estela.

—Estela, ¿estamos solos?

—Sí. La habitación es individual y la puerta está cerrada.

Así que cuéntame lo que estás rumiando en tu cabeza antes de que madure en exceso y se pudra.

Es muy rápida. Nos conocemos hace solo tres meses y ya es capaz de determinar mis estados de ánimo con una completa exactitud. Y su manejo de la información es más acerado aún. Admirable.

—Cuando te perdí de vista, el fantasma me condujo hacia el sifón. Supongo que pensaba que no me atrevería a seguirlo, pero salté al agua tras él. Gracias a esto me sacó la suficiente ventaja para tenderme una emboscada tras una de las curvas del colector. Peleamos, y ya ves el resultado.

—Un poco más y te deja hecho papilla.

—¡Sí! Pero yo no soy un blando, Estela, y tuve la ocasión de darle unos cuantos golpes. En especial el último, hubiera podido tumbar a cualquiera. Le di de lleno en pleno rostro. Ni lo sintió. ¡Y me ha costado estos dos dedos rotos! Después de encajarlo fue él quien me atizó un puñetazo no menos fuerte que el mío. Al caer me golpeé con la pared y sentí que perdía el conocimiento justo cuando sacó su pistola apenas a un palmo de mi cabeza. Disparó cuatro veces, una tras otra. Todavía oigo el zumbido en el oído derecho.

Veo que el corazón de Estela se acelera al escuchar esta historia, pero mantiene el control y sigue escuchándome.

—Estuve a su merced y no me mató. ¿Sabes por qué no lo hizo?

—Sí, lo sé.

Esta vez soy yo quien me veo sorprendido ante su rápida respuesta, no solo porque lo pueda saber, también por cómo ha enunciado la frase, matizada con un extraño desapego. Y su respuesta es la exacta, como no podía ser de otra manera.

—No te mató porque te conocía. Y te conocía porque te identificaste en el túnel. Pude oír la orden de detención, aunque todavía estábamos fuera de vuestra vista. Ahora soy yo la que pregunta, David: ¿por qué lo hiciste?

Su pregunta tiene sentido, identificarse de manera individual vulnera el procedimiento, ya que si el sospechoso escapa puede saber quién era en concreto su perseguidor. Por eso la identificación es siempre genérica: «Alto, policía».

—No hay más que una respuesta y ya la conoces.

—Querías que supiera que eras tú y no otro quien le perseguía.

—Cierto. No pensaba que pudiera llegar a escapar. Y no quería verme obligado a disparar. ¡Tampoco él lo hizo! Pudimos haber empleado las pistolas, en esos túneles el primero que lo hubiera hecho se hubiera cargado al otro. La orden de Miravet en el control fue clara: orden de detención y disparo. Sí, ya sé, los dos disparamos durante la persecución, pero no fueron más que simples advertencias, al aire, sin la menor intención de causar daño, nada que ver con los disparos finales. Intenté cogerlo vivo y la pifié.

—Tendrás que explicar todo esto en el informe.

Silencio total. Miro fijamente a Estela sin pestañear una sola vez durante más de un minuto. Y al final es ella la que habla.

—No quieres que esto conste.

—No. Si lo hago tendremos muchas cosas que explicar y no podemos vernos fuera del caso precisamente ahora. Bastante me costará estarme aquí quietecito los dos días que me obliga el médico para observar la evolución del golpe en la cabeza. Y nadie encontrará los disparos, no son más que unas muescas en una pared en uno de los infinitos colectores de la ciudad. No, no diremos nada. Lo único que haremos será hablar con Joan, de eso te encargarás tú. De eso y de modificar nuestro sistema de trabajo. Vamos a centrarnos en el mensaje del fantasma. ¡Debimos haberlo abordado desde el principio de una manera más sistemática!

—¿Qué propones?

—Ir frase a frase, empezando por la primera: «Busca entre las llamas». Necesitamos concretar a qué se refiere. Quiero un listado de aquellas intervenciones de los bomberos en el área metropolitana de Barcelona que tengan que ver con el fuego durante los últimos diez años y en las que haya víctimas, ya sean heridos o muertos. Empezaremos por ahí. Pero ese listado no es suficiente si no lo vinculamos al nexo artificieros. Así que junto con el listado de los bomberos debemos obtener un segundo listado en el que se relacionen las actuaciones de los artificieros en idéntico periodo de tiempo. Después, filtrar los listados localizando aquellos en los que hubo muertos o heridos. A partir de ahí podremos comenzar a trabajar.

Estela asiente. El mensaje del fantasma es nuestra única pista real. Pero hay una última cosa que debe preguntar. ¿Lo hará? Sí.

—Recordarás cuando encontramos el cadáver de Asensio. Allí me enseñaste a que nunca dejara de hacer las preguntas clave.

—Sí.

—Entonces contesta a esta: ¿por qué disparó a la pared?

Son la seis de la tarde. Sigue lloviendo en Barcelona, aunque esta tarde lo hace con menor intensidad. ¿Respuesta? Ya lo dijo Dylan en los gloriosos años sesenta.

—Y quién lo sabe. A veces, Estela, la respuesta está en el viento.

75

*E*ste piso es una mierda. Lo son todos los pisos refugio donde ocultamos a los testigos protegidos. ¡Quién hubiera imaginado al comisario Ernest Piqué escondido en uno de ellos!

Son las tres de la madrugada y aquí estoy, sin nada de sueño. No es mala hora para reflexionar sobre todo lo sucedido.

¿Dónde podré encontrar a Martín?

He consultado la documentación de la Unidad del Subsuelo: en total hay 1.700 kilómetros de alcantarillas, de los cuales el 55 por ciento permiten por sus dimensiones el paso de un hombre. Metro: tenemos 115 kilómetros en las nueve líneas existentes, eso sin contar las que están en construcción.

Estas instalaciones permiten el paso de un hombre, excepto en los puntos donde, por motivos de seguridad interna, se han establecido controles mediante cámaras termográficas. Por desgracia, se limitan a zonas sensibles y son minoría. Sin duda Martín los conoce bien. Las interconexiones entre ambos sistemas son casi infinitas, y todo esto sin contar otros sistemas secundarios: redes eléctricas y fibra óptica. Además, en los barrios más modernos se crearon verdaderas avenidas de servicios bajo tierra, lo que amplía en otros cien kilómetros la red por cubrir.

La zona por controlar es tan grande que el trabajo de la Unidad del Subsuelo difícilmente surtirá efecto. Pero dudo que Martín pueda arriesgarse a continuar bajo tierra. Estará en condiciones precarias, con el material perdido. Ya han descubierto lo que sin duda es uno de sus almacenes en la abandonada estación de Banco: un uniforme de policía, material de obra, una escopeta Walther de 22 milímetros y una pistola Baretta 92F.

Ahora debe de estar buscando un nuevo escondite y no le resultará sencillo encontrarlo, ya que ¿quién no recordaría su aspecto? Ese rostro deforme es la mejor de mis garantías para encontrarlo. Bajo ningún concepto puede mostrarse en público. Y eso limita enormemente sus posibilidades.

¿Qué haría yo si estuviera en su lugar?

Su antiguo equipo: descartados. Quizás en su momento hubiera podido contar con su comprensión, pero ahora ha asesinado a compañeros. Ninguno lo acogería.

Sus amigos ajenos al cuerpo son gente normal, y si hasta ahora le daban por muerto, es muy difícil que pueda aparecer de improviso en su vida. Tampoco son una opción.

Entonces, solo le queda un único camino: su familia. Y, si recuerdo bien la documentación que me dio Esteve en su momento, solo tiene un pariente vivo cercano, su hermana, que se llamaba, veamos este archivo..., aquí está, Julia. Vive en Gràcia, es enfermera. Esteve nos dijo que pese a estar notablemente distanciados le acompañó muchas tardes mientras estaba inconsciente, y que luego intentó visitarle en numerosas ocasiones, después de que él se recuperara del coma. Esteve logró impedirlo. Desde luego no puedo decir de Esteve que no intentara cumplir su parte.

Pero tampoco él podría decir, en el caso de estar vivo, que yo no hiciera la mía. Nadie conoció sus secretos.

Si yo los hubiera divulgado, su vida se hubiera convertido en un infierno. Su secreto. El mismo que me ofrece una posible solución ahora, tantos años después. Un joven médico que, trabajando ya para la policía, se vio envuelto en un feo asunto de drogas del que conseguí apartarlo ocultando las pruebas.

Nunca imaginé que los recursos de Martín pudieran ser tantos. Pero tampoco los míos son escasos: no solo cuento con el CGIC siguiéndole los pasos, sino que tengo otros recursos y pienso emplearlos. Si no puedo ser yo mismo quien le busque mientras tenga a mis angelitos de la guardia cerca, y sin poder conducir abiertamente en su dirección a Miravet, tendré que recurrir a otros. Ellos serán los que se encarguen de controlar a su hermana, Julia.

¿Y por qué no hacerlo ahora mismo? Al fin y al cabo, alrededor del mundo de la policía existe un submundo en el que los horarios no existen... Marco el número. Hace mucho tiempo que no lo utilizo, pero es de esos que jamás se borran de la memoria. Ocho tonos, nueve; espero, diez, contestan.

—Hola. Dígame lo que quiere.

—Tengo un trabajo que encargarle.

—Hable.

—Julia Martín Gispert, calle de Les Tres Senyores, 15, 2.º C. Quiero saber todo lo que hace. Con quién sale, con quién se ve, con quién habla. Dónde va. Qué compra. El más mínimo detalle. Todo. Con discreción absoluta. No ponga a trabajar en esto a escoria. Solo a hombres inteligentes.

—Ese es un trabajo policial.

—Ahora ya no.

—Comprendo. ¿Cuándo?

—Desde ya.

—¿Cuánto tiempo?

—El necesario.

—¿Contacto?

—Le llamaré yo diariamente.

—Entiendo que con esto quedará saldada nuestra vieja deuda.

—Sí.

—Entonces, espero sus llamadas.

No hay despedida. Apago el móvil y me tumbo en la cama. Salmerón es el hombre de confianza de Agustí Morgadas, el capo de los bajos fondos de Barcelona. Habrán pasado doce años desde aquella ocasión en que, cuando trabajaba en la Unidad Antidroga, antes de ingresar en Artificieros, tuve la ocasión de cazarlo realizando un pase de mercancía sin el conocimiento de su jefe. Fue en esa misma operación en la que acertadamente oculté las pruebas que incriminaban a Esteve. Aquello que dejamos atrás siempre acaba por pasarnos factura, es inevitable.

Fue una decisión acertada para todos: si Agustí Morgadas lo hubiera sabido, Salmerón sería hoy hombre muerto. Lo fue para Esteve, que dejó atrás ese mundo ascendiendo en su carrera hasta llegar a puestos de la máxima responsabilidad, pues-

313

tos desde los que me apoyó en todo momento. Y lo fue para mí, aquel que siembra siempre acaba por recoger su cosecha.

Todo lo que puedo hacer está en marcha. Cierro los ojos. Ahora sí podré dormir. Julia Martín Gispert, me está llegando el sueño, me vence, y en la somnolencia que me supera sé que tú serás la clave que me conduzca hasta tu mil veces maldito hermano. ¡Seguro!

$\mathcal{M}$e duele la cabeza. No consigo librarme de ese sordo retumbar que embota mis sentidos.

Es extraño observar cómo hace cuarenta horas, mientras perseguía al fantasma, sentía mi cuerpo perfectamente afinado, llevado al extremo de su potencial. En cambio, ahora, noto los músculos hechos papilla. Pero lo peor no es este cansancio muscular producto de la hipotermia, fácil de recuperar. Lo malo es el dolor de cabeza. En la soledad de la habitación intento repasar todos los acontecimientos desde el primero de octubre del año anterior.

Y no lo consigo.

Mi concentración está bajo mínimos: ni prensa, ni televisión, ni radio, ni ordenador, solo me apetece permanecer en este leve duermevela que me acompaña y sumergirme en él. Qué sueño tengo…

¿Me he dormido?

Caramba, otra vez, y por lo menos media hora.

Duermo por la noche, después del desayuno, antes de comer, después de comer, y también una siesta de media tarde. Me explicaron que es un efecto secundario del traumatismo craneoencefálico, que es la principal causa para dejarme otros dos días más en observación. No tengo nada que hacer ni me apetece pensar. No hago más que dejar vagando mi mente sin rumbo.

Me levanto, camino hasta la ventana. No falta demasiado para que llegue la hora de comer. Fuera sigue lloviendo: llevamos así más de un mes. Enfrente tengo los restos del edificio técnico que se incendió el año pasado. Las obras de reconstrucción están bastante avanzadas; el mal tiempo no detiene a los trabajadores. Paso un rato observando la obra. Al cabo me aburro y vuelvo a la cama. Mecánicamente me pongo a contar cosas, es una vieja costumbre propia de mentes ociosas. Por ejemplo, cuento las baldosas del suelo: ciento cincuenta. Cuento las flores de la cenefa que rodea la habitación, son en total ochenta y cuatro. Cuento las cubiertas del techo, estas son cuarenta, y allí en una esquina, cerca de la puerta, una de esas planchas del falso techo tiene un agujero, como si lo hubieran golpeado con un punzón.

Maldito aburrimiento. Estoy inquieto; me incorporo, paseo por la habitación, estiro los músculos. Se abre la puerta y, ¡por fin!, aparece Estela.

—Ya era hora.

Mi voz me suena impaciente, lo reconozco, y la reacción de ella no pasa por alto semejante impertinencia.

—Desde que te dejé no he hecho otra cosa que no fuera trabajar en estos listados.

Es una frase enunciativa y la pronuncia sin enfado ni rencor. Comprendo que ahí reside su carga emocional, en el desapego con que es capaz de evaluar mis acciones, comprenderlas y aceptarlas. No será nunca como Joan porque son personas diferentes, pero al igual que él y en un brevísimo espacio de tiempo ha sido capaz de penetrar en mi interior con eficacia.

—Cuéntame qué has averiguado.

Asiente, extrae un portátil de su funda y mientras lo enciende comienza su explicación.

—Joan y yo nos dividimos el trabajo. Él se ocupó de los datos correspondientes a la Unidad de Artificieros; yo me centré en los bomberos. Los tengo en esta memoria USB junto con una descripción detallada de ellos, pero el resumen es bastante sencillo: durante los últimos diez años las intervenciones de los bomberos en incendios circunscritos al área metropolitana ascienden a la bonita cifra de 12.677 actuaciones.

—No son pocas.

—Si acotamos las actuaciones de los bomberos en relación con la presencia de los artificieros, ya sea a demanda de un cuerpo o de otro, la cifra se torna manejable: se reduce a ochenta y ocho.

—Eso ya está mejor.

—Y si seguimos acotando esa cifra añadiendo la tercera variable, heridos o muertos como resultado del incendio, ya sea este producido por la explosión incontrolada de artefacto explosivo, ya sea por el intento de desactivación mediante su detonación controlada, pasamos a la muy adecuada cifra de veintidós expedientes.

—Bien. En principio, manejable.

—Solo en principio. Lo difícil viene dado por los datos de los artificieros. No me preguntes cómo los ha conseguido Joan, ya que no están expuestos en la intranet excepto con su número de referencia, pero el caso es que aquí los tengo, del primero al último. He extraído los veintidós que se corresponden con tus parámetros de búsqueda en un archivo Word titulado «Y ahora te toca a ti».

—¿Qué quieres decir?

—Quiero decir que después de dos días casi sin dormir he llegado al límite. Me voy a marchar a mi casa, cenar algo, meterme en la cama y descansar hasta que las sábanas se aburran de mí. Me has dado envidia, David, y creo que ha llegado el momento de relevarte en la posición horizontal. No me pidas más hasta mañana por la tarde. Puedes quedarte con el portátil y entretenerte estudiando los expedientes. Así que buenas noches y buena suerte.

317

Mi respuesta se pierde en la habitación al mismo tiempo que Estela cierra la puerta. No está de buen humor. Me doy cuenta de que probablemente ha hecho mucho más de lo que debería y no he sido consciente de ello. Tiempo habrá para compensarla. Con el portátil sobre las piernas abro el archivo. Veinticuatro megas de documentación en Word a la que hay que sumar otros ochocientos megas en documentos adjuntos, probablemente los diagramas y fotografías correspondientes a cada expediente.

En cualquier caso, bastante menos de lo que ella se imagina, ya que el criterio de búsqueda incluye una variable de la que todavía no le he hablado: el nombre del inspector Ernest Piqué. Eso puede reducir aún más el campo de trabajo. Dejo que mi mirada descanse un rato antes de enfocarla en la pantalla del portátil. El pequeño agujero del falso techo me llama poderosamente la atención. Esto me sucede a veces, se presenta algún detalle insignificante que capta mi atención. ¿Cómo y cuándo lo habrán hecho? Bueno, al trabajo. Al fin y al cabo no serán más de dos mil páginas...

77

Son las tres de la tarde. Durante la noche apenas he dormido cuatro horas, trabajando con los ocho expedientes relacionados con Ernest Piqué. He dejado aparte el referido al atentado del 29 de febrero.

¿Conclusiones? De momento, ninguna. Las más de las veces lograron desactivar el artefacto, en concreto en cinco casos. En las otras tres, no. Para estas, en las que hubo muertos y heridos, he elaborado un listado con los nombres de los damnificados por las explosiones. Aparentemente el trabajo realizado por los artificieros fue considerado en el informe como correcto. No parece haber, por tanto, ningún vínculo de conexión directo entre una posible venganza nacida de una incorrecta actuación policial, al menos de manera objetiva. Otra cosa es que alguien pudiera sentirse perjudicado por ella pese a carecer de motivos reales.

—¿Se puede?

Es Estela, que aparece antes de lo previsto. Su ánimo es diferente, se la ve más fresca y relajada, pero ¿por qué luce esa sonrisilla irónica?

—Qué tranquilo te veo. ¿Todavía no te has enterado?

—Enterado de qué.

Por toda respuesta pone sobre la cama un periódico. ¡Y la portada me deja atónito!

JULIÁN SÁNCHEZ

Crónica Universal

Fracasa una importante operación antiterrorista desarrollada en el centro de Barcelona

La antigua estación de metro de Correos sirvió de refugio a los terroristas responsables de los últimos atentados contra los artificieros * La estructura de la célula pudo ser desmantelada, pero los terroristas lograron escapar del operativo policial

I. ARREGUI
Barcelona
Durante el atardecer del día 14 se produjo una intervención de fuerzas especiales de la policía en los subterráneos de la estación de metro de Correos, cerrada al público desde 1972. Esta estación, situada bajo la plaza de Antonio Maura y frente al edificio central de Correos, se correspondía con la cabecera de la antigua línea tres; debido a la ampliación de la línea hacia la Barceloneta quedó en su día fuera de servicio. Sin embargo, sus instalaciones jamás se demolieron, lo que permitió que la célula terrorista encontrara refugio en lo que podría considerarse un excelente escondite.

Se desconocen los detalles de la operación policial, pero sí podemos asegurar que uno de los terroristas consiguió escapar utilizando la red de alcantarillas

conectada a la estación, no sin antes causar heridos de distinta consideración durante su huida. Parece ser que los terroristas habían colocado explosivos en diversos puntos de la estación en previsión de un posible asalto y, debido a su activación, uno de ellos logró romper el cerco policial.

Persecución bajo tierra
El terrorista huyó precisamente hacia las vías de la línea 4, donde, justo cuando se introducía en la red de alcantarillado mediante un acceso situado en la misma vía, fue localizado por miembros de la comisaría de Ciutat Vella. Estos iniciaron su persecución, que se produjo en unas condiciones extremas. No es necesario recordar al lector las importantes precipitaciones caídas en las últimas semanas, que han propiciado continuas inundaciones en de-

320

terminadas zonas de la ciudad. La red de alcantarillado se encuentra en gran parte de su sistema casi al máximo de su capacidad. Aparentemente los terroristas han utilizado de manera habitual el alcantarillado, por lo cual, y pese a los esfuerzos de la unidad de apoyo, el superior conocimiento de la red por parte del perseguido supuso una ventaja que los policías no fueron capaces de neutralizar. Finalmente, e incluso tras un enfrentamiento cuerpo a cuerpo, el terrorista escapó del único policía que mantuvo opciones de detenerlo, el inspector David Ossa Planells, que está ingresado con pronóstico reservado en el hospital Sant Joan a resultas de las heridas sufridas durante la persecución.

Valoraciones oficiales
El consejero de Interior ha declinado, de momento, realizar cualquier tipo de valoración sobre la actuación policial. Su secretario, el señor Viladrau, únicamente comentó que se trata de una operación abierta que, de momento, ha conseguido neutralizar la estructura de esta célula.

Preguntado por si la huida del terrorista supone una amenaza real para la ciudad y sus habitantes, respondió que: «la capacidad de acción de esta célula es ahora mismo mínima, y los policías están trabajando firmemente para detener a sus integrantes y así neutralizarla por completo. De-

bemos tener confianza en estos hombres, gracias a los que se ha logrado localizar su escondite». En cuanto a la evaluación del material encontrado, comentó que «aunque es demasiado pronto para evaluarlo debo decirles que esa información será considerada estrictamente confidencial».

Según se ha podido determinar en esta redacción, la operación policial tenía como único objetivo el desmantelamiento y detención de los integrantes de la célula terrorista, que venía siendo investigada en relación con las recientes muertes en extrañas circunstancias de componentes de la Unidad de Artificieros. A la pregunta de si podía establecerse una relación directa entre ambos casos, la respuesta del secretario de la consejería fue un lacónico «no haré más declaraciones».

Por último, hemos podido conocer la existencia de un importante dispositivo policial que actualmente está desarrollándose en el subsuelo de la ciudad, coordinado por la Unidad del Subsuelo y dirigido por la Comisaría General de Investigación Criminal, el CGIC. Se tiene constancia del análisis de otras antiguas estaciones de metro abandonadas, como Gaudí, Travessera y Banco, así como de otras estructuras similares pertenecientes a otras redes subterráneas.

Más información en págs. 18 y 19
Editorial en la página 22

321

—¡¿Qué puta mierda significa esto?!

—¡O tenemos un topo de primera en el cuerpo o el fantasma debe de estar descojonándose de todos nosotros allá donde esté escondido!

—¡Joder, joder, joder, qué demonios pinta mi nombre ahí; no quiero imaginarme cómo se habrá puesto Artamendi!

—Lo hubieras tenido subido encima de la cama de no ser por Joan. El teléfono de la comisaría lleva echando humo toda la mañana y en el CGIC se ha convocado una reunión de urgencia para analizar la filtración. Da gracias a que el doctor Andreu te tiene aislado en tanto no te dé el alta médica. David, ¡si esto es la comidilla de toda la ciudad, no comprendo cómo no te has enterado antes! Pensaba que habías apagado el móvil a conciencia al saberlo.

—No, nada de eso, sencillamente estuve leyendo los expedientes que me trajiste anoche; apenas he dormido unas pocas horas.

—«El conocido inspector David Ossa Planells», así de clarito. El nombre del secretario y el tuyo son los únicos que aparecen. Ya es malo que una operación secreta haya saltado a la prensa, y peor es la imagen que puede leerse entre líneas. Pero que se mencione a un único miembro del operativo parece indicar que la filtración pudiera deberse a este o a su entorno inmediato. No son pocos los cazadores de gloria o de dinero que abundan entre los compañeros. Y como tú tienes tanto historial mediático detrás... Ese es, al menos, el parecer de Artamendi.

—¡La puta leche! Pero ¿cómo demonios ha saltado mi nombre a la prensa?

—¿Y aún te lo preguntas? Un regalo envenenado de nuestro fantasmita. Para eso sirvió, entre otras cosas, que te identificaras durante la persecución. Cuando te den el alta tendrás mucho de que charlar con nuestro jefe.

—Y me lo dices ahora que comenzaba a dejar de dolerme la cabeza...

—Pues sí.

—Bien, un momento. Estoy de acuerdo contigo en que se trata del fantasma. Pero al hacerme esta jugarreta también nos ha proporcionado una nueva pista.

—Claro. Ahora tenemos identificada a la segunda persona con la que sin duda se ha comunicado: el periodista que firma la noticia.

—Déjalo todo y ponte con ello. Reúne información sobre Arregui, hurga en su historial, repasa los textos de las noticias que haya firmado desde el año pasado y localízamelo.

—No será difícil. ¿Quieres que hable con él?

—Dame un margen. Si la resonancia de mañana está limpia, me darán el alta. Mientras, seguiré estudiando los expedientes.

—Correcto.

Estela guarda silencio. Estoy comenzando a evaluar los datos del periódico; esto supondrá un problema a la hora de actuar cuando salga del hospital. Pero ella está esperando para decir algo más, reacciono regresando al mundo real y dándole paso de inmediato.

—¿Qué más quieres?

—Tengo un mensaje para ti de parte de Joan. Intentó llamarte, pero no hubo manera de comunicar con tu móvil y como no te pasan llamadas desde el exterior me encargó que te lo transmitiera.

—Dímelo.

—Es sencillo: debo recordarte que no te salgas de los límites. Y me dijo que si yo comprobaba que podías caer en esa tentación te lo impidiera.

Un mensaje bien claro. Como clara es la confianza que siente Joan por Estela.

—Entendido. Ponte con Arregui.

—A sus órdenes, inspector Ossa.

Lo dice con retranca, pero no a disgusto. Se va de nuevo, me quedo solo. Y vuelvo a sentir el insidioso dolor de cabeza pugnando por dominarme. Pero no tengo tiempo para dejarle paso. Así que dejo que mi mirada vague libre por la habitación buscando una palanca donde asentar mi concentración y no tardo en encontrarla: el pequeño agujerito del techo es, en su perfección, mi propulsor ideal.

Puñetero agujero. ¿Qué demontre pintarás ahí arriba?

78

*J*ulia ha salido. Estoy solo en su casa. Cuando salió a comprar me sentí aliviado; pese a que hablamos mucho durante la primera noche, una vez que hubo amanecido regresé a mi mutismo habitual.

Estoy incómodo. Tengo miedo de que su opinión sobre lo que estoy haciendo pueda cambiar según transcurra el tiempo. Además, no se puede olvidar fácilmente la larga separación que ambos nos impusimos tantos años atrás. Nos une una deuda y un secreto. Pero ¿somos los mismos de entonces?

Después de explicarle todos mis secretos intentamos dormir. Ella lo hizo profundamente, hasta el mediodía, pero a mí me bastó con unas pocas horas. Cuando me desperté permanecí inmóvil contemplando su rostro. Mi hermana es hermosa, como yo lo fui.

El tiempo la ha cambiado. Pero aún se refleja en ella la tristeza de una infancia extraña, ya que nada puede borrar nuestras experiencias. Una mujer, sí. Su pecho, que sube y baja acompañando una tranquila respiración, es generoso. Julia posee un cuerpo maduro, con curvas que tumbada en la cama se revelan rotundas. Son formas de otra época menos andrógina. Su belleza es cálida; cada rasgo es hermoso en sí mismo, aunque el conjunto no sea perfecto. Existe un marcado componente psicológico fácil de percibir incluso durante el sueño.

¿Por qué está sola? No hay en la casa ninguna fotografía de ningún hombre y yo sé bien que no está con nadie.

Tan sola como yo.

Existe una explicación para ello. Es la misma que nos une de una manera tan especial. Pero eso no importa ahora. Importa saber si mi hermana me quiere como antes.

Al despertarse comprobó que yo no deseaba hablar. Preparó un abundante desayuno sin decir ni una sola palabra acerca de las armas situadas sobre la mesa cercana. El silencio se prolongó durante horas, sin incomodidad, solo interrumpido por esas frases cortas y necesarias en cualquier convivencia. Después, por la tarde, salió a comprar. Y es en ese momento en el que me encuentro, evaluando lo sucedido, sorprendido por mi actitud. ¿Me arrepiento de haber acudido a ella? Es una pregunta difícil. Realmente estaba agotado y no tenía adónde ir. Depender de otra persona me preocupa, porque puede suponer ponerla en peligro.

¿Quién es realmente Julia Martín?

Y tras meditar esa pregunta, llega la más compleja y temida: ¿quién es realmente Álex Martín?

Ella es el único vínculo que me une al mundo. Julia es mi ancla. Gracias a ella sigo siendo en parte yo mismo. Pero solo en parte. Me miro en el espejo, aparto ese antifaz, despojo el cuerpo de esas ropas que lo cubren y observo con todo detenimiento aquello que hoy en día soy. Y por si esto no me basta, aflojo el cinturón dejando caer el pantalón hasta el suelo: por no ser no soy ni hombre. Aunque pudiera desear a una mujer no podría ofrecerle sexo. No, no soy quien fui. ¿Quién soy?

Debo ser práctico. Tengo que irme, buscar un nuevo refugio, volver a construir una estructura de apoyo… Oigo ruido tras la puerta, agarro la Walther y me sitúo al final del pasillo: es Julia quien entra cargada con varias bolsas. Al verme armado retrocede casi imperceptiblemente, cierra la puerta y se mete en la cocina.

—No quería asustarte. Perdona.

—Nunca me acostumbré a las armas. Ni entonces ni ahora.

—Intentaré no dejarlas a la vista.

El agradecimiento es silencioso, un esbozo de sonrisa, un pestañeo; no necesita más para brillar con intensidad. Toma asiento en una silla de la misma cocina; yo hago lo propio. Se cubre el rostro con ambas manos, un movimiento oscilante recorre su cuerpo. ¿Llora? ¡No, ríe! Se ha cubierto el rostro para no exhalar sonido alguno, la ventana del patio de luces está muy próxima. ¡No comprendo su reacción!

—Pero por qué…

—Porque estoy contenta de verte aquí. ¡Porque estás vivo en lugar de muerto! Porque no me importa una mierda lo que te ocurrió y lo que más tarde hiciste.

Vuela su mano hacia mi rostro; no es un movimiento brusco; controla sus músculos con cuidado, como si imaginara que yo pudiera interpretar su acción como un ataque.

—Quiero verte el rostro.

Me niego, sorprendido. Pero ella insiste.

—Debo verte el rostro.

Noto cómo sus dedos recorren delicadamente la superficie del pasamontañas, muy poco a poco comienzan a descubrírmelo. Lo deja sobre la mesa sin apartar la mirada de mis rasgos, los examina atentamente, no olvido que trabaja en un hospital. Respira hondo, varias veces. Sus dedos regresan a mi piel, me acarician con delicadeza y mientras la recorren paso de notar su tacto a perderlo por completo.

No hubiera pensado que nadie jamás me hubiera visto así, como soy a día de hoy. Y aún menos que me hubiera tocado. Unas lágrimas velan sus ojos; pestañea para evitar que caigan, pero al final no puede evitarlo y se deslizan sobre sus mejillas y, si antes estaba hermosa, ahora lo está mucho más. Me siento afectado por sus lágrimas. Intento apartar la cabeza, pero sus manos insisten. Alzo las mías para apartar las suyas, pero las caza al vuelo deteniéndolas con un único movimiento. Aprieta con fuerza el muñón de mi meñique, se lo lleva a la boca, lo besa.

—Tus cicatrices no me importan. Debajo de ellas sigues siendo tú.

—No estoy seguro de eso.

—Yo sí. Puede que los demás vean otra cosa. Pero yo te sigo viendo a ti.

—Debo irme, Julia.

—Lo sé. Lo entiendo, no puedes estar aquí más que unas horas. Dame un día. Voy a conseguir un lugar donde esconderte. ¡No, no te rías! Viniste aquí porque no tenías adónde ir. Y en un día no habrás resuelto tu problema. En cambio, yo sí puedo hacerlo.

Me explica su idea y tiene razón, es buena y, sobre todo, es segura. Y al hacerlo descubro que hice bien viniendo aquí, no porque me haya protegido, no porque me esté ayudando. Lo verdaderamente importante es que me ha devuelto al mundo de los vivos.

79

—Comisario.

—Pase, Ossa; siéntese.

Rostro neutro, voz átona, manos cruzadas sobre la mesa, mirada franca, la mejor disposición. Esa es la actitud prudente cuando te cita tu jefe para una reunión que se prevé poco agradable. Son las nueve de la mañana. Dejé el hospital la noche anterior tras comprobarse en el último TAC que definitivamente no había ningún hematoma cerebral.

—¿Qué tal se encuentra?

—Mejor, gracias.

—Me alegro. Nos tuvo preocupados. Y más tarde nos tuvo cabreados.

—No fue mi intención ni lo uno ni lo otro.

—Lo supongo. Pero ocurrió. ¿No sabrá cómo lo supieron en el *Crónica*?

—No, lo siento.

—Su nombre fue el único de todo el operativo que salió a la luz.

—Le aseguro que en contra de mi voluntad. Y fui el último en enterarme.

—¿Tiene alguna idea acerca de cómo pudieron saberlo?

—La conclusión parece obvia.

—Compártala conmigo.

La respuesta es evidente, llevo preparada la pregunta como un buen alumno. Ni una palabra sobre el fantasma.

—Tuvimos un topo en el mismo operativo o en su entorno.

Conocían detalles concretos tanto del operativo como de las acciones subsiguientes.

—Así es. Lo llamativo es que fuera su nombre el que saliera a la luz.

—Usted conoce mi historial. He resuelto algunos casos que gozaron de gran atención mediática. Eso ha hecho que mi nombre sea conocido e imagino que será la principal causa de que lo hayan utilizado.

—Es probable. Como lo será que no sepamos nunca quién fue el topo pese a la investigación interna que va a desarrollar el CGIC. Y su explicación, que comparto con usted, tiene mucho que ver con el motivo de esta reunión.

—Usted dirá.

—A partir de ahora se mantendrá al margen de esta investigación. He sabido que estuvo investigando dos robos acaecidos en nuestro distrito en otoño del año pasado y que pueden guardar relación con el terrorista que buscamos. Su vinculación con el caso viene de lejos y esa investigación es ahora competencia del CGIC. Se lo diré claro, Ossa: no me gusta esto. Desconozco cuál es su papel en el asunto y no quiero averiguarlo. No quiero una estrella mediática sobre la que revoloteen los periodistas. A partir de ahora el inspector Rodríguez le asignará nuevos casos. Eso es todo.

Saludo con una inclinación de la cabeza. No es discutiendo con el jefe como se ganan las batallas. El árbol que resiste la tormenta es aquel que cede ante ella, tengo experiencia de sobra para saberlo. En mi despacho me espera Estela.

—¿Qué tal ha ido?

—Pudo ser peor. Te lo resumo: fuera del caso.

—¿Y qué vamos a hacer?

Vuelvo la cabeza hacia un lado con un gesto gracioso acompañado por una sonrisa, probablemente la primera que esbozo desde hace varios días.

—No pierdas el tiempo preguntando e infórmame sobre Arregui.

—De acuerdo. Iván Arregui, 26 años, nacido en San Sebastián, licenciado en el 2003, es uno de los jóvenes periodistas del *Crónica*. Te he hecho una copia de sus artículos, la tienes en esa carpeta.

329

—Sigue.

—Contactamos por teléfono. Fui prudente, no enseñé mis cartas ni tampoco lo hizo él. Nos mostramos lo justo para que el otro quisiera picar. Hemos decidido reunirnos para compartir impresiones.

—¿Qué le dijiste para provocar ese interés?

—Que me había parecido muy interesante su artículo sobre el operativo de Correos y que me gustaría compartir información fuera de los círculos oficiales.

—Sugerente.

—Me dio su teléfono. Debo llamarle.

—Hazlo.

—¿Y cuando estemos juntos?

—Lo veremos sobre la marcha. Un dos contra uno siempre resulta efectivo si se hace bien.

Un *toc-toc* precede la entrada en escena de Joan. Viene con un par de carpetas que deposita sobre la mesa, me mira con una cariñosa sonrisa.

—¿Bien del todo?

—Eso parece.

—Ya te habrá explicado el comisario su punto de vista.

—Sí. Y me gustaría que me dijeras cómo se enteró de los expedientes Mayans y Electroson.

—Los del CGIC se pusieron verdaderamente furiosos cuando el *Crónica* sacó la noticia en portada. Pusieron todos los equipos a ventilar la casa y lo hicieron tan bien que en apenas ocho horas buscaron y revisaron toda la documentación, incluido el viejo informe que remitimos a la central después de lo de Fidec.

—¡No conozco ese informe!

—No te molestes, Estela; no era más que un simple resumen de los casos que ya conoces. De todas maneras entonces se lo pasaron por el forro, no vieron relación alguna con los casos Asensio y Benito.

—Pero ahora saben que las armas encontradas en la estación de Banco se corresponden con las declaradas como robadas en Fidec, con lo que se estableció la asociación entre todos estos casos. Bien, David, ya sabes lo que hay. Y ya sabes lo que te voy a decir.

—Sí, claro, es tu obligación.

—Ese par de expedientes son la vida normal: un robo y una agresión con lesiones. Nada del otro jueves. Trabajo rutinario.

—Ya.

—David, no me lo compliques. Si no estás a lo tuyo, será a mí a quien cruja Artamendi. Y no me apetece que lo haga, bastante lío tengo con acabar la reestructuración de la oficina.

—Entendido. Pero las preocupaciones van con el cargo, ya lo sabes.

—Poneos a ello.

—Bien.

Sale y nos deja solos.

—Llama a Arregui. Cítalo mañana, hoy nos ocuparemos de estos expedientes. Y no quedes en el periódico.

—Joan me dijo que no te permitiera salirte del tiesto.

—Estela, cuanto antes mejor.

—Entendido.

¡Menuda vigilancia! Ella tiene aún más ganas que yo de seguir con el caso. Y Joan lo sabe, y hasta cierto punto me lo permite. Habrá que ir rápido o realmente le crearemos problemas, y eso es lo último que deseo. Al fin y al cabo, aunque haya elegido ser jefe no deja de ser un amigo. Y eso no se puede olvidar.

*H*ace frío, llueve con fuerza. No hay nadie en el exterior, me asomo con disimulo por la ventana del piso que da a Les Tres Senyores. La calle parece desierta. Pero no me fío, nadie sabe mejor que yo lo falso de las apariencias. Si yo supe ocultarme entre las sombras, puede haber otros que también sean capaces de hacerlo. Me iré según lo previsto, pero no será por esta puerta. No creo que haya nadie ahí afuera espiándome. Si el CGIC me hubiera encontrado habrían entrado a saco en el piso para detenerme. Sin embargo, estoy intranquilo, y rara es la vez que mis sensaciones resultan erróneas. Ahí afuera hay algo anormal.

Sentí esta inquietud durante la segunda noche que pasé en la casa. Julia insistió en que durmiéramos juntos, como cuando éramos niños. Me levanté de madrugada con la excusa de beber, pero no se trataba de saciar mi sed, sino de controlar la seguridad del piso. Lo hice en un estado febril: comprobé cerraduras, ventanas, enchufes, lámparas… La seguridad habitual de cualquier piso normal como el de mi hermana me resultó ofensiva, acostumbrado a los alardes tecnológicos con los que me he rodeado en los últimos tiempos. Una simple cerradura con puntos de apoyo y un pasador contra la intrusión son bien poca cosa. Por último me asomé a la misma ventana por la que hace unos instantes observaba la calle. Y tuve la sensación de que acababa de pasar alguien por ahí. Permanecí toda la noche acompañado por una sorda intranquilidad que no me ha abandonado desde entonces.

El plan de Julia es excelente. Tiene un lugar perfecto para

ocultarme, el piso de un tío segundo que lleva diez meses ingresado en una residencia de ancianos. Está en el barrio de Sants; es el ático de un edificio antiguo de la calle Riego, muy cercano a la estación de Renfe. Una calle estrecha en un barrio antiguo, con pocos vecinos, a los que será sencillo evitar. Julia va allí cada dos semanas, a regar las macetas y ventilar la casa.

¿Un lugar seguro? Eso creo, y me alejará lo suficiente de mi hermana. Una vez instalado, me comunicaré con Julia a través de la centralita del hospital.

En todo este plan solo hay un punto débil: salir de este piso sin ser visto. He decidido no hacerlo por la puerta principal. Lo haré por los tejados. En ausencia de Julia ya estuve explorando el terreno. El tejado es casi plano, por eso algunos vecinos lo aprovechan para secar las coladas. Como con este tiempo de perros nadie va allá arriba, saltar a los tejados adyacentes será sencillo. Una vez allí ganaré los tejados contiguos descendiendo por el otro extremo de la calle.

Y así ha llegado el momento. Una de sus pocas amigas le telefoneó para ir al cine, una excusa perfecta para abandonar el piso y dejarme ejecutar el plan. Su despedida fue tan breve como enigmática. Me dijo: «No quiero que mueras nunca más», y me dio un beso y un largo y cálido abrazo. La vi alejarse caminando hacia la calle Escorial. Al poco pasó una pareja, también un hombre, un coche circulando. Nada extraño a esas horas.

Me pongo el pasamontañas y un gorro de lana encima, y cargo a la espalda la mochila de pequeño tamaño donde llevo mis cosas. Subo hasta la terraza: continúa lloviendo. En total son ocho los edificios que cruzo para llegar a mi objetivo, el edificio situado en el extremo opuesto de la calle. Desciendo. Salgo al exterior con naturalidad. Camino hacia Major de Gràcia. Al cabo de poco más de cuarenta minutos hubiera llegado a la casa del tío Pedro, pero a la altura de la calle Verntallat me detengo bajo la impresión de que falta algo por hacer.

Verntallat desemboca justo en la plaza de la Virreina; pasada la plaza, en su misma esquina, observo un coche mal aparcado. Es de noche, está oscuro y no hay mucha luz en estas viejas calles. Las ventanas traseras del coche están, además,

333

oscurecidas. No puedo ver si hay alguien dentro. Así que camino despacio por la acera opuesta superando la posición del vehículo. Me parece notar que estoy siendo observado. Sigo adelante y antes del cruce con la calle Les Salines me detengo y doy media vuelta, deshaciendo el camino andado. Camino tan despacio como al ir; entonces obtengo mi recompensa: dentro del coche veo el rojizo fulgor de la brasa de un cigarrillo al ser aspirado.

El coche está orientado hacia Les Tres Senyores y hay alguien en su interior. ¿Casualidad? Podría serlo. Alguien esperando a un amigo o a su pareja. Pero sé que no es así.

Qué ironía: si la misión de ese hombre es vigilar a Julia en previsión de que hubiera podido contactar conmigo no puede ir más encaminado y estar a la vez más errado. Fui más rápido que ellos, llegué a la casa de mi hermana antes de que pudiera establecerse esta vigilancia. Dos hombres, sí: el del coche controlando la puerta es uno, y el que pasó tras la pareja cuando mi hermana salió hacia el cine es el segundo.

¿Policías? Lo dudo. Si supieran que estaba ahí ya me hubieran detenido ¿Entonces? ¿Quiénes demonios son estos tipos y quién los ha mandado?

¡Piqué!

Esto es cosa suya. Sigue sin poder ir a por mí abiertamente porque los del CGIC todavía desconocen mi identidad. No tienen fotos, no tienen huellas, no tienen nada a lo que agarrarse y yo sigo siendo un muerto resucitado. Pero mi enemigo no anda desencaminado, está siguiendo mi rastro como yo sigo el suyo.

Y nuestros caminos no tardarán mucho en confluir.

81

Estela ha elegido el café de la Ópera, situado en plenas Ramblas, enfrente de la entrada principal del Gran Teatre del Liceu. Son las once y media. Por eso Estela ha podido escoger una mesa situada en una esquina, desde la que puede dominar todo el salón. Mientras tanto yo espero en la barra tomándome un chocolate con bizcocho. Solo me acercaré a la mesa cuando Arregui ya esté sentado.

Un joven entra; es un tipo alto y bien plantado, con un rostro atractivo aunque algo aniñado. Lanza una rápida ojeada al salón, localiza a la única mujer sola de la sala y Estela le sonríe. Arregui avanza entre las numerosas mesas, se estrechan la mano, se sienta frente a ella dando la espalda al salón. Eso es lo último que debe hacerse cuando quedas con una persona desconocida. Doblo el periódico, me acerco y tomo asiento junto al periodista, que, sorprendido, nos mira alternativamente a Estela y a mí.

—Soy el inspector Ossa. Creo que ya conoce a la subinspectora Bolea.

—No sabía que iba usted a acudir a esta cita…

—La subinspectora Bolea es mi ayudante. Compartimos todo tipo de información.

—Comprendo.

—Se preguntará por qué le hemos telefoneado.

—Imagino que porque su nombre es uno de los mencionados en el artículo sobre el operativo de Correos. Ya estarán al corriente de la reunión del director de mi periódico con los responsables del CGIC.

—Sí. Nuestros compañeros debieron de sentir una gran curiosidad acerca de sus fuentes de información.

—En efecto. Pero esas fuentes son reservadas.

Arregui mantiene sus posiciones sin ceder terreno. Tal y como lo habíamos planeado, llega el turno de Estela.

—Iván, nosotros sabemos cuál es tu fuente de información.

—Demuéstrenmelo.

—Recibiste un correo electrónico anónimo con la información sobre el operativo. Fue esa fuente anónima la que te proporcionó los datos.

Arregui nos ofrece un obstinado silencio, está evaluando la situación. Pasan, por lo menos, veinte segundos antes de que conteste.

—Imaginemos que fuera cierto. ¿Qué ganaría yo hablando con ustedes sobre este asunto?

—Podríamos alcanzar un acuerdo. Todo aquello que nosotros le digamos será materia reservada hasta después de finalizar el caso. Después podrá utilizarla, siempre y cuando no se cite nombre alguno. A cambio, nos proporciona los datos que posea sobre el caso. ¿Está de acuerdo?

—Sí.

—Entonces, afirmo que nuestra fuente es la misma que la suya. Intentamos localizar al remitente, pero el programa nos derivó a una sucursal bancaria del Caribe.

—A mí me sucedió lo mismo, solo que la entidad bancaria era japonesa.

—Consideramos que la persona que nos envió el correo electrónico es el causante de todas las muertes accidentales de los artificieros.

—Es probable: el primer correo que recibí me citó en un lugar muy cercano al domicilio del doctor Esteve.

—¿Por qué no se comunicó este hecho a la policía?

Una contenida sonrisa precede a la respuesta.

—Porque nada en el correo relacionaba mi presencia allí con la explosión. Explíquenme ustedes cómo contactaron con él.

—El inspector Ossa recibió un correo en su ordenador personal. En él se nos ofrecía un acertijo que, de momento, no hemos sido capaces de desvelar.

—¿Puedo conocerlo?

—No. Únicamente podemos decirle que nos proporcionó un punto de partida para continuar la investigación.

—Eso debe de tener alguna implicación oculta. Porque, si está asesinando policías, ¿para qué iba a darle una pista precisamente a otro policía?

Es Estela quien habla ahora.

—Creemos que responder a esa pregunta supone solucionar el misterio.

Arregui respira hondo. Ahora que la conversación ha progresado está más relajado, apoya los codos sobre la mesa y se frota las manos.

—Esto no tiene sentido. Y se me ocurre una nueva pregunta que ya me he formulado antes: ¿por qué le eligió precisamente a usted, inspector Ossa?

—No lo sé.

—Puede que lo haya hecho por su reputación.

—¿Qué reputación?

—La de ser capaz de resolver lo que los demás no pueden.

—No me diga que eso se dice en el mundillo periodístico.

—Eso no es lo que se dice, eso es lo que es. Usted ha resuelto casos imposibles que se convirtieron en mediáticos precisamente por ello.

—Tuve los datos necesarios para resolverlos, eso fue todo. Cualquiera lo hubiera hecho tan bien como yo, si no mejor.

—No sea modesto. Los rumores no son solo periodísticos, nacieron en el propio cuerpo de policía. ¡Los crearon sus propios compañeros!

—¡Absurdo!

—Puede ser. Pero de entre todos los policías relacionados con la investigación fue usted y no otro el que recibió el correo.

—De acuerdo. Pero si este hecho le causa tanta curiosidad, imagino que se habrá planteado su equivalente: tenga en cuenta que de entre todos sus compañeros fue usted y no otro el que recibió los correos. Explíqueme el contenido del segundo.

—Era muy directo: «Operativo CGIC en estación metro abandonada Correos. Sospechoso escapa entre explosiones. No hay rastros ni huellas. Inspector Ossa lo persigue por la red de alcantarillado. Tras enfrentamiento cara a cara, escapa». Confirmamos todos y cada uno de esos datos, incluido el de su ingreso en el hospital Sant Joan. Parece que le dio una buena paliza.

—Sin duda es más duro que yo.

—No parece importarle que le venciera.

—No, no me importa. Siempre hay alguien más sabio, o más rápido, o más fuerte que uno mismo. Siempre. No hay excepción. Hice cuanto pude y se me escapó.

—Esta frase podría ser un buen titular.

—Los titulares no pertenecen a mi mundo; ni los busco ni los deseo. Y le recuerdo que este encuentro es confidencial.

—No lo olvido.

La conversación se ha agotado. Cada uno ha obtenido aquello que vino a buscar. No hay margen para más.

—Mantendremos el contacto por medio de Estela. Si tiene novedades, debe comunicárnoslas. Eso es todo.

—Cuente con ello. Cuando todo acabe…

—Cumpliremos nuestra parte, no lo dude.

Hace ademán de pagar, no le concedo tal opción. Arregui saluda con un gesto de la mano, se marcha sorteando las mesas.

—¿Qué opinas, David? ¿Cumplirá?

—Sí. Puede ganar mucho si lo hace. Pero ¿sabes qué pienso?

—Dime.

—Me da la impresión de que Arregui no recibirá más correos.

—Estaba pensando lo mismo. Creo que el fantasma ya nos ha dicho todo lo que quería, tanto a Arregui como a nosotros. ¿Qué haremos ahora?

—Esta noche estudiaré el dosier que has elaborado sobre Arregui. Haz tú lo mismo, porque ¡tiene que haber un motivo para que se lo mandara a él y no a otro! Y si lo encontráramos supondría una pista importante.

—Entendido. ¿Sabes, David? Tengo la impresión de que tenemos la respuesta en nuestras mismas narices y de que no somos capaces de verla.

—Pienso lo mismo. Mañana hablaremos sobre ello. Y vámonos a trabajar, que se está haciendo tarde.

82

¿*C*uánto tiempo hace que no venía a esta vieja casa? ¿Veinte años? Fue un Álex Martín muy joven el que estuvo aquí en alguna reunión familiar, antes de que llegaran los malos tiempos.

Puede que fuera un cumpleaños. Recuerdo un pastel, velas, un jolgorio que hasta entonces era habitual en nuestra familia. El tío Pedro me parecía un tipo encantador que nos contaba cuentos y con el que jugábamos al escondite. Años después descubrí que tenía una personalidad asocial que marcó su vida y sus relaciones, cosa que le impidió vivir en pareja.

Sí, el tío Pedro vivió solo. Como mi hermana. Como yo. Puede que toda mi familia esté marcada por un destino que nos impulsa a permanecer a la deriva. No hace falta sino fijarse en Julia, que todavía hoy vive sola. Pese a su belleza y su dulzura no es capaz de abrirse a los demás: siempre fui yo quien la protegió cuando era niña, fui yo quien la cuidaba y la escondía en los momentos malos. Dependía de mí y en mí confiaba. Cuando nuestros caminos se separaron, no supo o no quiso ir a más con nadie. Y qué decir de mí. Al fin y al cabo tampoco he sido capaz de crear una familia. La excusa del trabajo siempre se acabó interponiendo en cada relación, y aunque hubo chicas que me gustaron siempre me detuve en el instante preciso.

Julia. Mi hermana pequeña. Todo lo que ocurrió años atrás lo hice por ella. También por mi madre, sí, pero sobre todo por Julia. No soportaba verla llorar. Nunca fue como yo; era muy parecida a nuestra madre. Frágil, de herida inmediata y difícil cicatrización.

Yo era distinto. Más duro. Frío. Decidido. Nunca me asusté, solo las primeras dos o tres veces. Quedaba en mi interior un poso de estupefacción y rabia, y en cada ocasión ese malestar se agrandaba más y más. Entre esos sentimientos era la rabia sorda del que odia sobre lo que se construía mi personalidad. Iba al colegio, jugaba en el patio, hacía los deberes, entrenaba al baloncesto, recogía a mi hermana y regresaba a casa como si nada ocurriera. Fui capaz de obviar la tristeza familiar alzando muros contra al dolor. Fui firme y jamás cedí un ápice.

Mi hermana nunca fue así, por eso tuve que protegerla. Mi madre sí encajaba los reveses del destino con una resignación que me admiraba. Pero Julia era demasiado niña para ser capaz de elaborar semejantes defensas. Vivía su dolor en soledad y yo podía ver cómo iba consumiéndose por dentro, perdiendo la infancia hasta convertirse en una niña introvertida que durante los recreos se quedaba en un rincón, distraída, mientras todas las demás jugaban alegres en el enorme patio de La Salle. Recuerdo que tuvo amigas cuando era más pequeña, pero se fueron desvaneciendo frente a su obstinado silencio.

Solo me tenía a mí, y a nadie más en el mundo.

Ni nuestra madre podía ofrecerle consuelo, bastante tenía con lo suyo. El único que nunca temblaba era yo, el único capaz de mantenerme firme desviando la atención para que ellas pudieran escapar. Y mientras yo encajaba los golpes, les proporcionaba tiempo para refugiarse en algún cuarto. Al principio mi madre quiso evitarlo, pero acabó comprendiendo que nadie sino yo sería capaz de salir indemne de semejantes trances. Álex, el chico duro. Al que nadie le tosía en el colegio. El que con más fuerza iba a por el rebote en los partidos de baloncesto, aunque los contrarios fueran de mayor peso y envergadura.

Siempre fui un excelente jugador de baloncesto. Tenía hambre de victoria y se la contagiaba al equipo. Cuando estaba en la pista todos aumentaban su rendimiento. Y también me convertí en un informático de primera incluso sin estudiar la carrera. Pasé muchas horas de práctica solitaria preocupado en saber cómo funcionaba la Red en lugar de perder el tiempo visitando páginas porno. Todo esto mientras estudiaba, sacando siempre buenas notas.

Pero un día en concreto de mi vida, nuestras vidas cambiaron para siempre.

Durante cierto tiempo todo estuvo tranquilo y llegué a pensar que todo había acabado. Fue un error. Pero esta vez ya no era un niño. No hizo falta hablar. Bastó con detener la trayectoria del golpe con el simple movimiento de la mano. Otro movimiento, otra parada. Pero no fue eso lo que le detuvo, fue mi mirada. Y añadí dos únicas palabras: «nunca más». Las pronuncié con firmeza, en voz baja, y después le solté lentamente el brazo. Y mi padre apartó la mirada, creo que asustado ante lo que vio.

Hasta ese día.

Ni yo debí haber regresado tan pronto a casa ni tampoco debió haberlo hecho mi hermana. Iba a salir con mi novia y otros amigos, pero como ella no se encontraba bien decidí volver a casa y pasar un rato estudiando. Nada más entrar en el recibidor supe que estaba sucediendo de nuevo. Según corría hacia la sala quedó claro que se iba a confirmar mi peor pronóstico. Y al abrir la puerta volví a ver aquello que permanecía enterrado en el olvido.

No lo dudé ni un instante.

Mi padre, Mariano, tenia la mano alzada frente a Nuria, mi madre, mientras Julia permanecía arrodillada en un rincón del salón. No fue la resignada expresión de mi madre la que motivó mi reacción. Fue Julia. Ni una sola lágrima bañaba su rostro, pero supe que lloraba por dentro. Avancé hacia mi padre y, alzándolo como si fuera un pelele, lo arrojé por la terraza hacia el lejano suelo, donde se estrelló con un crujido sordo.

Nadie dijo ni una sola palabra durante los veinte segundos que duró la acción. Ni siquiera mi padre, mientras atravesaba los veinte metros de altura de nuestro sexto piso hasta destrozarse contra el cemento de la calle. Fue una tragedia vivida en el silencio y que acabó envuelta en él.

Cuando el brutal sonido del impacto se hubo apagado fue mi madre la que tomó la iniciativa. Se asomó por el balcón y un simple vistazo le bastó para saber que aquella piltrafa que reposaba descoyuntada en el suelo no volvería a levantarse. Comprobó con una rápida ojeada que nadie estaba asomado en las ventanas o en los balcones cercanos. Y dijo una frase senci-

341

lla: «He perdido un marido y no voy a perder a un hijo. Vuestro padre se ha caído cuando intentaba arreglar el cable de la antena. Vosotros dos no habéis visto nada, cada uno estaba en su cuarto. Yo me encargaré de avisar a la ambulancia y de hablar con la policía. ¿Lo habéis comprendido?» Mientras lo decía era a Julia a quien miraba, pues daba por supuesta mi aceptación de su plan. Julia se levantó y asintió, abrazándome con una intensidad que jamás había sentido antes. Había en ese abrazo una entrega incondicional a mi valentía, pero acompañada por un estremecimiento que indicaba la presencia del miedo, no a mí, sino por mí.

Todo fue como estaba previsto. Nadie discutió la versión oficial. Mi padre había bebido, no en exceso, pero sí lo suficiente para que su equilibrio se viera alterado. Un desgraciado accidente mortal. Esas cosas ocurren. Cada uno cumplió con su papel y una vez Mariano Martín hubo sido enterrado llegó el peor y más delicado de los trabajos, borrar su presencia de la cotidianidad de la familia. Y eso fue mucho más difícil.

El silencio llegó a nuestra casa y se instaló definitivamente entre nosotros tres. Compartíamos un motivo para callar: el silencio equivalía a seguridad. Ya mentimos a la hora de declarar ante la policía y la sensación de haber agotado un cupo se hizo manifiesta entre todos. El olvido equivalía a no tentar a la suerte. Pero como olvidar no era posible, la solución fue callar, retraerse cada cual a su mundo privado.

Para nuestra madre todo cambió para siempre. El tiempo de su liberación trajo consigo lo que ella consideró una maldición a la que no pudo sustraerse: cáncer de mama. No habían pasado ni seis meses desde la «muerte accidental» de mi padre cuando falleció. Me dedicó sus últimas palabras: me cogió la mano y, de nuevo mirando a mi hermana, sentenció la aparición de cualquier remordimiento: «Nunca te arrepientas de lo que hiciste».

Para Julia todo fue igual y a la vez diferente. Intentó retornar a una vida normal, hizo algunas amigas, llegó a tener un pretendiente, pero su personalidad se había visto demasiado afectada por la tragedia. Daba igual que ella fuera consciente de su problema, no importaba que en su condición de enfermera pudiera tener una aproximación clínica a su situación. Se conformó con vivir así, en su mundo, con pocas amigas y menos amigos, aferrada a una madre que murió y a un hermano que la salvó a costa de su propia integridad. El inocente culpable. El hombre a quien hubiera podido amar de no ser carne de su carne y sangre de su sangre.

Y para mí sí supuso un cambio fundamental. Una mañana me levanté y, mirándome en el espejo, tomé una decisión. Policía. Sería el mejor policía. Un mecanismo compensatorio. Un acto expiatorio. Ese fue mi objetivo. Y a fe que lo logré.

Hasta que Piqué se cruzó en mi camino.

343

83

*L*levo toda la noche leyendo una y otra vez cada página de los expedientes, con calma, masticando las palabras, en voz alta para asentarlas en mi conciencia. Todo el caso, desde los expedientes de Mayans y Electroson hasta el informe elaborado por Estela sobre Arregui. Espero que mi mente haga su trabajo. Todo está en su interior, y sé que la solución está muy cercana.

Ahora solo falta esperar.

Mi aliento forma cercos de vaho sobre el cristal.

Las luces centellean difuminándose sobre el vaho.

Un punto de luz sobrevuela la noche camino del aeropuerto de El Prat.

Es difícil interrumpir el diálogo interno que constantemente nos acompaña y que en realidad somos nosotros mismos.

Todavía no. No llega nada. ¡Nada!

No podemos luchar contra lo que no está en nuestra mano.

Decido irme a dormir. Sé que lo haré profundamente, alcanzar un estado de ausencia semejante es agotador. Me refugiaré en la cama y dejaré que el sueño me acompañe.

Ya estoy en mi colchón… Qué bien me acoge, con qué cariño adopta la forma de mi cuerpo. Cierro los ojos y la conciencia me abandona perdiéndose entre mis ensueños…

Me incorporo de golpe: miro el reloj, son las seis y media. Todavía falta una hora para que suene el despertador. Las seis y media. La hora en que he resuelto el misterio de la identidad del fantasma. «¿Es así?», me pregunto, y mi voz me contesta con un escueto: «Sí».

¡Me parece increíble, una verdadera broma del destino!

No hay tiempo que perder. Mi cuerpo entero está siendo recorrido por poderosos escalofríos de emoción. Me visto aún a oscuras con tres rápidos movimientos, desayuno un simple vaso de leche fría y unas galletas y telefoneo a Estela, que aún está en la cama. De haberlo hecho unos minutos más tarde no la habría encontrado, estaría corriendo.

—¿David?

—Pasaré a buscarte dentro de veinte minutos. Iremos en moto, llevo un casco para ti.

—¿Qué?

—Veinte minutos.

Estuve tentado de ir yo solo a mi destino, pero dejarla atrás hubiera sido imperdonable. Al fin y al cabo la resolución de esta parte del problema ha sido posible gracias a ella.

El cielo sigue oscuro, pero esta mañana no lloverá. La *custom* avanza rugiendo poderosa, es temprano y apenas hay tráfico. Llego a su casa a la hora prevista. Estela es puntual y ya me está esperando. Le tiendo el casco, se lo ajusta sin decir nada. Su actitud no me sorprende: no necesita comentario alguno para saber que si he venido a buscarla debe existir un motivo poderoso para ello. Se acomoda en el asiento trasero y abro gas para dirigirme al hospital Sant Joan.

Aparco. No necesito guía para saber adónde me dirijo: ala verde, tercera planta. El hospital Sant Joan es uno de los más importantes de la ciudad, y es el hospital de referencia para la policía. Todos aquellos que precisamos atención hospitalaria somos derivados a sus instalaciones, en concreto al ala verde. La misma ala en la que estuve ingresado hace solo unos días.

Subimos por las escaleras. Derrocho adrenalina y me sobra la energía. Estela tiene que alargar el paso para permanecer a mi altura. En el control una enfermera me saluda con la mano, no hace nada era yo el paciente atendido en la habitación 306 y ella la que me traía la medicación.

—Buenos días, quisiera saber si la habitación 306 está ocupada.

—Acaban de bajar a quirófano a su compañero. La artroscopia durará una hora y media.

¡La 306 está momentáneamente vacía! La fortuna está con nosotros. Camino hacia la habitación sin mirar atrás, al fin y al cabo no dejo de ser un policía y no hay ni un solo motivo para que nadie desconfíe de mí. Allí está la habitación. Entro y cierro la puerta. Estela sonríe.

—¿Acaso añoras tu reciente estancia?

—Lo he resuelto. Sé quién es él.

—Lo sé. Si no lo hubieras hecho, no me hubieras llamado a primera hora ni me hubieras traído hasta aquí. Cuéntamelo.

—Todo comenzó justo aquí.

—¿Quieres decir que fue aquí donde ataste los primeros cabos para resolver el misterio de la identidad del fantasma?

—¡No! Quiero decir que todo el caso comenzó aquí mismo, meses antes de que me ingresaran.

—¿Cómo? No lo entiendo. ¿Aquí mismo?

—Sí, justo aquí. El fantasma estuvo ingresado en esta misma habitación.

—¡No es posible!

—Lo es. Mira allí arriba.

Señalo hacia el techo, cerca de la puerta de entrada. Estela se aproxima y observa el agujero. Me mira, sorprendida. Repite su frase anterior, pero esta vez no es admirativa; el tono es bajo y neutro. Cuando la verdad se nos ofrece no hay lugar para la sorpresa.

—No es posible...

—¡Sí lo es!

Acerco la única silla de la habitación. Cedo los honores a mi compañera. Sube y aparta la placa del falso techo. Me la tiende no sin observarla antes, el círculo producido por la bala es perfecto. Dejo en el suelo la placa y le tiendo mi linterna, he venido bien preparado. Estela ilumina el interior, extraigo una cámara digital y realizo varias fotografías.

—«Busca la bala, arriba.»

—Aquí está.

Le tiendo una pinza y una bolsa de recogida de pruebas. Mantengo la linterna iluminando el techo de cemento donde está incrustada la bala. Estela forcejea con ella hasta lograr extraerla, la deposita en la bolsa y la cierra.

—Es de 22 milímetros, un calibre poco habitual. Bien. Primera pregunta: ¿qué hacía esta bala ahí arriba?

—Ni idea. Pero el fantasma quería que la encontráramos.

—Segunda pregunta: ¿quién es él?

—Quizá podrías intentar averiguarlo sola.

Sonríe abiertamente. Su dentadura es grande y proporcionada, muy blanca, tan perfecta como su cerebro. Coloca la placa en su lugar y desciende.

—¿Por qué no? Al fin y al cabo, si tú lo has conseguido, también podré hacerlo yo.

—¡Prueba!

—Si estuvo ingresado aquí es evidente que se trata de un compañero. Eso explica sus evidentes conocimientos sobre gases y explosivos.

—Correcto.

—No todos nuestros compañeros conocen en tal dimensión el mundo de los explosivos. Y si no recuerdo mal, en este mismo hospital estuvo ingresado uno de los héroes del atentado de los Grandes Almacenes, un artificiero, Alejandro Martín.

—Así es. ¡El fantasma es Martín!

—¡Ahora lo entiendo todo! Esa fue la primera noticia importante que realizó Arregui para el *Crónica*, consta en la carpeta que te proporcioné con su historial. ¡Martín debió de leerla y por eso decidió contactar con Arregui!

—De acuerdo. Realicé esa conexión gracias a tu dosier.

—Pero... ¡Martín murió tras el incendio que se produjo justo ahí atrás, en el bloque técnico!

—Su cuerpo no apareció. Solo un dedo. Y todos dieron por consumido el cuerpo entre los gases farmacéuticos y las llamas. Se le declaró oficialmente fallecido al mes del incendio. No hallaron ni rastro, excepto el dedo meñique. Pero sobrevivió al incendio y puso en marcha toda esta venganza. Recordarás que cuando nos enfrentamos llevaba la cara cubierta.

—Sí.

—Durante la pelea le aticé un par de puñetazos de primera y ni los notó. Martín sufrió terribles quemaduras du-

347

rante el atentado. La mayor parte de sus terminaciones nerviosas debieron de morir, por eso pudo resistir mis golpes sin que le causaran el menor efecto. No le afecta ni el frío ni el calor, ¡ni el dolor!

—Joder. El fantasma es uno de los nuestros. Y ahora, la tercera pregunta: ¿por qué iba Martín a querer asesinar a esos compañeros?

Estela ya no está solo atractiva, está directamente hermosa. Le brillan los ojos según ata los cabos del misterio con la mínima pista que le he proporcionado, es de veras muy inteligente. Me da la sensación de que con apenas unos días más ella hubiera logrado exactamente lo mismo que yo. Y con su pregunta ha vuelto a dar en el clavo.

—Eso, Estela, es precisamente lo que el fantasma quiere que averigüemos. Y eso es lo que vamos a hacer.

84

*E*l correturnos siempre se me hace extraño. Es cierto que estar trabajando en el hospital tres días de noche y tener a continuación siete días festivos resulta muy atractivo para muchas compañeras, pero también es cierto que los cambios de horario agotan con facilidad.

Y Álex…

Estaba muerto y ahora está vivo. Estuvo a mi lado unas pocas horas y luego se fue. Lo escondí. Si lo acaban atrapando, también yo acabaré en la cárcel. Pero él nunca diría nada acerca de mí. El sentimiento de retribución es muy poderoso; nunca lo había experimentado antes, porque jamás supuse que tendría la oportunidad de devolverle una mínima parte de su protección.

Y todavía pienso que he hecho bien poco. Yo, que nunca he dado nada a nadie, solo puedo abrirle mi alma a él.

Paseo por Gràcia. La vida normal: recados, comida, descanso. Poco más. Lo que siempre he hecho año tras año. Nada, en realidad. Su presencia ha convulsionado una vida vacía de emociones. Una vida sin rumbo. Mi vida.

¿Qué es lo que he ganado en estos años? Un título, un trabajo, pocas amigas y algunas relaciones truncadas. Nunca pude entregarme a nadie. Siempre pensaba en mi madre, en sus fotos de boda. Todas las recién casadas irradian felicidad, el vestido de novia oculta cualquier duda hasta hacerla desaparecer. El futuro parece lleno de esperanza. Hasta que se trunca. Lo veo día a día. Los que mejor lo llevan, muy pocos, conviven en cierta armonía. Los más malviven, caen en el desencuentro, llegan a odiarse, se divorcian. No hace falta pasar por el infierno con el que nos obsequió nuestro padre para observar la infelicidad alrededor. La barrera que protege a las parejas de la vida exterior es la felicidad, pero resulta tan frágil que lo más imperceptible de todo, el simple paso del tiempo, tan leve, acaba por destrozarla sin remedio.

Tampoco Álex pudo hacerlo. Siempre solo. Aunque él estuvo más cerca de dar el paso. Conocí a la chica, Cristina. Realmente me gustaba. No se atrevió. Nunca me explicó por qué.

Él hizo lo que yo no me atreví a hacer. Nunca censuré que matara a nuestro padre. Pero tampoco lo aprobé. No sé si había otra posibilidad. Lo único que sé es que yo no fui capaz de hacer nada. Fui cobarde. Fui pasiva. Fui incapaz. Fui débil.

He caminado hasta el paseo de Gràcia sin darme cuenta. Mis pensamientos me alejan del mundo real, igual que cuando era niña. Me ocultaba cerrando los ojos y tapándome los oídos. Como todo se desarrollaba en silencio no hacía falta un gran esfuerzo para imaginar que nada pasaba. Pero sí, sucedía.

Es tarde y debo regresar a casa. Otro día hubiera callejeado sin rumbo durante horas. Hoy no. Temo que mis pensamientos me delaten. Es una idea absurda, pero parece como si todo lo que pienso estuviera pegado a mi piel. Será mejor regresar a mi pisito; allí puedo coger un libro y leer. Y así, olvidar, aunque solo sea por un rato.

85

*L*levo esperando a Julia Martín cerca de dos horas. Aunque tengo sus números de teléfono no deseo llamarla; prefiero hablar con ella cara a cara. Mientras, Estela está recabando más información sobre su hermano, con la mayor discreción posible. Joan sabe que estamos sobre la pista, pero me he negado a explicarle los detalles concretos.

Gràcia.

Este barrio me trae recuerdos lejanos y nada agradables. Aquí murió Ana. Aquí conocí el aroma de la muerte. Aquí cambió mi vida para siempre.

Mejor no pensar en ello.

Qué razón tuvo Joan cuando comprendió que este caso era para mí desde su mismo principio. Martín: ¿cuál será el misterio que ocultas? ¿Por qué te hiciste pasar por muerto? ¿Fuiste tú el causante del incendio? ¿Disparaste tú o dispararon contra ti? Muchas preguntas sin respuesta...

Una mujer camina en esta dirección. Me doy la vuelta, despacio; no quiero que se alarme. ¿Se tratará de ella? Apenas adivino sus rasgos. Viste un largo impermeable y usa un pequeño sombrero, guantes y un jersey de cuello alto; se adivinan piernas y brazos largos, quizás algo desproporcionados. Es alta, alrededor de metro setenta. Su andar resulta elegante. Los tacones la fuerzan a un atractivo contoneo de la cadera. Cuando apenas le faltan unos cinco metros para llegar al portal de su casa, me aproximo. Ahora puedo verla mejor. Se parece a su hermano. Es una mujer hermosa. También es una mujer triste. No sé en qué baso esta apreciación, pero es intensa. Se lee en sus ojos oscuros, se adivina en los labios gruesos, se percibe en las leves arrugas de expresión junto a las comisuras de los labios. Todo en ella indica introspección. Siento un escalofrío en la espalda al mirarla, logro contenerlo y disimularlo.

—Buenas noches. ¿Julia Martín?

—Sí, soy yo.

Extraigo y muestro mi identificación.

—Soy el inspector David Ossa, de la comisaría de Ciutat Vella. Quisiera hablar con usted, si no tiene inconveniente.

—Iba a subir a casa. ¿Se trata de algo oficial?

—Es importante.

No le he respondido, y lo he hecho a conciencia. Tras un instante de duda llega a una conclusión aparentemente natural.

—Bien, si no le importa acompañarme podría ofrecerle un café.

—Se lo agradecería. Llevo un rato esperándola y hace frío.

—Sí, mucho frío. Me ha parecido ver que tiritaba. Pase, por favor.

Me sorprende su ofrecimiento. No siempre resulta fácil que las personas te acojan con tal sencillez. Y su actitud no parece cuadrar con la rápida evaluación que he realizado de su carácter. ¿Tanto me he equivocado?

La sigo escalera arriba, hasta la última planta. Abre la vieja cerradura, enciende la luz y así puedo ver un piso pequeño, arreglado con sencillez. Julia no parece concederle excesiva importancia a los detalles. La sigo hasta el saloncito, me ruega que me siente y se va a la cocina a preparar el café. En la sala hay una biblioteca, a esta mujer le gusta leer. La televisión, en cambio, es pequeña. En un jarrón, en la esquina, hay unas flores silvestres: la única nota de color y alegría del piso. Me acerco a la estantería. Una fotografía muestra a dos adolescentes junto a, me imagino, su madre; se trata de Julia y de su hermano Alejandro. Ellas miran un punto más atrás y a la derecha del fotógrafo, reciben de cara un viento que les alborota los cabellos; a su izquierda está el chaval. Él sí mira fijamente a la cámara, revela una presencia de ánimo impropia en un joven de su edad. La madre se pa-

352

rece sobremanera a la hija, son casi idénticas, y apenas se nota su edad salvo si uno se fija detenidamente. Ambas comparten en la foto ese aire de tristeza que he visto antes y que constituye una clara marca de familia. Al lado de Alejandro observo que la foto ha sido cortada. ¿Quién falta en la composición, quizás el padre?

Siento un invencible pudor al contemplar la foto, siento que estoy invadiendo una intimidad que no se me ha ofrecido y a la que no tengo derecho alguno. Aparto la mirada de la fotografía y observo los libros. Vuelve Julia; aparece con una bandejita con dos tazas de café, una jarrita con leche y un tazón con azúcar.

—¿Le gusta leer?

—Sí, soy lector. Tiene usted una buena biblioteca.

—No todos son míos. Algunos eran de mi madre y otros fueron de mi hermano. Pero lo tengo todo desordenado, cada uno está allí donde quiso estar.

—Seguro que usted sí sabe dónde está cada uno de ellos.

—Sí, casi todos.

Estoy bloqueado. No pensaba que esta conversación fuera a desarrollarse así. Siento deseos de salir de allí de inmediato, estoy perdiendo el hilo de mi objetivo. Parece que Julia lo ha observado. ¿De qué más se habrá dado cuenta?

—Dígame, ¿en qué puedo ayudarle?

—Verá, yo...

¿Qué puedo decirle, que he descubierto que su hermano está vivo? ¿Que necesito ayuda para localizarlo? No imaginaba que fuera a resultarme tan difícil. Y no debería haberlo sido si no estuviera abandonándome en su mirada. Alargo la mano para coger la jarra de la leche justo cuando ella realiza idéntico movimiento; nuestras manos se rozan y yo enseguida aparto la mía. Ella sonríe suavemente.

—¿Quiere un chorrito de leche?

—Sí, por favor.

Mi conducta me repele, parezco un adolescente, ¡qué terrible inseguridad! Julia mantiene su sonrisa; se habrá dado cuenta, pero es compasiva, ya que no percibo burla alguna. Qué mujer, me gusta, me gusta, me gusta. Conozco el motivo de su atracción sobre mí, pero conocerse a uno mismo no equi-

353

vale a poder controlarse. A veces la ignorancia es preferible, el ignorante no tiende a torturarse sobre sus motivaciones, simplemente se deja llevar por ellas sin reflexionar; en cambio aquel otro que sí se conoce acaba angustiado tanto por sus actos como por sus motivos.

Me gusta porque es frágil. Me gusta porque es discreta. Me gusta porque es natural. Me gusta porque está sola. Me gusta porque es hermosa. Y, sobre todo, me gusta porque ha sufrido.

Camino hacia la librería, me detengo frente a la fotografía y la tomo con ambas manos. Esta vez mi mirada permanece sobre la Julia adolescente. Apenas ha cambiado desde entonces. Esa niña ya había vivido lo fundamental de su vida. Regreso a la mesa con ella en la mano y tomo asiento.

—Esta es su familia.

Asiente.

—Y este debe de ser su hermano Alejandro, el artificiero.

—En la familia le llamábamos Álex.

—Habla de él en pasado.

—¿No sabe usted que murió?

—Sí, lo sé. Su hermano fue uno de los héroes del atentado. Y murió unos meses después.

—En concreto el 12 de julio de 2009, aunque de forma oficial fue declarado muerto tres meses después. Dígame, inspector Ossa, ¿por qué ha venido a hablar conmigo?

Quisiera poder decírselo a la cara, abiertamente, pero me veo obligado a seguir sondeando un territorio que antes era ajeno y que ahora siento tan mío que podría conducirme por él con los ojos cerrados.

—Si no le importa, quizá podríamos tutearnos. Me llamo David.

—Lo recuerdo... David. Bien.

Una respuesta concisa, pero no seca. ¿Una esperanza, entonces?

—Julia, me ha sucedido algo extraordinario en relación con tu hermano. Tú eres su única pariente directa viva.

—¿En relación con mi hermano...? David, sinceramente, no sé si me interesa. Bastante me costó olvidar todas las extrañas circunstancias que rodearon su muerte. Es mejor mirar hacia delante.

Se me escapa, no me da opción alguna. Y su falta de curiosidad, aunque comprensible, me chirría; hay algo que no encaja. Soy un desconocido que se presenta de improviso y al que invita a subir a su casa; en su actitud encuentro una extraña inconexión que me hace sospechar. Toda la naturalidad con que se desarrolla la conversación adquiere ahora un aspecto impostado, es una perfecta actriz realizando la actuación de su vida. Una mujer que no solo cree en su papel, es una mujer que lo vive. Decido ser directo a mi pesar.

—Tu hermano está vivo.

Una fracción de décima de segundo es lo que tarda en recuperarse de mi declaración; es el tiempo en que sus defensas se ven cogidas por sorpresa, es el tiempo justo que tarda de nuevo en levantarlas. A continuación una risa tan dulce como suave mana entre sus labios, es la risa del niño pillado en falta.

—¡Tú estás loco!

—Tu hermano está vivo. Observa mi ojo, mira mis nudillos y esta otra herida aquí detrás, sobre la nuca. Todas estas heridas me las causó él.

—Eso es imposible. ¡Mi hermano murió!

—No encontraron su cuerpo. Álex escapó del incendio. Llevo meses tras su rastro, siguiéndolo sin saber que se trataba de él. Pero hace apenas veinticuatro horas he averiguado su identidad.

—¡Es imposible!

—Es la verdad. Y ha sido él mismo quien me puso sobre la pista. Contactó conmigo por correo electrónico. ¡Sé con toda seguridad que se trata de él!

Es el momento de darle tiempo. Julia tiene los codos apoyados sobre la mesa, el gesto corporal es laxo, pero detecto en su mirada una levísima turbiedad.

—Inspector Ossa, lamento que haya venido hasta aquí para nada. Mi hermano murió: no lo digo yo, lo dice el certificado de defunción emitido después de su desaparición. Apenas he superado este duelo y no deseo volver a hablar sobre ello. Agradezco su visita, pero preferiría que se marchara.

Comienza a ponerse en pie, pero no puedo permitirle esta reacción. Me levanto exactamente frente a ella e intento convencerla.

355

—Escucha, Julia: no me equivoco. Álex está vivo y metido en un asunto muy serio. Hablamos de la muerte de tres personas, dos de ellas compañeros suyos. Desconozco los motivos que lo llevaron a actuar de esta manera, pero comienzo a imaginármelos. ¡No puede tomarse la justicia por su mano! Y de entre toda la gente que le persigue solo yo intento ayudarlo realmente. Él lo sabe, y más tras nuestro encuentro de hace cuatro días.

—Usted desvaría, inspector Ossa. Todo esto que me cuenta es una auténtica locura. Váyase y déjeme en paz, se lo pido por favor.

Insistir puede ser contraproducente, no quiero por nada del mundo forzar una situación violenta. Es absolutamente seguro que Julia habrá sufrido enormemente con toda esta historia. Asiento en silencio y camino hacia la salida. Abre la puerta franqueándome el paso. En el umbral me vuelvo para despedirme no sin aprovechar la ocasión para lanzar una última advertencia.

—Si yo no estuviera equivocado y se tratara de él, es posible que intente verte. Ahora su situación es desfavorable y quizá tú seas su única oportunidad.

—Váyase.

—Julia, no me equivoco. Si mis intenciones fueran otras, habría venido oficialmente y no lo he hecho. Debo detenerlo, pero no es mi intención causarle daño alguno. Créeme, intento ayudarle. Esta es mi tarjeta, llámame si lo deseas, en cualquier momento.

¿Ha asentido al cogerla? El chasquido de la cerradura se apaga lentamente y me quedo allí frente a la puerta, solo, entre esperanzado y abatido, y entonces sé que él ha estado allí. ¡Cómo no he caído antes, qué estúpido he sido! De tan evidente que resulta me entran ganas de reír. Contengo este deseo y desciendo las escaleras comprendiendo que el amor puede volver estúpido al mejor. Si no hubiera estado deslumbrado por sus prendas, hubiera percibido la antinatural e inmediata invitación para subir a su casa como completamente anormal. Es el típico movimiento que el sospechoso realiza precisamente para no serlo: ofrecer la máxima colaboración, la máxima accesibilidad. Le bastaba con haber tomado algo conmigo en cualquier bar. Si me hizo subir a su casa fue para que viera que allí no había nadie. Martín estuvo en su casa. Ella lo sabe todo.

Y, sin saber por qué, me voy escaleras abajo envuelto en su aroma, acompañado por su calidez, y con una enorme sonrisa de oreja a oreja.

—*E*so es todo, puede irse.

—Sí, señor Salmerón.

Fernández acaba de darme el informe acerca de las actividades de Julia Martín. Despido a mi acólito, que se marcha susurrando un educado «buenas noches». Todo el personal que trabaja para Agustí Morgadas, del que soy el secretario, representante y principal contable, es obligatoriamente amable y bien educado. Ningún hombre de los que trabajan para mi jefe puede conducirse con falta de educación o de respeto hacia sus superiores. Hace muchos años hubo alguno que actuó de esa manera. Cuando unos días después apareció flotando en el puerto de Barcelona, todos en la organización cuyo mando acababa de tomar el señor Morgadas comprendieron que sus deseos de orden iban tan a misa como diariamente lo hacía él. Orden. Educación. Respeto. Todo debía hacerse sin llamar la atención, excepto cuando hubiera órdenes explícitas que lo indicaran, y esto sucedía rarísima vez.

El encargo de Piqué me sorprendió, sin duda. ¡Hacía ya tantos años que ese tema estaba pendiente! Lo curioso del caso fue que muy poco después de mi error el señor Morgadas lo descubrió por su cuenta. Eso me costó caro, pero no tanto como pudo llegar a serlo: un riñón destrozado, un pulmón perforado y durante unos meses una cojera en la pierna izquierda. Todavía recuerdo cómo colocaron mi pierna entre dos sillas dejándose caer uno sobre ella con todo el peso de su cuerpo. Todo sucedió con tranquila eficacia, proporcionándome el tiempo necesario para que supiera lo que iba a ocurrir.

Una vez acabó este escarmiento fue el propio señor Morgadas quien se acercó a mi cuerpo sangrante, me recogió y me llevó hasta el mejor hospital privado de la ciudad. Y fue allí donde con toda serenidad me explicó qué iba a suceder a continuación.

—Espero que hayas aprendido la lección, Salmerón. Rara vez permito que alguien cometa un error y salga tan bien librado como tú. Eres un hombre válido. No volverás a hacerlo, ¿verdad?

—No, señor.

—¿Has aprendido la lección?

—Sí, señor.

—Vendré a verte todos los días. Te seguirás ocupando de la contabilidad hasta que te recuperes plenamente.

—Sí, señor.

Y así se hizo. Nunca supe cómo pudo haberse enterado el jefe de mis negocios particulares, pero, ante la certeza de que ese hombre que apenas salía de su casa era capaz de averiguarlo todo y de que sin duda hablaba en serio, nunca más se me pasó por la mente volver a arriesgarme.

Así que la actual demanda del inspector Piqué, tantos años aplazada, hoy carece por completo de sentido. Entonces, ¿por qué accedí a su petición? Porque siempre es posible sacarle beneficio a una situación semejante. Una inversión segura para el banco de extorsiones.

Este era el plan original: cumplir con su solicitud, grabar todas las conversaciones y así poder agarrarle por los huevos.

Hasta que el nombre de Ossa apareció por en medio.

Durante los dos primeros días no hubo nada especial. Pero la tarde del tercero, el visitante de la señorita Martín fue el inspector David Ossa Planells. El único policía de la ciudad que ha logrado meternos en la cárcel. No fue mucho tiempo, dos años pasan rápido. Pero nadie lo había logrado antes. Y esa espinita es de las que no se olvidan. El señor Morgadas merece conocer este extremo. Pulso un interfono situado en la mesa, al cabo de un minuto se oye la voz del amo.

—Dígame, Salmerón.

—Necesito hablar con usted.

—Vaya al despacho y espere.

Espero unos minutos. Entra en el despacho. Zapatillas de piel de camello, batín de seda sobre camisa blanca y, como siempre, corbata. Su apariencia es impecable. Parece recién afeitado, los blancos cabellos están perfectamente peinados con raya a la izquierda. Toma asiento. La figura del Cristo que preside la habitación se yergue amenazadora sobre el sillón del jefe.

—Usted dirá.

Agacho un poco la cabeza a modo de saludo, es una señal de sumisión tan evidente como sinceramente asumida.

—Señor Morgadas, tengo una noticia interesante que darle en relación con el seguimiento solicitado por el inspector Piqué.

—Continúe.

—Hasta ahora no le había informado sobre el particular dado que no había novedad alguna. La señorita Martín hizo vida normal. Sin embargo, hoy ha sucedido algo interesante. Recibió una visita.

—¿Qué tiene eso de extraño?

—Su visitante fue el inspector Ossa, señor.

Silencio. Observo que los azules ojos del señor Morgadas se encogen, despacio, amenazantes. Ossa es un nombre absolutamente odiado. El único al que no ha podido cobrársela. No hace ni un año tuvo una buena ocasión; consiguió mandarlo mediante cierto sutil engaño a una encerrona donde hablaron las pistolas, pero tuvo suerte y logró escapar indemne.

—Ha hecho bien en decírmelo.

—Eso supuse, señor.

—Quiero saberlo todo. Investigue acerca de Piqué. Quiero saber por qué quiso que vigiláramos a la señorita Martín. Averigüe todo lo posible sobre ella. Y siga los pasos de Ossa. Dedique los hombres necesarios. Mueva el dinero preciso. Quiero esa información.

—Lo haré, señor.

El dinero puede mover montañas. Aunque la policía nunca ha sido capaz de infiltrar hombres en nuestra organización, el señor Morgadas sí ha logrado comprar las voluntades de algunos de ellos, tal y como pensábamos haber hecho con Piqué en un futuro.

Ossa.

El único policía que nos detuvo.

Es tarde. Mi amo se levanta y regresa al ala de la casa a la que solo puede acceder él. Allí se desvestirá con cuidado, cada prenda quedará situada exactamente en su lugar. Más tarde se arrodillará frente al pequeño altar con la reproducción de la Virgen de Montserrat y, durante más de quince minutos, rezará sus oraciones nocturnas.

Ossa.

Si lo tuviera en sus manos… Con esa perspectiva sus sueños serán, sin duda alguna, gozosos.

87

*L*a planta donde trabajo se corresponde con la de los ingresados por cirugía. El nivel de atención que requieren es enorme, no nos sobra el tiempo. Hay que curar, controlar los aparatos, realizar el trabajo administrativo… Todo eso ocupa casi la totalidad de las siete horas que estoy trabajando.

Siempre me gustó ser enfermera. Existe un claro componente psicológico en la elección de este trabajo. Eso hace que normalmente disfrute de lo que hago.

Hoy no.

Poco después de que se marchara el inspector Ossa me telefoneó una de mis compañeras solicitándome un cambio de turno. Mi vida en soledad hace que siempre esté disponible y que me dé igual trabajar un día u otro. Y prefiero estar en el hospital a quedarme en casa pensando en mi hermano.

¡Maldito inspector Ossa! Por su culpa he pasado una noche de perros, su visita me ha dejado tan sorprendida como asustada. Hora tras hora pensando en sus palabras. Y peor aún, hora tras hora pensando en él.

Lo primero es mi hermano. ¿Cómo ha podido saber que está vivo? Parecía un hombre sincero, realmente preocupado por Álex. Y es cierto que vino de forma no oficial, como quien pretende avisar y ayudar en lugar de perseguir o detener. ¿Y con esto, qué? ¿Podría tratarse de un engaño, de una maniobra destinada a hacerme dar un paso en falso?

Pero aunque mi principal preocupación sea la situación de Álex, no puedo olvidar… lo otro. Vi cómo me miraba. Noté su estremecimiento. Y cuando nuestras manos se rozaron ambos sentimos lo mismo. Estoy segura de esto, ¡no me equivoco! Le pedí que se marchara no por proteger a Álex, sino porque no podía seguir a su lado y mantener un comportamiento normal. Lo hice porque me gustó como nadie me ha gustado en años.

¿Por qué? No soy una niña que pueda dejarse llevar por el mero atractivo físico; quizá no pueda considerarse guapo, pero tiene algo que lo diferencia de los demás. Apenas hablamos más de diez minutos, y después de la presentación todo lo dicho tuvo como centro su investigación; no hubo ni una sola palabra fuera de contexto. Sin embargo, cualquier otra mujer que hubiera estado en mis circunstancias sentiría mi misma seguridad. ¿Cómo puede describirse este sentimiento? ¿Es amor?

¡No puede ser amor! ¡Y no quiero que sea amor! Tengo treinta y cuatro años y jamás lo he sentido en plenitud. Mis afectos crecieron poco a poco y se desinflaron siempre de golpe. Nunca he vivido un flechazo. Y aquello no tuvo nada que ver con esto, aquello solo era deseo, y cuando nos hartamos de sexo la complicidad se esfumó llevándonos por caminos diferentes.

Llevo toda la mañana trabajando como una loca, parece que estoy poseída por una intranquilidad tal que incluso mis compañeras lo han notado. «¿A ti qué te pasa hoy, bonita?» Faltan dos horas y ya he terminado con las curas y el papeleo.

Si he trabajado como una desesperada ha sido para dejarme llevar por la actividad y tener ocupada la mente. Y ha salido bien. Pero ahora estoy en las mismas y comprendo que no he hecho sino dilatar una respuesta a esta endiablada situación.

Por aquí viene mi compañera Ana. Le pido que me cubra quince minutos y entro en uno de los despachos. Necesito hablar con Álex. Quiero saber si David Ossa dijo la verdad o si mentía. Pero sé que tendré razón, ese hombre es de los que tienen la mirada limpia.

Le proporcioné a Álex un teléfono móvil con tarjeta de recarga. Es un aparato viejo pero funciona, y establecimos que la única vía de contacto serían llamadas a y desde el hospital. La centralita maneja más de doscientas extensiones, Álex me dijo que sería imposible controlarla. Junto al teléfono respiro hondo, por fin me decido. Descuelgo el auricular, solicito línea exterior y marco su número. Una llamada, dos, tres, cuatro. Descuelga. No dice nada. Soy yo la que debo hablar.

—Hola.

Nuevo silencio.

—Tengo novedades que contarte.

—Di.

—Ayer vino a verme un policía.

—¿A tu casa?

—Sí.

—¿Quién?

—El inspector David Ossa.

—Vaya, vaya. Muy rápido.

—¿Lo conoces?

—Ajá.

—Lo sabe.

—Ya.

—Me ha contado que le enviaste un correo con un acertijo. Me dijo que quería ayudarte, que me hablaba extraoficialmente, me dijo que…, yo…

Me resulta imposible resumir toda la conversación. Pese a mi total convicción sobre el comportamiento de mi hermano comienzo a darme cuenta de que todo el apoyo que le preste tendrá un precio. Y Álex lo percibe de inmediato.

—Tranquila. Es cierto, le mandé una pista.

—Pero ¿por qué?

—La mandé cuando supe que estaba en la investigación. Y lo hice porque es honrado.

—No entiendo qué quieres decir.

—Era necesario que alguien más supiera lo ocurrido. Un hombre independiente, con una trayectoria impecable en el cuerpo.

—Eso no explica nada.

—Era…, es un seguro de vida. Por si me pasara algo. Él continuaría mi obra. De otra manera, es cierto, pero seguiría la senda marcada. Le proporcioné las pistas necesarias para que supiera lo que realmente me ocurrió. Es bueno. No se detendrá hasta que lo averigüe todo.

—¡Pero conoce tu identidad e intentará detenerte!

—Ya lo intentó sin conseguirlo. No necesitaré mucho más tiempo para acabar mi misión. Y entonces no volverá a encontrarme.

—Entonces, esas heridas…

—Fui yo. Julia.

—¿Sí?

—Será insistente. Eres su única pista. Te rondará. Debes ser prudente. Ningún contacto, salvo desde el hospital. Mantenme informado si hay novedades. ¿Entendido?

—Así lo haré.

—Cuídate.

—Y tú.

La línea se interrumpe. Álex ha colgado. Multitud de sentimientos se entrecruzan en mi mente: por un lado, dudas, inseguridad, miedo; por el otro, esperanza, alegría, deseo. «Te rondará», me ha dicho. «Es bueno, es honrado.» Nada que yo no supiera ya, tenía que ser así. ¡Qué lástima que se trate del hombre que intenta a atrapar a mi hermano!

365

$\mathcal{M}$ientras David se centra en la hermana de Martín, a mí me ha tocado trabajar en la conexión Esteve-Martín y el incendio del hospital Sant Joan. Resulta imposible no ver las conexiones. Pero de nada sirve verlas si no pueden probarse. He venido con margen para charlar con el jefe de obra encargado de la construcción del nuevo edificio. Localizo la oficina y entro en ella; un hombre trabaja en una mesa cubierta de planos.

—¿El jefe de obras?

—Aparejador. Andrés Matías. ¿Y usted?

—Subinspectora Bolea. Quisiera hacerle algunas preguntas acerca de la obra que está realizando.

—Usted dirá.

—Quisiera preguntarle por los subterráneos que hay bajo estos edificios.

—No hay. Bueno, no bajo el hospital, aparte de los sótanos, claro. Otra cosa es en la obra. Debajo del anterior bloque técnico hubo, y todavía hay, una conexión con la instalación eléctrica y con las alcantarillas. Cuando se produjo el incendio debieron de utilizar los grupos electrógenos durante unos días, ya que esas conexiones fueron destruidas al hundirse el edificio.

—¿De qué tamaño son esas conexiones?

Matías me sorprende con una mirada inteligente, está claro que las noticias del *Crónica Universal* tienen los suficientes lectores.

—Si me acompaña, se lo mostraré. Póngase ese casco de ahí y recuerde que estamos en una obra.

Tres pisos más abajo llegamos a una abertura por la que

asoma una escalera mecánica y un amasijo de gruesos cables eléctricos.

—Esta es la entrada.

—¿Puedo bajar?

—Sí.

Desciendo. Veo un túnel de metro y medio de alto que se pierde en la oscuridad. Los cables van fijados en haces a la pared y queda suficiente espacio para que un hombre pueda pasar sin el mayor problema.

—¿Hasta dónde llega este túnel?

—Eso tendrá que preguntárselo a los de la compañía eléctrica. Nuestra responsabilidad acaba aquí. Pero bastante lejos, eso seguro.

Suficiente. Este túnel me demuestra que pudo perfectamente escapar por aquí. Regreso a la superficie junto con el aparejador, le agradezco su colaboración y me despido.

Segunda entrevista. He solicitado hora para charlar con el doctor Andreu: se trata del médico que controló el proceso de recuperación de Martín una vez que se recuperó del coma. Camino hacia el hospital. El despacho está en el tercer piso. Una secretaria me da paso a su despacho. El doctor Andreu ha pasado de los cincuenta, lleva los blancos cabellos perfectamente peinados y usa gafas a la última moda. Es cortés en el trato y su mirar inspira confianza.

—Buenos días, subinspectora Bolea.

—Doctor Andreu, necesito hacerle algunas preguntas acerca del doctor Esteve.

—Al margen de ser el responsable de salud mental de la policía, y de ser este el hospital de referencia del cuerpo, nos unía una antigua camaradería.

¿Camaradas? ¿Hasta qué punto?

—Imagino que fue por eso por lo que acudió a él en el caso de Alejandro Martín.

—Claro. Pero no solo porque fuera el responsable de los artificieros como Martín. Acudí a él por ser uno de los mejores expertos en neurología y psiquiatría del país. ¿Por qué este repentino interés acerca del doctor Esteve?

367

—Como sabrá, el doctor Esteve murió en un accidente causado por un escape de gas. Estamos considerando que pudo haber sido provocado.

—¡Qué me dice! Pero ¿quién querría hacerle algo así?

—Estamos trabajando en ello.

—¿En qué puedo ayudarles?

—Necesitamos acceder a toda la información almacenada en sus ordenadores y que tenga que ver con la actividad profesional del doctor Esteve.

—¿Para buscar qué? Además, Joaquín solo trabajó aquí muy puntualmente.

—Aún no estamos seguros. Solo cuando analicemos los archivos podremos saber si hay en ellos algo de interés.

—Bien. Esto es posible. Pero existe un problema. Todos los datos que puedo proporcionarle son expedientes clínicos y, por tanto, son información reservada. Debo seguir el procedimiento, y para proporcionárselos necesito una orden judicial. Hasta entonces no es posible.

—Esto es cierto..., pero, corríjame si me equivoco, existe una excepción: que el expediente médico corresponda a un fallecido.

—Sí, así es. Pero las colaboraciones de Joaquín con el hospital fueron escasas y con un fallecido por en medio… ¡Ah, caramba! ¡Sí existe un caso como el que usted menciona!

—Así es. Alejandro Martín. Doctor Andreu, estamos trabajando contra reloj empleando un gran número de recursos en investigar las extrañas muertes que están sucediendo últimamente. Necesitamos ese expediente.

Duda. Es cierto que de forma legal podemos acceder a esa documentación. Pero ha llegado a ese momento concreto en que le afecta un sentimiento común a todos los hombres que poseen cierta información que necesitamos los policías: la curiosidad. Sé lo que estará pensando: «¿Por qué vienen a pedirme datos sobre Martín? ¿Qué tiene que ver con Esteve y con su misteriosa muerte?» Sin embargo, Andreu es capaz de reprimir su deseo de saber.

—Bien. Puedo proporcionárselo ahora mismo.

Le tiendo un lápiz de memoria, lo inserta en el ordenador. Y entonces sucede lo inesperado.

—No comprendo…

—¿Qué ocurre?

—El archivo, ¡no está!

—¿Qué quiere decir?

—La carpeta está vacía. Tiene que tratarse de un error.

—Tendrán una copia de seguridad.

—Sí, cada día se hace una doble copia en un disco duro externo y también en un servidor web. Permítame un momento, el disco duro externo está aquí mismo.

Acompaño a Andreu a un despacho vecino, conecta un terminal vacío e introduce una clave de acceso.

—¡También está vacía! Tendré que consultar el servidor web…

—No se moleste. Quienquiera que haya borrado estos datos habrá accedido igualmente al servidor web.

—¡No puede ser! La ley de protección de datos nos fuerza a tomar unas medidas de seguridad muy complejas. Toda esta información está encriptada y el acceso está restringido a unas pocas personas. ¡Y borrar datos es, según tengo entendido, prácticamente imposible! De inmediato tendré que poner en marcha una investigación.

—Hágalo discretamente. Bastante revuelo tenemos con la prensa. Aunque no creo que nos vaya a ser útil, compruebe los datos web. Tenga mi número y mándeme un mensaje cuando lo haya hecho.

Me acompaña hasta la puerta del despacho. Se despide, con cierta brusquedad. Sé que no la dirige hacia mí, lo hace hacia una situación imprevista. Esto es algo con lo que no podía contar. Y esa sorpresa le ha impedido, de momento, analizar lo de verdad importante de ese archivo: que su desaparición debe tener una explicación en función de su contenido. El misterio se hace más complejo. Y el reto de resolverlo, más atractivo.

*E*l hospital Clínic es uno de los más grandes de Barcelona. El ritmo de trabajo es muy elevado. Nunca se encuentran camas libres, excepto cuando fallece algún paciente. Y aquí estoy yo, en la segunda azul, trabajando un día más, con el alma ausente y el corazón dolido. Me encuentro deseando escapar de entre estas paredes que han sido mi vida. Pero, salir de aquí, ¿para qué? No tengo ninguna posibilidad de obtener nuevas noticias de mi hermano salvo estando aquí dentro. ¿Entonces?

David.

Quiero volver a verlo.

¡Me lo pide el cuerpo! Es como esos amores de la adolescencia que cuando nacen se transforman en un torrente que arrasa con todo, amores que pueden volvernos idiotas, hacernos pensar que nada importa excepto estar con el otro. Así me siento, con la pureza de los quince años.

¡Qué absurdo! ¿O no? Al fin y al cabo yo no amé cuando debí hacerlo, y cuando el amor llegó nunca fue tan intenso como decían mis pocas amigas o como leía en los libros o en las revistas…

Quiero sentir su piel.

Quiero besar sus labios.

Quiero perderme entre sus brazos.

Quiero desnudarlo y hacerle el amor.

Su imagen se está volviendo obsesiva. Lo veo en cada voz que me llama, confundo su figura en la de cada hombre que me cruzo, escucho su voz en cada compañero que me nombra. Y todo esto, ¿para qué? ¿Puedo permitirme el lujo de hablar con él? ¿Podría sincerarme, explicarle lo que nos ocurre?

—¿Te pasa algo, cielo?

¡Menudo susto! Es mi compañera Ana. Debo de llevar un buen rato despistada delante del monitor.

—Perdona, me había quedado traspuesta.

—¡Menudo despiste llevas todo el día! Qué, ¿tuviste una noche movida?

Si se incluye en movida dar vueltas y vueltas en mi solitaria cama consumida entre la inquietud por mi hermano y un nuevo deseo que no debería sentir, no cabe duda que ha acertado de pleno.

—Dormí mal, eso es todo.

Me reintegro al trabajo. Pasan las horas más despacio que nunca. Por fin se aproxima la hora de salir. Paso el parte, me aseo y me cambio en el vestuario. Me siento cansada, ha sido otra mañana de mucho trajín.

Salgo al exterior mordisqueando una manzana. Podría coger el metro o el autobús, pero me apetece caminar, que me dé el aire en la cara. Me pongo mi gorro de lluvia en la cabeza, sigue haciendo mal tiempo y con las nubes corre un aire fresco inusual en Barcelona.

Y entonces le veo.

El corazón se me desboca y estoy a punto de atragantarme con la dichosa manzana. Me esperaba. Está al otro lado de la calle Villarroel. A nuestro alrededor son muchísimas las personas que entran y salen por la puerta principal del hospital Clínic, todos se mueven como si estuvieran en cámara rápida, mi mirada pierde el foco y las figuras se difuminan. Es como si el tiempo se hubiera detenido, y lo más extraño de todo es que ¡no hay nada entre nosotros!

El inspector David Ossa cruza la calle. Camina tranquilo, lleva el pelo enmarañado y húmedo. Ha debido de estar esperando un buen rato.

Está frente a mí. Y me habla.

—Hola, Julia.

Y me sorprendo cuando le contesto exactamente lo contrario de lo que me dicta el corazón.

—¿Qué hace usted aquí, inspector Ossa?

No hay simpatía en mis respuestas. David insiste en el

371

tuteo, hace caso omiso a mis respuestas, y eso es justo lo que deseo.

—Quería hablar contigo.

—No creo que tengamos nada de qué hablar.

«Me estaba volviendo loca esperando el momento de volver a verte.»

—¿Ibas a ir caminando hacia tu casa? Podría acompañarte un rato.

—Preferiría ir sola.

«No hay nada en el mundo que deseara más.»

—No he venido por nada oficial. En realidad solo quería verte.

—Inspector Ossa, debo decirle que prefiero no volver a escuchar sus locuras ni una sola vez más.

«No, esas locuras no las quiero oír; son otras muy diferentes las que anhelo.»

No me he dado cuenta, pero estamos caminando. Son mis pies los que me dicen que me equivoco. Vamos despacio, como si fuéramos dos novios quinceañeros que han regañado y ninguno supiera cómo retomar la conversación.

—¿Qué tal el dí...?

—¿Cómo ha sabid...?

Nuestras preguntas se solapan. Mis labios están a punto de reír, pero logro sujetarlos a tiempo. Siempre me han hecho gracia estas situaciones, tienen un aire ridículo pero nada hiriente. Contengo con esfuerzo la sonrisa. Pese a que mi pregunta no ha llegado ni a formularse, David responde con toda exactitud, como si me hubiera leído el pensamiento.

—En Personal me dijeron cuál era tu turno. Quería hablar contigo, así que decidí esperarte.

—No debió haberlo hecho.

«¡Cómo me alegra que lo hicieras!»

—Como te he dicho antes, no vine por nada oficial.

—Como le dije antes, no me interesa saber a qué ha venido.

«Habla, dímelo ya, no me hagas esperar ni un segundo más.»

—Te esperaba porque tenía unas enormes ganas de verte.

No recuerdo haberme vuelto ni que lo haya hecho él, pero estamos frente a frente. Me pierdo en sus ojos tal y como veo que lo hace él en los míos. ¿Estaré soñando? ¡Esto no es posible! Su mano surge de la nada junto a mi mejilla derecha, sus dedos se posan muy suavemente sobre mi piel. Me doy cuenta de que mi respiración se ha acelerado: mi corazón late con una furia ensoñadora, riega la sangre de todo mi cuerpo y siento que estos latidos están despertando una vida que estaba dormida desde hacía mucho tiempo. Y entonces me besa y toda esa sangre parece congelarse creando un momento único y memorable que, como una cría, creo eterno, infinito.

—Tú…

—Sí. Y tú también.

Asiento. Tiene razón. Tenía que ser así.

—Debo marcharme. Te llamaré más tarde.

—No es necesario. Te estaré esperando.

Eso es todo. La libre aceptación de lo irremediable. No más de ochenta palabras desde el momento en que lo vi al otro lado de la calle Villarroel. ¡Con tan poco ha bastado! Se va Rambla abajo. Camina ligero. De la misma manera, yo emprendo el camino a casa.

Soy feliz. Todo lo demás carece de importancia. Da igual que haya en la calle otras personas viviendo sus vidas, no importa que el mundo pueda precipitarse hacia la destrucción, ahora solo contamos nosotros. Así me pierdo camino de casa, ensimismada. Y quizá, si no estuviera tan perdida en mi mundo, hubiera llegado a ver que cuando yo camino hay alguien que también lo hace, y que, cuando yo me detengo, hay alguien que también se detiene. Quizás hubiera podido verlo. Ahora, seguro que no.

373

¿¿¿Dónde???

Tengo la respiración entrecortada y los músculos crispados. La cama está empapada en sudor, el ciclo de mi pesadilla se repite: fuego, calor, dolor, despertar.

¿Qué hora es?

Las once de la noche.

Me levanto y me enjugo el sudor con una toalla. No es suficiente: me doy una ducha con agua helada. Después de refrescarme me siento mejor.

Estar aquí encerrado modifica por completo mis horarios. Solo importa que llegue la oscuridad para poder gozar de libertad al salir al exterior. Lo he hecho dos veces. Necesitaba recuperar material. Fui prudente preparando tres depósitos donde dejar herramientas, armas y uniformes, pero ahora todo eso está perdido. No puedo tener la seguridad de que tengan preparado un sistema de vigilancia esperándome. Me faltan medios materiales, pero sigo teniendo afilada mi mejor arma: el ingenio. ¿Bastará con esto para localizar a Piqué?

Puesto que desapareció de su domicilio, me vi forzado a entrar en el servidor central de Travessera. Y probablemente eso tuvo que ver con mi localización.

Veamos los datos: Piqué está en el programa de protección de testigos. Conozco la existencia de este programa, pero no dónde están ubicados los pisos refugio. Eso constituye un secreto absoluto que se reduce al propio grupo de protección de testigos. Y no hay grupo más hermético que este en ninguna policía del mundo. Ya que no puedo acceder al servidor central, ¿podría intentar localizar estos pisos vía web?

EL ROSTRO DE LA MALDAD

Cuarenta minutos intentando acceder a esta información pululando por la intranet de los Mossos me bastan para comprender que esta no es una información abierta. ¡Necesito más ingenio! La clave que estoy utilizando no basta para traspasar la seguridad del programa de protección de testigos. Esto es así. Pero quizá pueda hacerlo de otra manera más hábil.

Primero: debo averiguar quiénes son los responsables de este programa. Segundo: averiguar los nombres de su equipo. Y tercero: dentro de la información robada, tengo todos los códigos de acceso a la intranet de los mandos. Y conociendo estos es probable que pueda acceder al apartado de la intranet que se ocupa de protección de testigos.

Localizar al Departamento de Protección de Testigos es sencillo, pero hacerme con los nombres de sus integrantes no. Me lleva muchas horas lograrlo: para ello he tenido que trabajar por exclusión de aquellos con destinos conocidos. ¡Varios miles de personas! Y teniendo sus nombres... ¡Bingo! Gracias a sus claves particulares puedo acceder al programa como si fuera uno de ellos.

Antes de probar el acceso suplantando a un mando, recuerdo un rumor. Se decía que al acceder a este programa se ponía en marcha un registro de control programado para anotar las entradas a él, incluso las del propio equipo. ¿Será cierto? Dudo. No puedo arriesgarme. Si trasciende que accedo a la actual localización de Piqué amparándome en la identidad de un compañero, volverán a cambiarlo de escondite y su localización se convertirá en imposible. ¿Tendrán realmente un programa semejante? Parece algo paranoico, pero... ¿Qué hubiera hecho yo si fuera el programador?

Está claro, instalar un chivato y repasarlo cada día. Esta gente piensa en todas y cada una de las posibilidades para salvaguardar a sus protegidos. Si existe un registro de estos refugios y sus ocupantes, estará bien controlado. Así que, si decido averiguar la dirección por esta vía, tendré pocas horas de margen para actuar. Una acción relámpago, localizar, atacar y desaparecer.

Una sola noche. Ese es el margen. No más de seis horas. Se tratará de esquivar o dejar fuera de combate a los policías que lo vigilen, cargármelo y huir.

¿En qué entorno? ¿Qué posibilidades operativas tiene el ataque a un lugar cuya configuración física desconozco? Y con el añadido de no dañar a sus angelitos guardianes…

¡Seis horas para saber dónde está, llegar y eliminarlo!

Un verdadero infierno operativo. Y también un nuevo reto que debo afrontar para finalizar mi venganza. Porque da igual lo que me encuentre por delante. No me detendré hasta acabar con Piqué. Eso seguro.

91

—*S*eñor Morgadas.

—Dígame, Salmerón.

—Tengo parte de la información que deseaba sobre Piqué.

—¿Fiable?

—Al cien por cien.

—Adelante.

—Intentaré resumirlo. Habrá oído hablar de los recientes accidentes que han ocasionado la muerte de diversos artificieros. Y también conocerá la intervención policial en la estación de metro abandonada de Correos.

—¡Cómo no! No se ha hablado de otra cosa en las dos últimas semanas.

—Tal y como ha especulado la prensa, guardan relación. Se ha establecido que el o los causantes de las muertes de los artificieros pueden ser terroristas. Piqué está en manos del Departamento de Protección de Testigos.

—¿Protegen a todos los artificieros?

—No. Solo a Piqué.

—¿Cuál es la razón?

—No consta. Nuestro contacto tiene sus límites, buena parte de esta información es reservada y bastante hemos logrado al conseguirla.

—Continúe. Hábleme sobre la señorita Martín y sobre el interés que ha manifestado Piqué por ella.

—En esta área nos movemos entre conjeturas, pero probablemente bien encaminadas. Julia Martín es la hermana de un artificiero que murió unos meses atrás: se llamaba Alejandro y

377

fue uno de los héroes del gran atentado. Sufrió graves heridas que le hicieron entrar en coma y, tras recuperarse, murió en un incendio en el hospital Sant Joan.

—Lo recuerdo.

—Es evidente que debe existir una conexión entre Piqué y la señorita Martín. Hemos averiguado que ni hubo ni hay una relación personal entre ambos. Y desde el momento en que Piqué me pidió que la controlásemos, entiendo que su interés por ella no es precisamente en positivo. Sé con total certeza que la relación entre Piqué y Alejandro, el difunto hermano de Julia, no era buena. Ambos optaban al mismo puesto, comisario responsable de los artificieros.

—Interesante. ¿Por qué iba a querer Piqué meses después de lograr su objetivo seguir a la hermana de su difunto rival?

—Considero que esa es la pregunta clave, señor. Cuando Piqué me pidió que realizara el seguimiento, me dijo, textualmente: «Con quién sale, con quién se ve, con quién habla». Creo que ese era su principal interés. Gracias a ese aspecto concreto de su petición reconocimos al inspector Ossa.

—Ossa… ¿Qué papel tiene él en esta historia?

—Al principio pensé que su presencia junto a la señorita Martín se debía a un trabajo de investigación policial. Ossa participó en el operativo de la estación de Correos que se hizo público a través de la prensa, y me consta que la filtración del operativo causó un importante revuelo en la consejería. Puede ser que Ossa estuviera investigando algún asunto en relación con este caso, lo que genera nuevas preguntas: ¿por qué tendría que hablar con la señorita Martín? Parece como si existiera un nexo de unión entre Julia Martín, el inspector Ossa y el comisario Piqué. Determinar cuál es otro de los enigmas planteados.

—Cuando comenzó su anterior intervención dijo: «En principio pensé…». ¿A qué se debe ese matiz?

—A una novedad reciente y creo que interesante. A Julia Martín y al inspector Ossa se les ha visto en una inequívoca actitud cariñosa.

—Concrete.

—Ossa la esperó a la salida del trabajo. Ella es enfermera y trabaja en el hospital Clínic. Pasearon juntos unos minutos en dirección a la casa de ella y poco más tarde se besaron.

—Pero ¿tenían relaciones previas a esta situación?

—Creemos que no. Parece ser un sentimiento reciente.

—¿Sentimiento? Diga mejor «lujuria». Y no crea. Confírmelo. Siga a esa joven cada segundo del día.

—Lo haré, señor. Pero tenemos una dificultad difícilmente superable con la señorita Martín. Cuando se encuentra trabajando en el hospital es imposible que podamos controlar sus actividades. Sabemos cuándo entra y cuándo sale. El resto del tiempo trabaja básicamente en su planta, pero también se mueve en determinadas zonas a las que solo puede acceder personal del hospital.

Los ojos de Morgadas se cierran parcialmente mientras medita. En efecto, la información que le he servido es muy interesante.

—Salmerón.

—Dígame, señor Morgadas.

—Antes dijo que el único artificiero que actualmente estaba siendo protegido era el comisario Piqué.

—Así es.

—Si está protegido es porque consideran que está en peligro. Y eso supone que los accidentes sufridos anteriormente por sus compañeros artificieros no fueron tales, sino que se trató de atentados hábilmente disfrazados.

—Así lo creo yo también, señor.

—¿Y dice que el objetivo de Piqué era controlar con quién podía verse Julia Martín? Entonces la clave está en ella, Salmerón. Pero es una clave oculta que Piqué no puede mostrar en público con sus compañeros y por eso se lo pidió a usted. Y si a la ecuación sumas la presencia de Ossa investigando los atentados o el asalto a la estación de metro esto nos da un resultado muy interesante. ¿Tiene más información sobre todo lo relacionado con estos atentados?

—Sí, señor Morgadas, en esta carpeta. La mayor parte pertenece a la propia policía, me la ha proporcionado nuestro contacto. La otra es un dosier de prensa.

Le tiendo la documentación. Mi amo la deposita sobre la mesa y comienza a ojearla, es evidente que le llevará un tiempo hacerlo.

—Déjeme solo, Salmerón. Espere fuera mientras la estudio.

379

—Sí, señor Morgadas.

Tomo asiento en la sala anexa, y aprovecho para repasar las actividades del día. Al cabo de dos horas se escucha la voz del amo reclamando mi presencia.

—Salmerón, ¿ha caído en la cuenta de que Alejandro Martín fue declarado como muerto pese a la ausencia de su cadáver?

—Sí, señor.

—Estoy intentando imaginar qué hubiera ocurrido si Martín tuviera algún motivo concreto para matar a esos compañeros suyos. Todos los muertos eran hombres del mismo equipo, y Esteve era el médico responsable de la salud mental de la policía. El hecho de que Piqué quiera controlar con quién se ve Julia Martín es la clave. He considerado que pudiera querer saber si se ve con Ossa, pero está buscando algo diferente. ¡Está buscando a Martín!

—Pero Martín murió...

—No. No murió. ¡Todo encaja si él vive! No puedo saber cómo escapó de la muerte ni qué pudo motivar esta venganza, pero sí veo con total claridad que solo alguien como él podría haber causado estos accidentes con la habilidad necesaria para no causar sospecha alguna.

—Sin embargo, se produjo la intervención en la estación de metro y la policía estuvo a punto de atrapar a uno de los sospechosos.

—¡Casualmente fue el mismísimo inspector Ossa el que estuvo a punto de atrapar al supuesto terrorista, que se le escapó por bien poco! Y apenas se recupera de las heridas sufridas en este operativo, lo primero que hace es buscar a la hermana de un artificiero muerto y cuyo cadáver se deshizo por completo. Demasiada casualidad. Ossa conoce la identidad del supuesto terrorista; los otros policías no lo saben, a excepción de Piqué, que está atado de pies y manos por alguna razón que desconocemos y que le ha llevado a acudir ¡precisamente a nosotros! Y Ossa se encuentra atado por su lujuria, incapaz de denunciar al hermano de su amante.

Observo a mi amo y no puedo evitar sentir admiración ante lo ajustado de su razonamiento. Con parte de los datos ha logrado construir un sistema perfectamente lógico y muy difícilmente rebatible. No es extraño que lleve media vida siendo el gran jefe del crimen de Barcelona.

—¿Sabe, Salmerón? A veces uno recibe regalos cuando menos se lo espera, y esos regalos son precisamente los que más se agradecen. Le diré lo que vamos a hacer. Quiero a Julia Martín. Y la quiero esta misma noche.

—Sí, señor.

—Sin violencia. Dróguenla y llévenla a un lugar seguro y discreto. Con Julia Martín en nuestro poder podremos tenderle una celada a Ossa. Una emboscada indirecta en la que podríamos llegar a utilizar al mismísimo Piqué como brazo ejecutor. Y lo mejor de todo es que nadie podrá ni imaginar remotamente que los responsables de ese enfrentamiento somos nosotros. En cuanto a Piqué, dele un parte diario en el que no se recoja absolutamente ninguna novedad. Póngase a ello con absoluta prioridad.

Me retiro sin decir palabra, admirado por la capacidad de mi amo. Será difícil: Gràcia es un barrio que no dominamos en exceso y vamos contra reloj. Pero nuestros hombres son los mejores. Bastará con alejar a Ossa de Julia Martín.

Convoco a un equipo de hombres escogidos y les imparto las instrucciones pertinentes. Al hacerlo me sorprendo, por primera vez en muchísimo tiempo, sonriéndme a mí mismo. Es curioso. ¡Alegría! ¡Siento alegría! Así que, después de tanto tiempo, todavía soy capaz de seguir experimentando emociones.

¡Todo un descubrimiento!

92

*P*asé toda la noche en casa de Julia. Jamás tuve tantos sentimientos concentrados en tan escaso tiempo. Me siento como si hubiera estado soñando toda mi vida y fuera ahora cuando hubiera despertado.

¿Cómo fueron esas horas junto a ella? Pese a ser real y haberla acariciado y poseído, su recuerdo se me escurre y me parece lejano.

¿Realmente hablamos? Sí, lo hicimos, entre caricia y caricia. Pero no podría reproducir todo lo que nos dijimos, porque no lo recuerdo. En cuanto crucé la puerta de su casa volví a vivir en la oscuridad. La luz del mundo se concentró en su persona, y, en cuanto me alejé de ella, regresé a las tinieblas.

¿Dónde me estoy metiendo? En un territorio inexplorado, precisamente allí donde me prometí a mí mismo que no volvería a encontrarme.

¿Estoy loco? No hace ni dos días soñaba con María. Y, sin embargo, ahora su rostro se desvanece, sus rasgos se borran y son los de Julia los que se funden sobre los de María, confundidos, como confundido estoy yo.

¿Por qué Julia? Hay dos millones de mujeres en Barcelona. ¡Por qué tenía que ser precisamente ella!

Esta relación no hará sino traerme problemas. Tendría que haberla dejado al margen hasta que hubiera finalizado. Pero ocurrió, y basta. No debo perder el control, esto es lo fundamental: no debe saberlo nadie. Ni una palabra a Joan. Y aún más importante, ni una sola palabra a Estela. Porque sé que esto la decepcionaría. Y eso es lo último que querría que sintiera.

Υ

Llevo toda la mañana y buena parte de la tarde en Babia. En el caso artificieros estamos en pleno compás de espera. Julia le está vedada a Estela, he sido tajante con ello. No le he explicado nada. ¿Cómo podría decirle que me he enamorado de la hermana de nuestro sospechoso?

En lo que a su hermano se refiere, Julia lo sabe todo. Pero no puedo forzarla. Me lo dirá cuando no le quede otro remedio. ¡Espero que no sea demasiado tarde! La telefoneé a media tarde y le propuse vernos a última hora.

—Ven cuando quieras.

Esa fue su respuesta. Se me aceleró el corazón al escuchar su voz y mucho más al entender lo que me ofrecía.

Pasan las horas, eternas. Debería estar centrado en la documentación, pero no logro concentrarme. Dibujo garabatos en un folio en blanco, una sucesión de líneas entrecruzadas. Y mi imaginación no hace sino regresar a ese brillante lugar donde Julia estará esperándome. Julia… No puedo quitarme su nombre de la cabeza ni apartar su rostro de mi imaginación. Y, sobre todo ello, tengo una sensación muy concreta: está sufriendo. Y es el eslabón más débil de toda esta historia.

El sonido del teléfono irrumpe. Se trata de Montse, la telefonista.

—David, tienes una llamada del exterior. Dice que tiene una información importante.

—Dime quién es.

—No se ha querido identificar.

—Pásamela.

¿Quién será? ¿Tendrá relación con nuestro asunto?

—Dígame.

—Ossa.

Se trata de una voz distorsionada. ¿Quizás es Martín? Todas las telarañas que se formaban en mi cerebro se despejan de inmediato.

—Poseo una información para usted. Tiene que ver con ese caso que investiga, usted ya sabe cuál. Le espero dentro de media hora en el puerto, en los tinglados del sector 7, junto a los depósitos del gas. Venga solo.

383

—Dígame quién es usted.

—Ahora o nunca, Ossa.

Ha colgado. Media hora, en el sector 7. ¡Y Estela no está en la comisaría! No tengo demasiado tiempo y tampoco puedo informar a nadie, así que cojo mi arma y salgo rápidamente hacia el aparcamiento. Subo al coche y gano la avenida del Paral·lel. Llamo a Estela con el manos libres, y ella no tarda en contestarme.

—Dime.

—Acabo de recibir una llamada en la comisaría con la voz distorsionada. Me ha citado en la zona 7 del puerto, junto a los tinglados del gas. Deja lo que estés haciendo y reúnete conmigo allí.

—David, no conozco bien esa zona; no sé por dónde ir.

—Ve por la ronda Litoral. Cuando hayas pasado el cementerio, verás la salida. Hay una rotonda que señaliza los accesos a las diferentes zonas del puerto. Dirígete hacia la zona 7, te estaré esperando en la entrada.

—¡Sobre todo espérame! Esta reunión me da mala espina, está anocheciendo y me parece poco prudente.

—Tranquila, te esperaré.

Hay tráfico, pero no activo la sirena. Acabo de pasar por debajo de la ronda, estoy llegando a la rotonda de acceso a la zona de tinglados. Pero mi mente sigue más con Julia que con aquello que me espera. Julia. El eslabón más débil de toda esta extraña historia, eso pensé apenas hace un rato… Julia… ¡Todo gira alrededor de ella!

Y entonces escucho a mi voz: «Es una trampa. Julia está en peligro».

No lo dudo, doy la vuelta y salgo disparado en dirección opuesta, ahora sí pongo en marcha la sirena. Mi voz siempre me ayuda; es una presencia que lleva toda la vida junto a mí, cuidándome, protegiéndome, ayudándome. ¿Es real? ¿O soy yo mismo, tal y como dijo María en su momento? No importa. Contacto con Estela, soy escueto y directo.

—Estela, cambio de planes. Corre hacia la casa de Julia Martín, Les Tres Senyores, en Gràcia, ¡espabila!

Será imposible explicarle esto. Da igual, ahora debo centrarme en la conducción. Pese a la distancia, gracias a la sirena he tardado poco en llegar. Estoy cerca, callejeando por Gràcia. Y entonces topo con un camión de la basura cargando un contenedor.

«¡Baja del coche y corre!»

Obedezco. Estoy a cuatro manzanas de su casa, no tardaré ni tres minutos en llegar. Aflojo el paso lo suficiente para tomar la curva de Les Tres Senyores y casi choco con un coche mal aparcado sobre la acera. La puerta del edificio está abierta. Entro jadeante en el portal y veo a un hombre joven en el primer rellano contemplando absolutamente sorprendido mi violenta y desesperada irrupción. Nos miramos; no hay duda sobre sus intenciones. Se lleva la mano hacia la parte trasera de su pantalón, no le doy tiempo y cargo contra él en silencio. Nuestros cuerpos chocan con la acostumbrada violencia, lo incrusto contra la pared y le golpeo con absoluta eficacia en la nuca. Oigo el sonido de muchos pasos, en el rellano superior veo a tres hombres, dos de ellos llevan a Julia en medio. Parece grogui: la arrastran cogida por los hombros, su cabeza apenas se sostiene erguida. Con un rápido movimiento desenfundo el arma.

—¡Alto! ¡Policía!

No pienso disparar, Julia está en la línea de tiro. Solo espero que se lo crean. ¿Picarán?

No.

Su líder es rápido y sabe cuál es el punto débil de la situación. Empuja el cuerpo de Julia en mi dirección; la recojo en mis brazos, pero su peso me impulsa hacia la pared.

Los tres tipos aprovechan este momento para escapar, dejo a Julia en el suelo y salgo tras ellos. Un coche frena en seco, se trata del mismo con el que casi choco un minuto antes. El conductor aprieta el gas y el coche sale quemando ruedas sobre el viejo pavés. No disparo: es un blanco móvil y ellos no han mostrado ninguna arma.

Regreso al portal. El corazón se me acelera como si fuera a reventar y me tiemblan las piernas. Es ahora cuando oigo el ronco jadeo de mi respiración; huelo mi propio sudor, tan agrio como lo ha sido mi miedo.

385

Y

Aunque por distrito este caso le corresponde a Gràcia, el operativo puesto en marcha inmediatamente por Estela nos ha llevado al de Ciutat Vella. Julia está en enfermería, todavía adormecida. Ahora mi tiempo es para el secuestrador.

El hombre espera en el box de interrogatorios. La identidad del tipo nos ha deparado una gran sorpresa: se trata de Marcial Chilabert, *el Chichi*, uno de los matones de Morgadas. ¡Tengo que saber por qué! Entro con la mente afinada y el deseo encendido. Estela, sentada frente al Chichi, guarda silencio. A su lado, un abogado; es Marrugat, uno de los habituales de los bajos fondos.

—Chilabert, vayamos al grano: me parece que esta vez te has metido en un lío de cojones. El secuestro es un delito que se paga muy caro. Esta vez darás con los huesos en el trullo una buena temporada, salvo que nos eches una mano. Con tus antecedentes, ni Dios te libra de seis años.

—¿Secuestro? ¿De qué cojones me están hablando?

—Venga, hombre, no seas gilipollas. Te he pillado con las manos en la masa secuestrando a una mujer en el portal de su domicilio.

—¡Pero qué dice, hombre; llevo toda la noche diciéndoselo a quien quiera escucharme! Yo entré en ese portal porque pasaba por la calle y oí ruidos y un grito de mujer. Si lo hice fue para intentar ayudarla, no para secuestrarla. ¡¿Por quién me ha tomado, por un mierda de maltratador o qué?!

—Chilabert, no me toques los huevos. Estabas en la escalera cubriendo el paso de tus colegas y cuando entré te pusiste a la defensiva echando la mano a la espalda, donde te encontramos un pincho de diez centímetros.

—¡Y una mierda! ¡Yo no estaba secuestrando a nadie! ¿O acaso hay alguien que me haya visto hacer algo así? ¡Desde luego, usted no! Si me eché la mano a por el pincho fue porque usted cargó hacia mí a toda leche y en aquella oscuridad pensé que se trataba de uno de los malos.

Marrugat levanta la mano, aprovechando la pausa que me produce la sorpresa, para meter baza. Y lo hace con su acostumbrada eficacia.

—Ya han escuchado la declaración de mi cliente. Es evidente que están obrando a partir de una confusión. El señor

Chilabert solo deseaba ayudar a una mujer en peligro. Y quiero señalar, inspector Ossa, que usted causó lesiones de diversa consideración a mi cliente, lesiones reconocidas en el informe del forense y que son susceptibles de indemnización.

—¡Lo que faltaba!

—David.

Es Estela quien me interrumpe. Está claro que nos tienen cogidos. Realmente no lo vi secuestrando a Julia y su declaración es plausible.

—Chilabert, no acabo de comprender qué demonios hacías en Gràcia, tan lejos de tu barrio. Supongo que podrás explicárnoslo.

—No hay mucho que decir, jefa. De vez en cuando es bueno cambiar de aires. Iba dando un paseo, lo hago muchas noches, me sirve para pensar.

Pensar. ¡Será hijo puta! Lo malo no es saber que habrá que soltarlo, lo malo es el cachondeo que es incapaz de disimular. No, no es cierto; lo malo será no comprender por qué Morgadas ha intentado secuestrar a Julia.

—Creo que no existen razones para que mi cliente tenga que verse obligado a pasar aquí la noche. Si me lo permiten voy a realizar un par de llamadas y espero que no pase más de media hora para que preparen el papeleo oportuno. Señor Chilabert, nos veremos en el vestíbulo.

El abogado se levanta y se va hacia la secretaría de la comisaría. Estela y yo nos quedamos allí, acompañados por la sonrisa burlona de Chilabert. Salimos hacia el cuarto anexo, donde Joan ha asistido al interrogatorio.

—David, se nos va a escapar. Y no hay por dónde cogerlo.

—¡Maldita sea, realmente no lo vi llevándose a Julia!

—Entonces tendremos que dejarlo ir. Tu declaración es clara. Todos sabemos que si estaba allí no fue por casualidad, pero carecemos de pruebas y tu testimonio no basta. Tendré que soltarlo.

—Joan, ¿no bastaría con lo del pincho para retenerlo? Qué gilipollez estoy diciendo… Está bien, adelante.

—Bien, eso está claro. Pero antes me gustaría que me dijeras por qué estaban intentando secuestrar a Julia Martín y cuál es tu relación con ella.

Estas son las preguntas claves. Está claro que ha llegado la hora de poner a Joan en antecedentes. ¿Contarle todo? ¿Incluso la identidad del fantasma? Sí. Joan se lo merece tanto por su paciencia como por su amistad. Lo hago. Resumo la historia al máximo. Joan parece dudar en muchos momentos. Entiendo que la historia resulta increíble. Pero los datos son inequívocos.

—Entonces, Estela, tú también crees que...

—Sí.

Un golpe bajo: Joan le pide una confirmación a Estela, como si mi palabra no bastara. Quizás haga bien al hacerlo. Cualquiera dudaría, y más teniendo en cuenta el papel de Julia Martín en mi vida.

—Bien, consideremos que podáis tener razón. ¿Que pinta en todo esta historia Julia Martín? ¿Por qué secuestrarla? No puedo comprender qué lleva a los hombres de Morgadas a intentar raptarla.

—Ni idea. ¡Yo tampoco lo entiendo! David, ¿qué puede relacionar a la hermana de Martín con Morgadas?

Los tres nos miramos guardando silencio, cada uno bucea en sus pensamientos intentando encontrar un posible nexo de unión. Pese a que Estela y yo poseemos más información, la mente de Joan es aguzada; ha comprendido rápidamente las posibilidades.

—Tú.

Y, como siempre, Joan tiene razón. Solo hay una persona que una a todos los protagonistas de esta historia: yo.

93

*M*e cuesta entender qué hago en mi casa con Julia y David. Comprendo los motivos de David, pero no los comparto y, además, me hieren. Me he visto obligada a traer a Julia. No puedo comprender cómo ha podido suceder, pero son pareja. David ha esquivado cualquier pregunta. No hizo más que pedirme asilo para Julia. Y cuando lo hizo sentí cómo se me revolvían las tripas, fue la confirmación de que el sueño se esfumaba.

¿Qué tiene ella que no tenga yo? Es atractiva, pero su belleza resulta extraña. Emana de Julia una sensación de desprotección muy especial; es de esas mujeres que se convierte a la vez en esposa e hija, alguien a quien amar y también cuidar. Estoy desorientada, estoy dolida ¡y estoy cabreada! David la ha acompañado al cuarto de invitados; le duele la cabeza, un efecto secundario del cloroformo. Mi jefe regresa al salón, esta es la hora de las respuestas. Pero mi primera pregunta no tiene mucho que ver con la investigación.

—¿Desde cuándo?

—Anteayer.

—No puedo creerlo. ¿Cómo? ¿Por qué?

Sí, por qué ella y no yo, eso es lo que realmente me pregunto.

—Quién lo sabe. Ocurrió.

—Por eso estabas tan ausente los dos últimos días. Sabe ella que Álex...

—Sí. No. Creo que lo sabe, pero no me lo ha dicho.

—¡Puta mierda, David! ¡¿Cómo es posible?!

Siento la rabia creciendo en mi interior. No es razonable

manifestar tales sentimientos, pero es imposible negarlos. David se ha levantado para acudir junto a mí, sus manos descansan sobre mis hombros reclamando atención. Me doy la vuelta escondiendo a duras penas una gruesa lágrima. Estamos separados por poco más de treinta centímetros de distancia y me asalta el deseo de abofetearlo. ¿O quizá de besarlo?

—Tenía que habértelo dicho. No tengo excusa, pero ¿cómo podía hacerlo? Era algo que iba creciendo ajeno a mi voluntad, deseaba evitarlo y, sin embargo...

—Está claro que no lo conseguiste.

Esta es una frase que he intentado vaciar de amargura sin conseguirlo. Debo alejar esta conversación del terreno peligroso: no quiero caer en las arenas movedizas de los sentimientos.

—¿Qué vamos a hacer ahora?

—Lo primero, protegerla. Y después...

No tiene respuestas. El hombre perfecto, el héroe que siempre acierta, el policía mediático se ha quedado sin soluciones. Por fortuna yo sí las tengo.

—Hay que acabar con este asunto cuanto antes. Tenemos que detener a Martín. Si quieres verla a salvo, no te queda otro camino. Puede que Julia sepa cómo localizarlo.

—Crees que ella...

—Sí.

No he sido yo la que ha hablado. Lo ha hecho Julia. Está asomada a la puerta del salón. No tiene buen aspecto y, cuanto peor lo tiene, más atractiva resulta; tengo que reconocérselo.

—No he podido evitar escuchar vuestra conversación. Yo puedo contactar con él.

—Debes hacerlo. Esto debe acabar. Es por tu propia seguridad.

—¡No! No puedo entregároslo así como así. Vosotros no sabéis lo que ocurrió. ¡Lo dejaron caer entre las llamas! Álex lo dio todo para rescatar a Camps y a tantos otros y ese fue el pago a su heroísmo. Piqué lo dejó caer al piso inferior ante la mirada de sus compañeros y solo un milagro permitió que los bomberos lo evacuaran. Y luego Esteve intentó retrasar su recuperación en connivencia con Piqué. ¡Todos ellos merecen cien veces la muerte!

Julia llora. David la abraza. Así ocurrió. Por fin lo sabemos. Aquella verdad que no estaba escrita en ninguna parte ha aparecido, y siento que no son los labios de Julia los que nos han hablado; es su hermano quien lo ha hecho a través de ellos. ¡Venganza! Si lo arrojaron a las llamas se merecen lo peor. No existe peor pecado para un policía que no socorrer a un compañero. Al infierno con todos ellos. Pero quien cayó al infierno fue Álex, un infierno de fuego real primero y después uno peor, el intangible, aquel que se lleva dentro y te consume poco a poco, sin remisión.

Julia se calma. Tomamos asiento: ellos dos en el sofá, yo enfrente. Se seca las lágrimas con un pañuelo. La envidio por poder llorar abiertamente, ese desahogo debe de resultar tremendamente liberador.

—Jamás os lo entregaré. Es mi hermano y le debo todo lo que soy. Y cuando os digo todo quiero decir absolutamente todo.

Detecto una historia oculta, me gustaría conocer las razones de semejante fidelidad.

—No te pediría tanto. Solo hablar con él. Debemos y podemos convencerlo. Esto debe acabar.

—No se detendrá hasta finalizar su venganza. Todavía le falta Piqué.

—Julia, tenemos que intentarlo. Debo verlo. Convéncelo, tú puedes hacerlo. Que sea él quien escoja el terreno. Sabes que no te mentiría nunca.

¡Por fin! Es la primera vez que David abre la boca para decir algo coherente desde que llegamos a mi casa.

—Sí, lo sé. Tú nunca lo harías. Sin embargo…

—Es necesario, Julia.

—Yo… Está bien. Pero únicamente lo haré si vas tú solo y me juras que no sufrirá ningún daño. ¡Solo así! ¡No puedo volver a perderlo! ¡Júramelo!

David asiente. No estoy muy segura de que tenga las ideas claras, más bien veo al hombre que desea dejar a un lado la razón y dar rienda suelta a los instintos. Me asalta la intuición de que se arrepentirá de ello.

—Te lo juro.

Julia se encierra en el dormitorio para telefonear. No escu-

391

chamos la conversación. Pasados unos minutos regresa al salón.

—¿Y bien?

—Hablará con David. Pero con nadie más. Y pone otra condición.

—¿Cuál?

—Debes acudir desarmado.

—¡No puede pedirte eso!

Mi protesta es vehemente, sé que tengo razón. Álex no puede pedirle a David que acuda sin defensa.

—Acepto. Dime dónde y cuándo.

—Será esta noche, de madrugada. A las tres. Debes ir al parque del Escorxador y situarte al pie de la escultura de Miró. Le he dado tu número. Una vez allí te llamará. Eso es todo.

—Maldita sea, David; ni se te ocurra ir sin mí. ¡No puedes ir solo!

—No, Estela. Tú misma lo dijiste antes, tenemos que acabar con esta historia.

—¡David! ¡Te acompañaré te guste o no!

—¡No!

Es la primera vez en todo este tiempo en que me levanta la voz. Mi consejo posee toda la lógica del mundo y lo ha rechazado de plano. Entiendo, además, por qué no me quiere allí. No es por él mismo, es por Julia. Y así, abiertamente, me lo dice.

—Te quedarás con Julia. No son los problemas del parque los que me preocupan, son los de aquí. Prométemelo, Estela.

¡Con qué ventaja juega, incluso ignorándolo! Acepto, no me queda otra.

—Está bien. Me quedaré.

Así se escribe nuestra pequeña historia. Sin grandes frases, con la sencilla aceptación de lo inevitable. Y así es como el desenlace de esta historia se aproxima, ya imparable.

94

Nuestros hombres han fracasado en el secuestro de Julia Martín. ¿Cómo ha podido suceder? Habíamos desviado la atención de Ossa por completo, escuché la conversación y picó, estoy seguro. El señor Morgadas estuvo controlando el operativo y comparte esta opinión.

Entonces, ¿qué ocurrió? ¡Ossa apareció de repente en casa de Julia Martín! Llopis me dijo que bajaban por la escalera cuando se lo encontraron justo enfrente. Había dejado fuera de combate a Chilabert, y los nuestros tuvieron que elegir la opción menos mala y salieron de allí por piernas. Y si lo analizo fríamente aún tuvieron suerte de escapar con una única baja. Tuve que poner inmediatamente en marcha a nuestro abogado. Marrugat es muy bueno y logró sacar a Chilabert mediante una argucia legal.

¿Cómo diantre pudo Ossa saberlo? ¡No es la primera vez que averigua cosas completamente imposibles! Aquella vez que nos llevó a la cárcel obtuvo una información que solo estaba en manos del señor Morgadas. Mil veces pensamos en un topo en nuestra estructura hasta que acabamos por descartarlo. Ossa esconde un misterio que, de momento, está fuera de nuestro alcance.

Chilabert es un eslabón que nos une a un intento de secuestro de la que parece ser la novia de Ossa. La orden del señor Morgadas ha sido terminante. Esta noche desaparecerá y jamás volverá a ser vista sobre la faz de la Tierra.

En cuanto a Ossa, hemos preparado una estructura de vigilancia con nuestros mejores quince hombres. Lo siguieron en

393

cuanto abandonó la comisaría: fueron a casa de la subinspectora Bolea, en el Poble-sec, y los acompañaba la señorita Martín. Tenemos tres coches rodeando la casa. Por fortuna para nosotros da al exterior y gracias a ello pudimos utilizar micrófonos direccionales para escuchar sus conversaciones. La estructura que imaginó el señor Morgadas para explicarlo todo se ha revelado como cierta.

¿Y ahora? ¿Para qué puede servir una información semejante? Todavía existe un factor de la ecuación que nosotros controlamos y Ossa no. Ernest Piqué debe saber que se han citado esta noche. En cuanto el señor Morgadas lo supo, comprendió que era la única posibilidad de obtener algún beneficio. Así que aquí estoy, con un teléfono con la tarjeta clonada en la mano, dispuesto para llamarlo. Marco su número.

—Dígame.

—Soy Salmerón.

—¿Qué quiere?

—Tengo noticias.

—Diga.

—Hay novedades en el asunto que me encomendó.

—Siga.

—Tengo información acerca de Julia y Alejandro Martín.

Un largo silencio sigue a mis palabras.

—¿Por qué cree usted que me interesa esa información?

—Eso carece de importancia. Lo sé, y basta.

—Continúe.

—Julia Martín se ha citado con su hermano esta madrugada, a las tres, en el parque de l'Escorxador, al lado de la escultura de Miró. Parece ser que se trata de una despedida. Él habló de acabar cierto trabajo y después dijo que se iría definitivamente. Eso es todo. Pensé que le interesaría.

El silencio es ahora largo, tan denso que podría palparse; es una muralla de soledad, es el vacío de lo infinito. Piqué tarda en contestar. Y cuando lo hace es para zanjar la cuestión.

—Bien. No necesito más. Aquí acaba su colaboración.

Bingo. Pero tengo que seguir la impostura hasta el final, no le debe quedar asomo de la menor duda.

—¿Queda zanjada nuestra vieja deuda?

—Sí. No volveremos a hablar. Esto es todo.

—Entonces, adiós.

Extraigo la tarjeta del teléfono y la destruyo, y hago lo mismo con el aparato. El señor Morgadas, sentado frente a mí en su butaca, asiente aprobando mi actuación.

—Ha picado.

—Sí. Pero si lo ha hecho, Salmerón, es por un factor ajeno a su excelente interpretación.

—Usted dirá.

—Lo ha hecho porque desea creerle. Esa era la noticia que buscaba y fuera de ella difícilmente iba a ver nada más. La mayoría de los hombres se obcecan en encontrar las respuestas cuando deberían hacerlo en plantearse las preguntas. Eso es lo que diferencia a los hombres válidos de la escoria. Irá. Estoy seguro.

Como siempre, admirable. Después de veinte años juntos me sigue asombrando la perspicacia de mi amo. Esa es la diferencia que hay entre nosotros. Pero aún me queda una última pregunta.

—¿Y que sucederá cuando descubra que allí no está Julia Martín? ¿No se retirará?

El señor Agustí Morgadas me observa. La línea de sus pupilas se dilata, y entonces sucede el milagro: esboza una sonrisa fugaz en la que, sorprendentemente, reincide hasta fijarla en su extraño rostro de niño anciano. Sus finos labios se abren y la sonrisa se hace más y más grande, y por fin brota una risa quebradiza y frágil, pero profundamente sincera. Después, tal y como vino, la sonrisa se va, y queda en su mirada un brillo peculiar; se incorpora y camina hacia sus habitaciones, el sagrado recinto en el que solo él puede entrar, mientras se digna a contestar sin ni siquiera mirarme.

—Pobre, pobre Salmerón.

Y su voz, como siempre ocurre, me deja desolado como no puede hacerlo ninguna otra.

*E*s la hora. Repaso la mochila con el escaso material que puede serme útil: armas y algún elemento técnico de más delicado manejo. Es lo poco que he podido reunir en estos días, apenas lo suficiente. Pero con mi experiencia, más que suficiente.

Es tarde, entre semana, y hace mal tiempo. A nadie le extrañará ver a un paseante arrimado a las paredes de las casas; nadie sentiría curiosidad por ese hombre que camina arrastrando suavemente una pierna, cubierto por una gabardina pasada de moda.

Es la una y diez de la madrugada. Voy con el tiempo justo para hacer todo lo necesario. Por lo menos, una hora para prepararlo todo. No puedo acudir a una cita semejante sin tomar las más elementales medidas de protección.

¡Jodido Ossa! Me cuesta entender que Julia haya caído de esa manera en sus brazos. He pensado si pudiera tratarse de una emboscada, pero mi hermana ha insistido con la suficiente elocuencia para desechar esa idea. ¿Por qué quedar con Ossa? ¿Vale la pena hacerlo? Dos preguntas de tremenda importancia. Sí existe un motivo para que acuda; debo saber si lo que siente Julia es cierto.

Y hay otra razón mucho más importante. El intento de secuestro debe ser esclarecido. Si Piqué está detrás, no bastará con verla bajo el amparo de la subinspectora Bolea. Quien lo ha intentado una vez puede repetir. Contra esto solo queda una salida, acabar cuanto antes con Piqué. Un día más, eso es todo lo que necesito. Veinticuatro horas y todo habrá terminado.

Estoy llegando a mi objetivo, falta una hora para la cita. Cruzo hacia el parque, a esta hora solo se ve algún coche a lo lejos. Me sitúo junto a la valla, extraigo el monocular Gen II de visión nocturna y examino la zona aneja a la estatua. Está despejado. No hay nadie. Ni borrachos ni jóvenes haciendo botellón. La plaza se cierra por las noches, aunque siempre hay alguien que se las apaña para colarse en su interior. Salto la valla deslizándome entre las sombras y camino hasta una estructura metálica. Forzar la cerradura es un juego de niños. Desaparezco en su interior, abajo, a esos lugares que tan pocos conocemos.

Han pasado cuarenta minutos cuando salgo de nuevo a la luz. Todo está listo. Dejo la palanca en su lugar, Ossa la necesitará. No me fío de él ni un pelo. Da igual que realmente esté colado por mi hermana; en este exacto momento es una barrera que se interpone en mi camino, pero una barrera que no puedo forzar, pues podría dañar a Julia. Necesitaré un perfecto equilibrio para manejarlo convenientemente. Instalo la cámara externa, enfocada hacia la escultura. Todo está preparado. Desaparezco de nuevo, ya solo queda esperar.

*H*e llegado. Son las tres menos diez. He venido caminando, desde la casa de Estela apenas se tardan veinte minutos a paso tranquilo. Lo peor fue dejarlas atrás. Julia estaba llorando. Podía esperar esa reacción, no así la de Estela. Me tendió su pequeña Smith & Wesson, un arma de tobillo, la clásica de apoyo que suelen llevar muchos compañeros. Negué con la cabeza. Estela me dio un abrazo seco, eléctrico, como si nuestro contacto la repeliera, y luego cerró la puerta en cuanto traspasé el umbral.

Llego hasta el cuadrante donde se eleva la escultura de Miró. La plaza está completamente desierta. Miro el reloj: faltan cuatro minutos para la hora. Camino hacia la base de la escultura y espero. La lluvia arrecia, el cielo se ha convertido en un manto oscuro. Las nubes vienen repletas de agua, es una tormenta de primera la que se cierne sobre la ciudad. El paraguas apenas puede cubrirme de estos ríos de agua que amenazan con inundarlo todo. Al cabo de un minuto suena mi teléfono.

—Junto a la valla de separación del parque, a tu izquierda, encontrarás una barra metálica. Camina hasta ella y cógela.

A mi izquierda. Esto quiere decir que me está viendo. ¿Dónde estará? Obedezco, camino con el aparato en el oído hasta encontrarla.

—Ahora vuelve hacia el lago. Verás una rejilla junto a la escultura. Salta sobre ella. No pierdas ni la barra ni el móvil.

En efecto, al otro lado del rectángulo que conforma el estanque puedo ver la rejilla. Dejo el paraguas junto al pretil y salto sobre ella.

—El cuadrante más cercano a la escultura es móvil. Introduce la barra y haz palanca, la pieza se levantará. Debajo, a unos dos metros, verás una pasarela metálica. Descuélgate hasta ella y espera.

¿Abajo? ¡Cómo no!

Tenía que citarme en su mundo, precisamente donde conoce todos los escondites. Levanto la rejilla, apenas se ve nada; una estructura metálica, allá abajo. Apenas hay luz, pero me descuelgo hacia ella. Pero ¿qué demontre es este lugar?

¡Enorme ruido!

¡Brutal humedad!

Y el espacio ¡es increíblemente enorme! ¡Esto no es una alcantarilla ni un colector, estamos en uno de los inmensos depósitos de aguas que se encuentran bajo todas las grandes ciudades! ¿Es posible describirlo? Enormes columnas se suceden en todas direcciones a intervalos regulares, son tantas que las pierdo de vista. ¡Decenas de columnas! ¡Y qué tamaño, por lo menos veinte metros de altura! Esta pasarela cruza la estructura superior del depósito por la mitad. Otra se cruza con esta; forman una cruz. Y aún hay otras pasarelas que lo rodean apoyadas en las paredes, y otras más que descienden hasta el lago. ¡Abajo son verdaderos torrentes de agua los que se están acumulando!

¿Y este sonido metálico que ahora apaga incluso el fragor del agua precipitada que me rodea? Una compuerta metálica de gran tamaño se está abriendo, y ahora el sonido del metal se ve sustituido por el del agua penetrando con una fuerza brutal en el depósito. Arrollaría cualquier obstáculo que encontrara a su paso, es un caudal enorme, una verdadera riada. ¡Pobre de aquel que se viera arrastrado por estas turbias aguas!

¿Y ahora qué? El rumor de las aguas vertiéndose a raudales en el depósito impide que nadie pueda llamarme de viva voz. Observo el móvil y espero. La pantalla no tarda en iluminarse.

—Date la vuelta y camina hasta llegar al extremo del depósito. Una vez allí, espera.

Obedezco. El agua en suspensión cae sobre mi rostro. Un ramalazo de frío recorre mi espalda, mi cuerpo reacciona ante el recuerdo de la persecución por las alcantarillas. He llegado al punto indicado y puedo ver que la estructura metálica es aquí más amplia, de unos tres metros de ancho.

Espero que el teléfono suene de nuevo.

No lo hace.

Eso quiere decir que él vendrá hasta aquí, que este es el lugar elegido para nuestro encuentro.

Una escalera desciende, adosada a la pared, hasta el nivel del agua, unos diez metros más abajo. La estructura metálica sobre la que estoy va paralela a la pared; alcanzo a ver lo que parecen dos puertas correderas metálicas. ¿Estará ahí dentro?

No. Percibo movimiento proveniente de la escalera, como una onda de color, la pulsación de una presencia. Nunca podré describir lo que veo ni saber por qué lo veo, pero ese es uno de mis dones, el más amable y menos cruel. La sombra se acerca, envuelta en una gabardina. Lleva el rostro cubierto por un pasamontañas: su relieve es marcado, como si llevara unas gafas debajo. Deben de ser los binoculares Gen II de visión nocturna. Lleva su mano derecha en el bolsillo, probablemente va armado.

—Ossa.

No llega a ser un grito, pero es necesario alzar la voz para hacerse oír.

—Martín.

Asiente. Lo tengo ante mí. ¡Por fin! Han sido meses de un duro trabajo que ha llegado a su conclusión.

—Date la vuelta, levanta los brazos y permanece relajado. Espero por nuestro bien que no se te ocurra hacer ninguna tontería.

Se aproxima. Una mano recorre los lugares habituales: sobacos, cintura, entrepierna, tobillos. Una vez que ha comprobado que no voy armado se separa. Me doy la vuelta lentamente; ha vuelto a la distancia de seguridad de dos metros, la que marca el manual como suficiente para evitar una agresión repentina. Todos los códigos del policía están en este hombre, no será un rival sencillo.

Ossa está relajado. Percibo el abandono muscular y la serenidad de su mirada: este hombre no anticipa, solo espera. Mis Gen II de visión nocturna son una herramienta utilísima, revelan cada matiz con una nitidez asombrosa. No pierdo detalle de su mirada: ¡es extraño! Sería normal verlo dudar ante el lugar y la oscuridad; en cambio, Ossa mueve sus pupilas como si estuviera analizándome detalladamente. Recuerdo la persecución por las alcantarillas, cómo consiguió seguirme incluso sin luz, cómo esquivó mi celada tras el cruce del sifón. ¿Habrá algo especial en él?

—No voy armado. He cumplido mi palabra.

—No lo dudo. Pero ciertas rutinas son parte de nuestras vidas.

Nuevo silencio. No será fácil dejar a un lado la curiosidad natural que nos aleja de nuestras verdaderas intenciones para llevarnos al terreno de lo trivial. ¿Quién lo romperá, será Ossa o seré yo? Para él se trata de una actitud natural, es paciente. Parece que pudiera estarse horas esperando a que llegara su momento de hablar. Pero también yo he aprendido en la más dura escuela de la paciencia, las largas horas del hospital me han marcado para siempre. Transcurre un tiempo indeterminado, es Ossa quien habla primero.

—Tenía verdaderas ganas de encontrarme contigo.

—¿Por qué?

—Fuiste muy escurridizo. Hubo momentos en los que no tuve claro si lograría encontrarte. De no ser por tu mensaje…

Una suave risa quebrada.

—¡Estoy seguro de que antes o después lo hubieras logrado! Tenías todos los datos. En realidad bastaba con seguir la pista que unía a todos los hijos de puta de mis excompañeros.

—Es posible. Pero nos lo pusiste muy difícil. Todo pareció accidental. No dejaste una sola huella. Fuiste muy bueno.

—Tú tampoco te quedaste atrás. Que estés aquí es la prueba de tu capacidad. Lo hubieras logrado, seguro, incluso sin la mediación de mi hermana.

Observo a Ossa, su mirada busca la mía tal y como ocurriría si estuviéramos a plena luz. ¡Y sonríe!

—Mi hermana me dijo que tenías algo que decirme.

El brusco cambio de tema no le altera, únicamente esconde su sonrisa y contesta en el momento preciso.

—Sabes por qué estoy aquí. Esto tiene que acabar. Cuanto antes.

—Estamos de acuerdo. La seguridad de mi hermana es primordial.

—Por eso espero que me acompañes a comisaría y te entregues. Revela tu identidad. Podrás interponer una denuncia contra Piqué. Si las cartas quedan al descubierto, la seguridad de Julia será total; no podrá intentar nada contra ella.

Piqué. Se me tensan los músculos de todo el cuerpo con tan solo escuchar su nombre. ¡Si lo tuviera a mi alcance tan solo un minuto qué no haría con él…! ¿Quizá lo mismo que hizo él conmigo?

—Ese no es el camino. Mostrarme abiertamente supondría exponer aún más a Julia. Además, no deseo cargar con las otras muertes. Tú sabes por qué lo hice y no serías quien eres si mantuvieras oculta esa información. Por eso te elegí a ti. Tú debías llevar a cabo mi venganza en el hipotético caso de que yo no lo hubiera logrado. ¡No equivoques tu función!

Está claro que Martín no cambiará su destino. ¿Quizá podría intentar sorprenderle? No. Me encuentro ante una persona hipersensible, ha detectado esta valoración en el mismo instante de ser formulada. Retrocede medio paso, la mano del bolsillo se crispa. Levanto muy suavemente mi mano derecha, la palma abierta, un movimiento claro y limpio.

—No te equivoques conmigo.

Esta sencilla frase, que pudo haber pronunciado él, ha sido mía: solo un alma serena puede vivir más allá del límite, y estamos en su justo borde. Creo que he recuperado el control, sus pies se alinean, esto siempre sucede cuando el ataque no es inminente.

—Ni tú conmigo. Que seas el elegido de mi hermana no cambia las cosas. No sueñes con detenerme. O Piqué o yo. No hay más bandos.

—No te hiciste policía para tomarte la justicia por tu mano.

—¡Cierto! La justicia es lo más grande que existe. Los buenos policías creemos en ella. Pero en este caso en particular yo he sido la justicia.

—No, Martín. Ese no es el camino. No podemos caer en ese error.

—No tiene sentido presentar una denuncia. No hubo pruebas. Solo hubo leves gestos, solo la pasividad de los que pudieron ayudarme, la omisión de quien debió curarme y, sobre todo, la voluntad de quien me dejó caer. ¡Y encima le dieron una medalla! ¿Dijiste que hay que acabar con todo esto? ¡Claro! ¡Y la solución última será la muerte de Piqué! No tardaré más que un día y todo habrá acabado. Nadie me detendrá; tú tampoco.

Cuando se menciona su pasado, sus frases se ven pobladas de exclamaciones; no conseguiré convencerle. ¿Qué puedo hacer?

Y es justo entonces cuando lo capto.

El destino me proporcionó dones especiales.

Unos fueron más amables; otros, más crueles.

Y este es el peor de todos.

Entre el fragor del agua precipitándose al depósito, el olor de los detritos que la infestan y la tensión del momento no he podido percibir claramente este aroma inequívoco. Es difuso, como si existiera un filtro que lo deformara ocultando su dimensión, embotándolo, pero sé que está aquí.

Es el aroma de la muerte. Nos rodea, empalagoso y a la vez acerbo. ¡Inconfundible! No puedo olvidar la promesa que le hice a Julia: ningún daño para con su hermano. Pero este aroma me muestra bien a las claras que algo malo va a suceder. Mi atención abandona a Martín, lo percibirá de inmediato; no es sencillo prever cuál será la respuesta de su extrema sensibilidad ante mi evidente cambio de actitud.

Algo ha sucedido. Lo puedo ver a la perfección, su atención acaba de derivarse a otro lugar, ya no está volcada en mí. Parece ¿husmear? Ese movimiento oscilatorio de su cabeza ofrece un aspecto vagamente animal; incluso ahora mismo sus pupilas están fluctuando hacia ambos lados, como si esperara algo. ¿Una trampa? ¿Me ha tendido una celada? ¡No esperaba esto de él! La rabia comienza a invadirme, es un sentimiento que conozco bien. Cuidado: la rabia ofusca, incluso el mejor pierde su razón cuando el odio le domina. Debo pensar con claridad. Si antes pude contenerla, ahora también debo hacerlo.

Υ

Se me está erizando todo el vello del cuerpo, es una sensación inconfundible, el placer que experimento al sentir el escalofrío que me recorre la espalda descendiendo hacia las piernas anticipa la acción, y entonces surge mi otra aliada, es mi voz la que me habla: «No estáis solos».

Lo suponía. ¡Hay un tercero! Ni yo ni Martín nos hubiéramos engañado. Necesito que él lo sepa. Le muestro ambas palmas, busco su mirada.

—Aquí abajo hay alguien más.

—¡Has sido tú quien…!

—¡No!

Solo con mi voz corto en seco su reacción. No hago un solo gesto que refuerce lo imperativo del tono, debo paralizar su reacción y no acuciarla. Quizá podría intentar localizar a ese tercero, que, a buen seguro, no es nuestro amigo. Pensé en Estela, pero ella no hubiera incumplido su promesa; así pues, quien está aquí abajo es ajeno a nosotros.

—¡Confía en mí! ¡Te pido que me des unos segundos, solo eso!

—Pero ¿cómo vas a poder verlo en esta oscuridad? No llevas ninguna herramienta de apoyo…

—¡Puedo! Precisamente porque no llevo puestas gafas de visión nocturna no sospechará nada si soy yo el que se mueve mientras tú continúas apuntándome.

¿Estará loco? ¿Puedo fiarme de él? ¿Cómo va a encontrar a ese tercero? Es más, ¿existirá realmente? En Ossa está la honradez que busqué, así que decido dejarle hacer.

—Está bien.

Me cuesta decirlo, casi no se me oye. Pero lo he dicho. Mi suerte ya no dependerá únicamente de mí como hasta ahora. Ossa se da la vuelta, despacio, con los brazos en alto, tal y como hubiera reaccionado si se lo hubiera ordenado, y su cabeza comienza a moverse de un lado a otro. Es una acción casi imperceptible, la de aquel que está mirando a su alrededor. Tan real me resulta que me despojo un instante de las Gen II para comprobar si hay suficiente luz como para poder ver sin ellas. ¡No la hay! ¿Qué locura es esta? ¿Está fingiendo? ¿Con qué objeto? Me coloco las gafas y todo cobra vida de nuevo. ¿Y Ossa? Sigue a lo suyo, como si no estuviera detrás de él, armado, apuntándole a la cabeza.

¿Dónde estará? La sala es enorme, como poco tendrá unos ciento cincuenta metros de largo y más de cincuenta de ancho. Son seis las filas de columnas de unos veinte metros de altura y dos de diámetro que sostienen el techo; constituyen una barrera que disminuye enormemente mi ángulo visual. ¡Sé que hay alguien aquí, pero no logro localizarlo!

Un nuevo crujido metálico cubre cualquier posible comentario. Se abre una esclusa; un nuevo aluvión penetra, furioso, en el depósito. La tormenta exterior debe de estar sacudiendo la ciudad entera. No veo a ese tercer hombre. ¿Puede que esté a nuestra izquierda?

«¡Sí!»

Me vuelvo hacia ese lado y alcanzo a verlo aparecer por la conexión de la pasarela con la plataforma donde nos hallamos. Estamos separados por unos veinte metros, va armado y lleva el brazo en alto. ¡Va a disparar! Martín se ha girado de forma casi instantánea siguiendo mi movimiento, también él ha percibido la aparición del tercero. El acero escupe su carga letal: son cuatro los fogonazos que proyecta la pistola. Ambos nos arrojamos al suelo intentando esquivarlos, estamos en la misma línea de fuego.

Ruedo sobre mí mismo, me llevo la mano a la cintura olvidando que no voy armado. ¿Quién demonios será el hijo de puta que nos dispara? ¿Cómo voy a salir de esta? Oigo el chasquido metálico de las balas impactando contra la barandilla donde estaba hace una décima de segundo. ¿Y Martín?

Piqué. ¡Es él! Ha seguido a Ossa, es evidente, tenía vigilada a Julia; imbécil Ossa e imbécil yo, sin duda conoce su relación. Extraigo mi Walther y aprieto el gatillo, tres disparos. No doy en el blanco, nadie lo hubiera podido hacer; esto no es una película, mi objetivo no es otro que obligarlo a cubrirse y darme tiempo para plantear una estrategia. Pero… ¿él sí ha acertado? ¿Me duele?

Sí.

Experimento un dolor agudo, profundo, que lacera mis entrañas. ¡No puede ser que cuando estaba tan cerca de conseguir mi propósito vaya a escurrírseme de entre los dedos! No estamos lejos del cruce de las pasarelas que atraviesan el depósito. Me incorporo, vacila mi paso mientras retrocedo. Si cambio de pasarela, las mismas columnas de sustentación del depósito impedirán que tenga una nueva línea de tiro por lo menos hasta que pueda situarse frente a nosotros. Tengo que llegar al cruce central de las pasarelas, justo bajo el estanque y la escultura de Miró; allí está mi única opción. ¡Debo llegar! Pero me duele tanto…

Joder, ¡le ha dado! El impacto parece en el abdomen, le ofrezco apoyo y no lo rechaza: en esta hora peligrosa estamos en el mismo bando. Empiezo a comprender lo que está ocurriendo, el tercero solo puede ser Piqué. ¿Cómo nos habrá encontrado? Dos enemigos mortales frente a frente, pero conmigo en medio; ¡mal asunto! Martín dispara a intervalos regulares; esto es peligroso, pues Piqué puede captar ese ritmo. Toda la acción parece ralentizarse cuando agarro a Martín y lo lanzo hacia delante cubriendo la mano que sostiene el arma. ¡Justo a tiempo! Los disparos de Piqué nos habrían alcanzado de no ser por esta repentina maniobra.

Tengo a Martín bajo mi cuerpo y no es difícil arrebatarle la pistola de la mano, poner la rodilla en tierra, apuntar y soltar los dos últimos disparos. Perra suerte, no le acierto por muy poquito. Martín se ha incorporado y está detrás de mí, aprieta una mano sobre la herida

—¿Cómo lo has hecho? ¡No hay luz y has estado a punto de darle!

—¡Dame un cargador y retrocede! ¡Salgamos de su línea de tiro!

No hay tiempo para más, apenas nos quedan cinco metros para llegar al cruce. Piqué dispara de nuevo; son tiros erráticos, pero tiene más éxito de lo esperado. Sucede una casualidad entre un millón, una de sus balas impacta contra la Walter y el arma sale disparada de mis manos y cae en las arremolinadas aguas que bullen abajo. Estamos desarmados, pero por lo menos hemos tenido el tiempo suficiente para salir de la pasarela longitudinal, lo que nos concede un pequeño respiro. En cuanto Piqué gane la pasarela transversal nos tendrá de nuevo a tiro. Y al retroceder ayudando a Martín no tendremos el tiempo necesario para llegar al otro extremo y ponernos a cubierto.

—¡Lárgate! ¡Déjame aquí!

—¡No!

—¡Solo me busca a mí!

—¡No puede dejar un testigo vivo!

Es cierto: de esta, o salimos los dos, o no sale nadie. Martín asiente, ha comprendido: estamos unidos en esto nos guste o no.

—¡Retrocede, rápido, acércate lo más que puedas a la pared!

—¡No llegaremos!

Lo digo como lo creo, estamos a medio camino cuando aparece Piqué. Avanza con paso firme hacia nosotros, seguro que tiene un nuevo cargador en su arma, la levanta, y entonces miro a Martín. ¡Está sonriendo! Con la mano que se apoyaba en mí se quita el pasamontañas y las Gen II, cierra su único ojo sano; el perfil que me ofrece es aquel que permanece incólume. Me da tiempo a observar el parecido con su hermana, la mano que cubre su herida se desplaza bajo la gabardina, ¿tendrá otra arma? Pero, si la tiene, ¿por qué ha tardado tanto tiempo en desenfundar? Ya no queda tiempo, y entonces…

97

*P*ese a haber cerrado mi único ojo percibo perfectamente el fogonazo expandiéndose durante medio segundo para, de repente, esfumarse dejando paso a la reverberación de la onda expansiva. Golpea nuestros rostros, la acompaña el seco calor que no tardará en desvanecerse ante la humedad del cien por cien que reina en este lugar.

Medio segundo.

Abro el ojo. Ossa estará deslumbrado. Piqué, que estaba cerca del punto de la explosión, se verá empujado por la onda expansiva. ¡Ya llega! Agarro a Ossa con una mano y me sujeto a la barandilla con la otra, ¡qué acertado estuve al instalar el explosivo!

Piqué ha caído; la pistola sigue en su mano, pero debe de estar completamente desorientado. Tendré unos segundos para llegar junto a él, arrebatarle el arma y completar mi venganza. Dejo a Ossa en el suelo. Todo dolor desaparece cuando el objetivo se encuentra al alcance de la mano. Camino con paso firme cuando un crujido metálico se expande a lo largo de la pasarela. ¿Qué está sucediendo?

Una nube de chispazos puebla mis pupilas. El muy cabrón ha minado el depósito, seguramente ha sido C-2. ¿Cómo no lo he pensado? Que viniera a ver a Ossa no impidió que desconfiara de él. Supuse que eran amigos y me equivoqué. ¿Viene Martín hacia mí? Quizá pueda levantar la pistola y disparar. Si

408

está cerca, tengo muchas probabilidades de acertar. ¿Y este sonido? ¿Por qué todo se está moviendo?

La pasarela tiembla.

Los soportes del techo están saltando.

La estructura metálica se retuerce cuando la torsión producida por su mismo peso la sacude.

Sucede primero bajo la escultura, en el centro del cruce de las pasarelas. Las secciones opuestas salen despedidas como impulsadas por un resorte. Las de este lado, en cambio, permanecen unidas las unas a las otras y, en lugar de saltar, se deslizan como un único cuerpo hacia el agua.

¡Y todos caemos al agua!

Abro los ojos, todavía poblados por hirientes luciérnagas. Busco agarrarme a algo, pero no lo consigo; me retienen por la cazadora, ¿una mano? El impacto con el agua helada resulta tan suave como el abrazo de una madre, floto sobre los restos de la pasarela, estoy completamente desorientado.

¿Dónde están el arriba y el abajo?

¡Debo centrarme!

Sé que, de los tres, seré el primero en recobrar la lucidez. Un nuevo sonido proveniente de «arriba» llega a «abajo». Puedo mover mi cabeza lo suficiente para ver a Martín sosteniéndome por el cuello de la cazadora. Algo más adelante, Piqué flota en el agua, está dando brazadas. ¿Y ese ruido? ¿Qué es eso que se nos viene encima?

¿Me pasé con la carga? No era tan potente, este techo debía de presentar deficiencias estructurales. Quizá la escultura de Miró constituye una sobrecarga que distorsiona los repartos de pesos. La zona situada inmediatamente sobre nuestras cabezas está cediendo; me he dado cuenta no por el sonido quebradizo del hormigón fracturándose, sino por la concentrada mirada de Ossa hacia arriba. El estanque se colapsa y cae hacia el depósito arrastrando con él la escultura de Miró. Siento la mano de un gigante llevándome hacia las profundidades cuando el agua del depósito recibe el impacto. Ossa y Piqué de-

409

saparecen. Los tres quedamos al albur de las revueltas aguas. Apenas logro asomar un instante mi cabeza por encima del nivel del agua y respirar para verme de nuevo sumergido.

El agua me arrastra, la pistola desaparece, doy vueltas y más vueltas sobre mí mismo. ¡Qué cerca estaba de acabar con Martín, apenas me quedaba más que apretar el gatillo e hincharle de plomo! En cambio mírame ahora, luchando por no morir. ¡No me importaría hacerlo si él cayera conmigo! La ola provocada por el impacto va a rebotar en la pared, la veo venir. Si me arrastra, podría llegar a aplastarme contra las columnas. Decido aferrarme a una de ellas, llega la ola, ¿aguantaré? Me arrastra, me arrastra…

Me rodea el caos y sé que sobrevivir dependerá de la suerte. ¿Era el olor a muerte que percibí un anuncio de mi final? Estoy desorientado, perdí las referencias del depósito. La zona central está poblada por los restos de la escultura, y estas compuertas cercanas, ¿serán de entrada o de salida? ¡Se están abriendo las tres simultáneamente! Recuerdo cómo penetraban los aluviones, con una fuerza imparable. Intento nadar en dirección contraria, llega el agua, me envuelve, me empuja, podría chocar contra una de las columnas, a esta velocidad sin duda el impacto me mataría…

¿Cómo he llegado hasta aquí? Es el destino, mi buena estrella. A estas alturas tendría que haber muerto ya diez veces, ahogado, aplastado, desangrado. Detrás de mí, en la pared, todas las esclusas de salida están abiertas. ¿Se trata de una avería producto de la explosión o es que cae un nuevo diluvio sobre Barcelona? Es un torrente arrollador el que evacúan, dos kilómetros de túnel cerrado directo hacia el mar con el agua a una velocidad de quince metros por segundo. Nadie podría sobrevivir allí adentro más de medio minuto, pero yo estoy a salvo. Los restos de las pasarelas han sido mi salvación. Choqué contra ellas y las agarré con la fuerza de la desesperación, lo-

410

grando izarme medio metro por encima del nivel del agua.

Si llegara arriba sería posible huir. El problema es remontar el ángulo de la pasarela. ¡Estoy muy cansado! Pero no queda demasiado tiempo, en el centro de control de CLABSA sabrán que algo extraño está sucediendo cuando los ordenadores muestren los niveles de flujo del agua. Mandarán a un equipo, siempre tienen gente de guardia. Eso si la caída del techo no hace aparecer antes a bomberos y policías. Tengo que huir, escapar de este caos que me rodea, y mientras pienso esto es cuando los veo venir.

Dos sombras se precipitan hacia las esclusas. ¡Son ellos! La fuerte corriente los arrastra, pasarán justo debajo de la zona en la que me encuentro. Me bastaría con extender los brazos para sujetarlos, pero ¿quién es quién? He perdido las gafas y me es imposible discernirlo. No puedo dejar que Ossa muera, no así. ¡Ya! Ofrezco mis manos, la fuerza de la corriente es grande y el impacto de sus brazos al agarrarse violentamente a los míos resulta desgarrador.

¿Y ahora qué?

¿Cuánto tiempo podré aguantar?

La oscuridad hace imposible distinguirles el rostro.

El fragor imposibilita escucharlos, podrían estar gritándome en el oído y no sería capaz de reconocerlos.

¿Así hasta el final? ¿Hasta que no pueda más y caigamos los tres a la esclusa? No parece haber otra opción. No puedo soltar una mano al azar. Si soltara la de Ossa, no podría perdonármelo. Así que fuerzo mi resistencia hasta el límite esperando un milagro, que el cierre de las esclusas llegue antes que mi agotamiento.

¡Lo tengo! Pensé que no iba a lograrlo, pero lo hice. Sobre la estructura metálica de la pasarela, colgando ante la esclusa, nos ha ofrecido los brazos; logré atraparlo y Piqué también. Pero Martín no puede saber quién es quién, la oscuridad es demasiado profunda. Bastante milagro es que nos haya visto acercarnos. Es una jugarreta del destino vernos así, colgando de los brazos de Martín mientras, apenas diez metros más allá, el sonido de succión del agua imposibilita cualquier intento de comunicarse.

Martín nos sostiene a cada uno con un brazo, le haría falta tener libre el otro para poder izarnos a los restos de la pasarela. Nada quisiera más Martín que soltar a su mortal enemigo, pero ¿cómo comunicarme con él, como decirle que yo soy David Ossa y no Ernest Piqué? Percibo cómo sus fuerzas disminuyen. ¿Realmente voy a morir? ¿Lo forzaré a caer conmigo debido a mi insistencia en sujetarme?

Solo queda tiempo para una última decisión.

Y la tomo.

Mi mano deja de agarrar a la de Martín. Cejo en el esfuerzo de sostenerme. Asumo que todo debe acabar, que la vida tiene un principio y un final, y que ese final ha llegado. Viví una vida extraña. Viví una buena vida. Adiós a todos. Adiós a ti, Julia. ¡Adiós!

98

¿*Q*ué?

¿Quién?

Una mano deja de agarrarme, no comprendo qué ocurre. Realmente estoy al límite, no puedo más. Mis brazos cuelgan como un peso muerto, solo me quedan las fuerzas justas para sujetar a los otros. Bastaría con abrir los dedos y dejarlos ir para que su suerte estuviera echada.

Una mano laxa.

La otra, en cambio, se aferra con desesperación.

Y entonces lo comprendo.

Abro la mano derecha, la que sostiene al que se me pega como si fuera una lapa. Sus dedos escarban en mi piel, según se deslizan brazo abajo dejarán un reguero de moretones. Pasan lentos segundos mientras mi voluntad se centra en sufrir y aguantar el dolor de la otra mano, la que sostiene a Ossa. Porque es Ossa, sí. Encontró la manera de decirme quién era él. ¡Qué burla del destino, cuántos meses han pasado desde que fuera Piqué quien me sostenía y abriera su mano dejándome caer! Todavía recuerdo su rostro alejándose según caía yo al pozo de llamas. Y ahora míralo, con agua donde antaño hubo fuego. Es el destino, ¡sí! Y sé que aguantaré, porque tendré mi venganza si lo hago.

Sus dedos están ya a la altura de mi muñeca, el agua la torna escurridiza, cierro los dedos con fuerza, ya que si los dejara abiertos estoy seguro de que me los rompería. Ya solo me agarra el puño, y cuando la falta de su peso me desequilibra lanzo el brazo hacia Ossa. ¡Justo a tiempo! Él palpa mis brazos

413

con los suyos, encuentra el sostén que precisaba. Nuestros brazos se encelan, se abrazan los unos a los otros; arriba y más arriba, por mi vida que no te dejaré caer. ¡Un último esfuerzo y lo lograremos!

¡Tengo sus dos manos! Ha soltado a Piqué. Veo como su cuerpo golpea frontalmente la pared de la esclusa en un horroroso impacto, no es ni una décima de segundo lo que tardo en ver el rastro de la sangre pintado en las turbulentas aguas. Veo brillar su cuerpo con una luz que se apaga según desaparece por el túnel y sé que hoy no será mi último día. Concentro mis esfuerzos en esos brazos que me izan a la temblorosa estructura metálica que sostiene a Martín.

Ya está.

La estructura es inestable, debemos remontarla como sea. Una vez que la adrenalina se vaya desvaneciendo, perderemos las fuerzas. Martín parece estar agotado, lo coloco sobre mi espalda y emprendo la ascensión.

Llegamos a la estructura superior, junto a las puertas metálicas. Estoy reventado: el esfuerzo ha sido supremo. ¡Maldita aventura que me ha obligado a vivir rodeado de agua helada! Juro que estaré un mes sin bañarme, metido en mi cama, dejando que el calor de mi cuerpo enturbie la atmósfera de las mantas. Solo pienso en dormir, en un lugar seco…

¿He cerrado los ojos? Martín se ha levantando y descorre el portón. Enciende una luz, me ayuda a introducirme en lo que parece una especie de almacén. Apoyo la espalda en la pared, estoy reventado, no puedo más. Martín se me acerca, me sostiene la cabeza, ¿por qué tan cerca? Me habla. Y lo que dice me destroza por dentro.

—Ossa, me debes la vida. Yo ya estaba muerto y mi vida no importaba. Pero tú me debes la vida. ¿Lo comprendes?

Asiento, pero en realidad no comprendo qué quiere decir. El cansancio me invade. Martín me espabila con un par de cachetes, abro los ojos, escucho, veo cómo está ocluyendo con tela la herida de su abdomen.

—Dilo. ¡Me debes la vida!

Pienso en la esclusa abierta y el oscuro túnel. Recuerdo el

cuerpo de Piqué perdiéndose a lo lejos. Es cierto, y así debo reconocerlo. Asiento, mi voz es un susurro.

—Sí.

—Entonces tendrás que hacer lo que voy a pedirte. Atento, Ossa. ¡Despierta y escucha! Hoy entraste aquí con Piqué, luchasteis contra un peligroso terrorista y ellos dos, tras explosiones y disparos, murieron arrastrados por las aguas. Es el fin de la amenaza que se cernía sobre la ciudad. Volverá la tranquilidad, ninguno de ellos dos podría sobrevivir a la esclusa. Puede que encuentren el cadáver de Piqué. El del terrorista, en cambio, se perderá para siempre. ¿Lo has comprendido?

—¿Perdido?

Qué espesura mental, qué dolor de cabeza, qué agotamiento.

—¡Sí, perdido! Perdido para siempre. Nadie podrá saberlo jamás.

—¿Nadie? Pero Julia…

—Ella menos que nadie. No puede vivir esperando que yo vuelva a aparecer. Eso no sería vida.

—Pero si tú no vuelves, entonces ella y yo…

Pese a mi torpeza al expresarla, mi demanda está clara. Le hice una promesa. Y la muerte de su hermano equivaldría a incumplirla. ¿Con qué consecuencias?

—Tus compañeros no tardarán en llegar. Debo irme. Pero no puedo hacerlo sin tener la certeza de que cumplirás tu parte.

—Yo…

—¡Ossa! ¡Me debes la vida! No tenía ninguna obligación de rescatarte. ¡Me lo debes!

¿Se lo debo? ¿Realmente? Y accedo a su petición aguantando a duras penas las lágrimas en los ojos.

—Pero no sabré cómo explicar lo sucedido. Lo averiguarán, nos pondrán al descubierto, acabarán por encontrarte…

—No. No me buscarán. Nadie dudará de ti. No tendrás que fingir agotamiento: con solo verte te llevarán de cabeza al hospital. De momento bastará con el bosquejo de una explicación, eso te dará el tiempo preciso para construir una historia; tú eres capaz de eso y de mucho más. Además, contamos con Arregui. Es nuestra ventaja oculta. Cuando el *Crónica* publique la noticia de esta acción policial, no tendrás más que seguir su texto. Solo necesitaré unas horas. Hasta entonces sé deliberadamente inconcreto. ¡Saldrá bien!

—Pero Julia…

—No hay otro camino, Ossa. Ella no es para ti. Hay que cerrar el pasado.

Alejandro Martín Gispert sostiene mi rostro entre sus manos en lo que supongo que es un gesto cariñoso. Con una leve sacudida de despedida me abandona, camina hacia una tapa de registro, la abre, vuelve su rostro deforme y afirma levísimamente.

—Adiós, Ossa. Y perdóname. No queda otra solución.

Perdóname. Ya siento el dolor retorciéndose en mis entrañas, y doy fe de que no es escaso. Vuelves abajo, fantasma, allá adonde perteneces. Solo podría encontrarte aquel que buscara allá donde se pierden tus recuerdos, donde nadie jamás alcanzará a llegar. La sombra vuelve al reino de las sombras, y tú, más que nadie, sabrás dónde habita el olvido, perdido entre los húmedos laberintos que se extienden bajo el cemento que, felices ignorantes, pisan a diario nuestros pies.

99

27 DE MARZO 2010

Crónica Universal

EDICIÓN ESPECIAL

Nueva operación antiterrorista en el depósito subterráneo de aguas de la plaza Joan Miró

417

La célula se da por definitivamente desmantelada al morir su último componente * La actuación policial acaba en tragedia por el fallecimiento en acto de servicio del comisario Ernest Piqué, responsable de los Tédax * Importantes daños estructurales en la superficie de la plaza Joan Miró y en el interior del depósito de aguas * La completa destrucción de la escultura *Dona i ocell*, causada por la activación de explosivos, conmociona a la ciudad

I. ARREGUI
Barcelona
Durante la pasada noche se produjo una trascendental actuación policial en el depósito de aguas de la plaza Joan Miró, conocida popularmente como L'Escorxador. En ella, y según ha podido saber este periodista, el comisario Piqué, responsable del cuerpo de artificieros, y el inspector Ossa, de la comisaría de Ciutat Vella, siguiendo una pista anónima, se introdujeron en el interior del depósito para verificar la información que situaba en esta instalación subterránea el refugio del terrorista escapado de la última operación de la estación de metro de Correos.

Tal información se reveló certera, y se produjo un enfrentamiento entre ambos policías y el terrorista; el intercambio de disparos finalizó con el estallido de una carga de explosivo plástico situada bajo la obra escultórica *Dona i ocell*. La explosión provocó, junto con las intensas lluvias caídas durante todo el día de ayer y en especial a las mismas horas en que se produjo la acción policial, la apertura simultánea de las diferentes compuertas de evacuación de agua del depósito en el preciso instante en que el terrorista y ambos policías se encontraban sumergidos en las aguas retenidas.

Como resultado de la apertura de las esclusas se vieron arrastrados al interior del túnel de evacuación que, con una longitud de dos kilómetros, conduce esta agua directamente al mar. En última instancia solo el inspector Ossa consiguió evitar tan terrible destino, al sujetarse a una parte de la estructura de las pasarelas que bordean el depósito por sus paredes internas, trepando por ella hasta quedar a salvo en los almacenes superiores.

El cuerpo del comisario Piqué fue recuperado hace apenas unas horas; de momento, no se ha encontrado el cuerpo del terrorista.

Un chivatazo lleva a ambos policías en la dirección correcta

Con toda la ciudad en estado de alerta tras el operativo de hace

diez días, y con el fresco recuerdo del atentado del 11-M y la posterior desarticulación de la célula terrorista días después en Leganés, una sensación de calma tensa se había adueñado de la ciudad de Barcelona a la espera de la definitiva resolución del caso.

Todas las fuerzas y cuerpos de seguridad del Estado habían redoblado sus esfuerzos para intentar localizar al terrorista huido ante la sospecha de que pudiera realizar una postrera acción espectacular. La ciudad vivió literalmente tomada esta semana, y se realizaron numerosos controles y registros domiciliarios.

Ha sido, por último, una llamada anónima al comisario Piqué la que proporcionó el dato decisivo. Mientras las principales hipótesis barajadas por el CGIC impulsaban diferentes vías de investigación, el comisario Piqué, junto al inspector Ossa, valoraron la posibilidad de que la llamada pudiera ser veraz, y ambos decidieron comprobar *in situ* la información.

El inspector Ossa, ingresado de nuevo

A resultas de las diversas heridas sufridas en el transcurso de la operación, el inspector Ossa fue ingresado con pronóstico «menos grave» en el hospital Sant Joan. Recordemos que dicho inspector ha estado vinculado a la investigación sobre la presencia de terroristas en Barcelona desde sus mismos inicios, y que ha participado tanto en diferentes reuniones como en los operativos del CGIC relacionados con el caso.

El inspector Ossa es considerado públicamente como uno de los más destacados inspectores de la policía. Posee una dilatada trayectoria en el cuerpo, donde destaca su participación en casos muy complejos como el asesinato de Mercedes Ruiz, el secuestro de los gemelos Pons, la desaparición del cónsul francés Georges Rémi, o la investigación sobre los asesinatos múltiples de Ciutat Vella del pasado año.

Comparecencia del consejero de Interior

El señor Valldeprat, consejero de Interior, ha comparecido públicamente para realizar una valoración de urgencia ante la actuación policial: «Aunque todavía es pronto para realizar más que una evaluación inicial sobre el operativo, pensamos que la célula terrorista puede darse por definitivamente desarticulada. La investigación iniciada por el CGIC ha dado sus frutos y ha permitido abortar cualquier posible atentado que pudiera estar gestándose. Tenemos que elogiar públicamente la actitud de los policías participantes en ella, que, con riesgo de sus vidas (en el caso del comisario Piqué llegó al mayor de los sacrificios), lograron acabar con esta amenaza. Igualmente

deseamos una pronta recuperación del inspector Ossa».

Pese a no estar permitidas las preguntas, al no tratarse de una rueda de prensa, el consejero tuvo la gentileza de contestar a aquellas que espontáneamente fueron formuladas mientras se retiraba. Reproducimos a continuación las más interesantes:

P.: ¿Cómo valora que ambos policías realizaran una acción de carácter individual al margen de un operativo regular?
R.: Lo que debemos hacer es felicitarnos ante la iniciativa de los miembros del cuerpo, capaces de tomar decisiones de urgencia cuando la situación, como era el caso, lo requiere.

P.: Hemos sabido que el comisario Piqué estaba incluido en un programa de protección ante la posibilidad de ser objetivo preferente de los terroristas. ¿Podría entenderse que anoche estaba realizando una investigación al margen de las directrices del CGIC?
R.: No existe ninguna línea de actuación oficial u oficiosa que el CGIC o este consejero desconociera.

P.: ¿Se conoce la filiación del grupo terrorista desarticulado?
R.: Hemos barajado un gran número de hipótesis sobre el origen de este grupo terrorista, pero de momento carecemos de datos determinantes al respecto.

419

Daños en la plaza Joan Miró y absoluta destrucción de *Dona i ocell*

La histórica escultura de Joan Miró, instalada en la plaza en el mes de septiembre de 1982, cayó al interior del depósito tras el estallido de un explosivo plástico colocado por el terrorista muerto. Se ignora si el propósito de esta carga explosiva era provocar la destrucción de la famosa obra de Miró o si su destrucción resultó casual.

La fragmentación de la escultura abre el debate sobre su posible restauración o la construcción de una réplica. Según el concejal de Cultura del Ayuntamiento, de una u otra forma la obra de Miró volverá a ocupar su posición de privilegio en la plaza.

Epílogo

*E*stela está subiendo a mi casa. Por más que lo he intentado no he podido evitarlo. Debo reconocer que la insistencia, pese a resultar una innegable virtud en el trabajo policial, se torna en un terrible defecto cuando es uno mismo su víctima.

Conseguí el alta tras dos días ingresado. La investigación del CGIC con el intendente Miravet y el comisario Artamendi tomando personalmente las riendas apenas me dejó tiempo para nada más. Seguí el consejo de Martín: dejar pasar el tiempo esperando hasta ver la edición del *Crónica*. A partir de ahí todo resultó sencillo, ya que la atención sobre mi persona disminuyó considerablemente. Toda presión acabó cuando mis explicaciones se vieron refrendadas por el poder de la palabra escrita. Por una vez en la vida puedo decirlo: ¡bendita prensa!

Pero Estela es otro cantar.

A ella no podré engañarla con semejante facilidad.

Y sé que, si viene a mi casa, no lo hará para felicitarme. Querrá saber lo que ocurrió de verdad. Sin testigos, solos ella y yo. Suena el timbre, abro la puerta. Estela me sonríe suavemente, toca mis mejillas con sus manos.

—Pensé que tendrías peor aspecto.

—A mí me parece que estoy bastante tocado.

La razón está de mi lado. Erosiones, abrasiones, tendinitis en el acromio-clavicular derecho, un feo corte que precisó nueve puntos en el muslo izquierdo y un enorme cansancio que me hace sentir los ojos hinchados y unos enormes deseos de meterme en la cama y no abandonarla en tres años.

Pero mi peor dolor no es precisamente el físico.

Pasamos al salón. Tomamos asiento no sin traer antes un par de refrescos, los bebemos en silencio. Estela deja el vaso sobre la mesa y me observa detenidamente. Pensé que iba a resultar más sencillo, me equivoqué.

—¿Y bien?

—Ya sabes a qué he venido.

—A ver qué tal me encuentro, imagino.

—¡Claro, cómo no! Pero he venido para eso y para algo más.

No cejará. Lo he intentado, esfuerzo baldío.

—Está bien. Pero dime antes qué se dice en la comisaría.

—Oficialmente todo el mundo está conforme con tu relato de los hechos. Y tampoco hay opiniones oficiosas acerca de otras opciones. No sé cómo lo has logrado, pero todo el mundo se ha puesto de acuerdo en validar la única versión conocida de lo sucedido. Dos nuevos héroes para la historia del cuerpo. En tu caso, la leyenda se acrecienta.

—¿Y tan extraño te parece?

—Venga, David. Yo sé lo que ocurrió. Y también Julia. Toda tu historia falla desde su misma base, tú no fuiste allí tras una llamada de Piqué. Fuiste a lo que fuiste. Y todo salió al revés de lo previsto.

Julia. Ha puesto el dedo en la llaga. Pero será mejor dejar eso para el final.

—Es cierto. Pero nadie buscará ninguna alternativa. Aceptar la historia oficial implica tranquilidad, que es justo lo que desean nuestros jefes. Y la historia es, en sí misma, plausible.

—Lo acepto. Pero no te desvíes. Necesito saberlo todo.

—¿Tan importante te parece?

—Sí. Porque también yo he sido parte de esta historia. Y me merezco saber por qué Piqué se ha transformado, de repente, en héroe cuando debió ser el villano. Llevo dos días y medio pensando y pensando en cómo ha podido ocurrir sin encontrar la más mínima explicación razonable. Cuéntamelo. Ahora.

Tiene razón. La verdad es ineludible, es una pesada losa difícil de manejar. Me he acostumbrado, a lo largo de mi vida, a soportar su peso yo solo, siempre en silencio, siempre en soledad. Solo una vez, dieciocho meses atrás, rompí mi silencio para compartir un secreto. Entonces fue con María. ¡Qué lejos queda ya ese momento!

—Está bien. Dime qué quieres saber.

—Todo lo que ocurrió desde el momento en que llegaste a la plaza Joan Miró. Sencillamente, la verdad.

Lo hago. La narración dura una media hora y, según progreso en ella, me muestro más elocuente. Siento cierta liberación al dar rienda suelta a las emociones vividas. Lo hago con prudencia, sin mencionar mis peculiaridades, la ventaja que me ofrecieron mis dones. Pero Estela no es tonta y más tarde o más temprano comprenderá que hay parte de lo ocurrido que no le he contado. Sin embargo, los sentimientos que arrastro desde entonces siguen siendo los mismos y rezo silenciosamente para que no se pongan de manifiesto en esta conversación. Vana esperanza: será inevitable que salgan a la luz.

Concluyo la historia. Estela ha escuchado atentamente, sin interrumpirme ni una sola vez. Es una de sus virtudes: ofrecer una atención plena, sin fisuras, hacer que su interlocutor sienta su absoluta entrega. Se incorpora, da unos pasos hacia el ventanal. Las torres de la Sagrada Familia se alzan, como siempre, hacia el cielo, investidas con su implorante elegancia. Pasa un par de minutos observándolas. Apoyo mi cabeza en el respaldo del sofá; cierro los ojos unos instantes deseando que mi espíritu se fugue del salón, como los niños pequeños cuando tienen miedo, escondiendo la cabeza bajo un cojín y extrañándose cuando los mayores los encuentran, pobres seres inocentes.

Yo no soy un niño. Ni soy inocente. Estela habla. Sigo con los ojos cerrados. Sé que cuando lo hace sigue mirando hacia la calle, ya que su voz me llega algo lejana, rebotada en el cristal del ventanal.

—¿Por qué me lo has contado si le prometiste a Martín que Julia jamás lo sabría…? Ah, ya lo entiendo.

Hay tristeza en sus últimas palabras. Acaba de comprender lo que yo supe en el mismo momento de aceptar el deseo de Martín.

—Sí. Tú tampoco le dirás nada.

—¿Ella no te ha…?

—No. No ha llamado. Y no lo hará.

—¿Y tú?

Por toda respuesta le arrojo el móvil, hurga en el registro de llamadas: el listado de las últimas cincuenta, las que almacena la memoria del aparato, refleja un único número.

—Ahí tienes cincuenta llamadas perdidas. Desde anoche se escucha un nuevo mensaje: «Este número ha sido retirado temporalmente de servicio». Y el teléfono de su casa comunica todo el rato, lo ha descolgado.

—Quizá yo pudiera intentar hablar con ella…

—No. Martín me salvó la vida. Yo iba camino del colector cuando logró sujetarme y esta es su recompensa. No se la puedo negar.

—¡Es injusto!

—Sí, lo es… No lo sé. Quizá Martín tenga razón.

—David, tienes que luchar por ella; ¡si supiera la verdad de lo ocurrido, todo sería completamente distinto!

Mi triste mirada es fiel reflejo de mis emociones. Niego lentamente ante su lógica opción. ¿Luchar? ¿Para, antes o después, perder? Ni María, ni Julia, ni ninguna otra podrán ser mías, nunca jamás. Es así. Lo supe desde mi época de estudiante universitario, cuando Marta murió por sobredosis en Gràcia, tantos años atrás. Lo supe desde que conocí el aroma de la muerte. Por eso sé que no vale la pena luchar. Ella merece a alguien mejor. ¿Mejor? No, mejor no. Solo alguien normal.

—No puedo hacerlo.

Estela asiente. No oculta su tristeza, como no lo hago yo con la mía. Se aproxima, toma asiento a mi lado, las rodillas sobre el cuero del sofá, queda en una posición superior respecto a mi cuerpo y me abraza. Lloro apoyado en su pecho, quedamente, envuelto en el aroma de mi compañera, de mi amiga, y mi pesar se abraza al suyo, que reconozco sincero. Se enredan nuestros sentimientos, anudándonos, y maldigo el mal hado que lleva mi vida por un camino tan alejado de mis verdaderos deseos.

Tiempo después, Estela se va. Quiso quedarse, pero le rogué que no lo hiciera. Un extraño pudor me venció después de haber llorado en su regazo. No insistió, buena chica. Sé que no

424

hablará. Y ahora, de pie frente al mismo ventanal en el que ella estuvo un par de horas antes, contemplo la excepcional y brillante noche que cubre la ciudad. Las nubes se han ido y han dejado paso a lo que serán días luminosos, de esos que recompensan la vida con las esperanzas, de esos en que un sol radiante calienta tanto cuerpos como mentes.

Y yo me quedaré aquí, como siempre, solo.

San Sebastián, 5 de abril de 2009

425

Agradecimientos

A quienes me influyeron, a quienes me ayudaron

Todos los datos que constan en la novela son completamente reales. Las modificaciones han sido mínimas, y siempre en pro de agilizar la lectura. Desde los aspectos médicos relacionados con la amnesia hasta el comportamiento de los gases farmacéuticos han sido contrastados por especialistas en cada área. Muchos han preferido ser discretos y permanecer en el anonimato.

La historia y el personaje

Evocar a Orson Welles interpretando al cínico Harry Lime en la extraordinaria película dirigida por Carol Reed *El tercer hombre* es inmediato. Quizá por haber visto la película a temprana edad (no tendría más de diez años) permanece indeleble en mi recuerdo la fascinante persecución por las alcantarillas de Viena. Unas escenas herederas del más puro expresionismo alemán, con sombras furtivas convirtiéndose en las verdaderas protagonistas de la historia.

Pero la novela es heredera de otras influencias tal vez más sólidas que las meramente visuales. Decir «Venganza», con mayúsculas, es decir Dantés. Es probable que la mayoría de los lectores de *El conde de Montecristo* ignoren que la novela está basada en la verdadera historia de François Picaud, un joven zapatero que, tras prometerse con una mujer rica, fue traicionado por quienes consideraba sus cuatro mejores amigos, por lo que pasó catorce años en prisión y dedicó su vida ya en libertad a la venganza.

Al igual que con *El tercer hombre*, recuerdo entre la penumbra de mi infancia una serie de televisión en blanco y negro que relataba las aventuras de Dantés. En concreto, la maravillosa escena —a mis ojos infantiles— del hallazgo del tesoro en la cueva del islote de Montecristo. Y después, la Gran Venganza. ¿Quién no se sentiría investido por el destino para hacer la justicia? Todos estos conceptos, venganza, justicia, destino, sin duda están presentes en mi novela.

Aún hay más. Es imposible obviar la influencia de *El fantasma de la ópera* en el diseño del personaje Álex Martín. La novela de Gaston Leroux es tan variada como intensa y proporciona con absoluto acierto ese toque gótico que llena de asombro la imaginación de lector. Tanto la obsesión como el rostro deforme de Erik, el fantasma, son la inspiración directa para imaginar a Martín, mi fantasma.

Los escenarios

Estaba claro que un personaje como Martín precisaba un escenario fuera de lo habitual. Una ciudad de gran tamaño, donde pudiera desarrollar sus andanzas subterráneas. ¿Qué lugar mejor que el subsuelo de Barcelona?

Las empresas CLABSA y FCC me proporcionaron la documentación precisa para que los desplazamientos de Martín y Ossa por la red de alcantarillado fueran completamente verosímiles. Gracias a ella conocí los increíbles depósitos pluviales, verdaderas catedrales subterráneas ajenas al común de los mortales.

TMB me ayudó a situar las increíbles «estaciones fantasmas», lugares ocultos herencia de épocas pasadas. Si bajo la plaza del Rei se encuentra la Barcino romana, accesible desde el Museu d'Història de la Ciutat, no debemos olvidar que existe una Barcelona subterránea contemporánea absolutamente fascinante y repleta de misterio.

Quiero destacar en especial la visita a la empresa Praxair de Olaberría, Guipúzcoa, donde fui extraordinariamente atendido por Fernando Suberbiola. Aquí aprendí todo lo necesario para el diseño de una escena clave en la novela, la caída de la torre de N2 en el hospital Sant Joan.

También quiero agradecer la asesoría informática, que corrió a cargo de mi buen amigo Benito Sañudo, propietario de la empresa Abar Informática.

Y en cuestiones médicas en general y psiquiátricas en particular, tengo a una excelente asesora personal en mi propio domicilio.

A todos los que me ayudaron, de corazón, ¡mil gracias!

429

Este libro utiliza el tipo Aldus, que toma su nombre
del vanguardista impresor del Renacimiento
italiano Aldus Manutius. Hermann Zapf
diseñó el tipo Aldus para la imprenta
Stempel en 1954, como una réplica
más ligera y elegante del
popular tipo
Palatino

***
**
*

El rostro de la maldad
se acabó de imprimir
en un día de primavera de 2012,
en los talleres gráficos de Rodesa,
Villatuerta
(Navarra)

***
**
*